TORRE GLOBAL
· O DEMENTE ·

Roberto C Véras J

TORRE GLOBAL
· O DEMENTE ·

PandorgA

Copyright © Roberto C. Véras J., 2019

Todos os dieiros reservados

Copyright © 2022 by Editora Pandorga

Direção Editorial
Silvia Vasconcelos

Produção Editorial
Equipe Editora Pandorga

Revisão
Matheus Toshiaru Nagao
Juliana Maria Pereira Martins
Maria Cristina Martins

Diagramação
Alberto Tamataya

Ilustração
André Farkas

Capa
3k Comunicação

Fotografia
Frederico Eckschmidt

Dados Internacionais de Catalogação na Publicação (CIP) de acordo com ISBD

V476t	Veras J., Roberto C.
	Torre Global: O Demente / Roberto C. Veras J. - Cotia, SP : Pandorga, 2022.
	424 p. ; 16cm x 23cm.
	ISBN: 978-65-5579-190-7
	1. Literatura brasileira. 2. Ficção. I. Título.
	CDD 869.8992
	CDU 821.134.3(81)
2022-2384	

Elaborado por Vagner Rodolfo da Silva - CRB-8/9410

Índice para catálogo sistemático:
1. Literatura brasileira: Ficção 869.8992
2. Literatura brasileira: Ficção 821.134.3(81)

IMPRESSO NO BRASIL
PRINTED IN BRASIL
DIREITOS CEDIDOS PARA EDIÇÃO À
EDITORA PANDORGA
RODOVIA RAPOSO TAVARES, KM 22
CEP.: 06709-015 - LAGEADINHO - COTIA - SP
TEL. (11) 4612-6404

www.editorapandorga.com.br

Texto de acordo com as normas do Novo Acordo Ortográfico da Lingua Portuguesa

Dados Intenacionais de Catalogação na Publicação (CIP)
Ficha elaborada por Tereza Cristina Barros - CRB-8/7410

Este livro foi iniciado em 11
engavetado em 12
retomado em 17
reescrito em 18
re-reescrito em 19
finalizado na quarentena de 20

A Don Juan Matus, um mestre através de Carlos Castañeda

. O DEMENTE .

Nunca esquecerei o que foi sentir aquele olhar entrar em mim. Menos ainda o medo que desceu pelas entranhas e me fez correr desesperada. Os olhos do ser de escamas negras jorravam o que há de mais destrutivo na natureza.

Deste mundo, a primeira coisa que me lembro é de um dia antes. Acordei encaixada entre as raízes de uma árvore, deitada nua. Sem saber o que fazia ali, nem de onde vinha a plumagem laranja que me cobria, passei a mão pelas penas e senti que estavam fincadas na carne.

Sem nem repensar o que fazia, comecei a me depenar. Cada puxada era uma dor maior, um golpe mais agudo, mas trazia alívio à medida que diminuía a aflição de se estar sob a pele de uma ave. De ser um animal. De ser menos humana.

Com o corpo ensanguentado, andei desnorteada por uma mata densa. Só queria encontrar um lugar para me lavar e tirar a crosta vermelha que me coçava. Sob o céu estrelado que me acompanhava, caminhei até as pernas não aguentarem mais e até a claridade surgir no horizonte.

Banhada pela luz do sol nascente, fui apresentada a um lago. Diante do lugar paradisíaco em que me vi, tive a sensação de ter chegado ao coração do mundo. Não haveria melhor forma de descrever o que senti ao pisar ali.

Mas ao caminhar até a margem, eis que avistei o ser de escamas negras agachado na beira do lago, parado, estático. Olhava para a superfície como se encarasse a si próprio no reflexo. De repente, virou a cara e me flagrou com seus olhos vidrados. Ergueu-se com um salto e saiu num rompante atrás de mim.

Na acelerada desvairada em que parti, ouvindo o seu galope explodir contra o chão, antes de conseguir me safar, lembro-me perfeitamente de olhar para trás e ver aquilo transbordar sua incontrolável vontade de devorar.

abertura.

1.

O relógio do agente penitenciário flertava com as onze quando Snemed caminhou até a porta da cela. De todas as vezes que ofereceu os pulsos aos abraços gelados das algemas, esta era a última ali em Gibraltar.

Antes disso, picotou uma folha com anotações e mandou descarga abaixo. Aquele monte de rabiscos tinha cumprido o seu papel. O essencial estaria agora na sua cabeça.

Pelos corredores do presídio, foi conduzido ao estacionamento com um trio de portugueses. Lá, com o escapamento esfumaçante, um furgão caindo aos pedaços os aguardava. Tudo estava pronto. Os quatro senhores, diagnosticados com demência pelos tantos anos de prisão, seriam transferidos para o Centro Psiquiátrico de Lisboa. Poucos os que se mantêm sãos após a alienação do encarceramento. Snemed acreditava ser um desses raros casos.

O remanejamento de presos era um dos efeitos da anexação de Gibraltar aos Estados Ibéricos Unidos. De agora em diante, o ponto geográfico, almejado por tantos ao longo da história, faria parte da nação confederativa fundada há alguns meses. Para a cadeia, sem orçamento e castigada pelo tempo, restaria o posto de museu militar britânico. Seria das poucas lembranças de que o território algum dia fez parte da Grã-Bretanha.

Os quatro detentos entraram no veículo para iniciar a viagem que duraria por volta de sete horas. Ainda com a costela doendo, fruto de uma surra que levara semanas atrás, Snemed custou para se acomodar no assento. Barulhento, o furgão arrancou e cruzou o portão principal. E ele, sentindo cada poro vibrar e cada pelo arrepiar, virou-se para o vidro de trás e sorriu. Esta vida se encerrava ali.

Com a brisa do mar entrando pela janela, sentiu-se vivo como nunca. Sentiu, também, certa nostalgia por sair dali depois de tanto tempo, de quem deixa o lar, ainda que o deteste, como um animal de cativeiro hesitante ao ver a jaula aberta. Ver-se fora depois de vinte anos o comoveu. Principalmente, depois de achar que ficaria lá até o último dia da vida.

Mas a emoção do momento ia além. Muito além. A transferência para Lisboa representava a conclusão do Primeiro Movimento do seu papel dentro do Grande Ato.

— *Grande Ato? Qué mierda es esta, mijo?!* — imaginou seu avô o indagando com suas sobrancelhas grossas curvadas.

Snemed riu. Não era elementar explicar como tudo começou. Muito menos por que cargas d'água teve que fingir que enlouqueceu. O Grande Ato era inacreditável em todas as suas formas de ser.

Se precisasse explicar a alguém, diria que era um plano que o cosmos mancomunou com certas pessoas para salvar a humanidade de uma tragédia. E ele, na qualidade de um dos convocados, teve de se fingir de louco para cumprir sua parte, o que o jogou dentro de um dilema perigoso. Mesmo certo de que vivia uma demência encenada, calculada passo a passo, planejada a cada detalhe, não poderia descartar tudo ser fruto de uma esquizofrenia autêntica, e sorrateira, que nele se instaurou.

Hoje, podia dizer que tirava essa teima. Ironicamente, ser transferido para o manicômio de Lisboa era a prova cabal de que era são. Em seus presságios, viu isto acontecer. Snemed relembrou o dia em que tudo começou. Numa tarde fria, com uma febre de uns 39°, o *poder* bateu à sua porta.

Só que ele próprio demorou para acreditar que era isto mesmo que tinha acontecido. Chegou a retrucar Pedro, seu companheiro de cela, quando ele o chamou assim:

— Clarividente? Grande charlatanice!

Agora, Snemed deixava Gibraltar exatamente como previu. O momento foi visto e revisto dezenas de vezes. E ali, cruzando a pista de pouso do peculiar aeroporto da cidade, tudo se realizava até no mais insignificante pormenor.

— Olha o avião! Olha o avião! — gritou o português mais senil, como uma criança que pela primeira vez vê uma aeronave de perto.

Snemed reparou na alegria do velhinho e sorriu. Mofando há trinta anos na prisão, este sim enlouqueceu de verdade. Foi o preço que pagou por ter sido pego trazendo haxixe do Marrocos. Estava feliz por ele e os colegas estarem voltando para casa, ainda que para um restinho de vida.

— Olha o avião! Olha o avião! — repetiu o homem, no que o guarda que os acompanhava, sem compreender o português falado, rosnou:

— *Shut up!* — e os presos se puseram comportados.

Snemed odiava este guarda. De todos que conheceu, era o único que realmente detestava. Certa vez ele lhe proporcionou uma refeição terrível. Marcante, sem dúvida, engraçada até certo ponto, mas terrível. Por isso, deu risada. Ele ter sido escolhido para participar do seu dia histórico era um daqueles pormenores arranjados pelo destino.

O aeroporto ficou para trás e uma placa anunciou que o furgão entrava no Estado da Andaluzia. Seu capítulo em Gibraltar finalmente se encerrava. *Que raio ter vindo parar aqui*, riu consigo.

Pelos quilômetros seguintes, à medida que iam ladeira acima por uma montanha, Snemed foi virando o pescoço para acompanhar o rochedo encolher pelo vidro de trás. Demorou vinte anos, mas deu para observá-lo de vários ângulos. *A Rocha* era mesmo bonita.

Ainda em subida pelo relevo, Snemed repassava uma visão que teve sobre o percurso, quando a placa *Valdinfierno* surgiu no acostamento e anunciou o momento de emoção:

— Segurem-se todos! — berrou.

— *What?!* — latiu o guarda, de novo sem entender o que foi falado.

— Segurem-se! — Snemed insistiu com os colegas — Segurem-se!!

Ele estava a um grito de levar um tapa na cara do gibraltenho, quando o carro da frente freou. Pego de surpresa, o motorista pisou no breque e, com as rodas travadas, só na faixa de brita conteve a derrapagem. Um dos portugueses rolou pelo assoalho. O tranco foi tão forte que Snemed, mesmo sabendo o que viria, descolou do assento.

Apesar da vontade de urrar pela dor na costela, ele se admirou ao ver o sinistro ser contornado. Foi praticamente um milagre o veículo não ter subido pelo *guardrail*, no que teria sido um acidente cinematográfico. E a despeito da destreza do motorista com o volante, Snemed soube quem é que tinha orquestrado o feito que evitou o acidente. Foram as mãos invisíveis. Certa vez, presenciou algo parecido nos Camarões.

A viagem foi retomada. Com um certo clima de tensão, é verdade, mas Snemed, tranquilo, sabia que não haveria mais percalços. Ainda bem, o incidente foi logo. Poderia agora apreciar a paisagem sem precauções.

Pela janela, uns quilômetros depois, uma placa para Sevilha surgiu na via e, atrás dela, um parque eólico. Snemed logo reconheceu o cenário. Dias antes, o grupo de cata-ventos girando no chaparral pintou numa visão.

Coisas como esta, inútil em muitas vezes, atrapalhavam-no, pois camuflava o que era importante. Diante da profusão de imagens que brotavam na cabeça, havia um trabalho minucioso para separar o trigo do joio.

Só que no tédio da rotina carcerária, sua vida foi preenchida por isso. Gastar cada minuto pensando nas suas visões era absolutamente prazeroso. Sentiu-se Nostradamus ao ver que elas eram certeiras. *Proféticas!* Entretanto, após meses montando uma narrativa para o futuro da humanidade, vislumbrou uma catástrofe. Não dessas que ocorrem ano sim, ano não. O que ele viu seria o próprio apocalipse.

Snemed pensou ter enlouquecido, ao ver-se tentado a acreditar numa coisa como essa. Crer neste destino poria em xeque sua sanidade. Quem acreditaria nele? Quem não zombaria da cara dele? Mas daquele dia em diante seria impossível ignorar a chance disto se materializar. Sobretudo, porque ele viu como se daria. Bastava a presidente da Coreia invadir Fajar. Era uma jogada simples e tentadora demais no tabuleiro de xadrez do fim dos anos 2040 para deixar de ser feita. Ainda mais para alguém como Sohui Yun-Nam.

Bem-vindo ao Estado do Alentejo surgiu numa placa ao alto e os viajantes cruzaram a fronteira para entrar em um dos estados espólio de Portugal. Já Snemed, reflexivo, lembrou-se de quando foi apresentado a um plano em que, ele próprio, impediria Sohui Yun-Nam de cometer aquela atrocidade.

Evitar a tragédia que viu estaria em suas mãos. O chamado que recebeu naquele dia foi o chamado para o Grande Ato.

Diante da responsabilidade sem tamanho, agarrou-se à chance ínfima de tudo dar certo com unhas e dentes. Até porque a vida não lhe resguardara nada mais a que se agarrar. De lá para cá, cada ato, cada fala, cada gesto, se concentrou no objetivo que exatamente ali se materializava. Dentro deste furgão escangalhado, rumo ao Estado de Lisboa e Ilhas, para se internar num manicômio, apenas cumpria o que lhe foi designado.

Talvez por isso, para confirmar que estava mesmo na hora certa no lugar certo, um sinal se apresentou. O rádio chiava intermitente, perdendo e achando antenas pela rota, quando uma estação se firmou com o finzinho do movimento inicial da *Opus 100* de Schubert. Apreciador de sinfonias, a ideia de grandiosidade dos movimentos o fascinava. E assim batizou as partes do seu papel no Grande Ato. Snemed sorriu com o aceno do destino. Tal como os músicos na rádio, também cumpria o seu Primeiro Movimento. Aguardava só o maestro manear a batuta para iniciar o Segundo.

Observando a paisagem de videiras e oliveiras, sentiu o frio na barriga do desafio pendente. O fardo esmagador do Grande Ato não era para qualquer um. Era para pouquíssimos. Por isso mesmo, o que o admirava era o desafiar as estatísticas, o surfar a causalidade. Chegar a Lisboa era a vitória de uma chance contra noventa e nove milhões, talvez bilhões, de oponentes. E a verdade é que não tinha segredo. Snemed bailava certinho no ritmo desconcertante do *Dharma*, na capciosa dança dos multiversos, num tango com samba ou, mais apropriado para o caso, num fado-flamenco. Afinal, o que sempre pareceu impossível iria agora começar.

2.

Após seis horas e quarenta minutos, confirmadas no painel do veículo, os viajantes cruzavam a ponte *25 de Abril*. Snemed arrepiou-se com a espécie de *déjà-vu*. Habitante de San Francisco por muitos anos, era um reviver das idas e vindas pela *Golden Gate Bridge*. Sob os matizes crepusculares que refletiam sobre as águas do Tejo, a Torre de Belém mandou-lhe um aceno ali do fundo. Parecia saudá-lo em boas-vindas.

Com a cabeça no passo seguinte, ele revisitou as visões que teve com o diretor do sanatório. Era o sujeito com quem deveria falar, neste que considerava seu grande teste. Se o homem acatasse o que tinha a lhe dizer, as rédeas estavam mesmo em suas mãos. Pois ali, cruzando a ponte pênsil lisboeta, o bastão do Grande Ato lhe era passado.

Meia hora à frente, com a ansiedade subindo em um trânsito caótico pela capital de Lisboa e Ilhas, a viagem foi concluída. No destino, ao lado de um pilar de mármore com a inscrição *Parque de Saúde de Lisboa*, uma placa anunciou:

Avenida do Brasil.

Snemed riu por mais um sinal de bom augúrio. Graças a uma antiga namorada brasileira, arranhava um português razoável e pôde mentir ser de Angola ao ser preso em Gibraltar. Sem saberem outro idioma além do inglês, ninguém nunca o questionou. No fim, era por isso que estava sendo enviado para ali.

A cancela subiu e o furgão avançou para estacionar num pátio logo à entrada. Sob ordens do agente penitenciário que veio junto, os homens desembarcaram do veículo e, ombro a ombro, foram perfilados. O gibraltenho os desalgemou e passou o encargo para um funcionário local. Já no banco do carona, abriu o vidro e se despediu:

— *So long, you lunatics!* — e o furgão zarpou pelo portão.

Que imbecil, pensou Snemed, enquanto olhava para a fachada cor-de-rosa que reconheceu de suas visões. O prédio, maltratado pelo tempo, devia ter sido bonito outrora. Era agora só uma construção caindo aos pedaços, melhor em nada que a penitenciária de Gibraltar. A falência estatal era uma realidade cruel nessa parte da Europa.

Durante incômodos minutos, os recém-chegados permaneceram de pé, no aguardo do diretor do sanatório:

— O Dr. Bermudes já vem — comentou um funcionário.

Sob o vento do anoitecer que avançava voraz, a costela de Snemed latejava ainda mais. Neste ínterim, mais de vinte aviões decolaram do aeroporto, praticamente vizinho de muro do instituto. Para cada um deles, o velhinho português o reverenciou com um:

— Olha o avião! Olha o avião! — e uma imitação infantil. Pobre senhor, pensou Snemed, era o que lhe restara.

Lá pelas tantas, Bermudes enfim deu as caras. Com um cigarro na boca, surgiu pela porta principal e desceu pelos degraus que davam ao pátio. Snemed logo o reconheceu. Apesar do semblante enfezado, era realmente parecido com Omar, um velho amigo. Apenas um pouco mais baixo, mais redondo, além da falta de barba e a pele mais clara.

Mas no que Snemed fixou os olhos nele, Bermudes gritou:

— Estás a olhar para quê, o senhor?! — com um sotaque lisboeta carregado.

Irritado, o homem fechou a cara e Snemed retomou a posição estática. E ficou ressabiado. Este cartão de visita de forma alguma correspondia com o Bermudes de suas visões.

Em seguida, o sujeito aproximou-se e, encarando os novatos com uma notória empáfia, bradou de forma que pareceu aleatória:

— Amarelo! — ao primeiro da fila, no que deu um passo à direita e — Vermelho! — então esboçou um sorriso para sentenciar — Amarelo! — e uma revirada nos olhos antes de — Laranja! — finalizou.

Snemed contentou-se com o último "laranja". Bermudes, com um peteleco, dispensou a bituca, virou as costas e partiu. Caminhou até a entrada do pavilhão principal e retornou por onde veio. Pareceu ter vindo mesmo só fumar.

Um minuto de silêncio e o quarteto foi desmembrado após tantos anos presos em celas no mesmo corredor. Pelas agradáveis alamedas internas do *Júlio de Matos*, como o instituto foi conhecido no passado, cada qual foi levado ao seu respectivo pavilhão.

Na caminhada sem pressa, o funcionário que o acompanhava comentou que Snemed iria para o setor intermediário, exatamente atrás do prédio frontal:

— Deste sorte com o Dr. Bermudes. Podias estar a ir para aquele covil de débeis mentais — com um ar sério, referindo-se ao Vermelho — O diretor é uma pessoa difícil.

Com certa pena do mais velhinho, por ele ter ido para lá, Snemed devolveu um olhar compadecido. O homem explicou ainda que o Amarelo, por outro lado, era o setor mais tranquilo:

— Quase um asilo.

Coisa de três minutos e chegaram ao pavilhão Laranja. Ao pisar dentro, num balcão improvisado à entrada, Snemed recebeu duas mudas de uniforme e foi levado ao seu quarto. Admirou-se. Depois de vinte anos numa cela de presídio, o cômodo era excelente. Um ambiente exclusivo, com boa cama, pia, e a privada até tampo tinha.

Mas não se apegou aos detalhes supérfluos da acomodação. O que importava é que seria dali que os dois movimentos finais do seu papel no Grande Ato seriam coordenados. E o próximo, a qualquer momento poderia acontecer.

Só que a postura de Bermudes deixou-o cismado. Sempre acreditou que encontraria um homem cordial. Nunca cogitou que o sujeito fosse assim, explosivo. Em suas visões, viu-o sorrindo, simpático, apesar da descrença natural em relação ao que lhe seria apresentado. E se este era o temperamento normal dele, havia um problema. O sujeito era um pilar do seu plano. Ainda não estava claro como isto se daria, mas o diretor seria o responsável por viabilizar um encontro entre Snemed e

Helga Kpöff, a ex-chanceler da Alemanha. Passar para ela o bastão do Grande Ato, assim como ele próprio recebeu ao chegar a Lisboa, era o seu último afazer.

Exausto pela viagem, jogou-se na cama. Parte sua clamava por repouso, mas outra, a de soldado espartano, não conseguia parar de pensar no imprevisto que parecia surgir. Como domar Bermudes e lhe apresentar sua missão. *O diretor é uma pessoa difícil...*, a fala do funcionário ecoou na cabeça.

Todavia, enquanto a razão buscava uma lógica para superar o imprevisto, a sensação de dançar no compasso certo do bailado cósmico voltou. E permitiu-lhe dormir. Seria uma tolice se preocupar. Chegar a este dia só foi possível por uma razão. Sabia que as mãos invisíveis estariam lá para auxiliá-lo. Exatamente como foi feito até agora.

3.

A sala do diretor do hospício fedia. Era um misto de mofo e do cheiro do sujeito repugnante que era. As prateleiras com livros empoeirados e amassados eram retratos do seu desleixo. Há trinta anos impregnava o lugar com alcatrão e o azedume que escorria pela sua pele oleosa.

Numa manhã fria, Dr. Bermudes, como era chamado, apesar de não ser doutor em coisa nenhuma, lia a *Gazeta Lisboeta* atrás da sua caótica mesa. Fumando um *Marlboro* atrás do outro, batia as cinzas em cima do congestionamento de prontuários que se acumulavam ao redor. Há anos, não havia entusiasmo algum em frequentar o local de trabalho. Sobretudo quando o instituto começou a encolher. Ao assumir a direção, eram quase quarenta pavilhões; hoje, apenas seis. Sintomas da falência do sistema manicomial, sabia ele, e que não era de hoje.

Até por isso, Bermudes pouco se importava com os internos que recebiam alta, menos ainda com os que chegavam. *Muita sorte têm esses aí, com comida e cama até ao fim da vida*, pensava. Sua frustrada ambição a um cargo mais nobre, e o ressentimento de nunca o ter conseguido, o deixara amargo até a ponta do fio de cabelo. Vivia numa inércia terrível. Olhando para trás, nem sabia direito como tinha ido parar ali.

— Rá! — deu um grito seco ao ler a manchete de uma matéria — Revolução dos Cravos… Ah, comunistas d'um cabrão! Tanta merda, por um país que nem existe mais! — e folheou as páginas à procura da sessão de desporto.

Ler o jornal era das poucas coisas que lhe davam prazer. Só perdia para o primeiro, o sexto e o décimo quarto cigarro do dia. As outras dezesseis doses de nicotina, ou mais, eram meros supressores efêmeros do vício adquirido aos quinze.

Quando estava em seu gabinete, Bermudes detestava ser incomodado. Ainda mais quando a notícia era boa. *Benfiquista* desde o berço, como fazia questão de afirmar, estava louco para ler sobre a derrota do *Porto*, na final do europeu:

Porto 1 x 3 Chelsea — em letras garrafais.

Bermudes iniciava o texto com um sorriso maroto, quando pulou de susto com a porta que se abriu num tranco:

— Dr. Bermudes, está a ocorrer um motim no pavilhão Laranja! — disse o vigilante, com a cara apavorada.

Ele olhou a encenação covarde do funcionário e, com um ar recriminatório, mediu-o de baixo a cima:

— Motim? — piou descrente — E o que estás a fazer para resolver?

— Os pacientes estão demasiado agitados! Pensamos em invadir, mas somos só dois.

— Pá, mas essa gente é muito tranquila! — indagou, cético.

— É o paciente que chegou na semana passada. Está a provocar toda a gente!

Irritado por ter sido importunado, Bermudes levantou-se com toda a má vontade possível. Saiu pelo gabinete e rolou veloz pelo corredor que dava à porta dos fundos do pavilhão. Pelo curto trecho de asfalto até o Laranja, apressou-se furioso por estar perdendo tempo com um assunto desses.

Logo na entrada, por uma janela oculta que permitia vista ao refeitório, o diretor observou Snemed. Já não se lembrava deste senhor de pele morena, narigudo, a quem deve ter gritado *Laranja!*, bem na fuça. Surpreendeu-lhe, ainda, o fato de um homem grisalho, de barba bem aparada, com seus sessenta anos, ser responsável por uma baderna merecedora da sua atenção.

Como se soubessem da sua chegada, a confusão se acalmou. A maioria dos pacientes dispersou, enquanto uns poucos permaneceram ao redor de Snemed ouvindo o que ele ainda tinha a dizer.

Bermudes continuou acompanhando a cena pela janela. O paciente gesticulava e discursava num tom dramático para o grupo de homens. Com o olhar firme, hipnotizava todos como se eles estivessem assistindo a uma homilia.

De repente, Snemed subiu no banco do refeitório, depois na mesa e, lá do alto, ergueu o braço para sentenciar:

— No sétimo bilionésimo dia, fomos nós que criamos Deus! Deus é criação dos Homens!

No que a última palavra ecoou pelo salão, o alvoroço se restabeleceu. Um dos pacientes alcançou um latão de lixo e arremessou na direção do palestrante, que, por um triz, evitou a bordoada metálica. Um empurra-empurra começou e Snemed saiu mancando com a mão na costela. Marchou para uma parte adjacente do ambiente e Bermudes o perdeu de vista.

Estarrecido com o que presenciava, o diretor esbaforiu:

— Entrem lá, suas lesmas! Acabem com este pandemónio! — mas os vigilantes, com ar de receio, entreolharam-se e sinalizaram que não entrariam.

O diretor quis matar os dois covardes. Em vez disso, decidiu o que fazer. Tendo gastado um balúrdio no sistema recém-instalado, ali era a chance perfeita para estreá-lo. Bermudes encostou um cartão num sensor na parede e uma portinhola se abriu. Enfiou o dedo no botão vermelho que surgiu e *splinkers* no teto do refeitório começaram a liberar um gás sonífero.

Com os primeiros sintomas de moleza, os pacientes se dissiparam e procuraram se esconder.

— Vamos morrer! Vamos morrer! — berrava um mais histérico.

A dupla de vigilantes colocou as máscaras e invadiu o local. E sem mais nada a precisar ser feito, depararam-se com os internos no chão, alguns desacordados, outros só assustados, encolhidos, com suas camisetas tapando o nariz.

— É impressionante! Se não sou eu para resolver, eles destruíam tudo! — esbravejou Bermudes.

Desgostoso, virou as costas e saiu pela porta do pavilhão. Cruzando a alameda de volta ao edifício principal, percorreu o corredor até o seu gabinete. Já à mesa, acendeu um cigarro antes mesmo de se sentar. Folheou as páginas em busca da matéria e a retomou com uma longa e sonora bufada.

Mal havia localizado a linha onde tinha parado quando novamente foi interrompido. O mesmo funcionário de antes, mas desta vez com o coração saindo pela boca, relatou o novo incidente:

— Um paciente matou-se...

Os olhos de Bermudes armaram-se em poços de fúria. Espumou de raiva e deu um soco tão forte na mesa que o vigilante se encolheu diante da sua explosão:

— Puta que pariu! O secretário vai passar-se, caralho! — emendou uma sequência de palavrões que durou mais de um minuto.

Bermudes lamentava-se. E parecia lamentar-se mais pela chatice burocrática que enfrentaria do que por qualquer outra coisa. Estavam há cinco anos sem um óbito. *Terei que abrir uma sindicância!*, vociferou. Decerto, a notícia chegaria à Administração Regional. Era o sentimento amargo de um longo período invicto que se cessava.

— Mas como, o caralho, isso aconteceu?

— Uma janela partiu-se na confusão e o paciente pegou um estilhaço — explicou o segundo vigilante, que acabava de chegar.

Como se banhado em álcool e levasse um fósforo aceso, Bermudes inflamou-se:

— Tragam-me o cabrão que começou a confusão!

A dupla partiu apressada. Retornaram ao pavilhão Laranja e entraram no refeitório em busca do propulsor do pandemônio. Num canto do salão, diante de uma janela com vista para a parte externa, lá estava Snemed. Com uma estranha aura de tranquilidade, assim que notou a presença dos homens, virou-se e aguardou que lhe falassem.

— Dr. Bermudes quer vê-lo — disse um, receoso com o que o paciente pudesse fazer.

Procurando manter a calma, algo que pareceu assustar ainda mais os homens, ele ofereceu os braços para as algemas. Com um funcionário de cada lado, Snemed foi conduzido até a parte de fora.

Ao percorrer a faixa de asfalto que ligava os dois pavilhões, olhou para o céu e fez uma prece ao colega morto. *Sessenta e poucos, tão jovem...* Apesar de o suicídio não fazer parte do roteiro original, compreendeu que foi o que o universo orquestrou para que se encontrasse com Bermudes. Por isso, não sentiu pena. Já que, melhor do que ninguém, uma coisa aprendeu faz tempo. O Grande Ato exige grandes sacrifícios.

4.

Snemed foi levado pelos vigilantes até o pavilhão principal. Lá dentro, de muito longe, era possível ouvir os gritos do diretor ricochetearem pelos corredores.

— *Onde está o cabrão?!*

Um dos funcionários bateu à porta e todos entraram no gabinete. A dupla postou o paciente à frente da mesa do diretor e esperou nova ordem.

— Podem ir. Pedirei à Marlene para chamar-vos quando acabar — encarou Snemed com ar de quem o queria matar.

A porta foi fechada e o diretor inclinou-se à mesa. Apoiou os cotovelos em cima de uma pilha de pastas e encarou o homem em pé à sua frente. Estático, fez questão de sustentar a pose brava por segundos, até que, com uma sacudida de cabeça, convidou o interno a falar.

Snemed, por sua vez, sem prever um temperamento como este, preocupou-se. Em suas visões, Bermudes tinha um ar risonho, um semblante alegre. Mas sem poder desperdiçar a chance, falou:

— Gostaria de apresentar-me ao diretor. Sou um dos que veio semana passada de Gibraltar e...

Com um tapa automático na mesa, Bermudes o interrompeu com um berro:

— Desculpa lá! Que raio de portunhol é esse? Tu não falas português, caraças?!

Diante da pergunta inesperada, Snemed fez uma cara constrangida, surpreso pela implicância com sua pronúncia imperfeita. Bermudes emendou de forma cadenciada:

— Ai, o, meu, canário...

A seguir, chamou pelo sistema de comunicação interna e falou, sem conter a irritação:

— Marlene, telefone para o Harry Cahill. Ou Henry Cahill. Já não sei o nome daquele cabrão. É o inglês, superintendente do presídio de Gibraltar, com quem falei no mês passado umas vezes.

Bermudes desligou, olhou para Snemed e disse:

— Estou mesmo a ver que vieste para cá por engano. E causas-me isto! Que azar do caneco! Estou lixado. Já vi tudo. Foda-se... — o homem não parava de resmungar.

Snemed encolheu os ombros com um sorriso amarelo, mas Bermudes não desgrudava os olhos do telefone. Parecia louco para despejar sua fúria no tal inglês. Trinta segundos e a secretária retornou com o sujeito na linha.

— Cahill, como vai? — disse cínico, fingindo cordialidade — Sim, sim, tudo bem, quer dizer, mais ou menos... — um riso rouco e um trago no cigarro — Deixa-me perguntar-te, por que carga d'água mandaste-me um espanhol?

Impressionado, Snemed observou-o conversar com seu interlocutor com um inglês até decente, para o sacripanta que parecia ser.

— Sim, um espanhol! — Bermudes fez uma pausa seca — Mas não ficou decidido que viriam para cá os portugueses e o angolano que estavam aí? Esse gajo aqui tinha que ter ido para Sevilha!

O telefone chiava explicativo do lado de lá da ligação, enquanto Bermudes, de cá, ouvia impaciente o que era dito:

— Pois, pois. Sim, sim. Ou argentino ou mexicano ou colombiano. Francamente, não sei se é espanhol. O certo é que este gajo fala, o que dizemos aqui, um *portnish* — e uma bufada.

Apanhado mais desprevenido ainda, Snemed estranhou nunca ter previsto esta conversa entre os dois diretores. Era mais uma coisa que fugia do *script*.

— Mas vocês acreditaram que ele era de Angola? — e explicações novamente do lado de lá da linha — Ah, ele disse que era... O gajo é um mouro, óbvio que não é! — num grito mal-educado, rapidamente contornado a um tom moderado.

Com uma cara impaciente, Bermudes ouvia as justificativas do homem, enquanto disparava olhares possessos para Snemed.

— Ok, Cahill, ok. Já entendi que não estavas aí quando ele chegou e devolvê-lo já não vou. A não ser que queiram empalhar este idiota e pô-lo em uma secção do museu — um riso rouco — Agora, que grande falha de Gibraltar. Esse tipo causou-me um transtorno que nem lhe vou contar. Mas não vou tomar mais o seu tempo... — e sem aguardar uma palavra do lado de lá, desligou com — Um abraço.

Bermudes tacou o telefone em cima da mesa, olhou para Snemed e riu, como se rendido pelo infeliz fortuito. Apagando o velho e acendendo um novo cigarro, disse que acabara de ouvir histórias ótimas sobre sua pessoa:

— Espanhol... colombiano... argentino... peruano... — foi dizendo pausadamente — Talvez nem tu saibas, não é? Snemed... Mas que nome de merda, hã? De onde tiraste isso? Aposto que inventaste.

Snemed gelou ao ser desmascarado. Em mais de vinte anos, ninguém nunca suspeitou que este não fosse seu nome verdadeiro. Não passou pela cabeça que a conversa se tornasse tão difícil tão rápido. As coisas estavam cada vez mais fora do controle.

Bermudes pegou o prontuário de Snemed e, de forma forçada, riu como quem lê uma piada sem graça. Num tom zombador, perguntou se estava mesmo à frente de um oráculo, em referência ao que constava na sua ficha:

— *Esquizofrénico, comportamento estável, exceto quando espalhou previsões do futuro* — leu em galhofa, como se lesse a sinopse de um filme barato — Quer dizer então que és um bidu? Camandro... Até agora, as coisas que sei sobre ti são inacreditáveis! Mas vamos lá. Quero ouvir um pouco das tuas previsões.

Snemed estava incrédulo com o sujeito que o Grande Ato escolheu para ser seu mensageiro. Diante desta abécula, reconheceu que, apesar de ter se preparado tanto tempo para este dia, estava nervosíssimo. E cada vez mais pela sucessão de desvios do plano original.

Aflito, Snemed pensava no que fazer, quando na capa da Gazeta Lisboeta em cima da mesa viu uma foto de Helga Kpöff. Com o mandato na chancelaria alemã recém-concluído, a chamada fazia referência ao seu governo:

Quatro anos que a Europa não esquecerá.

Snemed foi eletrizado pelo sinal. Bermudes diante de um jornal cuja primeira página trazia uma foto de Helga era uma sincronicidade indescritível. Era justamente sobre ela que vinha falar com o diretor. Um otimismo renovou sua confiança. Mudando a estratégia, resolveu testar o homem, contando-lhe sobre a grande catástrofe. Não seria possível que uma coisa como esta não despertasse sua atenção:

— A presidente da Coreia irá invadir a Torre Global e o que ela fará depois... — balançou a cabeça com um olhar preocupado — Se me der um minuto, conto-lhe com pormenores e não haverá meios de o diretor não acreditar.

Bermudes deu uma relinchada ao ouvir tamanho disparate. Sem conter o riso, disse:

— Ah, é? Então conta-me lá isto.

Na expectativa de que o introito o fisgasse, Snemed observou Bermudes com o escárnio estampado no rosto. O homem era puro deboche. Mesmo com a seriedade de uma coisa como essa, fez cara de quem ouvia uma anedota.

Snemed ficou preocupado. Apoiado na clareza de seus presságios, nunca supôs que o fracasso tragicamente pudesse esperá-lo neste ponto do *espaço-tempo*, sem dó, pronto para fulminá-lo. Seu papel no Grande Ato começou a desmoronar. E que momento ingrato para isso ocorrer. Porque ali, vendo sua chance de ouro escoar ralo abaixo, foi obrigado a tomar uma medida desesperada para salvá-la. Algo que nunca cogitou fazer, mas que, agora, pareceu-lhe sua única saída.

No entanto, estaria ferindo um velho compromisso que tinha, de nunca revelar quem foi. Tão sério isto era, que nem ele próprio tinha permissão para pensar sobre seu passado. Afinal, não tinha firmado um simples trato, um acordo qualquer, ou mesmo um contrato leonino. Snemed tinha feito um pacto com o ser de escamas negras.

Mas, ali, sabendo que outra conversa com o diretor demoraria para se repetir ou, ainda, que nunca mais se repetiria, tomou esta decisão. Os detalhes da sua vida escondida pareceram-lhe a única coisa que poderia capturar a atenção de Bermudes. Snemed tinha vivido uma odisseia.

Uma respirada funda em tom de lamento e começou:

— Contarei ao diretor como fui parar em Gibraltar. Ninguém nunca soube a verdade. Nem Cahill...

Ao escutar o nome daquele homem, Bermudes congelou com uma careta engraçada, numa simpatia inédita. Finalmente demonstrando interesse, aconchegou-se na cadeira e pôs-se pronto para ouvir o que vinha.

— Vamos lá. Conta-me! — encorajou-o a falar.

Snemed avançou:

— Vinte anos atrás, morei em Fajar. Fui executivo de finanças da Torre Global. Acompanhei o começo de tudo. Trabalhei próximo do Sultão Ibrahim. Naquela época...

Snemed nem terminou a frase e Bermudes o interrompeu com uma gargalhada estrondosa:

— Puta que pariu! — deu um riso seco — E tu queres que eu acredite que não és chanfrado dos cornos? Tu não és louco, não. Tu és louco como o caralho! Não só dizes que irão invadir a Torre Global, como queres que eu acredite que trabalhaste lá? Amigo do Sultão de Fajar? Francamente... Tás pior do que imaginei.

Bermudes então fez cara de quem assimila o que está acontecendo e disse:

— Já entendi, já entendi... Queres que eu acredite que precisas contar-me sobre uma grande ameaça. O fim do mundo! — gesticulou teatralmente — Pois digo por que estás cá. Há anos não tínhamos um óbito. E o que aconteceu hoje, a culpa é tua!

Bermudes tacou o dedo no botão do sistema de comunicação interna e disse exasperado:

— Marlene, mande alguém buscar este gajo aqui na minha sala, sim? — e bufou. Para ele, o assunto estava encerrado. Tinha perdido um tempo danado com este homem.

Snemed olhou para o teto inconformado por ter sido abandonado pelo Grande Ato. Não havia explicação para isso. *Foi tudo uma mentira?* Bermudes não era nem de perto o sujeito compreensivo que acreditou ser. Pelo contrário, era uma besta todo santo dia. Não sabia nem por onde começar a reverter o cenário onde se enfiara.

Bermudes, por sua vez, não se privou de continuar reclamando de Snemed até que ele fosse levado:

— É inacreditável. Estou mesmo a ver. Amanhã, quando o secretário souber, vou receber uma visita dele. Tudo, porque o menino aqui quis dar uma de profeta no refeitório.

Ao ouvir aquilo, Snemed lembrou-se da visão que teve de manhã e compreendeu-a. *O secretário!* Era o que lhe faltava para entender como Bermudes viabilizaria seu encontro com Helga Kpöff.

Por isso, de bate-pronto devolveu:

— Tem razão. O secretário virá visitá-lo, mas ele lhe fará um convite para integrar a sua equipa na Segurança Pública.

Num misto de surpresa e afronta, Bermudes deu um berro:

— Mas quem tu achas que és para dares palpite na minha vida?! Tás a gozar com a minha cara? — deu um soco na mesa — Enquanto eu estiver aqui, isto vai ser um inferno para ti!

— Inferno? — retrucou Snemed, num tom de voz diferente, como se esta palavra invocasse algo em si — Eu já desci ao inferno, Bermudes. Já rodopiei pelas trevas e brindei com cada demônio. Conheço muito bem o inferno. E o Diabo, conheço ainda melhor. Tu és um menino perto Dele.

Aquilo foi o fim. Bermudes sentiu-se incomensuravelmente ultrajado. Não sabia nem se mais pelo conteúdo ou pela ausência de tratamento formal. O fato é que corou de tal maneira que pareceu que explodiria.

— Mas é que vais agora mesmo ao Vermelho — ergueu-se, chacoalhando o dedo na cara de Snemed — Quero ver-te a emplacar lá as tuas histórias.

Um guarda abriu a porta e Bermudes ordenou que levasse Snemed ao Vermelho:

— Agora! Estou a ligar para lá! — e o paciente foi enxotado da sala.

Assim que a porta bateu, Bermudes sentou-se e fechou os olhos. Numa inspirada profunda, tentou desanuviar a mente. Estava esgotado com a conversa. Tremia, tamanho nervosismo ali nos minutos finais. Pegou o maço de *Marlboro* e acendeu um cigarro. Puxou o jornal para concluir a leitura e tentar rir um pouco do melancólico vice-campeonato do *Porto*.

Quem sabe se desligaria deste dia inesperadamente estressante. Mas ao ler as primeiras linhas, perdeu-se e retornou ao início. Releu o parágrafo, porém se distraiu. Mais uma tentativa, depois outra, outra, até concluir que não haveria formas de se concentrar. Por mais remota que pudesse lhe soar, a simples possibilidade de uma promoção à Segurança Pública dominou sua mente.

5.

Os guardas do manicômio arrastaram Snemed até a parte de fora do pavilhão e lhe puseram algemas também nos tornozelos:

— No Vermelho, é assim ou de camisa de força — justificou um deles.

Diante de sua derrocada, Snemed não se importou com o detalhe logístico. Apenas marchou a passos lerdos, pela limitação que as argolas inferiores lhe impunham. Com os guardas pacientemente caminhando ao seu lado, foi conduzido pelas alamedas do instituto. Em cinco minutos para fazer o que se faria em dois, chegaram ao Vermelho.

Lá, um dos funcionários bateu à porta e um outro os recepcionou. Ao ver que traziam um interno, fechou a cara e disse:

— Sem hipótese, o setor está a abarrotar.

A dupla, em tom de resignação, explicou que se tratava de uma determinação de Bermudes.

— Foi o doutor que mandou... — em uníssono, no que o homem revirou os olhos.

— Aguardem, se faz favor — virou-se e caminhou por onde viera.

Minutos depois, com os três plantados onde estavam, o supervisor do setor, Soares, apareceu na porta:

— Já falei com o Bermudes... — disse com ar de quem está ali para resolver e gesticulou para Snemed entrar — Vem. Vou mandar um daqui para lá.

Soares pediu para que o desalgemassem e o encarou. A seguir, sacou uma lanterna para meter nos olhos dele e falou:

— Era o que eu imaginava... ele só quer punir-te. Não é a primeira vez — fez uma cara séria — Prepara-te. Aqui não é como no Laranja.

Aqui, são só gajos dos mais maníacos que vais conhecer. Mas fica na tua, não arranjes sarilhos e, em breve, voltas para lá.

Snemed consentiu e um enfermeiro com um ar sisudo aproximou-se para levá-lo. Num canto úmido e escuro do pavilhão, conheceu onde seria hospedado. Em tamanho, era metade do quarto no Laranja. No lugar da cama confortável, um estrado tosco de metal com um colchão esburacado. Com a precariedade do sistema hidráulico, uma mancha negra de bolor descia do teto e cobria a parede. A privada, no canto, era um mero enfeite. Teria que gritar a alguém quando tivesse vontade. Foi o que constatou, ao ouvir os suplícios do vizinho:

— Preciso cagar! Preciso cagar!

Diante do grito aflito, Snemed percebeu que o sucateamento do lugar não passava de um detalhe banal. A trilha sonora era enlouquecedora. Os gritos do homem ao lado, e mais outros ali por perto, trouxeram-lhe uma angústia severa.

— Preciso cagar! Preciso cagar! — implorava sem cessar, o sujeito.

Snemed acompanhou aquele sufoco por mais uns dez minutos, até que ouviu passos pelo corredor. A cela ao lado foi aberta e o homem foi levado ao banheiro.

— Preciso cagar... — disse uma última vez, com voz de choro.

Na sequência, ouviu mais alguns passos, e seu quarto foi aberto. O homem que o trouxera até ali empurrou a porta e falou:

— Tens aqui os teus remédios — no que Snemed retrucou:

— Eu não tomo remédios — e o enfermeiro riu alto.

— Ninguém aqui não toma remédios — entregou-lhe um copinho com os comprimidos e outro com água — Toma-os ou obrigo-te.

Desprevenido, meteu as pílulas na boca e virou o copo de água. Mandando tudo estômago abaixo, torceu para que não fosse nada forte. Deitou-se para tentar achar alguma posição naquele colchão safado.

Mas assim que se acomodou, outros dois vizinhos começaram a gritar e a uivar como se competissem pelo berro mais animalesco. Alastrando-se como uma doença epidêmica, num instante eram cinco, sete, dez se esgoelando o mais alto que podiam.

Snemed rasgou pedaços de espuma do colchão e enfiou nos ouvidos. Teve que tapar as orelhas com as mãos para bloquear os decibéis de insanidade. Aí, constatou uma coisa. Estar diante de uma orquestra de desarranjo mental como esta era aflitivo, pois lhe trazia uma sensação familiar. Sentir-se dentro de uma atmosfera de demência tão contagiosa assim não era a primeira vez.

Bastou pensar nisso e um episódio lhe veio à cabeça. Completamente apagado da memória, sentiu ser transportado à ocasião. Foi na semana em que se mudou para San Francisco. Sozinho pela madrugada, ia para sua casa nova em *Russian Hill*, quando notou que tinha errado o caminho. Ao perceber que entrara numa ruela sem saída perto do Centro Cívico, petrificou-se ao ver a horda de sem abrigos que surgiu e o cercou.

Apesar de ninguém encostar nele, as pessoas formaram um círculo ao seu redor, e começaram a lhe despejar falas e olhares paranoicos, como se aquilo fosse um cerimonial de bruxaria. Intoxicando-o com seus cheiros horríveis, a nuvem de sussurros em segundos o engolfou. Atravancado ali no meio, Snemed percebeu que estava paralisado. Parecia haver uma âncora o prendendo onde estava. Sem esboçar qualquer reação corpórea, mas vendo tudo sem poder fazer nada, a única coisa que sentia eram as palavras emboladas o penetrarem.

No rodeio de insanidade, o pavor escalou até um limiar tão extremo, que Snemed explodiu num berro. Um guincho ensurdecedor veio do âmago e fez os mendigos se dissiparem como se uma granada tivesse sido detonada ali no meio. Tomado por raiva e nojo, saiu desnorteado sem nem ver por onde pisava. Correndo como quem corre para salvar a vida, virou na *Market Street* e voou ao trombar num grupo de pessoas.

Snemed abriu os olhos e estava de volta ao pavilhão Vermelho. Suando frio, olhou ao redor para ter certeza de que estava ali mesmo e apavorou-se com o resgate do episódio. Talvez tenha pensado nisto no dia seguinte ou no outro, mas depois o eliminou da memória.

Reviver este capítulo do passado, ainda mais com o realismo que foi, o deixou cabreiro. Era o mesmo sentimento de indefesa e o coração batia como da outra vez. Refletiu que talvez tenha sido sua última vivência de medo, antes de se tornar a pessoa que se tornou em San Francisco.

No entanto, a recordação não trazia só uma reles lembrança de medo, do temor ordinário, da fobia de coisas quaisquer. Era o medo em pessoa. Um velho conhecido, que em fases destemidas da vida pensou ter aniquilado. Tantos anos depois, aprendia uma coisa nova. O *medo* nunca é morto. No máximo é calado, contido, aprisionado para que não atrapalhe mais.

Com os rostos dos mendigos na cabeça suscitando a sensação, dada altura passou. E Snemed abriu os olhos para o momento em que a vida tinha parado. Sua última hora fora tão conturbada que o fez esquecer o desastre que tinha sido com Bermudes. Não esteve nem perto de falar o que veio lhe dizer e ainda arruinou qualquer segunda chance que pudesse haver. Seu papel no Grande Ato levara um estrondoso xeque-mate.

Só que a desgraça não parava por aí. Além de ter sido enviado para o Vermelho e ter chafurdado com o plano, fez, ainda que mínima, uma revelação do seu passado. Quebrara o pacto. Revelar quem foi na Torre Global, como acabou de fazer a Bermudes, era somente o mais grave que poderia ter feito.

Tanto que, de repente, como se um prenúncio das sanções que sofreria, um desejo de fumar surgiu tão intenso que foi como se a pele estivesse rasgando. Snemed tomou um susto. Apesar de ter sido um tabagista compulsivo anos atrás, apagara qualquer memória do vício. Nunca mais um resquício de vontade o atiçou. Ali, porém, foi como se tivesse levado uma dose cavalar de abstinência na veia.

Tentou distrair-se daquilo, quando ouviu nitidamente uma voz esquecida, mas que logo entendeu o que era:

Um cigarro, um cigarro, um cigarro — um sussurro no ouvido.

Snemed apavorou-se com a alucinação auditiva. Ainda mais por saber de quem era a voz. Era a voz da vontade. Daquela vontade voraz. Da sua vontade incontrolável de devorar. De fumar, de beber, de se empanturrar, de fazer sexo, de gastar, de se afundar em suas jornadas pela Torre Global. Ele vislumbrou isso tudo. E diante desta vida esquecida, sentiu ser inundado por algo tóxico. Algo guardado ali dentro, que lhe vazou pelos poros numa transpiração generalizada, como se ele se liquefizesse numa espécie de purga. Os olhos lacrimejaram, as mãos suaram e a boca salivou até transbordar. Por fim, mijou-se inteiro.

Então, ele viu a explosão nuclear da caixa de *Pandora* onde seu passado estivera guardado. O capítulo, escondido, veio à tona e o trucidou com sua riqueza de pormenores. Uma avalanche anamnésica o soterrou. E com esta vida o sugando para dentro dela com toda sua força gravitacional, soube que nada poderia fazer, a não ser vivê-la de novo.

1º movimento.

6.

Alçado ao epicentro de um furacão de lembranças, Snemed aterrissou num momento crucial da sua vida apagada. Com 39 anos recém-completados, era o ponto de partida da jornada que o transformaria. Neste dia congelante, com os *fahrenheits* abaixo de quarenta, partiu de San Francisco, onde morava há sete anos. Tudo não passaria de uma viagem de, no máximo, uma semana.

Na manhã anterior a este dia, uma quinta-feira precisamente, Snemed preparava um ovo *poché* para o café da manhã, quando recebeu uma ligação do Sultão de Fajar, Ibrahim Said Al-Mothaz:

— Caro mexicano, aqui é Mothaz. Você tem um minuto?

Snemed assustou-se ao assimilar com quem falava. Primeiro, pela inesperada ligação e, segundo, pelo espanhol de pronúncia perfeita que o homem apresentou. Contudo, se tinha algo que o deixava incomodado era ser chamado de mexicano. Detestava que o tratassem assim:

— Se quiser um minuto, me chame pelo meu nome — disse irritado. Sempre escondia a informação cadastral.

— Não me leve a mal, por favor. O México é um país extraordinário. Praias lindas, de Frida, do patrimônio asteca… Não precisa ter vergonha.

Snemed ficou ainda mais nervoso. Sobretudo, porque o comentário do Sultão foi cirúrgico. Desde que se mudou para os Estados Unidos, sempre teve vergonha de dizer que era mexicano. Ainda mais quando aquele presidente começou a erguer um muro entre os países.

Mas por trás da irritação havia algo além da ofensa pelo apelido ou por se sentir discriminado. Estava com um ódio mortal deste homem. Era uma desfaçatez sem tamanho ele estar lhe ligando com essa cara lavada. Snemed tinha certeza de que o Sultão Ibrahim era quem arquitetara uma jogada duas semanas atrás, que teve como reflexo a perda do seu emprego e de tudo que construiu nos últimos meses. Foi uma catástrofe.

Nos últimos cinco anos, Snemed foi executivo da *StaatS,* uma empresa de tecnologia do Vale do Silício que, dentre as atividades, desenvolvia formas de reunir dados de milhões de indivíduos ao redor do globo, desde comportamentais, sociais, econômicos, até genéticos, para alimentar um *big data*. Este, por sua vez, teria como objetivo criar algo que simulasse o mais próximo possível a onisciência. Era um projeto miraculoso. Um marco para a humanidade, sem dúvida alguma, acreditava Snemed. Porém, o Sultão sabia, mas ele não, que embora o Homem pensasse que estava no comando, era na verdade a inteligência artificial quem ardilosamente o controlava para que a ajudasse a sonhar consigo mesma. Era a manifestação inegável do *Deus ex Machina*.

Mas com sua visão financista, Snemed nunca parou para refletir sobre isso. Achava que a plataforma não passaria de um *IoT* completo e funcional, que assumiria uma série de decisões na vida do ser humano, com as quais ele nunca mais teria que se preocupar. Via um potencial prático no negócio que seu principal par na companhia não enxergava. Padma simplesmente não estava interessado em saber do valor que a companhia poderia alcançar no curto prazo. Enxergava muito além disso.

Mesmo com a resistência de Padma, Snemed articulou uma transação com a *Helvetzia,* uma empresa suíça. O cerne da estratégia era extrair a principal área da companhia e migrá-la para Genebra. Lá, a ferramenta de estratégia digital para eleições mais eficiente da história seria posta em ação. Só que, isso, era outra coisa que Snemed não sabia.

Durante meses, costurou uma estratégia praticamente sozinho. Para ele, era uma oportunidade imperdível para a *StaatS*. Poderia ser a maior transação da história no setor da tecnologia. E seria, se um grupo de acionistas não iniciasse um processo para desfazer o acordo. Apoiados no fato de que a empresa era uma *B Corp*, encontraram uma brecha para invalidar as decisões da assembleia. Demonstrado que isto feria os ideais dos fundadores, o *board* inteiro foi dissolvido. E os novos conselheiros, assim que assumiram suas cadeiras, votaram pela demissão de Snemed.

Dentre os acionistas que articularam a reviravolta, estava o Sultão Ibrahim. E Snemed, desde o princípio, ficou com a impressão de que a puxada de tapete tinha sido capitaneada por ele.

— Quero uma oportunidade para mostrar que está equivocado sobre mim — colocou o Sultão, em tom apaziguador, e Snemed respondeu:

— E o que você quer?! — num rude tom infantil. Ele realmente não sabia com quem estava falando.

Por isso mesmo, o multibilionário Ibrahim Said Al-Mothaz, 31º no ranking da *Forbes*, com toda a sua categoria, fez Snemed pôr-se em seu lugar e dobrar-se à importância da sua ligação.

O Sultão Ibrahim era presidente de Fajar, o país mais jovem do mundo, fundado por ele mesmo cinco anos antes. Simpático, contrariando qualquer tese que se pudesse ter a seu respeito, convidou Snemed a passar uma semana na Torre Global, o grande empreendimento da nação, e que havia sido inaugurado poucos meses antes:

— Sábado teremos um evento imperdível. Você está convidado.

Desempregado e entediado no frio de San Francisco, Snemed relutou, mas aceitou o convite. Há tempos curioso para conhecer Fajar por tudo o que tinha ouvido falar, não houve razão para dizer não.

— Passagens por nossa conta — disse o Sultão — No aplicativo da *Fajar Airlines*, o seu cartão de embarque estará disponível.

— Obrigado, sr. Ibrahim — encerrou a ligação.

Snemed apoiou o *iPhone* na mesa com a autoestima no chão. Ontem jurava morte a este homem e, agora, como um cão que abana a cauda ao ver o dono, estava prestes a fazer as malas para ter com ele. Fanático por palíndromos, veio-lhe à cabeça um aprendido na juventude, lá mesmo no México, país do qual tinha vergonha de dizer que era nascido. Na folha de uma caderneta escreveu: *La moral, claro, mal.*

7.

Vinte horas depois, Snemed refletia se tomara a decisão correta à medida que percorria o *finger* para um *Airbus A400*. Imerso em uma antítese de sentimentos, interrompeu sua reflexão ao ser apresentado à 1ª classe da *Fajar Airlines*.

Snemed havia rodado o mundo pelas principais companhias aéreas, no entanto, conhecia ali um conforto inédito. O espaço dos assentos, por exemplo, eram tapas na cara das centenas de pessoas acomodadas na parte de trás da aeronave. Ali, ia ele e mais uns dez afortunados.

Pontual, o avião decolou com Snemed esparramado na poltrona. Sem perspectiva de dormir, revirou a sessão de clássicos e escolheu *Barry Lyndon* para ver pela décima vez. A obra-prima kubrickiana passava à sua frente, mas não conseguia parar de pensar sobre Fajar. Com certa avidez por estar indo para lá, lembrou-se dos contornos obscuros que rondaram o seu surgimento. Sobretudo, o que estaria por trás do fato de o Sultão de Omã, primo de Ibrahim, ter lhe concedido uma fatia do território omanense para que ele construísse um país. *Tudo muito estranho...*, pensou.

Suculentas lagostas foram servidas pela aeromoça, enquanto lia a revista da companhia aérea. Em um mapa, pela primeira vez analisou devidamente a localização de Fajar. Inteiro dentro de Omã, era uma faixa de areia com duas laterais de noventa quilômetros e duas de quarenta. A parte leste, na costa, era ocupada em boa parte por um porto.

Fajar estava situado num ponto estratégico do Oriente Médio. Fora do caótico Golfo Pérsico, ficava na parte externa, no litoral de belas praias do mar Arábico. Do lado de lá, cruzando o oceano na mesma latitude, Mumbai. Snemed lembrava-se de ter lido que tudo fora construído com mão de obra vinda da Índia.

Ponte aérea de 75 minutos! — dizia o quadro publicitário no rodapé sobre o voo Fajar-Mumbai.

Sarabande começava a tocar no fone, quando Snemed engatou num sono intermitente, que o levou por doze das dezesseis horas de voo. Não deu para dormir períodos longos sem acordar, mas revezando lado esquerdo com direito, mal abriu os olhos. Apenas o fez, certa hora, para dispensar o *kobe beef* servido ao jantar. Preferiu manter-se na letargia da cápsula de melatonina.

O avião finalizava a travessia pelo mar Vermelho, quando despertou em definitivo. Uma voz feminina aveludada informou pelo alto-falante que sobrevoavam a Arábia Saudita e Snemed sentiu um frio na barriga ao ver-se sobre o Oriente Médio.

A seguir, mais frio ainda, quando:

— *Senhoras e senhores, pousaremos dentro de dez minutos. Em Fajar, o tempo é limpo e a temperatura é de 47 graus* — anunciou o comandante.

Snemed subiu a persiana e viu o complexo aeroviário abaixo. Impressionado com o tamanho daquilo, lembrou-se de que antes mesmo de inaugurar, intitulava-se o aeroporto mais moderno da história. Logo virou um dos principais do mundo. Poucos os países não acessados dali por voo direto.

Ao toque do trem de pouso na pista, os passageiros aterrissaram em Fajar. Só então é que Snemed se lembrou de reclinar o assento. Alongou o pescoço e os braços e acompanhou o piloto taxiar até o terminal.

Fora do avião, esticava as pernas pela ladeira em zigue-zague do acesso quando foi abordado por um funcionário da imigração. Com o passaporte na mão, esticou o braço para entregá-lo, mas o homem de traços indianos sacudiu a cabeça:

— Não será necessário — sinalizou para que guardasse o documento.

Snemed colocou o passaporte no bolso, cruzou por um longo equipamento de raio-X e pôde observar o aeroporto. A primeira impressão foi a de ter chegado a uma galeria de arte mais do que a um terminal aeroviário. Esculturas por todos os lados davam classe ao saguão de mármore claro, que de tão cumprido não se via o fim.

Atrás do homem que o recepcionou, Snemed avançou pelas esteiras rolantes. Neste instante, notou que aqueles *outdoors* de marcas globais nas paredes inexistiam. Horrorosos, nunca coadunariam com a elegância proposta. No lugar, quadros de fotógrafos famosos.

— Mario Testino — leu em voz alta, ao ver o retrato de dois por dois de Lady Di.

Acompanhando cada foto da coleção, nem se deu conta de percorrer treze trechos de esteira rolante. Assim que finalizou o trajeto, o funcionário, que ele nem lembrava mais que seguia, disse:

— Por aqui, senhor — apontou uma porta de saída.

Snemed preparava-se para o bafo dos quarenta e tantos graus de Fajar, quando percebeu que a área ficava dentro de uma estrutura de vidro. Ali, onde um batalhão de ar-condicionado espantava qualquer calor que quisesse invadir, uma fila de limusines se formava e se estendia até a parte de fora. Logo a primeira, uma *Rolls Royce* preta, tinindo, era a sua. Um chofer uniformizado chegou e abriu a porta:

— Bem-vindo a Fajar, senhor! — disse o sujeito, também indiano, tomando a mala da mão de Snemed.

Entrou no veículo e acomodou-se no assento mais ao fundo. O carro rompeu pela saída e ele observou o deserto. Para qualquer lado que olhasse, só se via um mar de areia. Sob raios solares impiedosos de um céu sem nuvem alguma, a limusine avançou rumo ao interior do minúsculo país. E Snemed, refrescando-se com uma *San Pelegrino*, apreciava pela janela o cenário tão diferente.

O aeroporto ainda sumia pelo vidro traseiro quando a Torre Global surgiu ao fundo. Primeiramente, com a antena furando o horizonte, depois o topo arredondado e, por fim, o imenso corpo retangular. Em meio a uma depressão plana do relevo ondulado, o arranha-céu pôde ser visto por inteiro. Destoando do cenário azul e amarelo, o objeto fálico era uma estrutura gigantesca de concreto e vidro. Não por acaso estava entre as maiores do mundo, só atrás de megalomanias árabes e chinesas. Tirando o cume arredondado, a torre era nada além de comum. Cinza chumbo e espelhada, passaria despercebida em grandes metrópoles. Longe de ser feia, era um corpo estranho que de forma descarada poluía o areal. E a cada metro, o monólito crescia monstruoso no campo de visão de Snemed.

Por volta da metade do trajeto, foi possível constatar que a estrada por onde ia era uma linha reta. Como se traçada com régua no mapa, vinha do aeroporto até o seu ponto final sem qualquer curva. Com o sol descendo por detrás da construção, a sombra por ela formada se alinhava à exata extensão da pista.

Faltando agora poucos quilômetros, Snemed pôde observá-la melhor e percebeu que a Torre Global era mais interessante do que a visão de longe o fizera crer. Dois pormenores eliminavam sua impressão de um prédio ordinário. O primeiro era o fato de o edifício estar posicionado de tal forma em relação à estrada, que a chegada não se dava em uma das laterais, mas sim no vértice frontal. O segundo é que nesta parte havia um recorte em formato de prisma triangular de muitos andares de altura. No vão-livre que se formava, uma enorme coluna exposta recepcionava os visitantes.

A limusine chegou ao sopé do edifício e Snemed observou a pilastra colossal. Enquanto o veículo a contornava, reparou que na sua base havia uma fonte com centenas de chafarizes que, com seus jatos aleatórios, criavam uma dança de águas. Para cima, esculpidos no cilindro de mármore, mosaicos árabes subiam pelos trinta metros até o teto.

O veículo cumpriu o acesso e atracou em frente à entrada principal. Ali, sem uma caixa de vidro como a do aeroporto, o recém-chegado iria provar aquelas quatro dezenas de graus célsius. A porta foi aberta e a pele de Snemed encharcou-se. Tamanho o calor que o invadiu, que sentiu como se chegasse ao inferno. Esta foi a memória que ficou ao ser apresentado à quentura insuportável de Fajar.

Secando a testa com a mão, Snemed foi abordado por um funcionário. Com um sotaque melodioso, e sem deixar dúvidas sobre sua origem indiana, disse:

— Bem-vindo a Fajar, senhor! Meu nome é Madhup — sorriu enérgico — É a primeira vez aqui, correto?

Fascinado com o átrio de chegada, Snemed acenou desatento com a cabeça e sequer gravou o nome do sujeito. Cruzou a entrada atrás dele, no que foi surpreendido pelo, mais imponente ainda, saguão de recepção e seus cinco monumentos.

— Uau! — soltou, sem poder se segurar.

Posicionados em "W" no salão, as peças eram obeliscos irregulares, cujas extremidades se ramificavam em fractais que se retorciam pelo ar e subiam em direção ao teto. Olhando para cima, avistou um móbile. Feito por arcos de metal, giravam uns dentro dos outros, como se órbitas de planetas ao redor do sol.

Vendo que o convidado tinha os olhos fixos no teto, o funcionário sinalizou para que ele o seguisse até um ponto ao fundo. Ali, dentro de um cubo de vidro, uma maquete trazia com riqueza de detalhes as características estruturais externas da Torre Global. A réplica tinha por volta de um metro e ficava em um palanque da mesma altura.

Snemed aproximou-se para ver aquilo direito, quando assimilou uma coisa espantosa. Deu-se conta de que a maquete não era feita de matéria. Era uma projeção tridimensional, tão real quanto assustadora.

Madhup notou a sua reação e explicou:

— Esta é a réplica holográfica da *Tour Global*. Fica aí dentro, pois solta um calor que queima! — riu uma risadinha engraçada.

Snemed pareceu nem ter ouvido o que o homem disse. Estático, ficou observando o fenômeno sem piscar. Já tinha ouvido falar desta tecnologia fajariana, mas de forma alguma supôs ser tão perfeita, que mesmo a centímetros parecia ser matéria.

Madhup apontou para a caixa de vidro e falou:

— Sei que o senhor está louco para descansar, portanto farei apenas uma breve apresentação da *Tour Global*. A primeira coisa que o senhor precisa saber é que nos andares acima da recepção fica o *Marché Global*. É o maior *shopping center* do mundo. Quem vem para visitas curtas, é o que dá tempo para conhecer. Lá, o senhor encontrará o que quiser. Se não encontrar, em até 48 horas providenciaremos! — finalizou com mais uma risadinha.

Mudo, mas encantado, Snemed emendava uma careta na outra para disfarçar os bocejos que agora surgiam. Esforçado, porém, fazia questão de manter vivo o entusiasmo.

— Aqui fica o hospital — Madhup apontou para a maquete — abaixo, os andares esportivos, com quadras *indoor*, espaços para yoga, ambientes para meditação, *spas*, o que o senhor imaginar. E ainda, um piso exclusivo de academia — suspirou —, que sem dúvida será a mais moderna que já conheceu! E aqui — sinalizou para o convidado dar a volta no cubo de acrílico — ficam as piscinas.

Snemed caminhou até o lado oposto e viu que na parte de trás, bem na metade do prédio, havia um recorte na estrutura igual ao do átrio de chegada. A seção, lá pelo 70º piso, acomodava um parque aquático. Revestido por jardins verticais, tinha uma queda de água da altura dos sete andares que a galeria ocupava.

— Estas são as piscinas da *Tour Global*. As pessoas se esquecem de que estão no deserto. A vegetação e a cachoeira nos transportam para a mata tropical. E é, aqui, que ocorrem as *pool parties*. Não preciso dizer que é o lugar preferido da maioria dos hóspedes — risadinha mais uma vez.

Snemed ficou curioso para conhecer esta parte do prédio e Madhup, sem dispersar, prosseguiu no seu ritmo rápido:

— Do 112º ao 118º, ficam os entretenimentos. Cinemas, teatros, espetáculos de dança, de mágica, e até um cassino digno de Las Vegas! Temos também salões de jogos clássicos, com dezenas de mesas de bilhar, pistas de boliche, circuitos de pôquer, além das competições que a *Fajar Jeux* organiza. Mas o que eu recomendo são as estações de realidade virtual ou as atrações holográficas, que se o senhor nunca tinha ouvido falar, tem uma aqui diante de seus olhos.

Snemed balançou a cabeça contente e Madhup apontou para o cume da réplica. Observando melhor o topo do prédio, notou que a parte arredondada que viu do trajeto era, na verdade, uma imensa abóbada de vidro. Pelo menos na primeira impressão, chegou a lhe parecer fictícia, tamanha a complexidade arquitetônica daquilo.

— Aqui fica o *Salón Global*. É o lugar mais especial do edifício. Hoje à noite, haverá a inauguração do que será a principal atração de Fajar. Um projeto que o Sultão levou décadas para realizar — Madhup fez uma cara de suspense — Estamos todos ansiosos para saber o que é!

Snemed ficou curioso ao ouvir aquilo. Depois de tudo que o homem enumerou, difícil imaginar o que poderia ser. Ia fazer uma pergunta sobre a tal novidade, mas ele foi mais rápido:

— Agora, sim, para finalizar, a *Tour Global* é sobretudo um complexo hoteleiro. Há três hotéis no prédio. Mas é aqui em cima, nos pisos presidenciais, que o senhor ficará hospedado.

Snemed sentiu-se lisonjeado ao saber da surpresa. Realmente não esperava ser convidado para o setor mais caro do edifício. *O pedido de trégua do Sultão começou bem...*

Em seguida, o funcionário sacou do paletó um cartão cinza de metal fosco, com uma silhueta dourada da Torre Global, e explicou:

— Antes que o *courrier* o acompanhe, este cartão dará acesso ao seu apartamento no 129º. Nele, também, está o montante de *virtois* que o Sultão separou para o senhor, enquanto estiver aqui. Isso é importante, pois na *Tour Global* somente *virtois* são aceitos.

— *Virtois*! — soltou em voz alta e deu-se conta de que a pronúncia correta era a mesma de *trois* — E qual a cotação do *virtois*? — perguntou.

— Um *virtois* são dez dólares, senhor — olhou para o lado — Sua bagagem vem aí. Meu nome é Madhup e estou aqui do meio-dia às dez. Bom descanso! — e deu uma risadinha pela décima nona vez.

Por um elevador tão soberbo, que deixaria encabulado até o ascensorista mais vaidoso do *Mandarin Oriental*, Snemed foi conduzido até o seu andar. Na subida, o *courrier* confirmou que seu quarto era mesmo no setor presidencial.

— Correto, senhor, estamos subindo até lá.

Desceu do elevador e caminhou atrás do sujeito por um corredor decorado com mais várias obras de arte. Até que numa quina do andar, ao lado de uma tela abstrata que ia do chão ao teto, o homem abriu uma porta.

— Senhor, os quartos não possuem numeração. Este quadro é a referência do apartamento.

Snemed entrou na suíte e gargalhou internamente. A antessala era um desbunde. Eximiamente decorada e com uma larga janela para o deserto, havia no centro uma mesa com arranjos de flores, uma tábua com frutas, queijos, além de uma dúzia de garrafas de vinho.

O jovem explicou uma série de pormenores funcionais e o levou aos demais cômodos daquele apartamento nababesco. Era um exagero. Era maior que seu apartamento em *Russian Hill*.

Após cinco minutos de explanação, o funcionário ensaiava para sair, quando Snemed perguntou:

— A gorjeta, como posso te dar?

O sujeito sacou um aparelho de tela flexível e disse:

— Este é o *GLB-MMI*. Todos os que trabalham em Fajar têm um. O senhor põe o cartão na parte de trás e digita o valor.

Snemed encostou o cartão no dispositivo e surgiu um teclado na tela. Generoso, concedeu ao homem uma gorjeta de dez *virtois*. O funcionário agradeceu e falou:

— Aquilo — apontou para um sensor na parede — é um terminal. O senhor pode comprar *virtois*, ver saldo, consultar gastos... Qualquer dúvida, na recepção alguém poderá ajudá-lo — e retirou-se.

O jovem bateu a porta e Snemed correu até o terminal. O tamanho da generosidade do Sultão Ibrahim, quis logo saber. Encostou o cartão no leitor e a telinha colorida anunciou:

V$ 999.990,00

No que converteu aquilo em dólar, soltou um berro. O Sultão lhe dera dez milhões de dólares americanos. *Esses sheiks não têm noção de dinheiro...* Snemed explodiu de rir. E avexou-se por ter dado só dez *virtois* para o mensageiro.

Incrédulo com a fortuna ao seu dispor, caminhou até o frigobar. Abriu a portinhola que abrigava a geladeira e deparou-se com uma linda coleção de minigarrafas. Tentado, pinçou um *Glenlivet* doze anos de 50ml e trouxe a belezinha à altura dos olhos. Após o longo voo, poucas coisas cairiam melhor do que uma dose de *whisky*.

Apesar do flerte apaixonado, Snemed desistiu. Desde a sua demissão da *StaatS*, não punha uma gota de álcool na boca. A indigestão do golpe, aliada à ressaca de quando recebeu a notícia, lhe causaram úlceras de desgosto. Com duas semanas sem beber, estava disposto a manter-se assim pelo máximo tempo possível. Por isso, optou por um chá gelado. Abriria exceção mais tarde, caso o Sultão lhe oferecesse. Ainda assim, apenas champanhe ou vinho, e se não tivesse como recusar. *Aí, também, é falta de educação...*

Na companhia da lata sem graça de chá, caminhou até a janela. Relembrando a razão da sua demissão, sentiu um resquício de raiva do Sultão. E contemplou o horizonte pelo vidro de três metros de altura. A tarde se despedia e deixava pinceladas alaranjadas no céu. No solo, nada além do deserto e da estrada que levava ao aeroporto. Ali do alto, sentiu como se sobrevoasse o local.

Então, uma sensação boa subitamente o invadiu. Percebeu algo mágico emanar da Torre Global. Parecia algo que vinha lá de baixo do deserto e que subia por aquelas dezenas de andares até as alturas. Pensou, também, nos dez milhões de dólares à sua disposição e conseguiu. O seu rancor do Sultão de Fajar num instante desapareceu.

8.

Snemed olhou para o relógio e viu que estava há cinquenta minutos na hidromassagem. Imerso na tépida atemporalidade da água, ergueu-se revigorado e secou-se no felpudo amplexo do algodão egípcio.

Ao retornar ao quarto, reparou intrigado que em cima da cama havia uma *Dom Perignon*. Sem se lembrar de tê-la visto antes, perguntou-se se já estava lá ou se entraram enquanto cochilava no banho. Abriu o envelope ao lado da garrafa e leu:

Nuit Parisiense – 23 heures – Salón Global.

Em seguida, o telefone tocou e uma voz feminina disse:

— *Bonsoir, monsieur!* Sinta-se à vontade para fazer a sua escolha no armário principal. Se possível, chegue vinte minutos antes do horário marcado. O Sultão Ibrahim estará no seu aguardo. O *Salón Global* fica no 144º. *Au revoir!*

Com um frio na barriga por estar perto de se encontrar com o Sultão, Snemed desligou e foi ao que lhe pareceu ser o armário principal. Deslizou a porta e deparou-se com uma coletânea de ternos, todos novos. Ao ver um *Zegna* azul-marinho super 200, nem se deu ao luxo de avaliar as demais opções. Era o seu terno preferido. Parecia mesmo estar ali à sua espera.

O relógio informava agora 20h24 com Snemed impecavelmente trajado e, mais ainda, ansioso. Não estava fácil conter a inquietude. Como seria rever o homem que o apunhalou pelas costas?

O Sultão Ibrahim e Snemed tinham apertado a mão apenas uma vez, cinco anos antes, num evento beneficente da *StaatS*, na sua sede em Palo Alto. Na ocasião, recém-contratado pela empresa, trocaram nada mais que poucas palavras, meramente formais. Desde então, nunca mais o viu.

Nem se recordava direito de seu rosto. Lembrava apenas que o Sultão era magro, alto e tinha a pele mais escura que a sua, além de traços do Oriente Médio, obviamente. Idade, mais de cinquenta. Apesar disso, sua jovialidade chamou-lhe a atenção.

Sobre o encontro de logo mais, decidiu que se manteria na defensiva até fazer uma leitura da abordagem que o homem faria. Quanto a isso, permaneceria em alerta. Como a noite era de festa, porém, a simpatia saía em vantagem. Sem falar naquele um milhão de *virtois* que, reconheceu, ajudava bastante.

O relógio mostrou 21h13 quando Snemed decidiu dar uma volta. A suíte, por maior que fosse, não estava apta para conter o ímpeto do hóspede. Decidiu conhecer os andares de entretenimento da Torre Global.

As portas do elevador se abriram no 114º e ele saiu num andar apinhado de gente. Uma multidão de jovens se amontoava numa fila, certamente para algum evento importante. Da forma como se portavam e se vestiam, ficou claro que eram torcedores de partes oponentes.

Ao ver o imenso telão que cobria a parede do chão ao teto, Snemed percebeu do que se tratava. Rodeados por arquibancadas com centenas de cadeiras, quatro homens jogavam, o que ouviu alguém comentar ser *One New World*. De olhos grudados na tela de cinema, os sujeitos pareciam estar num momento importante. O público aplaudia e vibrava com cada movimento.

Snemed então lembrou-se de que tinha lido, num prospecto sobre o *virtois,* que uma das principais fontes de faturamento de Fajar vinha de *games*. Passava de bilhão de dólar de receita. Não era de hoje que distração digital para fugir da depressão da vida real era algo bastante lucrativo.

Observando a confusão, Snemed afastou-se. Queria tudo menos gente esbarrando nele, amassando o seu terno. Contornando o piso no contrafluxo, andou até a parte oposta.

Passou por uma porta automática e chegou a outro setor. No ambiente agradável, silencioso, pessoas com pequenos óculos, parecidos com os de natação, tinham experiências com realidade virtual. Cada qual numa bolha digital, divertiam-se em estações privativas. De bruços em plataformas ergonômicas, uns brincavam em simuladores de voos livres, ao lado de outros que subiam por esteiras rolantes em trilhas artificiais. Nas paredes, alguns empreendiam escaladas por um paredão intitulado *El Capitain*, enquanto ao fundo, num grande aquário, pessoas nadavam com uma espécie de capacete e *snorkels*.

Great Barrier Reef — anunciou uma tela acima.

A emoção na cara das pessoas o deixou tentado a experimentar alguma atração. Mas desistiu. Sua ansiedade deixaria a experiência pouco agradável. Além disso, estava fora de cogitação fazer algo que pudesse comprometer a boa apresentação do seu traje.

Dando sequência à exploração, Snemed completou a volta pelo andar e chegou de novo à arena de *games*. Ao ver-se diante da multidão, subiu logo pela escada rolante que achou à esquerda. Assim que seus olhos flagraram um painel luminoso lá em cima, nem quis saber o que mais tinha por ali:

Champ de tir – com duas espingardas de canos cruzados compondo o logotipo.

Entrou e foi recepcionado por uma mulher loira, alta, por volta dos quarenta. Com *piercings* por todos os lados, a moça tinha ainda a pele tatuada dos ombros até os pulsos.

— Boa noite, cavalheiro, o que quer experimentar? Pistola? Semiautomática? — mostrou as dezenas de armas na parede — Temos novidades, também. Chegou um *Colt 1894* — apontou para o vidro no balcão — Essa foi de Clint Eastwood! — num sotaque texano.

Snemed gostou da sugestão, mas ao ver um fuzil *AR-15* e sua bala pontiaguda, nem titubeou. Com quinze *virtois* pagos, recebeu a arma com o pente cheio e mais uma caixa de munição. Ao entregar-lhe o protetor auricular, a mulher indicou:

— Cabine três — apontou para um corredor.

Snemed caminhou até o estande e fechou-se. Verificou se a arma estava travada e apoiou-a no balcão para ajustar o equipamento de proteção de tímpanos. Tirou o paletó, pendurou-o num gancho na parede e arregaçou as mangas.

A seguir, um painel digital brilhou na parede com a mensagem: *Escolha o alvo.*

Empolgado com a brincadeira *high tech*, rolou a tela para baixo e analisou as sugestões:

Impériale Garde
Talibã
US Army
Camice Nere
ISIS
USSR Army
Al Qaeda
Boko Haram
SS

Ao ler a última opção, decidiu-se. Apreciador de filmes da Segunda Guerra Mundial, era a única que verdadeiramente lhe soava como um inimigo. Na sequência, outra mensagem surgiu, desta vez para selecionar a distância. Sem prática há meses, escolheu a alternativa intermediária. Vinte e cinco metros.

Confirmou as opções e assistiu ao entorno escuro do estande acender numa paisagem em *led* perfeita. Com o palco armado, um estalo seco rugiu e fez Snemed arrepiar-se ao ver o homem holográfico que surgiu à sua frente. Feito da mesma tecnologia que a réplica da Torre Global no saguão, o nazista tridimensional estava no portão de um campo de concentração e fumava um cigarro. Distraído, nunca imaginaria estar na mira de um atirador.

Neste instante, Snemed notou que o protetor auricular era, além de tudo, um fone. Com o som ambiente direto nos ouvidos a legitimidade da experiência aumentou ainda mais. Impressionado com o hiper-realismo do alvo, empunhou o fuzil e o ergueu. Com a maçã do rosto colada no corpo da arma, apontou para o sujeito e mirou na cabeça.

Ao cortar a respiração para puxar o gatilho, Snemed foi invadido por algo esquisito. Ver-se a si mesmo apontando uma arma para outro homem o chocou. Nunca tinha feito isto. Nem de brincadeira. Procurou, no entanto, ater-se à suástica no braço do soldado para vencer o remorso.

Ligeiramente trêmulo, alinhavou a alça de mira e, num segundo de sangue-frio, apertou o gatilho. O projétil voou ao encontro do ombro do soldado e lhe provocou uma dilaceração tão cruel quanto verdadeira. Com a boca abrindo num grito, o som de sofrimento quase fez Snemed enjoar. A holografia, agora caída, agonizava no chão e suplicava para que sacramentassem sua morte.

Mas ele não foi capaz. Arrancou o protetor auricular e o apoiou na bancada. O encontro catártico entre realidade virtual e percepção real o deixou tremendo. Foi, também, o vislumbre da frieza que se precisa ter para fazer isso de verdade. Pegou o paletó, abriu a cabine e apressou-se até o balcão de entrada. Monossilábico ao falar com a mulher, largou a arma no guichê e partiu. Em hipótese alguma estava preparado para uma brincadeira sádica como esta.

Recuperado da aflição inesperada, Snemed olhou para o relógio e viu que eram 22h32. Já poderia rumar ao andar da festa. Caminhou até a área dos elevadores, digitou 1-4-4 e aguardou.

A porta se abriu e deu de cara com um grupo de uns vinte japoneses, mais velhos, todos na casa dos cinquenta, alguns casais, outros solteiros. Impecavelmente bem-vestidos e animados, olharam-no curiosos e o convidaram para ocupar o único lugar que restava na subida.

A partir do fascínio que o lugar despertava em todos, Snemed tentou conversar com os três mais próximos. Apesar da comunicação falha, deve-se frisar, ficou claro que o grupo também ia para o evento no último andar. Ele chegou ainda a arriscar algumas palavras em japonês, mas que, visivelmente mal pronunciadas, arrancaram gargalhadas de todos.

— *Arigatou! Arigatou!* — ao que todos aplaudiram seu esforço.

Sorridentes, os convidados saíram do elevador e formaram uma fila no saguão. Ali, apenas um pequeno palanque e três mulheres com *tablets* nas mãos. Snemed aproximou-se para se identificar, quando um segurança loiro de pele rosada apareceu e disse que ele poderia entrar:

— O Sultão Ibrahim Said Al-Mothaz o aguarda — e os japoneses se entreolharam surpresos com sua importância.

Emproado pela sua chegada triunfante, Snemed marchou pela porta e conheceu o *Salón Global*. Estupefato, inclinou o pescoço para o alto e girou para todos os lados para examinar o ambiente majestoso. Diante da imponente estrutura convexa, percebeu que era muito maior do que a maquete virtual o tinha feito crer. E, incrivelmente, havia a impressão de a cúpula ser uma peça única. As placas de vidro eram unidas umas às outras de forma tão imperceptível que parecia se estar ao ar livre.

Deslizando o olhar pelo lugar, percebeu que o saguão por onde entrou ficava dentro de uma edificação cilíndrica bem no centro do pavimento, e que subia até o ponto mais alto do domo. Na disposição do ambiente, parecia o cabo de um guarda-chuva gigante. Ocupando a parte inferior da construção, a joia do *Salón Global*. Com milhares de garrafas forrando a parede arredondada, o bar central era formado por um balcão curvilíneo que dava a volta no salão. Enfeitado com plantas e inúmeros objetos de coleção pendurados, como um violino, uma máquina de escrever e pássaros feitos de arame, a decoração era espetacular.

Atrás do segurança, Snemed avançou observando os detalhes do bar, até que chegou ao ponto diametralmente oposto à porta por onde entrou. O homem esticou o braço para uma passagem pelo balcão e disse:

— Por aqui, senhor — no seu inglês com sotaque do leste europeu.

Snemed cruzou por ali e um elevador os esperava. Este, sem frescura alguma, era só funcional, revestido em aço escovado. Ao pensar que desceria até o andar onde o Sultão estava, foi surpreendido pela sensação de subida. A porta se abriu e um jato de ar soprou na cara. Diante da área aberta, olhou para o alto e observou a antena que subia dezenas de metros em direção ao céu.

Atrás do funcionário, caminhou por debaixo da haste de transmissão quando notou que em um dos quatro pés treliçados havia uma espécie de aquário com uma sala de estar. Através da luz branda que banhava o ambiente, notou que o lugar era mobiliado com móveis e adornos árabes.

O segurança alcançou a maçaneta e deslizou uma folha de vidro para Snemed entrar. Repetiu o que havia dito há pouco:

— O Sultão Ibrahim Said Al-Mothaz o aguarda.

Snemed pisou dentro e seus ouvidos logo reconheceram *Tereza My Love*. Vindo de uma vitrola em cima de um aparador, era Tom Jobim na agulha. O segurança fechou a porta e ele sentiu o aconchego hermético do lugar. Lacrado por vidros tão espessos, a ponto de eliminar o som do vento forte, o isolamento acústico era absoluto.

Passos à frente para cruzar o bloqueio visual de um biombo e Snemed avistou o Sultão Ibrahim. Sentado numa poltrona com uma taça na mão, o homem olhava o horizonte negro sob o agradável som da bossa-nova.

Assim que o convidado surgiu no seu campo de visão, o Sultão apoiou o cálice numa mesinha e sorriu antes de dizer:

— Contente por tê-lo aqui, meu caro — ao que Snemed, num segundo reativo, deixou escapar o rancor.

Mas o Sultão, com perspicácia de sobra, flagrou a postura previsível do convidado e continuou:

— Conte-me. O que achou da *Tour Global*?

Sem poder esconder o encantamento, Snemed não teria formas de não elogiar este lugar impressionante. Por isso, apenas disse:

— É realmente bonita... — abriu um sorriso forçado.

O Sultão fechou a cara e devolveu:

— Bonita, certamente não é a principal qualidade — franziu o cenho — Aliás, eu tinha imaginado algo como os prédios aqui das redondezas, mas no fim, quis construí-la simples. Afinal, o que interessa está aqui dentro.

Snemed sorriu rígido e o Sultão reparou que ele persistia na defensiva. Por isso, mudou de tom e disse:

— Deixemos o que é passado no passado, meu caro. A *Tour Global* é um lugar magnífico — abriu os braços para a escuridão que os circunscrevia — Você logo verá que sua vinda a Fajar não deixará espaço para lamentos. Nem mesmo pela preciosa *StaatS*.

Snemed ficou nervoso pelo comentário que julgou atrevido. No entanto, não teria meios de sustentar o melindre. Estava numa posição mais vulnerável impossível. Afrouxou a austeridade encenada e deixou escapar um sorriso.

O anfitrião sorriu de volta e, servindo-lhe vinho, disse:

— Quero propor um brinde à sua vinda e ao projeto que irei lhe apresentar — ergueu a taça — Se você acha que o prejudiquei, me dê a chance de me redimir.

Sem ter como fazer diferente, Snemed cedeu. Roçando a taça na do Sultão, rendeu-se ao poderoso homem sob o tilintar do cristal.

— *À la vôtre* — saudou o Sultão.

Snemed preparava-se para falar alguma coisa, mas o anfitrião adotou um ar preocupado e, num dispositivo que lhe pareceu ser o tal *GLB-MMI*, olhou para as horas e falou:

— Preciso descer, vamos? — apoiou a taça na mesinha — Amanhã ou depois, a depender da agenda, lhe apresentarei algo que irá gostar. Até lá, aproveite a *Tour Global*. Saiba que há planos fantásticos para você.

Ao ouvir aquilo, Snemed foi eletrizado. Sentiu um arrepio na espinha que poucas vezes experimentou. Em hipótese alguma, cogitou que a viagem lhe reservaria uma oportunidade assim. Apesar disso, conteve-se. Não quis externar seu excitamento, muito menos incomodar o Sultão com perguntas tolas. E notando que o homem tinha pressa, apertou o passo e o seguiu até o elevador que o trouxera ao topo da Torre Global.

9.

De volta ao 144º, o Sultão explicou que precisava descer até o seu escritório para repassar o discurso que faria no início da festa:
— Aproveite o evento. Tenho certeza de que você será muito bem cuidado pela equipe da *Tour Global* — mandou um aceno antes da porta do elevador se fechar.

Snemed saiu pela passagem no balcão do bar e chegou de volta ao *Salón Global*. Diante do lugar esplêndido, nada lhe restava a não ser fazer tempo até a festa começar. Caminhando até a janela infinita que a cúpula criava, observou o breu do lado de fora. Sem qualquer ponto de luz vindo da superfície, não se via nada. Parecia estar numa nave pelo espaço sideral.

O olhar se perdia pela escuridão quando o som de um acordeom inundou o ambiente. Olhou para o lado e viu que, noventa graus à frente na circunferência do salão, rapazes com indumentárias parisienses iniciavam uma apresentação. Cada músico com uma boina estilosa, tocavam alguma canção tradicional francesa que não soube identificar.

Percebendo que era ali onde as pessoas se aglomeravam, Snemed foi até lá. Ao aproximar-se, calculou que mais de quatrocentos convidados tinham chegado desde que passou por ali minutos antes. Estava começando a encher.

Diante da taça vazia trazida de cima, Snemed permitiu-se pedir uma nova. Apesar do período de abstinência, decidiu prosseguir nessa toada, restringindo-se a vinho branco. Sentiu que era capaz de empreender uma jornada alcoólica sem perder o controle.

Ao aproximar-se do bar, mais uma vez observou a infinidade de rótulos que cobria o concreto da edificação. Preenchendo os primeiros dez metros, as estantes pareciam gôndolas infinitas de um supermercado de bebidas.

Ele movia o olhar admirado pela coleção quando à sua esquerda um homem digitou num terminal *Pueblo Viejo*. Ao ver que o sujeito pedia uma bebida conterrânea, Snemed ia apresentar-se, mas, em vez disso, foi fisgado pelo funcionamento do bar. As prateleiras superiores moveram-se e percebeu que eram esteiras rolantes. A seção onde o rótulo estava girou pelo mecanismo e veio até este setor. O vasilhame chegou ao funcionário, que teve apenas o trabalho de subir por uma escadinha e alcançá-lo.

— *Gracias* — disse o convidado ao *barman*.

Embasbacado com a geringonça, Snemed foi tentado a cometer uma extravagância. Tinha nada menos que um milhão de *virtois* a seu dispor. Poderia escolher qualquer uma que quisesse. *Single Malt? Cachaça? Mezcal?*

Mas, apesar de chegar até a pegar fila no terminal, desistiu. Uma hora atrás estava em jejum alcoólico e agora ia secar uma garrafa sozinho? Não tinha cabimento. Contentou-se com o vinho servido gratuitamente, mesmo porque era um belo Alvarinho, deve dizer-se. E enquanto aguardava o homem tirar a rolha para abrir uma nova garrafa, ficou ali, hipnotizado, admirando o bar. Era uma biblioteca etílica. Seria mandatório desfrutá-la antes de voltar para San Francisco.

Caminhando pela multidão em direção à janela, Snemed foi observando as pessoas. Ao ouvir a quantidade de idiomas que eram falados, concordou que o adjetivo "global" não poderia ser mais adequado. Identificou pelo menos vinte nacionalidades diferentes.

No entanto, notou a composição peculiar que ali havia. O grupo predominante, de turistas dos mais variados países, era, na sua maioria, de pessoas de cinquenta a oitenta anos. Por outro lado, havia dezenas de empresários e homens de negócio. Jovens, os *yuppies* tinham de vinte e poucos até trinta e muitos e se esbaldavam em suas áreas privativas. Para finalizar, havia ainda lindas mulheres, que, sortidas e por todos os lados, era claro que estavam ali preenchendo as lacunas do ambiente. Para ele era evidente que eram garotas de programa.

Diante da mistura pouco convencional, Snemed riu. Sexagenários, jovens milionários e damas de companhia interagiam com toda a naturalidade possível e isto curiosamente funcionava. *Para o bem da festa...*, ponderou.

Instantes depois, o Sultão surgiu pelo meio da pista. Com sua passada leve, cruzou o ambiente e subiu num palco ao lado de onde a banda tocava. As atenções imediatamente voltaram-se a ele.

Com um ar sereno, deu uma rápida testada no microfone e começou num ritmo cadenciado:

— Senhoras e senhores, é um prazer recebê-los nesta data especial — e moveu o rosto de um lado para o outro como se olhasse nos olhos de cada um dos presentes — Depois de anos em estágio de sonho, vocês poderão conhecer o resultado deste despertar. O projeto que é *la raison d'être de la Tour Global*, hoje, torna-se realidade.

Sem mais explicações, as luzes se apagaram e o tom de suspense foi ritmado pelo rufar das baquetas na caixa. Com o baterista fazendo aquilo parecer interminável, a expectativa foi aumentando até que um som alto e seco rugiu do lado de fora. Sob o refrão animado de *Champs Elysées*, os convidados vibraram em voz alta. Através do vidro, todos viram a projeção tridimensional da noite de Paris estabelecer-se sobre o escuro do deserto.

Ao dar-se conta do que tinha acontecido, Snemed deu um pulo. Seus olhos encheram-se de lágrimas. E não só os dele. A impressionante noção de ter sido teletransportado para Paris foi geral. O que se via era estupendo.

Após minutos de excitação e euforia, a banda baixou o volume e o Sultão retomou o discurso. Apontando para a parte da janela que dava para o Campo de Marte, disse:

— Nasci, cresci e fui criado no meio do deserto. A primeira vez que estive em Paris, tinha cinco anos, me encantei com a vista do topo da *Tour Eiffel*. Mas quando voltei para Omã, era impossível explicar às pessoas, principalmente as que trabalhavam para minha família, a luz da noite parisiense. E, isto, nunca saiu da minha cabeça — fez uma pausa solene — Desde então, sempre pensei em como reproduzir vistas noturnas de cidades no meio do deserto. Hoje, senhoras e senhores, este sonho é concretizado.

Uma salva de palmas inundou o salão. As pessoas estavam em estado de graça com a sua história. *Um sonho como este não é para qualquer um, nem para qualquer bolso*, pensou Snemed que, tomado pelo entusiasmo, virou o copo que era cheio.

O Sultão finalizou:

— Por isso a *Tour Global* foi construída neste lugar. Para que as projeções pudessem brilhar na escuridão do deserto. Paris é o primeiro *skyline* dos que a *Fajar Tech* desenvolveu. Roma, Londres, Sidney e outros estão prontos, e uma agenda será divulgada em breve. Não vou tomar mais o tempo dos senhores. Por favor, desfrutem a festa.

O Sultão desceu do palco ovacionado. As pessoas não conseguiam parar de aplaudi-lo. Diante do milagre da tecnologia, a fascinação era epifânica. A banda retomou a canção e o anfitrião retirou-se sob olhares encantados. Em meio à multidão, discreto, desapareceu sem que ninguém percebesse.

Minutos depois, ainda à beira da janela, Snemed continuava pasmo. Aliás, eram poucos os que não permaneciam colados no vidro observando a holografia da capital francesa, 360 graus pelo salão. Ao avistar a *Sacré Coeur*, a fala sobre "planos fantásticos" veio-lhe à cabeça e o fez reviver a sensação de minutos antes. Com tudo o que tinha visto até agora, trabalhar ali provavelmente era melhor que na *StaatS* em qualquer aspecto possível. A ambição do Sultão era algo que não quantificaria nem se vivesse mil vezes.

Caminhando flutuante até o bar, concedeu-se luz verde para manter o ritmo do vinho. A brisa da embriaguez uvífera estava agradável demais para cessá-la. Seria uma tolice se o fizesse.

Apoiado no balcão, acompanhava as garrafas moverem-se ao redor da edificação quando uma mulher brilhou no seu campo de visão. Em meio à multidão, a sua presença formou um halo ao redor de onde estava. Linda e de vestido vermelho, claramente flertava consigo.

Tão imediato como um reflexo, Snemed devolveu o olhar e ergueu a taça, numa saudação de longe. Ficou logo aceso. Uma mulher dessa dando bola para ele era tudo o que queria. Se pudesse levá-la para a sua suíte já, nem pensaria duas vezes.

Desviou o olhar por um milésimo de segundo e quando olhou de volta ela tinha sumido. Num impulso, apoiou a taça no balcão e atravessou a pista. Cauteloso para não esbarrar em ninguém, chegou aonde ela estava, mas de novo a perdeu. Olhou para o bar, para o ponto de onde acabara de sair, e lá estava ela. Mandando-lhe um sorriso atiçador, piscou para ele.

Snemed cruzou feito uma flecha a multidão. Desta vez, esbarrou em algumas pessoas, as quais ficaram sem pedido de perdão, e novamente a perdeu. Desistiu da moça. Estava cansado e não ia ficar nessa brincadeira. Apesar do desejo que ela lhe tinha despertado, certamente era uma daquelas mulheres. *Como ela, deve ter outras cem...* E de mãos vazias, pediu mais vinho.

Aguardando uma nova taça, olhou ao redor e reconheceu que se sentia um tanto quanto deslocado no evento. A solidão em meio à multidão é um troço ruim de lidar. E pelo cansaço da viagem e, como não?, pela autoestima baixa, menos vontade tinha de falar com desconhecidos. Dos homens de negócio, queria distância. Como se apresentaria? No momento, não era nada. Já não era o *CFO* de respeito e sucesso que esteve acostumado a ser, nem um membro da Torre Global, o que agora esperava se tornar.

Caminhou até a janela e deixou-se levar pelo som gramofônico das músicas francesas do século retrasado. Com o olhar fixo na holografia, ficou ali pensativo, diante da noite parisiense, admirando-a. Triste, só, era ver a *Notre Dame* até hoje cercada de andaimes. *C'est dommage...*

Dali de cima, reconheceu que a vista e o vinho estavam agradabilíssimos. Poder apreciar o cenário à companhia de um Alvarinho estava de muito bom tamanho. Pensou que melhor apenas com um cigarro, mas logo suprimiu o ímpeto.

Um tempo depois, algum sucesso de Aznavour começava a tocar quando olhou para o lado e um pico de adrenalina o inflamou. E Snemed inflamou-se a ponto de pegar fogo, pois era o furor de ver a mulher de vermelho à sua frente. De perto, era ainda mais bela. A menos de um metro, ela sorriu provocadora.

Snemed era uma chaleira em ebulição, mas se segurou. Adotando uma postura teatral, fez cara de quem é pego desprevenido e avançou o rosto para cochichar no ouvido dela:

— Olá, senhorita, qual o seu nome? — disse em inglês.

A mulher afastou a cara, olhou para Snemed e devolveu um ar de desapontamento. Com mímicas, fez sinal de que não entendia o que ele dizia e apontou para a boca como se não pudesse falar. Ele devolveu uma careta engraçada, ainda como parte da sua encenação, e arriscou em espanhol. Mas deu na mesma. A moça manteve o ar conformado e, de novo, sinalizou que não o compreendia.

 Rendido, Snemed abriu os braços e gesticulou para que ela então falasse. Aproveitou e varreu-a de cima a baixo, analisando a aderência perfeita do corpo dela ao invólucro vermelho. A moça notou o gesto sem-vergonha e riu, mas continuou muda.

 Diante do impasse, ficou sem saber o que fazer. Mas, nisso, ela sacou um vidrinho com tampa de rolha, tomou-lhe a taça e despejou o conteúdo. Abrindo um sorriso e um olhar de quem o desafia, sinalizou para que bebesse.

 Snemed ergueu o cálice e armou uma cara de quem faz uma verificação meticulosa. Com a sobrancelha direita arqueada, mirou a mulher com uma careta bufona de desconfiança e ela riu da palhaçada. Apesar do jogo de cena, estava intrigado com o que foi desafiado a tomar. *Beber ou não beber?*, pensou. Mas, diante desta mulher estonteante, decidiu entregar-se ao tratamento de primeira que o Sultão lhe prometeu. Não haveria de ser envenenado ali no meio daquela gente toda, se é que era esta sua preocupação. Deu um longo suspiro e virou tudo num gole só.

 Com o amargor vegetal do que quer que aquilo fosse, escondeu a cara feia, forjou um ar sedutor e retomou as encenações do seu rito de acasalamento. Mas, para sua decepção, a mulher virou as costas e bateu em retirada. Sem nem olhar para trás, partiu em direção à tumultuada pista de dança e o deixou a ver navios.

 Snemed foi logo atrás dela. Conseguiu encurtar a distância e, quando estava bem próximo, segurou-a pelo braço. Só que, ao fazer isso, a mulher virou-se furiosa. E abrandando, a seguir, para um ar educado, mas ainda assim sério, sinalizou com o dedo para que ele fosse para o lado oposto. Ele fez uma cara birrenta e deu as costas. Sem olhar para trás, caminhou direto ao bar. A euforia do vinho, cultivada nas últimas horas, minguara por causa dessa bandida.

Escorado no balcão, ouviu a banda agradecer aos convidados, em sinal de que terminava a apresentação. Então, o início lento e envolvente da música que começou lhe trouxe nova disposição. Como se adentrasse as ondas sonoras do saxofone que ressoava pela concha acústica, contagiou-se de um jeito familiar e descobriu quem era. *Fela Kuti!*, reconheceu.

A música que tocava, *Gentleman,* escutou à exaustão no passado, mas há anos não a ouvia. Longe de ser uma opção óbvia, chamou-lhe a atenção ter sido escolhida para abrir a pista. Vibrou com a surpresa e foi dançar. O DJ encadeou ainda James Brown, Bee Gees, David Bowie e outros *hits* do século anterior. Parecia uma *playlist* feita por ele. Dançando como se ninguém o visse, percebeu algo percorrer pelo corpo. Era uma leveza peculiar, um bem-estar diferente. A mente se descolava da cabeça enquanto sinestesicamente se conectava com a música. *Dever ser efeito da droga...,* apostou.

Da pista ao bar, do bar à pista. Toalete. Repetiu a sequência pelo menos uma dezena de vezes. À noite inteira só no vinho branco, manteve a embriaguez dentro de parâmetros aceitáveis ao bom comportamento. Estava orgulhoso de si mesmo.

Lá pelo vigésimo cálice, olhou pela janela e reparou que amanhecia. A holografia começava a perecer à medida que a paisagem parisiense era sobreposta pela claridade que chegava da seção leste. Então, os projetores holográficos foram desligados.

Andou até a janela e contemplou a vista. De onde estava, a única coisa que se via era a estrada que dava a este lugar destacado do mundo. Solitária, a pista de asfalto era um fiapo preto no vasto tabuleiro de areia.

A seguir, a bola de fogo surgiu pelo horizonte e retomou sua incessante metralhadora de fótons. No salão, não restavam mais do que cinquenta pessoas, que mal conseguiam ficar em pé. Pelo cansaço ou pelo álcool, muitos dormiam pelos sofás e poltronas espalhados. O clima de fim de festa era irreversível. Chegava a hora de ir embora.

Snemed rumava para o saguão para tomar o elevador quando viu de relance uma mulher de vermelho avançar pelo salão. Virando a cara numa expectativa excitada, *que pena!* Não era aquela de antes. No entanto, sem tirar os olhos dela, viu-a se aproximar de um milionário chinês, que reconheceu do começo da festa. Cinco segundos e cinco palavras e saiu com o sujeito pela porta.

— *Escort...* — disse baixinho.

Olhou ao redor e notou que outras pessoas de vermelho perambulavam pelo salão. Como se cada uma delas tivesse um alvo prévio, iam direto a certos convidados. Snemed observou a movimentação e reparou que as mulheres buscavam não só homens, mas também mulheres. E o inverso. Homens de ternos vermelhos abordavam tanto homens como mulheres e partiam. Contou mais de vinte saírem acompanhados.

Ao ver a movimentação, ficou tentado pela chance de também ser levado. Reconheceu que, a despeito do cansaço e do *jetlag*, estava com uma vontade tarada de sair dali com uma mulher daquelas. Duas ou três deixaram-no enlouquecido. *Fervendo!*

E bem no instante em que o pensamento desejoso surgiu, uma mão veio de trás e agarrou o seu pulso. Com um calor subindo pela cintura, olhou para o lado e lá estava ela. Encarando-o num ar provocador, a mulher de vermelho virou as costas, mas desta vez o arrastou junto.

10.

Snemed seguiu a mulher de vermelho até os elevadores convencido do que iria acontecer. Que dama resistiria a este cavalheiro bonito e sua suíte no andar presidencial? Para ele, em sã consciência, nenhuma.

Entretanto, toda vez que iniciava uma conversa, a moça permanecia com ar de desapontamento, de quem não compreendia o que ele falava. Snemed estava farto. Tinha certeza de que era um teatro. A julgar pelos seus traços, era impossível que ela não falasse espanhol, português ou inglês, três línguas que dominava.

O elevador chegou e os dois entraram. Snemed encostou o cartão no sensor e digitou no teclado 1-2-9. Com as mãos espalmadas e coladas à cabeça, imitando um travesseiro, sinalizou que queria dormir. A mulher sorriu e olhou para o teto.

Após uma rápida descida até o seu andar, Snemed lançou um olhar sedutor e a convidou para vir junto. Apesar do joguinho de pantomimas, levar a moça para o quarto, tinha certeza, seria facílimo. Mas no que ia sair do elevador, a mulher segurou o seu braço e puxou-o de volta. Passou as costas da mão no sensor, onde haveria de ter um chip, e as portas se fecharam. Ele notou neste momento que ela tinha uma cobra preta tatuada no antebraço.

Snemed sorriu tímido para ela e o elevador começou a descer numa velocidade que lhe pareceu menor que a normal. Às vezes, até, pareceu quase parar. Pela descida longa, que se tornou eterna, dada altura viu o visor romper o zero e ir até o menos quinze. Assustou-se. Olhou para a mulher e ela mandou-lhe apenas um sorriso enigmático antes de sair pela porta.

Ao pôr o pé para fora, Snemed pisou num tapete vermelho que se iniciava logo ali e se estendia por muitos metros até se perder pela escuridão.

Ao longo da sua borda, recipientes bojudos com velas decoravam o que parecia ser um caminho até a parte oposta. A mulher caminhou pelo tapete e ele a seguiu. Mantendo uma distância nunca maior que dois metros, avançou com os olhos fixos na traseira dela. O ambiente de pé direito alto pareceu-lhe um piso ainda em obras, onde este cenário fora improvisado. Não descartou ser um hangar subterrâneo onde o Sultão guardaria seus aviões. *Sabe-se lá...* Ali, tudo parecia ser possível.

Finalizado o trajeto, chegaram a uma porta de aço, tipo corta-fogo. Sem dizer nada, ela pressionou a barra de ferro e escancarou a entrada. Snemed viu o escuro dali de dentro, ficou inseguro, mas ela sorriu e ele entrou no que deveria ser a escadaria interna da Torre Global. Desceu uns degraus, olhou para confirmar que ela também vinha, no que viu de relance a porta se fechar.

Correndo de volta até a entrada, Snemed procurou a maçaneta, mas não havia. Bateu na porta e gritou:

— Ei, moça! Fiquei preso! — mas nada aconteceu. Estava trancado para dentro. O cansaço era tanto que nem conseguiu se irritar.

Snemed permaneceu ali por algum tempo, na esperança de que ela talvez tivesse esquecido alguma coisa e voltasse. *Óbvio que não...* Desistiu depois que cinco minutos se passaram. Tinha caído feito um pato na armadilha da mulher.

Então, algo lhe ocorreu e o fez achar ter decifrado a charada. Cogitou estar num *Escape Game*, que até onde sabia era uma das atrações locais. Tinha lido que empresas traziam suas equipes para dinâmicas nesta cidade vertical. E como aparentemente havia a chance de trabalhar ali, quem sabe o Sultão não o estaria testando? Desceu pela escada. Ficar ali parado estava fazendo-o perder tempo. Pisou degrau a degrau com cautela, já que a luz era escassa.

De repente, ouviu o som de um violino. Sem entender de onde vinha, seguiu o som por mais uns cinco andares para baixo e, em cada um destes, tentou sair pela porta que surgiu, mas todas trancadas. Impaciente, desceu mais alguns lances, uns maiores, outros menores, até que finalmente encontrou uma porta aberta. Entrou num corredor escuro, iluminado por algumas velas, e deu de cara com um elevador. Ficou louco por terem-lhe obrigado a vir pelas escadas. *Só pode ser dessas tolices do Escape Game...*

Snemed seguiu adiante pelo corredor, mas brecou num sobressalto ao flagrar um homem camuflado na penumbra. Com dois metros de altura, vestido de preto e com uma máscara de nariz longo, estilo médico da peste negra, a figura sinistra estava tão imóvel que lhe pareceu uma estátua.

Ao cogitar se não era mais uma obra de arte da Torre Global, ouviu:

— Seja bem-vindo — numa voz grave que saiu por debaixo da máscara.

— Boa noite — devolveu Snemed, olhando ao redor — Onde estou?

— Se chegou até aqui, é porque foi convidado.

Snemed franziu a testa. Detestava mistérios, surpresas e coisas do gênero. Quis logo saber que raio estava fazendo ali. E, notando que o homem estava à frente de uma cortina de veludo escuro, percebeu que havia uma passagem para outro lugar.

O sujeito ergueu o braço e lhe entregou um saco vermelho:

— Por favor, seus pertences aqui — apontou para a cortina — Lá, nada será necessário.

Olhando desconfiado aquela máscara medonha, e longe de estar contente com a determinação, Snemed tirou o *Hublot* do pulso, esvaziou os bolsos e sinalizou que era tudo.

O homem resmungou:

— Todos os pertences — apontou para os sapatos, calça, gravata, paletó.

— É para ficar nu? — indagou Snemed.

— Se preferir, mantenha a roupa inferior interna.

Contrariado, mas cansado demais para contestá-lo, Snemed despiu-se. Apesar de convicto de que isto era parte do jogo, estava incomodado com a situação embaraçosa. *Fingir seriedade de cueca não dá!*

O homem puxou a cortina para lhe dar passagem e Snemed entregou-lhe seus pertences. Avançou para o ambiente seguinte e foi recepcionado por uma mulher de pele preta trajada com um vestido de lantejoulas douradas. Com a mão apoiada numa robusta maçaneta de ferro, postava-se como guardiã da porta de madeira que ia até o teto.

Observando-a com certo avexamento, fez uma cara constrangida e ela lhe devolveu um sorriso receptivo. Apontou para um armário de madeira à sua esquerda e apresentou-lhe à coleção de roupões:

— Escolha o que desejar, senhor — puxou um dos cabides para mostrar ao convidado.

Tentando entrar no clima do que quer que isto fosse, ele analisou as opções e escolheu um azul-claro de cetim. Vestiu-o, e a moça apontou para uma parede com máscaras penduradas à direita do armário:

— Escolha a que desejar, senhor — repetiu o dito antes.

Snemed observou a coleção e perguntou:

— Faz parte do jogo, não é?

A moça fez cara de interrogação, mas ele soube que era encenação dela. Com um ar impaciente, escolheu a menor máscara que havia e olhou-se no espelho. Achou graça ao ver-se parecido com o Zorro.

A seguir, ela foi até a porta e puxou a maçaneta para ele passar. Snemed agradeceu, meio tímido, meio desconfortável, mas no que seus olhos viram onde isso tudo ia dar, uma euforia tão forte o dominou, que explodiu num riso. Não teve dúvida de que chegara ao melhor lugar da Torre Global.

Climatizado em vinte e tantos graus, com o piso de areia e dezenas, talvez centenas, de vasos com palmeiras, o imenso pavilhão contava com uma sonorização de ondas e a projeção de uma noite estrelada no teto. Havia até uma brisa morna, que era lançada de algum lugar. No entanto, estes eram apenas detalhes banais. Porque, por todos os lados, mulheres andavam de lá para cá com flores nos cabelos, vestidas com túnicas brancas de seda. Mascaradas, ostentavam despudoradamente a transparência de seus trajes.

Snemed quase infartou. Este beira-mar artificial e suas sereias, apesar de inegavelmente hedonista, esbanjava classe. Mesmo com as máscaras sugerindo algo como *De Olhos Bem Fechados*, de forma alguma havia um bacanal descarado como o daquele filme, pensou. Estático na entrada do salão, apreciou o cardume de afrodites que se perdia de vista.

Mesmerizado por alguns instantes, só então reparou no principal item da disposição física do lugar. À direita, uma fileira de tendas se iniciava e, esparsas umas das outras, davam a volta pelo salão até o lado oposto.

Através da claridade que transpassava pelo tecido que as cobria, ele pôde ver as silhuetas das relações sexuais. O aconchego do salão era ainda coroado por músicas clássicas. Ao mesmo tempo que compunham uma trilha sonora alegre, davam ritmo à dança tântrica das sombras.

Snemed ferveu. Mais ainda quando uma mulher o abordou com sua túnica transparente e foi impossível não flertar com seus seios. A jovem, com uma máscara azul, fingiu não perceber o gesto descarado e apontou para a tenda à direita. Apesar de ser a primeira à entrada, ficava escondida atrás de uma dúzia de palmeiras no canto do salão.

Enquanto caminhava com os pés descalços pela areia, Snemed sentiu uma excitação cavalar. Ganhara uma cabaninha daquelas para descansar e receber estas mulheres formidáveis. *Que fim de noite!*

Cruzou a barreira de palmeiras, passou pela abertura no tecido e conheceu o seu bangalô. Com uma enorme cama cheia de almofadas, havia poltronas nos cantos e mesinhas de apoio com castiçais. No chão, um deque de madeira cobria o piso e protegia o interior da areia. Tudo isso ao vapor do difusor que emanava um óleo essencial de alecrim.

Snemed apontou os braços para frente e deu um mergulho na cama. Feito uma criança, ficou rolando lateralmente, de um lado para o outro, esticando-se e alongando-se em cima do edredom.

De bruços, num conforto absurdo, de repente foi surpreendido por duas moças que subiram na cama e começaram a beijá-lo e a apalpá-lo, sem nem se preocuparem se era mesmo o que queria. Só que ele não poderia estar mais desejoso. E ao olhar para a entrada da tenda, viu uma terceira aparecer. Chegando pelas pernas, ocupou-se por ali, enquanto as outras cuidavam da parte de cima.

Snemed foi catapultado ao Éden. Depois de ter sua vontade gorada por aquela mulher de vermelho, estava agora à companhia de três senhoritas maravilhosas. Três musas. *Se isso não é o paraíso...* Agradeceu ao Sultão pela sua promessa de se redimir. O homem não mentiu. Por maior que pudesse ser sua expectativa, parecia que sempre seria superada. Sorriu para o teto de pano da tenda. Em êxtase, regozijou-se com as surpresas que brotavam pela Torre Global.

11.

Na companhia das moças, Snemed permaneceu na cama, até que um cheiro invadiu suas narinas. Num impulso para erguer o dorso, farejou a fumaça que entrava pela tenda e a reconheceu. Teve certeza de que alguém por ali fumava ópio.

Snemed lembrou-se da experiência que teve na *Chinatown* de San Francisco, uns anos atrás. Pensando no efeito forte, mas de relaxamento único, cogitou que poderia cair bem. Serviria no mínimo para dormir uma horinha, para depois aproveitar melhor isso aqui.

Cutucando a moça deitada à esquerda, perguntou se ela poderia providenciar o que o vizinho fumava. A garota, solícita, balançou a cabeça e disse:

— É claro, senhor! — e partiu.

Saltando da cama, Snemed procurou o roupão naquela confusão de almofadas e lençóis e, arrastando o pé pela areia, foi descobrir onde era o banheiro. Ao retornar ao bangalô, as moças tinham ido e no lugar delas havia outra. Sentada numa das poltronas, a loira de pele clara e olhos azuis manuseava compenetrada um cachimbo comprido de metal. Ele a cumprimentou e se deitou.

— Coloque os travesseiros ao longo da lateral. Ache uma posição que não precise se mover — orientou — Mas fique tranquilo, ficarei o tempo todo aqui.

Snemed agradeceu e ajeitou-se. Ao receber o cachimbo, colocou-o na boca, enquanto a moça segurou a outra extremidade. Ele flertou com o dragão chinês talhado no cilindro de metal e sentiu um friozinho na barriga.

Ao som da faísca de um *Zippo* prateado, a chama foi posta no bocal e a fumaça aveludada desceu-lhe pela garganta. Com o fluxo narcotizante adormecendo o corpo, deixou o irreversível seguir seu curso.

Bastou um segundo e sua visão começou a ficar embaçada. Ainda de olhos abertos, pôde acompanhar o exato momento em que a noção do mundo convencional desmoronou e migrou para outra esfera. Snemed viu-se à deriva, deitado em uma canoa, vagando por um cenário tomado pela neblina. Apesar da névoa densa, percebeu que flutuava num lago de superfície tão estática como um espelho d'água. Navegando por uma tranquilidade sublime, a calmaria reinava tão preponderante quanto a dormência de seu sistema nervoso simpático.

De repente, ouviu um violino vir de algum lugar. A música, doce mas melancólica, deu-lhe a certeza de que era produzida por alguém que estava ali tocando o instrumento. Ao passo que a canoa avançava, sentia aproximar-se cada vez mais de onde o som vinha.

Metros à frente, imaginando estar muito perto do violinista, um vento soprou e a névoa sumiu. Com o cenário limpo, olhou ao redor e viu que estava em um quarto. Percebeu, ainda, que a canoa tinha se transformado numa cama, onde estava agora deitado. O lugar, com brinquedos nas prateleiras e quadros de animais na parede, pareceu-lhe familiar. Deu-lhe a impressão de já ter estado ali centenas de vezes.

Snemed buscou o registro na memória e uma sinapse certeira trouxe a resposta. Estava em seu quarto de criança, na casa dos seus pais, em Sonora, no México. Reconheceu-o. Principalmente, ao ver o crucifixo de batismo acima da cama e a estatueta da Nossa Senhora de Guadalupe na cabeceira. Duas coisas que um bom filho de família cristã nunca deixaria de ter.

O violino persistia em sua melodia quando acelerou o ritmo e a toada calma subitamente tornou-se tensa, angustiante, intermitente. Sentiu um medo subir-lhe pelas pernas. A tranquilidade que o abraçava sumiu tão rápido quanto a neblina há pouco.

Então, preenchendo as pausas da partitura, escutou um sibilar. E antes que se perguntasse de onde vinha, uma serpente surgiu pela cama. De escamas negras e a língua bifurcada de fora, rastejou em direção à sua cabeça e parou na altura do peito. Pareceu olhar dentro dos seus olhos.

Snemed sentiu um temor ao ver o ser peçonhento estacionado na sua barriga. Mas o susto físico, contido pela imobilidade do corpo, foi também distraído pela sensação de reencontro. Era uma cobra real mexicana. Um episódio com este réptil marcou sua infância.

A seguir, o animal virou-se e rastejou pelas suas pernas em direção aos pés. Tentou acompanhar a serpente com os olhos, mas ela sumiu no escuro. Sentiu apenas as escamas frias roçarem seu dedão. Olhou para a frente e notou que na beirada da cama havia uma massa amorfa gigantesca. Era um embolado de partículas escuras que pulsavam no mesmo ritmo agitado da trilha sonora.

Neste instante, a curiosidade de Snemed foi tamanha que lhe proveu forças para erguer o dorso e ver o que estava ali. Com dois longos cornos curvados numa cabeça enorme, um ser com os contornos do diabo de seu imaginário católico era quem tocava o violino. Impávido, de olhos fechados, só o braço se mexia, enquanto sua música propagava-se pelo ambiente.

Ao topar com a surpresa pavorosa, Snemed gelou. Reparou que a criatura estava coberta por escamas negras, iguais às da cobra que tinha acabado de ver. A serpente parecia tê-la vestido com o seu couro escuro.

Sem desacelerar o ritmo, o violinista abriu os olhos e encarou Snemed com um semblante maligno. Numa seriedade vidrada, com a vista estralada sem piscar, seu braço golpeava o instrumento e produzia uma música cada vez mais tensa.

Ao reconhecer este olhar inconfundível, ele se apavorou ainda mais. Na carranca da criatura, estava estampada a expressão do Sultão Ibrahim Said Al-Mothaz. Ele é quem parecia ter preenchido a carcaça demoníaca.

Com os olhos fixos no seu espectador, o violinista retomou a toada calma de antes e a alma de Snemed a recebeu como um alento. Foi um instantâneo sopro de paz. E, ali, percebeu que sua agonia era um mero reflexo da música tocada pelo Diabo. Deu-se conta, também, de que ao longo da vida toda foi assim.

Hipnotizado pela performance da criatura, Snemed entregou-se, como se uma esfera de metal pendulasse à frente do nariz. Deixando o sono o dominar, fechou os olhos e acordou num sonho dentro do outro.

Olhou ao redor e estava numa espécie de galpão abandonado. Imenso e vazio, no lugar se produziam ecos ao mínimo ruído dos passos, mas eram ecos que se faziam do nada sobre o nada. Parecia não haver uma agulha a lhe fazer companhia; para qualquer lado que virasse, eram só as longas e nuas paredes do galpão. Uma sensação de estar *só* foi experimentada em seu nível mais agudo.

À procura de uma saída, notou algo estranho num ponto lateral. Destoante da estrutura lisa e uniforme da alvenaria, era uma deformação que criava uma protuberância na parede. Aproximou-se para ver de perto quando pisou em algo que quebrou e fez um barulho altíssimo. Amplificado pelo eco do galpão, o estrondo rompeu o silêncio e duas argolas acenderam-se à sua frente. Entendeu o que era. Aquele ser de escamas negras estava ali e acabara de abrir os olhos. Mal o fez e partiu na direção de Snemed.

Com o coração saindo pela boca, correu até uma porta no lado oposto e desceu por uma escada que apareceu. No fim, deu de cara com outra porta e depois mais um lance, mais uma porta, outro lance, e foi nisso sem parar, sem poder parar, num pavor desgraçado e, cada vez mais perto, ouvia a besta bufando e o barulho dos seus passos hostis. Violentos e mecânicos, pareciam cascos de cavalo batendo contra o chão.

Snemed emendou uma sequência de portas e escadas iguais por dezenas de vezes num cagaço monstruoso. O bate-estaca frenético que a criatura produzia instaurava uma atmosfera dantesca. Parecia um *damaru* sendo batucado para dar ritmo a uma certa dança.

Incontáveis portas e degraus depois, o som da besta começou a diminuir. A música infernal aos poucos foi minguando, até que desapareceu. Com o silêncio de volta, Snemed chegou a uma porta diferente e, ao abri-la, encontrou uma escada rústica, com largos degraus de pedra. Olhando para baixo, pareceu-lhe que era ali onde a escadaria terminava.

À medida que foi descendo, começou a sentir uma umidade fria e malcheirosa vindo de baixo. Era um fedor azedo, podre, tão insuportável que, ao pisar lá, a impressão foi a de chegar a um esgoto. Cogitou voltar pela escada, mas uma estranha curiosidade o impeliu a seguir.

Com a mão tapando o nariz, avançou pelo piso escuro e pegajoso quando freou ao ver uma massa rosada mexer-se à sua frente. Olhando aquilo sem ter ideia do que seria, avançou devagarinho até perceber que era um homem velho, nu, de costas. Corcunda e com a bunda murcha, o sujeito estava imóvel e parecia não ter notado sua chegada.

Snemed cumpriu os passos que faltavam até o indivíduo, quando ele se virou com um olhar assustado. De nariz achatado, com as mãos em forma de pata e a pele rosada, era um porco no corpo de um homem. Era um homem-porco.

Ao ver tamanha aberração, sentiu um nojo sem igual. Estar sob esta presença causou-lhe uma repulsa tão severa, que o primeiro impulso foi sair dali correndo. Mas quando ia mesmo fazer isto, a criatura esticou o braço e o cutucou com sua pata. Numa expressão tensa, como a de uma criança amedrontada, parecia emitir um pedido sincero de ajuda.

Comovido, Snemed encarou aqueles olhos tristes. E viu que lhe eram familiares. Mais do que isso, sentiu uma profunda afinidade com seu olhar se alinhando com o do homem-porco. Era como se estivessem se reconhecendo um ao outro, como velhos amigos, há anos sem se ver. Imerso no infinito deste instante, que se abria como uma fenda no tempo, deixou se levar pela esquisitice do encontro. Este ser, de alguma forma inexplicável, parecia fazer parte de si. Decerto havia algo que lhe faltava compreender.

A seguir, o homem-porco arregalou os olhos de tal forma que pareceu que iriam saltar para fora da cara. Inflando o peito para soltar um guincho de pânico, abriu a boca e explodiu num som ensurdecedor. O barulho agudo, específico de um suíno agonizante, ecoou pelo ambiente e fez Snemed acessar uma memória antiga. Lembrou-se de quando participou do abate de um leitão. Com treze anos de idade, algo perverso correu pelas suas veias ao dar a primeira de tantas marretadas na cabeça do bicho.

Sentiu cheiro de medo no ar. E entendeu o desespero do homem--porco. O ser de escamas negras descia galopante pela escada. Com seu semblante voraz, já estava muito perto quando Snemed se deu conta de que deveria correr. Projetou o corpo para fugir, mas tropeçou e foi ao chão. Antes de tudo escurecer, olhou para trás e viu dois anéis de fogo e uma boca cheia de dentes prestes a devorá-lo.

12.

Um tempo depois, Snemed recobrou os sentidos, embora ainda bastante letárgico. Com a vista embaçada de quem desperta de um sono profundo, percebeu que estava em sua cabana. A loira magnífica de antes cochilava ao lado e o fez sorrir aliviado por estar de volta ao paraíso. Aquela perseguição tresloucada não passara de um pesadelo.

A seguir, seu estômago rugiu. Simplesmente, não comia nada desde o avião. Olhou para o relógio para ver quantas horas estava sem comer, mas lembrou que o *Hublot* e o *iPhone* tinham ficado na entrada.

Como se tivessem notado o seu despertar, uma moça veio à entrada da tenda e ele perguntou se poderia pedir alguma comida. Ela disse:

— Senhor, há mais de duzentos restaurantes na *Tour Global*. Podemos trazer o que desejar.

A fome era tanta que sequer conseguiu pensar num deleite específico. Mas fazendo jus ao cenário, pediu que lhe trouxessem peixe:

— Frios e crus, por favor — e antes que a moça partisse — E uma garrafa de vinho branco.

A moça acatou o pedido e se retirou. Snemed, por sua vez, fechou os olhos e aproveitou-se do resquício de entorpecimento. Chegou até a retornar à cena de um sonho, mas, no que lhe pareceu um piscar de olhos, despertou com a mulher ali de volta.

— Posso apoiar aqui? — ela apresentou uma travessa com sashimis dispostos em degradê e uma garrafa suada de *Montrachet*.

Snemed observou o prato que chegava. Pelas tonalidades, cada pedaço parecia ser um peixe diferente. Eram uns trinta. Sua boca salivou. Neste instante, sem que pedisse, a moça que dormia acordou e, com um beijo no seu rosto, retirou-se. Pareceu ter lido o seu pensamento.

Estava constrangido por ter que pedir a ela que saísse, para poder apreciar a refeição à vontade.

Degustando cada peça apesar de esfomeado, deliciou-se com a exímia apresentação da culinária nipônica e refrescou-se com metade da garrafa de vinho. Com sobra, matou a fome. Nem era preciso tanto.

Ao saborear o último pedaço de peixe, o intestino despertou. Numa pontada lateral, alavancou-se da cama e saiu a passos largos em direção ao banheiro. Na cabine, no que se preparava para o barulho que faria, um som de água corrente camuflou a evacuação. Ao apertar a descarga, um odor mentol eliminou o mau cheiro e o fez sorrir. Adorava esse tipo de frescura.

Com as mãos lavadas, tocou de volta para o bangalô. Vendo aquelas mulheres todas ali dando sopa, refletiu que estava perdendo um tempo danado com outras coisas que não fosse provar quantas desse. No entanto, no que se deslocava até lá, deparou-se com algo que pareceu ter sido colocado ali de propósito pelo capeta. Na saída do banheiro, um homem com a máscara do *Fantasma da Ópera* fumava um cigarro. Soltando a fumaça para cima num sorriso sereno, o sujeito exalava a sua satisfação.

Instantaneamente, aquela vontade proibida reverberou dentro de si:

Um cigarro, um cigarro, um cigarro — numa voz tinhosa, insistente, que só queria matar a sede de alcatrão.

Snemed suou com o desejo de um trago, mas se manteve firme. Desde a demissão da *StaatS* não colocava um cigarro na boca e não ia ser agora. A postura restritiva era a mesma com a bebida, com a diferença que fumar não tinha hora. Até de madrugada acordava para acender um cigarro. Sem falar nas noites em que matou dois maços e abriu um terceiro.

Só que a verdade é que ver o homem com um cigarro na boca, ainda mais de filtro laranja, o fez sentir-se atacado por um enxame de marimbondos. Ficou arfante. Até ensaiou passos em direção ao sujeito para lhe pedir um. Por sorte, alguma força oculta orquestrou uma mágica e brecou o ex-fumante alucinado. Assim que percebeu a janela, fugiu dali a passos largos.

Abaixo das palmeiras à porta da tenda, Snemed tentava superar a vontade de fumar. Olhou para as estrelas no teto, ouviu o barulho das ondas e sentiu a brisa bater na cara. Podia perfeitamente estar em Krabi.

Observou também as mulheres ao redor. Tinha mais o que fazer do que se deixar ser torturado por um cigarro.

Uma jovenzinha clara de cabelos cacheados rondou o seu bangalô e ele a chamou. A moça entrou e mostrou-lhe o vidrinho com tampa de rolha que trazia. Snemed observou-o e cogitou ser o que a mulher de vermelho pusera em sua bebida.

Diante da sua cara interessada, ela disse:

— É um afrodisíaco. É feito aqui em Fajar com ervas orgânicas!

Ele gostou do que ouviu. Despejou o conteúdo numa taça com um restinho de vinho e mandou goela adentro. Desta vez, um gosto vegetal enjoativo amarrou a língua. Pareceu-lhe o gosto terrível de se mascar sementes de uva. Mas bastou um minuto e o amargor na boca virou um calor na coluna. Como se algo na veia, causou-lhe tamanha erotização que voou para cima da mulher.

Sedento, rolou de lá para cá com a moça pela cama, por longos e deliciosos instantes, até que chegou ao ápice. A mulher, num gemido genuíno, pareceu também ter vindo. Ela ficou ali mais um pouco, cumpriu um ou dois minutos por educação, pediu licença e se retirou.

A moça nem bem tinha saído e ele logo sentiu aquele furor assanhado. E como se pressentissem a sua tara, uma moça de pele preta surgiu na porta do bangalô e ele ordenou que ela entrasse:

— Vem! — e ela sequer cogitou o contrário.

Fogoso por mais vários minutos, Snemed nem acreditou quando outra vez chegou ao clímax. Seu apetite estava insaciável. De tal forma, que um segundo depois o pênis estava novamente feito. Virou para a moça que saía e pediu que mandasse vir mais:

— Duas loiras!

Um par de gêmeas nórdicas chegou e, tal como um bonobo, Snemed teve mais vários momentos de prazer. Concluiu o esbalde e pediu que lhe trouxessem mais duas:

— Uma oriental e uma ruiva!

E assim foi. Uma atrás da outra, sem parar, até que, esgotado, desmaiou. Não aguentaria mais, tamanho cansaço. Mas era um cansaço satisfeito, um cansaço dos justos. Era a sensação de dever cumprido ao ter transado com todas as mulheres que lhe foi possível. *O dever do macho alfa*, pensou pouco antes de adormecer. De tão exultante, sonhou estar flutuando nas nuvens. Rodeado por querubins e ao doce som das harpas angelicais.

13.

Snemed acordou dolorido como se tivesse cumprido uma meia maratona. Com os testículos pulsando, sentiu uma dor tão aflitiva que o pênis parecia ter sido esfolado. Até a pélvis latejava.

Relembrando o que aconteceu antes de desmaiar de sono, nada lhe restou a não ser se resignar com a sua promiscuidade. O que esperar após uma sequência daquelas? Foram catorze mulheres até onde conseguiu se lembrar. *Que exagero...*, foi obrigado a reconhecer.

Com as pernas dormentes, arrastou-se pelo solo arenoso até o banheiro. Dentro da cabine, mirou a privada, mas a dor foi tanta que o fluxo, em vez de aliviá-lo, o torturou. Olhou para o órgão e consternou-se ao vê-lo vermelho e inchado. Viu que era hora de ir embora. Ficar enclausurado neste ambiente de noite infinita tinha perdido a graça. Mesmo seu pênis concordou que era tempo de partir. Acabou-se o que era doce.

Snemed saiu pela porta do banheiro, quando reconheceu um homem que estava na festa do *Salón Global*. Ao notar que tinha cara de quem desfrutara do mesmo esbalde, acenou com a cabeça e mandou um sorriso maroto. O sujeito devolveu:

— Isto aqui não paaaaara! — num tom de excitação sexual que beirou a comoção.

Concordando, devolveu uma careta libertina, abrindo a boca e balançando a língua de um lado para outro, enquanto revirava os olhos. O homem riu do seu entusiasmo e Snemed pediu as horas, batendo com o indicador no pulso:

— Não faço ideia de quantas horas estou aqui.

— Horas?! — berrou o homem — Já é madrugada de terça!

— Terça?! — devolveu descrente — Não é possível...

Riu do que o homem disse. De forma alguma acataria a informação sem nexo. Avistou uma mulher que passava com uma bandeja de taças e foi até ela perguntar.

— Terça-feira. Quatro e meia da manhã, senhor — ela confirmou o dito pelo homem.

Snemed sentiu uma vertigem ao ouvir aquilo. Perceber que estava há quase quarenta e oito horas ali enfurnado causou-lhe uma angústia que poucas vezes experimentou. A perda da noção de tempo desconstruiu sua racionalidade. Mesmo acostumado a noites viradas, com drogas, álcool, prostitutas, e tudo o que estivesse disponível, este nível desvairado de imersão era inédito.

Querendo ir logo para o seu apartamento, percebeu que não tinha como sair neste estado. Teria que dormir ali mesmo, tomar um banho, recuperar as roupas e só, então, poderia pensar em subir. *Imagina encontrar o Sultão no elevador com esta cara?* Por ora, era ficar um pouco mais ali, até porque o evento não parecia estar no fim.

Voltou ao bangalô e tentou restabelecer-se do choque de realidade. Neste ínterim, dispensou as companhias que lhe foram oferecidas. Procurando digerir a sensação esquisita, ficou deitado na cama, reflexivo, ao som das ondas digitais que se propagava pelo salão.

Mas, quando um torvelinho depressivo pareceu que o sugaria, algo despoletou dentro de si. Constatou que não faziam sentido reflexões sensíveis em meio a este *jardim das delícias*. Ainda mais, então lembrou-se disso, com a possibilidade de o Sultão lhe apresentar "planos fantásticos". Snemed rebateu para longe o sentimento de culpa. E de repente determinado a isto, chamou a primeira mulher que passou e pediu algo que aniquilaria de forma definitiva seu baixo-astral. Ordenou que lhe trouxesse uma tequila e um maço de *Marlboro*.

A moça, acatando a rispidez do pedido mal-educado, prontamente partiu para atendê-lo. E como se aquilo estivesse ali à sua espera, em instantes retornou com o cigarro e uma garrafa de *Don Julio*.

Ao ver o vasilhame que chegava, os olhos de Snemed brilharam. Pensando que lhe trariam uma tequila qualquer, mal pôde acreditar na maravilha que tinha chegado. Uma *reposado*, ainda por mais.

— Muitíssimo obrigado! — soltando agora um sorriso.

Serviu-se uma dose transbordante e trouxe o copinho à altura do nariz. Farejando-o, apreciou o cheiro do álcool, pegou um cigarro e o pôs entre os lábios. Fez um balanço das semanas sem fumar e sem beber. Tinha que concordar. O período de sobriedade tinha lhe feito bem. Mas a verdade é que, ali, não fazia sentido algum se privar disso. Principalmente, após a jornada sexual. Seu corpo queria muito um trago. Na verdade, lhe suplicava. Acendeu o cigarro e deu um gole de destilado após tantos dias.

Uma maré de satisfação o inundou. O elixir alcoólico ao sabor do tabaco anulou as reflexões sobre sua predisposição viciosa. Sem dúvida era uma questão importante, mas não para ser examinada em um momento como este.

Minutos depois, nem percebeu e já estava na segunda dose e acendendo mais um cigarro. Solitário na sua tenda, se permitiria beber e fumar ao seu bel prazer. Estava morto de saudades.

Uma dose, um cigarro, outra dose, mais um cigarro. Neste revezamento, viu-se a vagar pelo seu passado e surfou pelas tantas histórias de sucesso na Califórnia. Metade da sua vida foi lá. E começou com um milagre. De família humilde, nascido numa região pobre do México, o sonho de entrar em uma universidade estadunidense seria tido como um delírio, se partilhasse com seus pais. Mas na época, morando sozinho na capital mexicana, longe de qualquer parente, foi aquilo. Sem saber que era impossível, conseguiu duas indicações para a *UCLA* e foi escolhido de primeira. Ele sabia. Foi a vitória de uma chance solitária contra noventa e nove milhares de adversárias.

Formado cinco anos depois em economia, emendou num mestrado na mesma área. Nesta altura, consolidava-se no mercado financeiro, onde começou a trabalhar de madrugada já no primeiro ano de faculdade. Além de um profissional exímio, tinha uma memória admirável e uma intuição espantosa. Isso tudo o credenciou a abrir sua gestora de investimentos para atender famílias ricas da Califórnia. Todos quiseram saber quem era o jovem bruxo do mercado financeiro de Los Angeles.

Mas sua natureza não o permitiu estagnar nesta atividade, que depois de um tempo se tornou maçante. Assim que surgiu uma oportunidade de mudar, não pensou duas vezes. Foi sondado pelo *Facebook* para um cargo no alto escalão da divisão de criptomoeda e mudou-se para San Francisco. Apesar do sucesso do negócio próprio, a sede por desafios novos falou mais alto. Fez ainda uma boa fortuna ao vender a sua parte da gestora.

Dois anos depois, porém, desmotivado pelas dificuldades regulatórias que a *libra* enfrentava, Padma, um ex-professor de estatística da *UCLA*, apareceu com uma proposta e a *StaatS* surgiu na sua vida. Na época, a empresa ainda tinha rótulo de *startup*, mas isto não pesou. Apegou-se às possibilidades que vislumbrou e ao fato de não precisar se mudar de seu apartamento em *Russian Hill*.

Acostumado com uma vida de conquistas, ergueu o copinho de tequila e fez um brinde a Fajar. Estava com uma curiosidade enorme sobre os planos que o Sultão tinha para si. Após ter perdido o emprego que considerava dos sonhos, só algo deste gênero para fazer jus à perda. Talvez o destino quisera assim. Olhou para o vasilhame e sorriu pelos presentes que a Torre Global lhe oferecia. A cada minuto enfeitiçava-se mais por ela.

Mais alguns goles e outros tantos cigarros e notou que tinha bebido mais de meia garrafa. Olhou para o cinzeiro e contou doze bitucas. Estava voraz. Recordando suas aventuras nos Estados Unidos, bebia e fumava numa velocidade insana.

Então, um lampejo de razão o levou a fazer uma pausa. Ao avistar a primeira moça que passou, assoviou e ordenou que viesse até ele. A jovem entrou, baixou a túnica, e ele contemplou a que talvez fosse a mais linda de todas as com quem tinha estado até agora. Olhando melhor, pareceu-lhe uma versão mais delicada daquela mulher de vermelho. Avançou alvoroçado em cima dela.

Todavia, após minutos deslizando o nariz pela pele da moça, notou que algo se passava. As reflexões de minutos antes ainda pairavam sobre si, e seu passado parecia querer continuar conversando consigo. A cabeça não estava ali. Envergonhado, tentou disfarçar, mudou de posição, ficou de pé, deitou-se, revirou-se, mas nada. Com o pensamento longe, viu-se obrigado a ter que assumir a disfunção.

A moça notou o que ocorria e sugeriu o afrodisíaco da casa:

— Você não quer provar? É feito aqui com plantas orgânicas!

Snemed sentiu-se um miserável. Experimentar uma impotência na presença de uma mulher como esta era uma vergonha indizível. Não sabia onde enfiar a cara. E num calor raivoso, que lhe subiu à cabeça, rosnou:

— Fora!

A temperatura corpórea escalou com os nervos que se afloraram. Esta fúria, tola e inexplicável, tomou-o sem que tivesse qualquer controle sobre isso. Sequer se incomodou por ter perdido a cabeça. Procurando se acalmar, serviu uma dose de tequila e acendeu um cigarro. Arrependeu-se por ter interrompido o seu momento introspectivo.

Mas a combinação da fumaça com o álcool, definitivamente alquímica, mudou seu humor como num passe de mágica. Após um cigarro e mais dois copinhos de tequila, estava de novo com sua insaciável língua de fogo a devorar.

Dada altura, com tantos outros tragos e mais vários goles, encerrou a *Don Julio*. Olhou para a garrafa nua e viu que tinha bebido 750 mililitros de destilado. Mirou o maço vazio e contabilizou vinte cigarros carburados. Bravamente alcoolizado, nada restara a não ser se esparramar pela cama e dormir. Essa brincadeira não tinha como continuar. O corpo não aguentava mais. Tinha pedido arrego.

Snemed fechou os olhos e tudo começou a rodar numa velocidade atordoante. Ao notar que as mãos formigavam, assimilou a fraqueza que o dominava e se desesperou. Aí um desejo veio à tona. Para este estágio de pressão baixa, que flertava com o calafrio, só uma coisa lhe salvaria.

A primeira moça que passou por ali, ele a chamou. Com a vista duplicada, olhou para ela e a reconheceu. Era a mulher que tinha expulsado da sua tenda. Com uma cara arrependida e a voz embolada, perguntou se ela poderia trazer um pouco de cocaína para ele.

Ela respondeu:

— Senhor, isto é proibido em Fajar — e virou as costas.

Snemed sentiu uma decepção sem tamanho. Não pôde acreditar que, depois de toda a opulência que vivenciou, seria privado disto. *Até ópio teve!* No entanto, a embriaguez era tanta que apenas se esticou no colchão e cobriu-se com o lençol. Aquecido uns poucos graus, iniciou uma luta contra a queda de pressão que o sugava como um ralo. Como se despencasse por um abismo dentro de si mesmo, um frio na barriga o fez dar um pulo da cama, mas desabou no chão. Tudo girou num ritmo ainda mais acelerado. Sem alternativas, rendeu-se a algo que nunca fazia. Pelo piso, rastejando até a parte de fora, enfiou o dedo na goela e vomitou. Vomitou, vomitou e vomitou. Eliminou o mal-estar e conseguiu dormir. Com a cara na areia e o cabelo no vômito.

14.

Minutos depois, ou horas talvez, Snemed acordou tão desbaratado, que levou tempo para perceber onde estava. A cabeça doía como se sustentasse uma bigorna no crânio. Logo viu. Era uma daquelas ressacas tenebrosas.

Reunindo forças para levantar-se, saiu da tenda e caminhou até o banheiro. Com a pouca energia que tinha, rebocou a carcaça até lá, com os olhos meio fechados, tamanha dificuldade em mantê-los abertos. Ao urinar, levantou o braço e sentiu o quão fedorento estava. Seu corpo exalava uma mistura de vômito, alcatrão e tequila. Chamou pelo funcionário para pedir desodorante ou perfume, mas ninguém respondeu.

Aborrecido com o descaso, foi até a pia para lavar as mãos, quando tomou um susto. Numa fração de segundo para perceber que era ele mesmo no espelho, deparou-se com uma deplorável versão sua. Pálido, a cara inchada e os olhos vermelhos, parecia um morto-vivo. Sem falar no cabelo, com areia e resquícios de vômito. Fugiu imediatamente do reflexo escabroso. Sua aparência o chocou. E viu que precisava de mais umas horinhas de sono antes de sair dali. *Imagina encontrar o Sultão nos elevadores neste estado?*, era só o que passava pela sua cabeça.

A caminho do bangalô, porém, assimilou algo que tinha notado antes, mas que o cérebro não registrara. Além de a música ter cessado, a projeção das estrelas e o som das ondas também tinham sido desligados. Apenas algumas velas sustentavam um restinho de chama neste fim de festa. Ninguém mais estava ali. Nem convidados, nem funcionários, nem sequer uma das mulheres. Todos tinham ido embora e ele ficara lá, jogado no chão.

Vendo-se obrigado a partir, foi até a entrada para tomar o elevador ali fora, mas a porta estava fechada e não havia maçaneta na parte de cá. Deu três pancadas e nem insistiu mais. Quis chorar ao ver que tinha ficado trancado. Só queria ir para a sua suíte dormir.

Desamparado, Snemed debruçava-se sobre sua desventura quando uma mancha rubra surgiu no canto do olho e destoou do cenário escuro. Ele virou o pescoço num reflexo ligeiro e estremeceu. Encarando-o com os seus olhos bravos, a mulher de vermelho brilhou no seu campo de visão.

Snemed congelou ao vê-la parada a coisa de dez metros de onde estava. Já ela, observando-o com a cabeça balançando de um lado para o outro, tinha ar de franca reprovação. Ele sentiu um embaraço sem igual. Tendo visto seu aspecto no espelho, não sabia onde enfiar a cara.

Mas querendo sair dali o quanto antes, foi até ela:

— Ei... — no que a mulher virou as costas e bateu em retirada.

Snemed saiu atrás dela, quase numa marcha atlética, e a viu escapar por uma saída entre duas cabanas. Chegou até lá, abriu a porta e havia uma escada. Com a mão apoiada na parede, percorreu uma porção de lances, mais uns dois ou três andares para baixo, até que deu de cara com um corredor comprido e estreito. Através dele, uma luz branda, provavelmente de velas, vinha de uns quinze metros à frente.

Acreditando que a mulher só poderia ter ido por ali, avançou pela passagem e, ao cumpri-la, brecou embasbacado. Diante de seus olhos incrédulos, qual não foi sua surpresa ao deparar-se com uma lagoa.

Confinada a dezenas de metros abaixo do térreo, a imensa galeria tinha uma piscina igualmente grande, de dimensões olímpicas ou maiores. As paredes eram de granito e, por todos os lados, plantas penduradas davam um ar botânico ao lugar. O som, apaziguador, vinha de cascatinhas nas paredes que traziam mais perfeição ainda à gruta forjada. Tudo isso na penumbra clareada por umas poucas velas em cima de canoinhas feitas de folha de bananeira.

Snemed vasculhou o lugar em busca da mulher de vermelho, mas nem sinal dela. *Bandida!* De novo, fora engambelado. A esta altura, porém, pensou que dificilmente isto seria um *Escape Game*.

Olhou à direita e percebeu que, camuflada pelo escuro e pela vegetação, havia uma ponte. Ao caminhar até lá e viu que era uma passarela estreita, meio metro no máximo, sem corrimão, que avançava por cima da lagoa e ia até a parte oposta. Com as velas concentradas todas na parte de cá, do outro lado não se via nada.

Ele se perguntava se deveria ou não cruzar o lago, quando ouviu umas risadinhas agudas virem de lá. E no que o som ecoou pela galeria, olhou para onde a passarela parecia dar e viu dois círculos acenderam-se um ao lado do outro. Incandescentes, borbulhavam como se feitos de lava.

Ao flertar com as argolas, Snemed foi tomado por algo visceral. Sentindo as entranhas remexerem-se, soube que aquilo o chamava para lá. Convidava-o. Incitava-o a percorrer esta ponte até o lado oposto. Sem pestanejar, avançou com as solas nuas por cada ripa de madeira. Com a luz das velas vindo de trás, sua sombra, cada vez mais longa, alinhava-se à exata extensão da passarela. *Our shadows taller than our souls...*, pensou num breve momento de distração na travessia.

No que lhe parecia ser a metade do trajeto, Snemed fixava-se cada vez mais nas argolas para se guiar na escuridão, quando o brilho delas começou a diminuir. Gradualmente desbotando, desapareceram num piscar de olhos, e ele era agora a nau que perde o farol em terra firme. Ao ver-se caminhar pelas trevas, sentiu uma vertigem. Abaixo, a água era tão preta que parecia andar sobre um poço de piche. Quase virou as costas para voltar para trás. Suas pernas chegaram a sacolejar. A lhe implorar. Mas sabia que seria impossível deixar de ir em frente. E bastaram alguns passos, avistou o lado de lá.

Snemed pisou na plataforma e as risadinhas novamente ressoaram, agudas, como o piar alegre de passarinhos. Foi tão sincronizado que pareceu ter sido coordenado. *Alguém me vigia!*, apostou. Um frio na barriga, uma pescoçada rápida, e outra vez ficou sem pistas de onde o som veio.

Ao olhar melhor aonde havia chegado, percebeu, pela penumbra, que na ponta oposta da plataforma havia uma massa vermelha, grande e quadrada. Foi até lá e notou que era uma porta. Larga, feita em duas folhas de madeira e com o topo arredondado, ao redor do batente havia um adorno formado por cabeças de animais. Coloridas, pintadas caprichosamente, denunciavam uma ligeira inspiração em templos hindus.

Snemed analisou a sequência que começava no lado inferior esquerdo, subia pela lateral e passava por cima até descer ao chão do lado oposto: serpente, águia, porco, lagarto, elefante, coruja, tigre, lagarto, águia, macaco, águia, um que não reconheceu, tigre, elefante, macaco, coruja, urso, coruja, abutre, lagarto, coruja, cabra, lagarto, tigre, macaco, águia, lobo, lagarto, tigre, lagarto, águia.

A alegoria misteriosa da porta alçou sua curiosidade à estratosfera. Quis imediatamente saber o que haveria por trás dela. Tremeu de uma ansiedade que não saberia explicar de onde veio. E ainda que descalço e imundo, tinha sido tão capturado por este chamado para estar aqui, que se esquecera da sua condição precária e do pedido do corpo por descanso. Então, a porta se entreabriu e formou uma pequena fresta por onde ele viu um fio de claridade. Snemed aproximou os olhos para bisbilhotar o interior e um arrepio percorreu a espinha. Pelo vão, o som de um violino escapuliu.

15.

Snemed empurrou a maçaneta de ferro e cruzou a soleira. Antes que observasse onde entrara, um jato de ar frio soprou tão forte na sua direção, que a porta bateu numa pancada. Com o golpe gelado na cara, a sensação foi a de ter entrado em uma câmara frigorífica.

Trajado apenas com o roupão de cetim, quase sucumbiu ao clima glacial. Cruzando os braços e apertando-os contra o peito, concentrou-se para controlar a friagem que subia incontrolavelmente pelas solas nuas. Ao estabilizar o termostato, pôde ver aonde tinha chegado. À sua frente, um corredor longo e alto com paredes e piso claros de mármore se iniciava. Parecia a entrada de um palácio. Ao longo da lateral esquerda, candelabros próximos ao teto produziam uma iluminação alaranjada; à direita, colunas robustas ligadas umas às outras por arcos pontudos davam ao lugar um aspecto persa. No intervalo entre elas, reparou que havia quadros pendurados.

O som do violino novamente surgiu e pareceu vir do fundo do corredor. Olhou para o percurso longilíneo e sentiu que aquilo o convidava a percorrê-lo. Avançou e viu entre as duas primeiras colunas o quadro que iniciava a sequência. Um homem vermelho com cabeça de elefante projetava sua tromba, que dava inúmeras voltas ao redor do corpo, até entrar por um buraco no peito e sair por cima feito uma chaminé.

TRECO — leu no canto direito da pintura, numa tela de três metros de largura por quatro de altura.

Snemed gostou da esquisitice da gravura. E reparou que havia uma plaquinha abaixo:

André Farkas.

Com a impressão de já ter ouvido este nome, avançou pelo corredor e viu o quadro seguinte. Com um avião explodindo e um *BLAM* vermelho em caixa alta, era o clássico de Roy Liechtenstein. Teve certeza de que era uma réplica. Nem chegou a cogitar o contrário. No entanto, abaixo estava lá o nome do artista:

— Não deve ser... — soltou cético.

Snemed avançou pelo corredor e foi arrebatado cada vez um pouco mais ao ver William Blake, Goya e Velázquez entre as pilastras a seguir. Afrontando a sua incredulidade, a plaquinha com o nome do pintor sempre esteve lá fazendo crer que eram originais. Olhando-os de perto, realmente pareciam ser. Era como se lhe fosse possível enxergar a *antiguidade* destes quadros, como se suas trajetórias seculares também estivessem ali estampadas. E isto iria se reafirmar no próximo da sequência. No que esticou o pescoço para espiar o que havia ali, quase soltou um berro. Era *O Jardim das Delícias Terrenas*.

Como jovem cristão de família austera e reprimida, esta obra sempre o atiçou. Aquelas figuras lhe despertavam um encanto sórdido. Na seção da direita, a imagem do inferno com o pássaro devorando pessoas e as defecando num fosso tirou-lhe o sono em muitas noites da juventude. A sós com este tesouro, viu-se à vontade para mover as extremidades do quadro e observar os desenhos no verso do painel de carvalho. Estava sem palavras pelo inesperado encontro com Bosch.

Imerso por mais alguns instantes na obra, de repente ouviu aquelas risadinhas novamente. Olhou à esquerda e, ao fundo do corredor, três jovens surgiram dançando nuas, com máscaras de animais cobrindo suas cabeças. Como se ensaiassem passos de balé, moviam-se graciosamente sob a música do violino que acabara de migrar para um *alegro*. Dançando com leveza, provocavam-se e cutucavam-se como se fizessem cócegas entre si.

Snemed logo se excitou com a cena bizarramente libidinosa. Elas pareciam ter saltado para fora da pintura para o provocarem pessoalmente. Deu um passo em direção a elas, mas foi o suficiente para congelarem e olharem para ele. Assustando-se como se ainda não tivessem notado sua presença, armaram poses com as mãos espalmadas e coladas ao rosto e, de braços dados, fugiram para o ambiente seguinte.

Sem nem pensar o contrário, Snemed foi atrás delas. Havia ainda uma tela de Botticelli e outra de Giotto, mas o assanhamento não deixou espaço para observá-las.

Virou para onde elas tinham ido e, para variar, foi surpreendido pelo lugar que se apresentou. Desta vez, um enorme salão redondo, de pé direito alto, povoado por dezenas de esculturas, quadros, instalações e objetos de antiguidade. A coleção passava ainda por indumentárias em manequins, instrumentos musicais, artigos étnicos e outros itens dignos de exposição. Olhando para o alto, reparou na iluminação primorosa do lugar. Longas fitas de *led* formavam círculos de luz ao redor das paredes curvadas e se espalhavam pelo chão e pelo teto, levando claridade a cada peça.

Bem onde entrara, um corredor radial abria caminho até o ponto central do salão. A faixa nua era a única área do ambiente não ocupada pelos itens expostos e parecia estar lá de propósito, para que se caminhasse até o centro. Snemed marchou por ali, e a silhueta de uma estátua ao fim o fez desconfiar do que talvez pudesse ser. Passos adiante, ao confirmar sua suposição, cogitou estar num sonho ao reconhecer a vagina escancarada à sua frente:

— Iris! — soltou em voz alta, ao rever *Iris, Messenger of the Gods*.

Esta estátua lhe dizia muita coisa. Iris não só era o nome de uma namorada antiga da adolescência, por quem sentia um calor infernal, como também era a Iris de Rodin. Esta Iris, há tanto conhecida, e que estava agora diante de si. Ao som do violino, que ainda tocava sua melodia agradável, aproximou o rosto de Iris e rememorou seus detalhes íntimos ali petrificados. Observando-a de pertinho, lembrou-se de até ter se masturbado pensando nela. Ao se perguntar se seria a peça original, no palanque que a sustentava uma chapinha dizia:

Auguste Rodin.

Balançando a cabeça, deu uma gargalhada em reverência ao lugar aonde tinha ido parar. Um acervo deste confinado nos porões de um deserto era surreal. Demorando-se para analisar cada coisa que ali havia, outra peça o fez se emocionar. Atrás de uma cítara dourada, reencontrou os lábios carnudos do sofá de Dalí. *Mae West Lips!*

Ele foi até lá e observou as ranhuras gravadas no couro, das imperfeições dos lábios humanos. Eram iguais às da peça que viu certa vez no *Pompidou*. Mesmo a assinatura do artista, garranchosa, estava ali.

— Não é possível... — soltou pela enésima vez, no que a plaquinha no chão confirmou:

Salvador Dalí.

Na sequência, ele ainda topou com um sarcófago egípcio, depois um traje real vermelho, provavelmente de um monarca asiático, e até a ossada de uma preguiça gigante. Um *Romi-Isetta* verde-água quase arrancou-lhe lágrimas. Era uma atração mais inacreditável que a outra.

Snemed zanzava à deriva pelas peças, quando perdeu o fôlego ao notar que tinha sido flagrado pelo olhar diligente de uma senhorinha de pele escura, miudíssima, sentada numa banqueta de madeira. Depois de tudo que tinha visto, não duvidava de a Torre Global lhe apresentar uma pigmeia, vigia do museu. Entretanto, a surpresa foi tão desconcertante, que sequer deixou tempo para que percebesse o óbvio. Aquilo também era uma obra de arte. Foi até lá e encantou-se com o esmero do seu criador. A escultura produzia uma presença humana incrivelmente verdadeira. A epiderme enrugada pela idade era tão real quanto uma feita por compostos orgânicos de cadeias de carbono. Olhou para o chão e uma plaquinha desta vez revelou:

Ron Mueck.

Snemed deu uma risada alta ao ver de quem era a obra. Mas no que o seu riso soou pela galeria, as moças devolveram os risinhos delas. A exposição lhe fisgara de tal forma, que se esqueceu do que viera fazer ali.

Pressentindo as jovens em algum lugar por perto, olhou à direita e as achou. Uma instalação alta, feita por uma armação trançada de bambu, mimetizava-as em meio às peças ao redor. Ainda com cabeças de vaca, cabra e ovelha, estavam agora, uma ao lado da outra, fazendo poses engraçadas como se também estátuas fossem. Desta vez, elas não se afligiram por tê-lo ali e permaneceram imóveis. Cada uma com os braços em posições diferentes, armavam uma coreografia estática.

Ele caminhou até as moças, hesitante por um instante, e contemplou a nudez feminina. A obra, de longe, mais bela do acervo não tinha sido feita por mãos humanas. Inclinou-se para frente e aproximou o nariz delas. Sentindo a fragrância que emanava das epidermes ricas em colágeno, suspirou fundo.

Mas na cafungada capturou um cheiro que teve certeza ser de ópio. E a música do violino migrou para um *andante con moto*, que eliminou a calmaria da atmosfera. Suas pernas bambearam. O odor da fumaça e o som do violino o fizeram crer que ainda estava preso no sonho onde a criatura de escamas negras o perseguia.

Então, um barulho que lhe pareceu ser de gelos batendo contra as paredes de um copo tilintou pelo ambiente. Snemed virou-se e notou que, próximo à parede arredondada do salão, havia um biombo. Exposto como uma das obras de arte, formava uma área reservada. Ele olhou melhor e reparou que, por trás da armação de madeira, ornada por um tecido claro, havia a sombra de uma pessoa e uma nuvem de fumaça. Avançou para espiar quem estava ali, mas ouviu primeiro:

— Bem-vindo, meu caro — numa voz grave e desconhecida.

Assustado ao não reconhecer a voz que o saudava como se o conhecesse, cumpriu os passos para vencer o bloqueio visual do biombo e viu o Sultão. Seminu, era ele quem soltava o fluxo de alcatrão. Rodeado por um círculo de velas e sentado em flor de lótus em cima de um trono de veludo vermelho, o homem bebia algo que lhe pareceu ser *whisky*. Com um narguilé, produzia uma fumaça densa, que turvava o perímetro onde estava. Era visto por Snemed como se através de um nevoeiro.

Ao perceber quem estava ali, Snemed paralisou. A cena o arrebatou de tal forma, que uma confusão mental tornou impossível entender o que se passava. Sua mente instantaneamente migrou para outro nível de percepção.

Já Mothaz, diante da surpresa do convidado, sorriu e sacudiu o copo. Balançou a cabeça como se dançasse a partir do som dos gelos que roçavam a parede de vidro.

— Sente-se. Vai ficar aí feito uma estátua?

Ao ouvir o homem falar, Snemed percebeu que o seu timbre de voz estava diferente. Era uma fala rouca, metalizada, e que produzia modulações que pareciam distorcer a própria disposição espacial de onde estavam.

— Por que não se senta? — insistiu o anfitrião.

Snemed arrepiou-se ao ouvir a voz grave dele, e ao observar melhor a cena diante de si. Mothaz, sentado como um iogue num assento imponente, o tronco nu e expirando um jato de fumaça, o fez sentir-se diante de uma deidade pagã. Além disso, ele parecia mais forte do que o esguio Sultão que o recepcionou no topo da Torre. O homem à sua frente ostentava uma camada a mais de energia, que lhe conferia uma espécie de corpulência. Sem falar no frio que estava, mas ele, só com uma sunga de natação, transpirava. Gotas de suor deslizando pelos seus braços foram flagradas pelos olhos pasmos do convidado.

A música tensa persistia, quando Snemed olhou pela neblina e percebeu de onde o som vinha. Pela cortina de fumaça, viu que, atrás de Mothaz, uma mulher nua com cabeça de coelho e asas de anjo tocava o violino. Era outra que parecia ter saído do quadro de Bosch. Ao ver que era notada, a moça cessou a toada aflita e, como se tivesse ensaiado para este momento, transitou para uma melodia terna. A atmosfera tranquila se restabeleceu e o fez arrepiar. A coelha angelical tocando o violino foi-lhe algo magnífico de assistir.

A despeito disso, nada fazia cessar o alerta para o elemento sutil que pairava no ar. Mothaz, apesar de uma ou outra risada, tinha um semblante sombrio, que sob as chamas que bailavam ao redor, faziam-no protagonizar um cenário sinistro. Snemed tremeu. Desta vez, soube que não era o frio. Percebeu que mesmo com a música agradável do violino, algo macabro imperava. Ao tentar falar, notou que sua voz não saía. Com palavras a lhe faltarem, cogitou estar delirando. As experiências no subsolo da Torre Global tinham implodido suas premissas de realidade.

Diante de sua pane mental, Mothaz rompeu o silêncio:

— *Todo esto es real, mexicano!* — encarou-o com um olhar penetrante.

O comentário deixou-o ainda mais apavorado. Deu-lhe a certeza de que Mothaz tinha lido seus pensamentos. E não só. De algum modo, ele parecia manipular a realidade que experimentava, como se dos dedos dele saíssem fios invisíveis que brincavam com o cenário ao redor.

— O que é isso tudo? — disse Snemed, numa balbuciada gaguejante. Eram tantas perguntas que nem sabia por onde começar.

— O que é isso tudo?! — repetiu Mothaz — Eu que pergunto. Como foi a sua jornada? Carnal, espiritual, astral, virtual... — foi falando pausadamente.

Snemed ficou mudo com o que ouviu. Mothaz, por sua vez, raspou a garganta e, com jeito de quem inicia uma fala longa, contou que tinha acompanhado o seu passeio pela Torre Global:

— Não falei que você receberia um tratamento de primeira? — e viu Snemed avexar-se ao ser pego pela insinuação certeira.

A seguir, porém, ele fechou a cara e, num semblante de decepção, continuou:

— Uma pena, só, você ter se perdido. Estragou o cenário preparado para você. Berrou com a moça...

Snemed fez cara de desentendido e devolveu:

— Preparado para mim?!

Mothaz sacudiu a cabeça e falou, com sua toada compassada:

— Em breve, você compreenderá que a *Tour Global* tem vida própria. E hoje, ela lhe proporcionou uma viagem pelos seus labirintos. Pelos dela, pelos seus; pelos *cursos labirínticos e errantes da vida*. Ela permitiu que você revisitasse cada uma das suas personalidades — deu um trago no narguilé — Por isso, tudo foi cuidadosamente escolhido. Seu terno predileto, suas músicas favoritas, as mulheres lindas, aquela praia *indoor*, a garrafa de *Don Julio*, as obras de arte... — apontou para o lado — Mas isso foram apenas estímulos para que você acessasse o que realmente importa.

Snemed sentiu uma certa apreensão ao ouvir aquilo e escutou:

— Todos nós somos cercados por anjos e demônios. É assim que gosto de chamar as nossas facetas. Apesar da sugestão maniqueísta, são forças complementares. Mas a forma como você lida com elas cria uma guerra interna. E no seu caso, pelas coisas que você alimenta e pela forma como você vive a vida, não só os demônios venceriam, como devorariam os anjos num banquete de sangue.

Snemed compreendeu a metáfora de Mothaz. De alguma forma, no âmago, entendeu. No entanto, sua incapacidade de processá-la racionalmente o deixou com uma cara de idiota.

— Você é o homem de finanças mais competente do planeta — retomou o Sultão — A primeira vez que escutei falar de você foi sobre *El Brujo*, o "mago dos números" — fez um gesto manual como se lesse um título bombástico — Confesso. A sua leitura das coisas me faz crer que você é mesmo um *clairvoyant*. Isso é um anjo seu. Por outro lado, o seu brilhantismo racional lhe causa uma cegueira. É a razão pela qual você nunca percebeu a relação íntima com os demônios — e olhou dentro dos olhos de Snemed — Mas o que você acha que provocava aquele calor pelo corpo que o fazia sentir-se rei em San Francisco? Ou de onde você acha que veio a confiança sobre-humana para conduzir aquela jogada audaciosa na *StaatS*? — deu um longo trago para renovar a neblina que se dissipava — Realmente, nenhum homem conhecerá direito os seus anjos sem conhecer cada um dos seus demônios. São os demônios que guardam as chaves do paraíso. Mas você negligenciou os anjos. E eles nada puderam fazer quando você precisou.

Snemed ouvia aquilo, mas sua mente, esgotada, cada vez menos conseguia adentrar as profundidades de algo deste calibre. Estava devastado pelo sono, pelas drogas, pelo cansaço e, mais ainda agora, pelo discurso que ouvia.

Mothaz adotou um ar revelador e disse:

— Para que houvesse o contato com as suas múltiplas personalidades, coisas tiveram que ser orquestradas. Foi preciso artimanhas para ludibriar a sua mente. Um exemplo: passaram-se apenas 24 horas desde o fim da festa no *Salón Global*. Isso foi necessário para minar sua noção de tempo e libertá-lo deste antolho. Só que sua mente é tão teimosa, que, quando viu que tinha perdido o controle do tempo, você ficou emburrado.

Snemed sentiu um calor pelo corpo ao ouvir aquilo. Quase que uma pontada de raiva. Mothaz ainda acrescentou:

— Para quebrar a noção de espaço, as escadas e o elevador. Estamos, aqui, no 13º subsolo. Imagino que depois de tudo o que você desceu, diria que estamos no "menos quarenta" — e riu da cara que Snemed fez.

Este detalhe o deixou transtornado. Tanto que um pico de adrenalina o possibilitou finalmente formar uma frase sem enrolar a língua, e com uma pitada de indignação:

— E tudo o que eu vi e tudo o que eu senti? — seus olhos eram pura perplexidade.

Mothaz fez cara de quem parecia ansiar por esta pergunta:

— Aí que mora a beleza da *Tour Global*. Ela é mágica. Como disse, tem vida própria. Ela permite que a mente mude de plano e empreenda mágicas da percepção. Com os seus truques, a noção individual cria infindáveis percepções reais. E é justamente neste plano emulado de realidade, nestes sonhos acordados, que podemos fazer uma jornada pelos nossos meandros. Hoje, você pôde revisitar suas facetas. Você viveu felicidade e experimentou tristeza. Ficou faminto por horas, para depois se esbaldar com iguarias. Sentiu-se exausto e descansou. Foi infernizado pelo frio e abraçado pelo calor. Esteve cheiroso e elegante para, a seguir, estar pelado e fedido. Experimentou aflição e angústia, êxtase e alegria... Tenho certeza de que foi muito mais. A Torre Global nos faz conhecer cada uma das máscaras que nos obrigamos a usar. Você agora é prova disso.

Snemed era surrado pelo sermão de Mothaz. Sua cabeça estava do avesso. O homem brincava consigo como se fosse uma marionete. Um rato de laboratório. Mas diante da desconstrução mental que sofria, certamente a maior da sua vida, ainda levaria bastante tempo para assimilar isso tudo.

De olhos fixos no homem à sua frente, notou que a presença dele o capturava como se ele lançasse ondas gravitacionais na sua direção. Era uma força de atração tão implacável que o fez ser engolido por um troço impressionante. Mothaz esfregou as mãos na cara e seu rosto começou a se transfigurar. Seus traços dissolveram-se e outras faces se desenharam no lugar. Homens, mulheres, brancos, pretos, indígenas, jovens, velhos, até que Snemed se deparou com a cara sisuda do seu pai, encarando-o com um olhar austero. Nem pôde se assustar e um companheiro de apartamento de Los Angeles brotou com seu rosto caucasiano e, na sequência, deu lugar à feição perfeita de um conselheiro da *StaatS*. E, ainda, um colega de faculdade, um membro do seu time no *Facebook*, sua namorada brasileira e o zelador do prédio em *Russian Hill*.

Dentro do estágio de delírio em que se viu, Snemed fechou os olhos para tentar parar aquilo. Vendo o que tinha acabado de ver, soube que sua mente estava prestes a colapsar.

Mas, para o seu alívio, abriu os olhos e o rosto de Mothaz estava ali como antes. Tomando tranquilamente sua bebida, o homem pegou a mangueira do narguilé e puxou um longo trago. Com o peito inflado, expirou um volume descomunal de fumaça.

Pela densa névoa que se formou, Snemed reparou que a pele de Mothaz começou a escurecer. Algo pareceu sair pelos seus poros, como uma tintura escura, uma espécie de betume, até que o homem foi subitamente coberto por uma carapaça negra escamosa.

Ao reconhecer quem estava à sua frente, a pressão de Snemed despencou. Com as pernas perdendo sustento, desabou em cima de um punhado de almofadas, que nem havia reparado estar logo abaixo. Ficou a um milímetro de desmaiar. Com a nuca forçando a cabeça para baixo, ele, no entanto, sentiu-se tentado a olhar nos olhos do Diabo. Ele sentiu esse desejo.

E assim que a tontura passou e foi olhar, o rosto de Mothaz já estava ali de volta. Como se absolutamente nada tivesse acontecido, falou:

— *Todo esto es real, mexicano!*

Snemed moveu o pescoço para os lados e tocou com o indicador no chão, como se checasse a veracidade material deste plano. De novo cogitou se estava em um sonho. Entretanto, uma sensação de estar presente foi percebida de forma tão vívida, que se sentiu mais acordado do que nunca. Era tudo real. Isto era realidade.

— Seu lugar agora é aqui — Mothaz sacudiu a cabeça — Você não perderá a oportunidade de construir o maior império que a humanidade já presenciou. Você não está aqui, agora, falando comigo por acaso. Todas as escolhas que você fez na vida culminaram neste momento. Desde a escolha de sair do México para estudar em L.A., passando por se mudar para San Francisco, pela decisão de sair do *Facebook* para a *StaatS*, até aceitar meu convite, pegar um voo para Fajar, perseguir a mulher de vermelho e caminhar pela ponte que o trouxe até aqui. O homem é o arquiteto do seu destino — fitou Snemed com olhos vibrantes — E você acaba de dar um passo importante na construção do seu.

Snemed sentiu um choque na coluna. Foi uma descarga elétrica no sacro tão possante que o fez ter um espasmo. Viu um clarão acender ao redor. A esta altura, porém, nem isto, nem a desejada proposta, fez com que seus ânimos se reanimassem. O corpo operava em metabolismo basal. A cabeça pendia para baixo, como quem não aguenta o tranco de um sono avassalador. Conseguiu apenas murmurar para que fosse levado ao quarto.

Mothaz acatou seu suplício. Com um ar piedoso, falou:

— Claro, claro… Você viveu muitos dias dentro de um só. Você precisa descansar — deu um gole da bebida — Uma pena que de nada desta conversa você se lembrará ao acordar.

Ele chamou então por um nome, que Snemed ouviu mas não reconheceu. Uma mancha rubra avançou pelo ambiente e a mulher de vermelho surgiu. Educado, o Sultão pediu a ela que conduzisse o convidado ao quarto.

2º movimento.

16.

Snemed abriu os olhos com a sensação corporal mais estranha que já sentira. Certamente não era isso, mas parecia ter levado uma anestesia geral, e este seria o momento em que os efeitos se dissipavam. No lugar de uma ressaca óbvia, um torpor o envolvia numa camada sonífera tão pesada que o fez sentir ter hibernado.

A seguir, e assim que um lampejo da praia artificial o fez recordar sua noitada, pulou da cama preocupado para ver onde estava. Diante de seu estado, porém, a sensação foi de alívio. Ver-se são e salvo em sua suíte foi uma grata surpresa. Nu e sem a menor ideia de como chegara até ali, a última recordação era do vômito queimando a laringe, enquanto rastejava pelo chão de areia.

Um minuto depois, como se soubessem de seu despertar, escutou duas batidas secas na porta. Num esforço hercúleo, arrastou o corpo em frangalhos até a porta, e deu de cara com um carrinho de café da manhã e o funcionário sorridente que o pilotava. Não tinha certeza, mas lhe pareceu o mesmo que o trouxera até o apartamento quando chegou. Achava esses indianos todos iguais.

— Bom dia, senhor! — o empregado avançou com a carruagem pela entrada para estacioná-la na antessala.

Apesar da simpatia do sujeito, o estado de Snemed não permitiu que lhe dirigisse nenhuma palavra. Muito menos gorjeta. Com a pior cara possível, evitou contato visual e torceu para que o homem saísse o quanto antes. Quando saiu, ele observou a refeição farta, mas a língua seca e um gosto horrível na boca aniquilavam o paladar. Decidiu tomar uma ducha gelada.

Embaixo da coluna de água que caía na nuca, viu que seria dificílimo transformar aqueles cacos de memórias num fio cronológico para a noite de ontem. *Noite*, aliás, era um termo meramente figurativo, logo ponderou. Tinha para si que havia sido uma jornada de mais de cinquenta horas. Esteve com sabe-se lá quantas mulheres. *Catorze, quinze, dezesseis...,* foi contando mentalmente, enquanto revia cada um daqueles rostos femininos. No entanto, o que estava mesmo atiçando a sua curiosidade era saber como retornou ao apartamento.

Lembrou-se, então, de que, em certo momento, a mulher de vermelho surgiu na praia artificial. Supôs ter sido ela que o resgatou e o ajudou a vir até o quarto. Realmente parecia haver uma lembrança de subir com ela pelos elevadores. *Será que ela me viu pelado?*, quis saber.

De banho tomado, retornou aos alimentos para ver se, agora, algo lhe despertava a vontade de comer. Observou a pitaia aberta, o iogurte, pão, queijos... Mas, então, quase vomitou ao ver uma garrafa de champanhe aberta. Só de pensar em álcool teve que brecar no peito a ânsia que subiu até a goela.

Com o estômago embrulhado, afastou-se dali. Caminhou até a janela e notou que, em cima de uma das mesinhas da sala, estava o saco vermelho onde depositou seus bens antes de entrar na praia artificial. Ao revirar o conteúdo, suas coisas não estavam ali. No lugar, um envelope com a mensagem:

Descanse por hoje e encontre-me amanhã às nove da manhã no 105º. Ibrahim.

Perguntando-se sobre o paradeiro de seus bens, olhou para um aparador e avistou o cartão de *virtois*, seu *Hublot* e um celular, que logo viu que não era seu *iPhone*. Pegou o dispositivo e notou que era um daqueles de tela flexível, parecido com o que o mensageiro lhe apresentou para lhe dar gorjeta. Virou o aparelho e, na parte de trás, ao lado do *Made in India*, leu: *GLB-MMI*.

Snemed ligou-o e o logotipo da Torre Global surgiu na tela de cristal líquido. Assim que o sistema operacional rodou, espantou-se ao ver uma conta sua habilitada, com todos seus contatos, fotos, usuários, aplicativos. Estava tudo ali.

Incomodado com o gesto pouco democrático, pegou o relógio para colocar no pulso e reparou que os ponteiros estavam estáticos. Mexeu na corda de todas as formas possíveis, mas foi em vão. Não estava funcionando. Irritou-se com a falta de zelo com seu *Hublot*. Custara-lhe cinco mil dólares.

Pegou novamente o cartão e leu as indicações do encontro do dia seguinte:

— Nove horas, no 105º — disse em voz alta, para memorizar.

Então, o óbvio veio-lhe à mente. Num vislumbre da noite iluminada de Paris, lembrou-se de algo que não tinha pensado até agora. O convite para a conversa de amanhã só poderia ser para o Sultão introduzi-lo aos tais "planos fantásticos". E ele tinha fé de que seria uma oportunidade para trabalhar na Torre Global.

Recordar-se do ponto onde a vida tinha parado antes daquela loucura toda o eletrizou. Ficou eufórico ao imaginar que, menos de um mês após a maior derrota da sua vida, estava diante de uma oportunidade como essa. Se assim fosse, a demissão da *StaatS* não passaria de um daqueles males que vêm para bem.

De repente:

Um cigarro, um cigarro, um cigarro — surgiu forte, mas Snemed manteve-se firme, apoiado na expectativa do dia seguinte.

Tentando se distrair da vontade, cogitou passear pela Torre Global. Mas sendo sincero consigo, não tinha condição alguma de vagar pelos andares do prédio, em busca de sei lá o quê. Estava dominado por uma moleza da cabeça aos pés. E o importante era o dia seguinte. Tinha tudo para ser um grande dia. Talvez, o grande dia da sua vida. Evitar contato com o mundo externo e repousar era o mais sensato a se fazer.

17.

No dia seguinte, Snemed despertou praticamente novo. Apenas uma dorzinha de cabeça o incomodava, mas nada que um ibuprofeno não resolvesse. Olhou para o relógio do *GLB-MMI* e viu que era hora de se levantar.

Pegou um comprimido e tomou-o por precaução. Não cabendo em si pela expectativa, correu para o banho. Depois de tudo que viu, trabalhar na Torre Global era o que precisava para enterrar de vez a sua frustração pela *StaatS*.

Revigorado e pronto para se apresentar ao Sultão de Fajar, caminhou até o armário com a coleção de ternos e escolheu um *Armani* cinza chumbo e uma gravata bordô. Desceu até o andar indicado e, às nove em ponto, estava na recepção do 105º. Cogitou que este seria o setor onde ficavam as instalações administrativas da Torre Global.

Uma jovem atendente oriental o cumprimentou e indicou que ele aguardasse em uma das poltronas da sala de estar:

— O Sultão Ibrahim chegará em dez minutos — informou.

Snemed circulou pelo ambiente e não quis se sentar. Caminhou até a beira da janela e contemplou o horizonte que se perdia de vista. Notou que, ao fundo, era possível ver o mar. De onde estava, o oceano era um fio azul-escuro entre o céu e o amarelo do deserto.

Instantes depois, acompanhando aquele vai e vem de homens engravatados e mulheres de *tailleur*, mas algumas também engravatadas, o Sultão apareceu na recepção:

— Meu caro, bom dia! — estendeu o braço para cumprimentar Snemed — Aproveitou a noite em Paris?

Embaraçado pela esbórnia em que ingressou na sequência da festa,

Snemed respondeu tímido:

— Foi um evento inesquecível. Aposto que todos se sentiram na França — com ar bajulador.

— Ainda iremos melhorar a resolução! — sorriu entusiasmado — Venha comigo para lhe apresentar este andar.

Os dois marcharam pelo corredor que dava a volta pelo piso e o Sultão foi dando explicações sobre esta seção do prédio:

— Aqui onde estamos é o Banco Central de Fajar. É aqui que se controlam todas as transações em *virtois* ao redor do globo. No 107º, fica a administração do *blockchain* e a tesouraria do banco. No 108º, a área de geração e análise de estatísticas e, no 109º, as células de desenvolvimento de algoritmos e aplicativos.

Snemed ouvia atento a explanação do Sultão, mas este andar e suas belas salas de reunião quase que o interessavam mais. Cada qual decorada com obras de arte, os ambientes tinham portas e paredes de vidro e uma larga vista para o deserto. Conhecer o lugar onde supostamente iria trabalhar deixou-o excitado.

Já o Sultão, vendo a admiração na cara do convidado, permitiu que observasse tudo com calma e, após alguns segundos de silêncio, continuou:

— Ainda neste setor, no 110º fica a administração do *IoT* da *Tour Global*, e o 106º é um andar com salas de trabalho, ambientes para teleconferências, anfiteatros, além de uma estação grande de *coworking*, uma incubadora e uma aceleradora de *startups* de tecnologia. Enfim, tudo que um homem de negócios precisa para tocar seus assuntos de trabalho, enquanto desfruta o melhor da *Tour Global*. E neste piso, além das salas de reunião, ficarão os diretores de cada divisão de negócio de Fajar — e olhou para Snemed com se o tentasse.

Após a volta completa pelo andar, os dois entraram no que pareceu ser a sala do Sultão. O ambiente, decorado com sofás, abajures e mais várias obras de arte, tinha uma janela de mais de vinte metros de comprimento com vista para o deserto. Vidrado com a sala dos sonhos, Snemed notou que havia quadros pendurados. Aproximou-se para vê-los e identificou o que lhe pareceu ser uma réplica de Van Gogh.

O Sultão, notando o seu interesse, esperou que observasse a tela e disse:

— *Langs de Seine* — e com ar de isto não ser nada de extraordinário, acrescentou — Esse é original. Foi um presente especial de um amigo.

Snemed riu ao receber a informação, e ansiava por mais, mas o Sultão desconversou e o chamou para vir até a janela. Ao chegar próximo ao vidro, deparou-se com um detalhe novo. Atrás da Torre Global, havia um gigantesco parque de energia solar. A estrutura prateada tinha muitos quilômetros quadrados de área e preenchia uma boa parcela da superfície de areia.

— É aí que toda energia de Fajar é gerada e armazenada. Seria uma estupidez queimar petróleo e desperdiçar essa energia de graça — apontou o dedão para o lado, como se debochasse de seus vizinhos — Na parte subterrânea, ficam as baterias feitas com a patente que adquirimos da *Tesla*. Agora, é a *Fajar Tech* que fabrica.

Snemed gostou do detalhe ambientalmente correto da Torre Global. De olhos fixos na janela, admirou por mais alguns segundos o colosso de placas fotovoltaicas.

A seguir, o Sultão o convidou para se sentar em uma das pontas da mesa que ocupava quase um terço da sala. Era tão grande que mais de vinte pessoas poderiam confortavelmente compor uma reunião. Sem rodeios, ele foi logo ao ponto central da conversa. Explicou que ali estava em jogo o cargo de executivo financeiro da Torre Global. Uma posição que responderia diretamente a ele enquanto presidente de Fajar.

— Considerando que a *Tour Global* é a entidade máxima de uma nação, este cargo é análogo ao de um ministro das finanças — acrescentou, no que Snemed sentiu um calor subir-lhe à cabeça.

O Sultão ia avançar, mas Snemed, tomado por uma curiosidade besta, interpelou-o sem conseguir conter a curiosidade:

— Por que eu?

Surpreso com o questionamento, o Sultão fez uma pausa de três segundos, como se pensasse por onde ia começar, e respondeu:

— Há muito tempo acompanho sua trajetória. Desde o *Facebook*. E quando nos conhecemos, naquele evento em Palo Alto, vi que você era uma pessoa distinta. No seu olhar, percebi isso. Depois, acompanhando o seu trabalho nesses anos de *StaatS*, sempre me encantou a sua capacidade de transformar dados inúteis em inteligência. Li cada reporte que você publicou aos investidores. E quando comecei a construir isso aqui, soube que era você de quem eu precisava — e mudou o tom para dizer — Até que meses atrás, quando percebi o desastre que você ia fazer, tive que intervir. Mas você logo verá que fiz aquilo para te salvar.

Apesar de lisonjeado, Snemed não conteve a indignação:

— Mas como você tem certeza disso?!

O Sultão não ligou para a exclamação melindrada de Snemed e acrescentou sorrindo:

— Aquele negócio com os suíços, a esta altura, já o teria arruinado. A *Helvetzia* é a *Cambridge Analytica* com outro nome e em outro país. Não sei como você não percebeu isso...

Snemed fez uma cara surpresa e o Sultão emendou:

— Águas passadas, meu caro. Não há mais razão para olharmos por este inútil retrovisor. Vamos falar sobre a *Tour Global*.

O Sultão então sacou um *folder* preto com um logotipo dourado da Torre Global e Snemed leu, em letras garrafais:

O capitalismo enfraquece a cada dia e está sentenciado ao fim com a ascensão do virtualismo. A Torre Global será o instrumento de transição para o novo sistema.

Snemed quase explodiu numa risada ao ler aquilo. Obviamente, não ousaria fazê-lo na cara deste homem, muito menos zombar de seu empreendimento de pretensões imperiais. Mas quis.

O Sultão notou o seu ar de incredulidade e iniciou o que se referiu como a tese do virtualismo:

— Como você leu aí — apontou para o material que Snemed segurava — A criação de Fajar e da *Tour Global* tem origem na seguinte percepção: de um lado, há um sistema caro, pesado e leonino, e que mais ainda ficou depois da crise do começo da década. Do outro, um desejo por algo novo, por algo leve, igualitário e democrático. E é por isso que a *Tour Global* foi criada. Para ancorar o modelo que substituirá o modelo vigente. Só que entrar numa empreitada como essa é briga de vida ou morte. Assim que o sistema percebe a ameaça, ele reage. Já houve tentativas, é claro — gesticulou — Porém, sem entender a complexidade da empreitada, fizeram de forma amadora, amedrontada. Quase pedindo permissão ao capitalismo para ser seu concorrente. Um exemplo foram as criptomoedas, em especial a *Libra*, que você acompanhou de perto. Fizeram um alvoroço em cima destas "novidades disruptivas" — fazendo aspas com os dedos — Só que logo se tornaram só mais um instrumento do sistema monetário vigente. Porque se achou que era possível se desenvolver dentro de um ecossistema onde o capitalismo é quem dita as regras. Além do mais, muitas moedas virtuais surgiram sob desconfiança e com um perfil anárquico demais — riu — Em se tratando de dinheiro, precisa haver uma instância a quem se possa recorrer. E este é o papel do Banco Central de Fajar, que você vai entender mais para frente.

Achando o introito um pouco fantasioso, Snemed ouvia o discurso com menos interesse do que esperava. Por respeito ao Sultão, porém, fazia cara de quem escutava tudo com a máxima atenção possível.

— Diante deste panorama — continuou o Sultão —, só uma coisa pode ser feita. É condição *sine qua non* criar um ambiente exclusivo para o novo sistema se desenvolver. A internet, quando surgiu, teve tudo para ser, mas acabou fortalecendo as grandes corporações. Bancos automatizaram tudo e substituíram mão de obra por ferramentas digitais. Empresas otimizaram vendas, aperfeiçoaram visão de mercado, conheceram melhor seus consumidores... E após a pandemia da *covid*, para sacramentar, com as empresas grandes auxiliadas pelo Estado e pelo mercado, foram só as que sobreviveram. Compraram todas as menores e criou-se este oligopólio de sete ou oito conglomerados intercontinentais, donos de quase todas as marcas do mundo.

Snemed gostou do último comentário. Nunca tinha parado para fazer esta constatação óbvia. O Sultão prosseguiu:

— É por isso que o virtualismo nasce com a visão de que tudo tem que ser feito de forma isolada. Desde o princípio. E a *Tour Global* é o reduto do novo sistema. Aqui em Fajar, com esta percepção enraizada, criamos um sistema financeiro exclusivo. Sólido. E acima de tudo, independente. Mas ao mesmo tempo, compatível com o sistema convencional. O virtualismo é um modelo que rivaliza com o capitalismo, mas que tem uma esfera paralela própria e autônoma. Um ambiente livre da contaminação do sistema tradicional. Além disso, não é aparelhado por absolutamente nada. É leve, como o próprio nome sugere. O virtualismo não precisa de entes financeiros, de papel-moeda, de títulos de dívida, de agentes fiduciários, de apólices de seguro. Sequer depende de um conglomerado de empresas. E isso possibilita tamanha leveza, que, quando sua insurreição for percebida, será irreversível.

Snemed não quis comentar, mas tinha enumerado ao menos dez coisas que anulariam as ambições deste projeto de pretensões questionáveis. Isto era pura utopia. Mas o Sultão, com seu discurso afiado, não parava:

— Vou colocar por outro ângulo. É indiscutível que os Estados falharam no seu dever de proteger os cidadãos. Principalmente após a pandemia de 2020. Sem entrar no mérito da intenção, a verdade é que acabaram permitindo que o sistema monetário fizesse o que bem entendesse. O Estado agiu como uma mãe omissa frente ao pai que abusa toda noite do filho.

Snemed soltou um riso nervoso com a metáfora do Sultão, que emendou:

— Algo que sintetiza bem isso é o que eu gosto de chamar de "as três grandes mentiras". A primeira, da indústria de proteína animal, que omite os malefícios de seus produtos para fazer com que o máximo de seres humanos no planeta tenham acesso ao seu alimento porcaria. A segunda, da indústria farmacêutica, que esconde o caminho da cura, para continuar sua incessante criação de moléculas milagrosas. E, por fim, a das indústrias de combustível fóssil, que fazem de tudo para maquiar os seus danos ambientais — fez uma careta para Snemed — O problema é que os políticos, seja de um lado ou de outro, sempre que assumem o poder, veem-se dependentes destas corporações. E nada os resta a não ser fazer vista grossa enquanto a população e o meio ambiente adoecem.

Em seguida, o Sultão olhou para Snemed com um sorriso de canto da boca e disse:

— Vou fazer uma revelação que fará você rir — fez uma pausa para criar uma atmosfera de suspense — Quando jovem, fui um comunista ferrenho! Snemed riu tão constrangido, que nem soube o que falar.

— Mas o problema — prosseguiu o Sultão — foi o comunismo ter brigado com o liberalismo numa época em que seria impossível vencê-lo. No início do século XX, coroado pela Revolução Industrial, tudo jogaria a favor do liberalismo. A ideia do comunismo era bela, porém, sua operacionalização, impossível. O desejo de que o Estado comandasse os meios de produção e a distribuição igual da riqueza, de forma justa, era inexequível. Porque faria com que fosse necessário ter seres humanos no poder para administrar a coisa pública. Estas pessoas, seduzidas pela importância de suas funções, quebrariam o grande princípio do pacto de igualdade. Além disso, as invenções do período seguinte à Revolução Industrial eram sedutoras demais. Automóvel, motocicleta, rádio, ar-condicionado, avião, câmera fotográfica, televisão... Como seria impossível fazer com que todos tivessem acesso a tudo, o comunismo esteve fadado ao fracasso — e rindo, postulou — No fim, todo mundo acabou topando o contrato social do capitalismo liberal, onde disputas sanguinárias e meritocracia são faces de uma mesma moeda.

Ao ouvir isso, Snemed notou que, de repente, como num estalar de dedos, tinha passado a se interessar pelas ideias do Sultão. De alguma forma, o homem parecia manipular sua mente para que comprasse o discurso que há dez minutos era motivo de riso. Ou era ele que era volúvel?, perguntou-se. De uma forma ou de outra, a metralhadora de ideias do Sultão não cessava:

— Mas tudo mudou. Com inteligência artificial, algo que não é nem liberalismo, nem comunismo, poderá ser instaurado. Um terceiro caminho, e que bebe de ambas as fontes. Fará tanto países comunistas chamarem-nos de ameaça capitalista, como países liberais pensarem que se trata de uma conspiração marxista. Isto, meu caro, é o *virtoilisme*. O equilíbrio econômico entre liberdade e igualdade. Pois hoje é possível colocar no comando do

Estado centralizador algoritmos no lugar de homens. É tudo uma questão de processamento de dados. Por isso, estas ferramentas frias, matemáticas, imparciais e, acima de tudo, eficientes, cumprem sem dificuldade a distribuição justa que os socialistas idealizaram — o Sultão ensaiou uma careta cômica e, em seguida, disse — E para realizar o sonho do jovem comunista que fui, aqui em Fajar o *skyline* de Paris será compartilhado com o resto do mundo sem que nenhum francês seja incomodado.

Em vez de rir da piada, Snemed concordou com um ar sério. O Sultão, por sua vez, ergueu o indicador em riste e perguntou:

— Você sabe o que coaduna com isso tudo?

Sabendo que era uma pergunta retórica, Snemed apenas esperou o Sultão retomar:

— De uns anos para cá, as pessoas deixaram de dar valor à posse para dar valor a experiências. Você, melhor do que eu, sabe disso. Hoje em dia, quem quer uma casa, quanto mais uma segunda, na praia ou nas montanhas? Podem perfeitamente alugar as que já existem. Ninguém mais quer uma *Ferrari* ou um *Porsche*. Virou coisa de pródigo. Quem dá valor a imensas bibliotecas, como as que havia nas casas aristocráticas do passado? Todo e qualquer livro pode ser acessado daqui — apontou o *GLB* — Ninguém mais quer tapetes, óculos, relógios, canetas, roupas caras e toda essa parafernália de bens materiais inúteis que aprendemos a venerar ao longo do último século. E que, curiosamente, foi das coisas que possibilitaram o capitalismo sobressair ao socialismo.

Neste momento, o Sultão olhou para o pulso vazio de Snemed e disse:

— Aliás, notei que você não está mais usando o seu relógio — com um sorriso irônico, deixando no ar que tinha sido ele o responsável pela falência do seu *Hublot*.

Snemed ensaiou dizer alguma coisa, mas o Sultão retomou, sem que houvesse espaço para um protesto:

— Hoje em dia, as pessoas precisam de um bom dispositivo e 5G confiável. Ponto final. Com estas duas coisas, seus universos inteiros estão acessíveis. Todo o resto é luxo desnecessário. As pessoas querem leveza —gesticulou com as duas mãos — E o peso do capitalismo não é compatível com as pessoas do século XXI. Em breve, todos verão que o *virtoilisme* adere perfeitamente às necessidades do novo cidadão. E neste movimento irreversível, onde o capitalismo tradicional minguará, voltaremos à época dos escambos, das trocas, dos mutualismos, das transações livres da intromissão do Estado e da sanha predatória do sistema monetário atual.

Apesar de começar a gostar do raciocínio do Sultão, Snemed ainda estava cético em relação à operacionalização de um plano como este:

— Mas e se os Estados criarem leis, decretos ou, simplesmente, uma regulamentação que impeça os cidadãos de acessarem a rede?

O Sultão parecia ansiar por esta pergunta. De bate-pronto, respondeu:

— Adesão em massa! — deu um murro na mesa — Ninguém mais quer pagar imposto e custo de transação sem ter o equivalente em troca. Quando as pessoas virem as vantagens do *virtoilisme*, será desencadeado um movimento irreversível de adesão em massa. Eu ainda acredito na democracia. E os Estados não terão como frear o êxodo do capitalismo para o virtualismo. Não na velocidade e no volume em que isto ocorrerá.

Snemed não se convenceu. E o Sultão, com cara de quem estava adorando isso, encorajou-o a se manifestar:

— A ideia é fantástica — disse Snemed — Mas uma coisa é ouvir essa história fabulosa com a emoção de quem a criou. Outra coisa é na prática. O capitalismo liberal é um modelo sólido e que, mesmo com defeitos, preservou a democracia. Isto implicaria desconstruir um paradigma que está na cabeça de quase todo ser humano no planeta.

O Sultão deliciava-se com o ceticismo de Snemed. Era tudo que queria para alavancar sua paixão pela tese:

— Concordo com você. Mas há uma forma certa de se fazer isso. E o que vamos fazer é enfraquecer o sistema. É esvaziá-lo dos seus recursos. Fajar tem meios para fazer isso. Toda esta estrutura que você conheceu não passa de uma distração para pôr em prática um plano de drenagem do sistema atual. Tudo faz parte da estratégia. O aeroporto, a *Fajar Jeux*, o Banco Central de Fajar e, principalmente, o *V2V*, que aos poucos você entenderá como funciona e verá que é o pilar de sustentação disso tudo.

Mas a minha preferida... — e fez uma pausa para soltar em voz alta com sua pronúncia francesa perfeita — *Les Résidents!*

Snemed ficou curioso ao ver tamanho entusiasmo na cara do Sultão.

— É a nossa arma mortal — o Sultão pegou um papel e uma caneta — Quatrocentas mulheres já se mudaram para cá, sendo que teremos capacidade para acomodar três mil. São mulheres de todos os lugares — e desenhou um planeta Terra com bonecos de palitinho ao redor — Antes de qualquer coisa, essas pessoas vêm a Fajar realizar o sonho da transformação. Aqui, aproveitam-se das instalações, como a academia, salões de beleza, centros de estética, lojas, e se reinventam. Exercícios físicos, dietas acompanhadas por nutricionistas e algumas plásticas as fazem alcançar as suas melhores versões. Você vai ver. Elas chegam assustadas, inseguras, mas bastou pisar aqui, transformam-se — seus olhos brilharam — Essa metamorfose é incrível de se acompanhar. Porém, o trabalho aqui se estende a todos, e cada uma tem uma missão muito séria a cumprir.

Snemed imediatamente quis saber mais. Seria capaz de confessar que esta era a parte que mais o tinha interessado até agora.

— Após a transformação — prosseguiu o Sultão —, cada uma recebe uma acomodação nos andares subsolos, onde moram e trabalham. Então, elas são apresentadas a uma lista de alvos e o objetivo é trazê-los para Fajar. Os alvos nada mais são que multimilionários espalhados pelo planeta. Essas pessoas, homens ou mulheres, têm suas preferências mapeadas por algoritmos. Morenas, loiras, orientais, africanas, ruivas, baixas, altas, maduras.... Para quem gosta de homem, também temos. Trans, por que não? Portanto, seja pelas buscas em aplicativos de relacionamento ou em sites de pornografia, monta-se um perfil e uma residente com estas características entra em ação.

Snemed se remexeu na cadeira ao ouvir a estratégia traiçoeira. No entanto, sua curiosidade por mais detalhes era tanta, que só sinalizou com a cabeça para o Sultão continuar.

— Daí, a missão está com elas. As moças têm liberdade para usar sua imaginação e contam com a estrutura da *Tour Global*. Elas podem cobrar por um *striptease* virtual ou coisa do gênero, mas a meta é avaliada pelo volume de dinheiro que a residente ajuda a captar. É similar ao *Only Fans*, com a diferença de que, quem vem a Fajar e tem dinheiro para pagar, conseguirá algo a mais. Por isso, o objetivo é trazer esses homens para cá. Porque aí... — e uma risada sarcástica —, quando eles põem o pé aqui, a própria Torre se encarrega do resto.

Snemed estava um misto de maravilhado e estarrecido com a sordidez do plano. Imaginar que o homem à sua frente tinha criado algo assim lhe deu um certo calafrio.

— Vou te dar um exemplo — retomou o Sultão, sem perder o fio da meada —, nesta semana, tivemos aqui cinquenta dos mil homens mais ricos do mundo. Eles vêm para ficar três, quatro dias, mas é impressionante. Sempre ficam mais. Impossível parar de querer desfilar para lá e para cá com essas mulheres deslumbrantes. Sem falar nos restaurantes, bares, cassinos, entretenimentos, compras... Chegam até a alugar salas aqui para trabalhar. Nisso, eles aportam milhões no sistema financeiro de Fajar. E o dinheiro, por sua vez, entra no que chamo de sistema de irrigação do virtualismo.

O Sultão pegou a folha de papel e de novo arriscou explicar a teoria com os seus garranchos.

— Imaginemos que um desses hóspedes especiais esteja fazendo *check out* e pagando uma conta milionária — desenhou vários cifrões no canto do papel — Este dinheiro, então, sai do sistema convencional e se transforma em *virtois* — desenhou uma seta grande para cima com várias letras "V" em volta — Neste mesmo momento, uma garota de uma favela no Rio de Janeiro está jogando *One New World* e de repente encontra um bônus de vinte mil *virtois*... BLAM! — deu um berro com uma palma — Ou, ainda, um jovem de Mumbai que vence uma competição de *Quiz* educativo da *Fajar Jeux*... BLAM! Trinta mil *virtois* na sua *wallet*. E assim vamos premiando pessoas ao redor do globo. Mas pulverizar é fácil. Aí que entram as empresas de tecnologia, que você conhece bem... — fez um novo suspense — Firmamos um acordo com as *FAAMG* e mais quinze. A partir da semana que vem, valendo em vinte países, estas plataformas não só aceitarão, como serão distribuidoras de *virtois*. Cada uma receberá um aporte do Banco Central de Fajar e poderão espalhar a moeda aos seus usuários na forma de crédito, prêmios ou *cashbacks*. Portanto, imagine você no interior do Canadá, nunca ouviu falar disso, e ganha um voucher de 500 *virtois* do *Google*. Daí, você descobre que pode pagar sua mensalidade da *Netflix*, ir para o trabalho de *Uber*, comprar livros na *Amazon*, pedir comida no *iFood*, alugar filmes na *Apple TV*, hospedar-se em *Airbnb*... — gesticulou com a mão como se aquilo fosse infinito — Aí, você conhece a *Fajar Airlines*, uma companhia que voa para qualquer parte do mundo e que é a única que vende passagens em *virtois*. Então, você descobre que existe um país! Onde tudo pode ser comprado e desfrutado com os *virtois* que você ganhou — o Sultão fez cara de quem vê um milagre — Depois, você descobre que seu terapeuta, o seu jardineiro, o mecânico de confiança, o rapaz que passeia com o seu cachorro e a sua professora de espanhol também aderiram ao *virtois*. Você vai ao *Farmer's Market* da sua cidade e as barraquinhas aceitam *virtois*... Percebe aonde isto vai chegar? É um universo. E começará pelas microeconomias, pelas economias colaborativas, sobretudo em regiões subdesenvolvidas, onde há muita informalidade. Índia e Brasil são nossas grandes apostas.

Neste momento, os olhos ambiciosos de Snemed acenderam como dois holofotes. Parecia vislumbrar o horizonte de alcance do virtualismo, embora fosse muito mais vasto do que pudesse imaginar. Reconheceu que tudo fazia sentido. Dinheiro infinito de sheiks e bilionários, gerido por uma inteligência artificial e injetado de forma estruturada na economia por empresas de tecnologia era algo bastante promissor, para dizer o mínimo.

O Sultão concluiu:

— O modelo atual, por fim, minguará. Justamente em cima do seu pecado mais terrível: a concentração de renda. É em cima do 1% da população, detentor de metade da riqueza mundial, que direcionaremos esforços. E de que eu próprio faço parte, não tenho como negar. Mas o problema não é a aglutinação de renda no topo da pirâmide, mas sim o fato de que, uma vez no topo, as fortunas ficam presas. Rico só faz negócio com rico! E no fundo, o *virtoilisme* é um sistema de irrigação. Pega os recursos do topo e traz para a base, de forma estruturada e segura. Quando as pessoas se derem conta disto, será impossível reverter o processo.

O Sultão encerrou o discurso. Disse que tinha falado muito mais do que planejara e desculpou-se pela sua prolixidade. Ao notar o semblante iluminado do seu convidado, levantou-se. Com um sorriso sincero, estendeu o braço a ele e falou:

— O que você me diz?

Snemed também se levantou e olhou nos olhos penetrantes do homem à sua frente. De forma mais do que surpreendente, estabelecia uma conexão rara com seu algoz de semanas atrás. Nem conseguia imaginar como isso tinha sido possível. Ali, só pensou na honra de ser convocado para algo dessa magnitude. A oportunidade era indimensionável. Incomensurável. Era um portal que se abria. O universo realmente parecia insistir em si.

Inequívoco, apertou a mão do Sultão. E este, com um ar satisfeito, parabenizou o novo membro da Torre Global. Abrindo os braços, apontou para a parede com o quadro do Van Gogh e falou:

— Diga olá à sua nova sala.

18.

Snemed assumiu o posto de diretor financeiro da Torre Global no dia seguinte. Trajado com o terno *Hugo Boss* que se presenteou por mil *virtois*, exatamente um que certa vez deixou de comprar por ter achado demasiado caro, desceu pelos elevadores até o setor corporativo e abriu pela primeira vez a sala magnânima, só sua. Olhou para o quadro de *Vincent* e riu.

  Sentado na confortável cadeira giratória, Snemed admirava a obra-prima que inacreditavelmente estava ali, quando bateram à porta. Com um sorriso simpático, Isla, a diretora do Banco Central de Fajar, chegou para se apresentar, e para lhe introduzir à plataforma de análise do virtualismo.

  — Foi tudo desenvolvido aqui! — comentou orgulhosa.

  Após uma breve, porém eficiente, explicação do que poderia ser gerido pelo *business intelligence*, a neozelandesa colocou-se à sua disposição e pragmaticamente se retirou. Já Snemed, entusiasmado com o horizonte de pesquisas que vislumbrou, começou a fuçar o sistema. Gerou gráficos e relatórios de tudo que se possa imaginar, no seu primeiro contato com os números do *virtois*. O desempenho da moeda era esplêndido.

  Absorvido pela imersão intelectual, de repente surpreendeu-se ao ouvir o estômago roncar. Olhou pela janela e viu que o sol já descia. Há muito deveria ter ido almoçar. Fora tão capturado pelo trabalho, que perdeu a noção do tempo.

  Esfomeado, preparava-se para ir comer alguma coisa quando o Sultão entrou na sala. Pediu licença, cruzou o ambiente até a sua mesa e, após um aperto de mãos, perguntou:

  — Está bem instalado? Precisa de alguma coisa?

Snemed riu ao ouvir aquilo. Abriu os braços em direção à sala e respondeu:

—Não consigo imaginar nada melhor do que isso.

O Sultão sorriu com a satisfação de Snemed e disse:

— Ontem, esqueci de tratar dois assuntos. O primeiro é que você ficará na sua suíte por mais alguns dias, até ficar pronto o seu apartamento no 123º — viu Snemed consentir alegre — Será entregue vazio e a configuração você mesmo escolhe. As paredes, mandamos fazer. Depois, lá embaixo, tem dezenas de lojas de móveis e decoração para você montá-lo. Se quiser, pode até criar uma réplica do seu apartamento de San Francisco.

Snemed reverenciou a benevolência do Sultão, que continuou:

— Outro ponto é que todos que residem em Fajar devem colocar o chip subcutâneo — mostrou as costas da sua mão — O procedimento é rápido e indolor. A cicatriz, imperceptível. E depois, é como se não existisse. A única coisa que fica é a praticidade de se ter tudo à mão.

— Não precisa explicar mais nada. É só dizer aonde devo ir.

— Ótimo. Vá até a recepção e eles te orientarão — fez uma pausa para adotar um sorriso malicioso — E quero pedir a sua ajuda...

Snemed fez uma cara de pronta disposição e o Sultão revelou:

— Amanhã, chegará Maiquel Silva, o brasileiro, *ex-Juventus*, que foi para o *Manchester City*.

Snemed soltou uma risada alta. Sabia exatamente quem era a figura.

— A temporada na Europa acabou e ele vem passar quatro dias. Mas precisamos fazer com que ele fique mais. Cinco, sete, dez dias! — o Sultão riu mordaz — Você acredita que ele mora há um ano na Inglaterra e não aprendeu a formar uma frase em inglês? Inacreditável... E como sei que você fala português, queria que o recepcionasse sábado. Se couber a mim, será um desastre.

— E o que eu tenho que fazer?

— É acompanhá-lo... Dizem que o garoto é um tremendo gastador, mulherengo e adora uma jogatina. Por isso, sua tarefa é supervisionar a estadia dele e, sobretudo, coordenar o ataque das garotas em cima dele. Você será o técnico de um 4-3-3 para atacar o brasileiro.

Snemed gargalhou com a metáfora boleira. E esta missão, com sua modéstia bem à parte, não haveria ninguém melhor do que ele para executar. A seguir, ia fazer uma pergunta, mas o Sultão, encerrando o assunto, concluiu:

— Pedi para mostrarem a você o elevador exclusivo. Seu *chip* já estará habilitado. Use-o para conduzir Maiquel. Assim, ninguém ficará tietando o garoto nos momentos enfadonhos de subida e descida — sorriu — Esta provavelmente será a única visita dele à *Tour Global*. Faça com que seja inesquecível.

19.

No sábado que fechava uma semana de Snemed em Fajar, o astro do futebol chegou à Torre Global. Querendo proporcionar uma primeira impressão inesquecível ao brasileiro, combinou com o Sultão um plano para o recepcionar.

Assim que a porta da limusine se abriu na área de desembarque, fogos de artifício foram disparados ao redor do prédio. Sob o mar de câmeras fotográficas que o buscavam, Maiquel desembarcou timidamente e acenou aos que aplaudiam sua chegada apoteótica.

Em seguida, entrou pelo saguão de mármore e seus olhos flagraram a surpresa. Dezenas de residentes, perfiladas em duas linhas, o ovacionavam, enquanto formavam um corredor polonês. Vidrado, o brasileiro cruzou o corredor feminino tal qual uma bola de *pinball*. Quicando pelas paredes feitas de mulheres, muitas arrancaram-lhe beijos, outras tiraram *selfies*, algumas apalparam-no.

Na cara do jogador, era possível ver a exultação com o cartão de visitas. Sorrindo incontidamente, subiu até o 127º, onde se hospedou na suíte nº1. Ainda maior que a de Snemed.

O encontro entre os dois ficou marcado para o evento da noite, a inauguração do *skyline* de Roma. A holografia da capital italiana seria coroada ainda por um fino jantar com cardápio assinado por Giulia Botelli, a nova vedete da *Michellin*.

Pouco antes das nove horas, Snemed selecionou um novo terno na coleção da suíte. A seguir, caminhou até o espelho da antessala e apreciou sua imagem de homem importante. Diante do milimétrico corte nas costas da mão, pela primeira vez sentiu fazer parte da Torre Global. E não só. Dava-se conta de ser o braço direito do próprio Sultão. Aplicou um nó *Windsor* na gravata e encarou-se no reflexo. Incorporou a persona implacável que atuaria ao longo da noite e bradou para si mesmo:

— *Ándale!*

Uma semana depois, já não era um mero turista à deriva por aquele labirinto vertical. Longe disso. Estava prestes a subir ao *Salón Global* como agente secreto do plano mirabolante do Sultão de Fajar.

Com a altivez que lhe preenchia o ego, chegou ao 144º andar. Um delicioso cheiro de comida perfumava o ambiente, enquanto acepipes e bebidas circulavam nas bandejas dos garçons. Desta vez, o *Salón Global* tinha uma decoração diferente para receber a noite romana. Em vez da pista de dança, pequenas mesas iluminadas por castiçais sugeriam jantares a poucas pessoas.

Lá pelas tantas, Snemed olhou para a entrada e viu Maiquel Silva passar pela porta. Feito um pavão, chegou dourado e colorido para o evento, quase ofendendo o charme do ambiente. O jogador veio na companhia de três amigos, todos vestidos da mesma forma. Reluzentes, ostentavam colares, brincos e pulseiras, dos mais chamativos possível.

Como se recepcionasse o rei da Inglaterra, Snemed voou até a porta. Educadamente apresentou-se e estabeleceu sua cordialidade leviana:

— Estou à disposição dos senhores — sorriu para o quarteto.

Maiquel agradeceu as boas-vindas e apresentou os amigos, todos como de infância. Snemed os cumprimentou e anunciou:

— Hoje teremos a inauguração da noite de Roma. Se vocês ainda não ouviram falar dos *skylines* holográficos, garanto que irão se impressionar.

— Na verdade, não foi isso que trouxe a gente aqui — Maiquel riu, pendendo a cabeça para as residentes que começavam a orbitar ao seu redor — Mas ouvi dizer que é uma experiência legal. Queremos conhecer sim — disse com entusiasmo zero.

— Venham, que os acomodarei.

Analisando a atmosfera que se desenhava, algo então ocorreu a Snemed. O grupo certamente faria uma bagunça incompatível com a tranquilidade que o evento propunha. Não fazia sentido eles ficarem ali no meio. Pediu a um funcionário que montasse uma mesa numa área afastada.

— A equipe irá providenciar um lugar para vocês ficarem mais à vontade — num ar zeloso, enquanto literalmente os marginalizava.

O jogador e os amigos gostaram da ideia. Olharam ao redor e convocaram cinco moças para juntarem-se a eles. Não por acaso, as mais espalhafatosas. Maiquel, parecendo sentir-se obrigado a tal, convidou também Snemed, que nem hesitou.

— Será um prazer — disse.

Uma hora depois, com o *secondo piatto* finalizado, o Sultão apareceu no *Salón Global*. Com sua placidez de sempre, caminhou por entre as mesas, cumprimentou os presentes e começou o discurso de abertura. Abrindo um sorriso apaixonado, comentou sobre os *skylines* holográficos e o sonho que se realizava. Em seguida, agradeceu a todos e fez uma menção à presença de Maiquel Silva:

— Hoje, estamos ainda acompanhados de um dos maiores esportistas da atualidade — apontou o microfone para a mesa do brasileiro.

As pessoas, realmente surpresas pela presença do jogador, proporcionaram-lhe uma longa sessão de aplausos. Maiquel, por sua vez, levantou-se e abriu um sorriso amarelo. Pela timidez ou pela antipatia, mal chegou a esticar o joelho e sentou-se de volta. Pareceu ter detestado a homenagem.

No segundo seguinte, com o *fade out* das palmas, as luzes foram apagadas e as pessoas já preparavam os celulares para filmar. Então, com um estalo alto e seco do lado de fora, Roma foi projetada perfeita no escuro do deserto. Ao som de um *uau* generalizado e uma animada *Tarantella*, todos ergueram-se das cadeiras e caminharam perplexos até as janelas. Era impensável não ir até o ponto mais perto possível para observar a mágica logo ali.

Já Maiquel e sua trupe não pareceram ligar para essa pirotecnia toda. A visão para os decotes ali da mesa certamente era mais interessante que a vista para o *Altare della Patria*. Snemed notou que eles foram os únicos que não se levantaram quando a cidade surgiu. Permaneceram sentados, fazendo caretas e tirando *selfies* entre eles. Nem a perfeição holográfica da *Basilica di San Pietro* foi capaz de trazer o atleta brasileiro, que se dizia "de Jesus", para a beira da janela.

Mais tarde, a sobremesa nem havia sido servida, e o jogador tinha um ar ansioso. Parecia querer ir o quanto antes para a atração seguinte. O cenário da clássica Roma definitivamente não o fisgara.

Snemed sabia o que o jovem queria. E era exatamente para isto que ele estava ali:

— Querem descer para o cassino?

— Aí você começa a falar minha língua! — e todos riram.

— Então vamos, garotas? — Snemed convocou logo as residentes.

Ele conduziu o grupo até o elevador exclusivo e o usou pela primeira vez. Rindo por dentro, presenciava seriíssimo por fora a excitação do jovem.

— Faz tempo que eu não pego um cassininho! — disse Maiquel, esfregando as mãos num frenesi incontrolável.

Assistindo à cena, Snemed viu que presa fácil seria ele naquele paraíso do jogo. E apesar da sensação de estar roubando doce de criança, a verdade é que estava adorando o seu papel inclemente.

A porta do elevador se abriu e Maiquel deu uma gargalhada ao ver o parque de diversões que surgiu. As atrações eram tantas que nem sabia por onde começar. A cada metro, parava para abraçar os amigos e gravar um novo vídeo para postar em rede social.

Após um reconhecimento inicial, com um ar indeciso, como se cautelosamente escolhesse por onde começar, os seus olhos brilharam. De onde estava, avistou a roleta gigante. Apertando a passada até lá, viu ainda que, em vez de uma bolinha, a roleta funcionava com uma bola de titânio, maior do que uma de basquete.

Diante da empolgação do brasileiro, Snemed mandou mensagem a outras residentes para que elas se juntassem à comitiva. Já Maiquel achou um lugar na arquibancada que abraçava a roleta, sentou-se e berrou:

— Como funciona isso aqui?! — no que Snemed apontou o braço para um ponto lateral.

Numa fração de segundo, um mecanismo disparou e os olhos de Maiquel assistiram à bola rodar numa rapidez alucinante. Um velocímetro digital, mostrado numa tela ao alto, apontou 134 km/h. Hipnotizado pela esfera deslizando pela canaleta perimetral, o brasileiro fez uma aposta, depois outra e mais outra. Permitindo valores cada vez maiores, após seis ou sete tentativas, os palpites começaram a atingir montantes absurdos. Ele não conseguia acertar o número e isto o deixava cada vez mais tentado. Snemed estava envergonhado com a gastança. Pensou, porém, nos jovens de Nova Délhi que, a esta mesma altura, poderiam estar sendo premiados com este dinheiro.

A delegação que o acompanhava, por sua vez, não parecia se chocar com sua prodigalidade. Entoando coros animados a cada novo giro na roleta, certo momento explodiu como gol em final de campeonato. O brasileiro, enfim, cravou o número onde a bola estacionaria. Nesta altura, pelas contas de Snemed, o jovem tinha ganhado 10 mil *virtois*, ao passo que gastara 70 mil. As estatísticas não mentem. Era impossível fazer superávit em cima deste jogo. E lembrou-se do que o Sultão lhe disse. Realmente, quando esses caras põem o pé na Torre Global, ela própria se encarrega do resto.

O relógio apontava para as duas da manhã quando Maiquel se cansou da roleta. Migrou para uma estação de *black jack*, onde mais alguns milhares de dólares ficaram. Sempre como um chafariz monetário que jorrava para todos os lados, fazia questão de mostrar que era assim. Fazia parte do seu *show*.

Era por volta das três e meia da manhã, quando o brasileiro chamou Snemed de canto e disse:

— Quero levar essas quinze aqui para meu quarto. Como podemos fazer? — no seu tom habitual de quem dá ordens.

Antevendo o desfecho para a noite, Snemed não perdeu a oportunidade de lhe extirpar mais alguns *virtois*:

— Só preciso te passar a taxa prevista no regulamento interno. É para que as moças possam circular no setor presidencial. Mas não se preocupe, não precisa pagar agora.

Maiquel sequer cogitou questionar a cobrança do pedágio. Autorizou-o a contabilizar a despesa e pediu a ajuda dele para levar o grupo de forma discreta até a sua suíte. Snemed reuniu o grupo e o conduziu até o elevador exclusivo. Fazendo papel de ascensorista, fez com que todos fossem secretamente até o piso presidencial. Quatro viagens do 112º ao 127º e todos chegaram lá.

De muito longe, era possível ouvir o delírio dos brasileiros ecoando pelos corredores. Os jovens estavam em estado de graça. *E quem não estaria?*, pensou Snemed, com uma vontade tremenda de participar da festa que se iniciaria.

Ele aguardava na parte de fora do apartamento, para ver se teria oportunidade de se despedir, quando Maiquel apareceu com um sorriso malandro. Sendo educado de verdade pela primeira vez, disse que fazia questão que ele entrasse:

— Você é um anfitrião nota mil. Junte-se à gente!

Tentado pelo convite inesperado, Snemed negou, no entanto. Primeiramente, jamais faria aquilo sem o escrutínio do Sultão. Se ele aprovaria ou não a sua participação na festa de um cliente era uma incógnita. E depois, era o mínimo de responsabilidade que deveria ter.

Maiquel ainda insistiu mais um pouco, mas Snemed, firme, manteve a negativa. Desistindo de convencê-lo, o jovem entrou correndo para o meio da farra que comia solta.

Já Snemed, com uma ponta de lamento, foi-se embora. Ao fechar a porta, que ficara entreaberta, bisbilhotou pelo vão e, com seus olhos xeretas, viu moças peladas e peças de roupa voando.

20.

Na quinta-feira da semana seguinte, Snemed chegou cedo a sua sala para finalizar a primeira apresentação para os demais diretores da Torre Global. Com um afinco de dar gosto, passara os dias debruçado sobre os números do virtualismo.

Através do *software* de inteligência, analisou as informações extraídas das transações do *V2V*. A ferramenta permitia um raio-X de qualquer coisa que ocorresse a partir de uma transação envolvendo *virtois*. Relatórios por país, distribuição da moeda por IDH de cidades, setores da economia que eram movimentados, o que se imaginar. Mas o que espantava, mesmo, eram os números absolutos. Os vinte indicadores que elegeu para monitorar tiveram desempenho positivo desde que tudo começou, poucos meses antes.

Compenetrado, revia os *slides* para a reunião, que ocorreria ali mesmo em sua sala, quando ouviu uma batida na porta. O Sultão, com um bom-dia educado, entrou e vieram atrás dele duas mulheres e um homem. Snemed observou a primeira e reconheceu a diretora do *BCF*, Isla, que já estivera ali consigo. Mas ao olhar a segunda, tomou um susto que lhe roubou o fôlego. Era a mulher de vermelho.

O Sultão, flagrando o momento de embaraço de Snemed, soltou:

— Esta é Soledad, a diretora de *Les Résidents* — apresentou-lhe cinicamente, como se não se conhecessem — Ela é espanhola. Se quiserem, podem falar em espanhol — sorriu.

Categoricamente desconcertado, Snemed nem prestou atenção no homem apresentado a seguir, o diretor do *V2V*. Procurando manter a compostura, disfarçou a surpresa e indicou que todos se acomodassem à ponta da mesa, próxima à televisão. Em seguida, ofereceu-lhes café e água.

Neste espaço de tempo, Snemed observou, com a claridade do dia que entrava pela janela, Soledad. Reparou que, ao contrário do que imaginara, ela tinha algo em torno de trinta e cinco anos. No *Salón Global*, e mesmo depois ao descer pelo elevador com ela, imaginou que teria no máximo vinte e muitos. Ainda assim, ou melhor, exatamente por isso, a mulher era um espetáculo. *Balzac sabia o que falava...* Aquela silhueta, magra mas carnuda, e olhos penetrantes com sobrancelhas fortes o deixaram em estado de nervos. Sentia timidez sempre que seus olhares se alinhavam.

Após distribuir café e garrafinhas de água aos presentes, Snemed se posicionou ao lado da tela. Tentando manter a calma apesar da maravilha à sua frente, projetou o primeiro *slide*:

— Antes de tudo, peço desculpas caso haja algo incorreto — riu inseguro pelo seu momento de novato e, mais ainda, por aquele olhar matador estar lhe assistindo — Em breve, farei melhor.

— Já gostei desses *highlights* aí! — disse o Sultão, incentivando-o.

Snemed agradeceu e disse que eram suas primeiras impressões sobre a evolução do sistema ao longo dos meses inaugurais:

— A primeira coisa que chama a atenção — apontou para a tela — é a velocidade em que cresce o volume financeiro. Com o aporte inicial do BCF de trinta bilhões de dólares, o sistema parte com três bilhões de *virtois*. Dois meses depois, o valor sobe para seis e, agora, pouco mais de dez bilhões de *virtois* circulam por quase oitenta nações do globo — exibiu o *slide* seguinte, de um *mapa-múndi* com países em azul, onde o virtualismo registrava transações.

Empolgados, os quatro ouvintes se entreolharam e Snemed retomou:

— Índia é o país com o maior número de transações, ao passo que o Brasil se tornou líder em volume financeiro — apontou para os dois *rankings* da imagem a seguir.

— Esses brasileiros! — disse o Sultão com um ar misto de agradecimento e desdém, ao que todos riram das entrelinhas da sua exclamação — Já os chineses, vai ser jogo duro... Querem proibir o *virtois*, acreditam?

Snemed adotou um ar compadecido, por já saber da informação, e sob a cara feia do Sultão, prosseguiu:

— Nesta semana tivemos a maior transação em *virtois*, fora de Fajar. Ocorreu no estado americano de Montana, a venda de um carro usado por oito mil *virtois*.

— Ótimo números — disse o Sultão, contente — Não vai demorar para fazermos a nossa abertura de capital.

— Teremos *IPO*? — perguntou Snemed, visivelmente excitado.

— Não da forma que você conhece. Mas, sim... — e desconversou com um ar enigmático — Voltemos aos indicadores. Quem são os principais hóspedes da semana?

— Maiquel Silva — continuou Snemed — tem um aspecto midiático, cujo efeito em cadeia é difícil de ser medido. É infinito, diria. Em termos de fluxo financeiro, o empresário de Guangdong não fica atrás. Ambos aportaram quase dois milhões de dólares, por dia, desde que chegaram. O jogador gastou mais com presentes para as residentes do que com qualquer outra coisa. Já o chinês fica pelo menos doze horas por dia no cassino. Hoje, tentarei promover um embate entre os dois na *Poker Arena*.

O Sultão adorou a ideia:

— É desse tipo de coisa que precisamos.

Ao fim da reunião, de forma educada, o Sultão dispensou os demais e disse que precisava falar em privado com o dono da sala. Todos se despediram e saíram pela porta, no que Snemed deu uma última espiada naquela mulher maravilhosa.

Com ar de curiosidade, o Sultão foi logo perguntando:

— E o Maiquel Silva? Tudo sob controle?

Snemed deu uma risada seca e falou:

— Aposto que são os melhores dias da vida dele. Se eu lhe descrever um dia dele na Torre Global, você não acreditaria. Isso que ele não bebe — e gargalhou.

— Até quando ele fica?

— Ele disse que não perde a luta da semana que vem — Snemed fez uma cara entusiasmada — Portanto, no mínimo quinze dias.

— Excelente — disse o Sultão, com um tapa no ombro de Snemed

— Foi uma decisão acertada colocá-lo nesta frente. Ficarei ausente por uns dias, mas estarei de volta para o evento da próxima semana.

21.

Uma semana se passou e o jogador brasileiro permanecia torrando rios de dinheiro pela Torre Global. O volume de gastos era tão alto, que mesmo para os padrões do empreendimento chamava a atenção.

Nesta manhã, Snemed analisava as informações que o *IoT* da Torre Global gerava e viu que era possível rastrear cada minuto de Maiquel. Descobriu um relatório que trazia horário, estabelecimento e item adquirido. Até detalhes da tatuagem que fez, no estúdio do 11º andar, o reporte trazia.

Snemed estava compenetrado na tarefa, quando o *GLB* vibrou e uma mensagem do Sultão surgiu na tela. Breve, dizia para que o encontrasse, assim que possível, no segundo andar do subsolo. Sem saber que ele havia retornado a Fajar, prontamente levantou-se. Como um obediente subalterno, largou o que fazia e saiu correndo da sala.

O elevador chegou ao -2º e Snemed deu de cara com uma estrutura que imitava uma arena. A armação metálica, de uns 15 metros de altura, formava as arquibancadas de um perfeito miniginásio. Era uma daquelas coisas extraordinárias que só mesmo na Torre Global haveria.

Snemed avistou o Sultão e aproximou-se. Ao ver que o homem estava ao telefone, manteve uma distância de alguns metros e percebeu que ele falava em algum dialeto árabe com o outro lado da linha.

Um minuto depois, o Sultão desligou e Snemed perguntou:

— É aqui que vai ser?!

— Sim. Quer ver? — ofereceu a mão para um cumprimento.

Snemed estava feito uma criança para conhecer a novidade. Antes, porém, o Sultão não perdeu a chance de minar sua alegria, ao falar num tom provocativo:

— Você já esteve aqui antes, não reconhece?

Olhando ao redor com atenção, Snemed levou um susto ao perceber onde estava. Foi ali, onde atravessou o tapete vermelho antes de chegar à praia artificial. Era o salão subterrâneo onde foi abandonado por Soledad.

— Menos dois...? — balbuciou com uma cara confusa, apontando o indicador para a saída de emergência, por onde saiu e ficou preso.

O Sultão não disse nada e apenas caminhou por um túnel debaixo das arquibancadas. Já Snemed, voltando ao que interessava, foi atrás dele e deparou-se com um octógono para *UFC*.

— Como é que isto funciona?!

— Vou pedir para fazerem um teste.

O Sultão fez um sinal com a mão e, num barulho mecânico, as paredes do octógono moveram-se para dentro do chão. Então, com o palco exposto, Snemed foi arrebatado ao ver surgir à sua frente Mike Tyson e Evander Holyfield holográficos. Separados pelos braços do árbitro, miravam-se com fúria nos olhos.

Com um ar sereno, como se explicasse algo absolutamente trivial, o Sultão falou:

— Eu não gosto de *UFC*. Mas é a luta que sobreviveu à sanha do capitalismo. Por isso, as grandes lutas da história — apontou para os dois pugilistas — serão imortalizadas aqui.

— Mas como isto é possível?! — exclamou Snemed, embasbacado ao assistir a primeira troca de *jabs*.

— Vertentes do mesmo projeto da *Fajar Tech*. Os *skylines*, o estande de tiro, isto aqui. Mesma tecnologia, diferentes aplicações.

Snemed não conseguia relaxar os olhos diante do fenômeno. O Sultão, apreciando o encanto do espectador, agachou e sinalizou para que ele também o fizesse. Com a vista no nível do piso, explicou:

— O palco é formando por estas placas. Cada uma tem milhares de microtochas que emanam filamentos luminosos. Só a nossa tecnologia permite tamanha perfeição. Mesmo a meio metro de distância, é tão real que parece matéria — e apontou para a panturrilha de Tyson, que veio até onde estavam.

O Sultão levantou-se e continuou:

— No evento de amanhã, quando a luta começar, a transmissão digital, em vez de ser reproduzida numa tela, como em qualquer outro lugar do mundo, será traduzida para este modal tridimensional.

Snemed ouvia a explicação quando o primeiro *round* terminou. Estava bobo. Uma imagem remasterizada do século passado, transformada em holografia, era o milagre máximo do audiovisual. E ele, ali, vendo em primeira mão. Com os olhos fixos na luta dos titãs, relembrou o embate histórico.

— Eu era muito criança. Só fui ver anos depois no *Youtube* — comentou Snemed, a um minuto do terceiro *round* acabar:

— Sim, sim. Naquela época transmissão era complicado — o Sultão apontou com o indicador, antecipando o grande momento.

Tyson avançou na orelha de Holyfield, e o Sultão, em vez de assistir ao momento, virou o rosto e tomou um ar sério. Num tom preocupado, algo novo para Snemed, falou, assim que o árbitro encerrou o confronto e a confusão se instaurou:

— Quando você chegou, estava ao telefone com o sheik de Abu-Dhabi. Ele me pediu para mandar Maiquel embora imediatamente. Não gostou de saber que ele está aqui dez dias a mais do que o previsto. Não sei como, mas também soube que o garoto gastou vinte milhões de dólares — encarou Snemed e falou — Quero te pedir uma coisa. Após a luta, convença Maiquel a ir embora.

Ao ouvir o pedido preocupado do Sultão, Snemed sentiu um arrepio na coluna. Neste instante, viu uma oportunidade. Uma de ouro. Diante de si, abria-se uma janela para conquistar a confiança do seu superior. Talvez, em definitivo. Por isso, inequivocamente o tranquilizou:

— Considere a missão cumprida — e bateu continência.

Cúmplices, os dois gargalharam.

22.

No dia seguinte, na hora do jantar, Snemed subiu até o 136º para encontrar Maiquel em *O Samba Blindado*. Sabia que lá o grupo teria uma experiência gastronômica excelente da culinária brasileira. Era das principais casas de pratos típicos da Torre Global.

Entrou no restaurante e avistou Maiquel numa mesa à janela com os amigos. Um trio de músicos tocava um chorinho e todos cantavam e se abraçavam, emocionados. Ao ver que se aproximava, o brasileiro levantou-se e, com uma cara tristonha, foi logo anunciando:

— Hoje quero sua companhia a noite toda! É meu último dia...

— É sério?! — exclamou Snemed, em falsa melancolia, ao receber a ótima notícia. A noite mal começara e a questão estava resolvida.

— Minhas férias estão na metade e preciso visitar a família no Brasil. E quero pegar uma semaninha em Ibiza! Não volto de jeito nenhum para a *friaca* da Inglaterra sem uns dias lá — e riu.

Os rapazes se esbaldaram com moquecas e acarajés e seguiram para o evento. Pelo elevador exclusivo, desceram ao -2º para a noite especial. Além de ser a primeira transmissão com a tecnologia holográfica, a luta seria entre os maiores campeões dos últimos anos. O combate, entre o estadunidense e o ucraniano, ocorreria em Kuala Lumpur, e a Torre Global imitaria a realidade. Enquanto uma réplica do confronto aconteceria ali embaixo, a capital da Malásia seria projetada lá em cima.

As portas do elevador se abriram e logo estavam todos imersos na atmosfera armada para o evento. Para onde se olhasse, residentes vestidas de *ring girls* circulavam e davam o toque "Torre Global" ao evento. Pelo meio da multidão, Snemed conduziu os brasileiros até o camarote. Maiquel era uma barra de ímã. A cada passo que dava, mulheres magnetizavam-se ao seu redor.

Após furar a barreira feminina que o cercava, o grupo subiu três lances e conseguiu enfim entrar na sala *vip*. Um dos amigos, em delírio, disse:

— Isso aqui tá uma loucura!

— Quantas cabem? — perguntou Maiquel, mal-humorado pela confusão.

— Acho que umas oito. Senão, vai ficar apertado para verem a luta confortáveis — explicou Snemed, fingindo preocupação com os jovens.

— Então, manda entrar oito. Mas só as que falam português ou espanhol, hein! Não tô com paciência para treinar o inglês — e todos riram.

A luta começou e Maiquel, apesar de se declarar nas redes sociais amigo do lutador americano, sequer se levantou do sofá para torcer por ele. Pudera. Estar ao abrigo das coxas torneadas de duas residentes, sem dúvida, era muito mais atraente. Snemed observou a cena e riu. O que seria dele quando fosse embora? *Pobre rapaz...* Teria de voltar logo para matar a saudade. Ou entraria em depressão.

O jogador permanecia sob os afagos de uma costarriquenha e uma peruana quando o camarote foi invadido pelos gritos eufóricos do nocaute ucraniano no queixo norte-americano. Só então é que Maiquel se lembrou da luta:

— O que foi?! — olhou para o centro da arena, onde o corpo estatelado anunciava o fim do confronto.

— Você perdeu, malandro! — disse o amigo, vidrado com o golpe final.

Incomodado por ter perdido o ápice do embate, Maiquel adotou um semblante emburrado e, despótico, ordenou que partissem:

— Aqui já era...

Com a cara emburrada do brasileiro, Snemed nem pensou duas vezes. Conduziu-os rapidamente até o elevador exclusivo, antes que a multidão saísse, e subiu com os jovens para o *Salón Global*. No trajeto, os amigos de Maiquel deixavam-no ainda mais irritado. Pareciam estar propositadamente o provocando.

— O que foi aquele cruzado? — disse um e os demais vibraram.

Mas Snemed sabia que estava tudo sob controle. E assim que o jogador pisou no *Salón Global,* e viu a quantidade de mulheres que havia, um sorriso seduziu suas bochechas sisudas.

— Virão mais de quatrocentas residentes. Relaxa, que o fim de viagem que você merece está aqui — esticou os braços para o salão.

Snemed sinalizou para que eles o seguissem e os conduziu até um conjunto de sofás à beira da janela, onde se tinha a melhor vista para as *Petrona Towers.* Como um pote de mel aberto às abelhas, dezenas de moças imediatamente o cercaram e disputaram um assento ao seu redor. Estar num ambiente com garotas saindo pelo ladrão devolveu o bom humor de Maiquel como num passe de mágica:

— Já pode trazer dez baldes de *Belle Époque*! — gritou mandão, mas agora um mandão doce — Da *rosé*, hein!

— Deixa comigo — respondeu Snemed, caminhando ao bar central.

O plano para a noite de despedida de Maiquel transcorria lindamente. Pela primeira vez, ele se permitiu beber umas tacinhas, tamanha euforia que o dominava. Demorou, mas Snemed o viu com um semblante satisfeito. Era um misto disso e da nostalgia de ter que partir amanhã deste lugar mágico.

Mas então, como era de se esperar, seus amigos começaram a perder o decoro, pela quantidade absurda que bebiam. Apalpando algumas das residentes de forma abusiva, constrangiam outros convidados.

Maiquel, vendo que a hora da atração final chegara, a última desta estada de duas semanas, chamou Snemed de lado e disse:

— Hoje quero lotação máxima. Quantas cabem?

— Quantas? — repetiu Snemed, sem saber se havia uma resposta para a pergunta.

— Isso! Quantas posso levar para o andar presidencial?

Vendo a oportunidade, Snemed abriu a calculadora do *GLB-MMI*:

— O apartamento tem quatrocentos metros quadrados e o permitido é quinze metros *per capita* — disse, à medida que digitava os números no teclado — portanto, sem eu ter que falar com o Sultão, podemos levar...
— fez um suspense — vinte e sete residentes — disse, inventando completamente aquela métrica — Mas se você quiser chamar mais, a gente resolve!

— Consegue arredondar para trinta? — retrucou Maiquel.

— Conseguimos... — Snemed fez cara de quem mata no peito a responsabilidade — Só me dizer quem vai.

Maiquel adotou um ar sério e foi dizendo o nome de cada uma das três dezenas de mulheres que o iriam acompanhar em seu último grande ato. Pareceu técnico de seleção nacional em coletiva de imprensa, no anúncio da convocação para a Copa. Snemed surpreendeu-se com o fato de o brasileiro ter decorado o nome e a nacionalidade de cada uma das trinta. A memória seletiva do jogador foi algo impressionante de se ver.

Novamente pelo elevador exclusivo, Snemed conduziu o cortejo até o aposento do astro do futebol. Ao estarem todos acomodados na suíte, Maiquel disse:

— Hoje você fica para a festa. Não aceito não como resposta.

Snemed deu uma longa suspirada. Apesar de tentado pelo convite, continuava sem ter ideia se o Sultão aprovaria. A opinião dele sobre isso ainda lhe era uma incógnita.

Só que ao dar uma espiadela dentro do quarto, percebeu o quão doído seria declinar. De novo, declinar. Além disso, Maiquel partiria na manhã seguinte e tinha gastado nada menos que 25 milhões de dólares. Sua missão com o jovem brasileiro fora cumprida com louvor. Iria, portanto, acompanhá-lo em seu último evento. Sem culpa, deixou de lado o *GLB-MMI*, pela primeira vez desde que o recebeu. Colocou-o no bolso do paletó, que ficaria pendurado num gancho na entrada da suíte até as nove da manhã. A noite deveria ser de comemoração. Por isso, desta vez, cravou:

— Faço questão!

23.

Meses se passaram com Snemed morando na Torre Global. Num fim de tarde qualquer, como já era costume a esta altura, trabalhava de forma frenética, sem parar, desde as oito.

Através de dezesseis telas, monitorava as transações nos quase cem países onde havia circulação de *virtois*. O painel de controle permitia-o saber, minuto a minuto, a evolução do virtualismo ao redor do planeta, em cada continente, em cada país, em cada cidade, em cada quarteirão.

Sem cogitar o contrário, logo predispôs-se a uma rotina intensa de trabalho. Quase sempre sem pausa, chegava à sua sala pela manhã e ia até o sol se pôr. Retomado o ritmo alucinante das jornadas laborais da Califórnia, acostumou-se com a vida em Fajar num piscar de olhos. Há anos afastado dos familiares, e apenas com amizades rasas na América, não houve dificuldade alguma em deixar tudo para trás. A única coisa que existia era surfar as perspectivas de um futuro fantástico.

Rolando a tela do *GLB-MMI* pelo aplicativo do *Marché Global*, Snemed procurava uma televisão e encontrou uma 16K de oitenta polegadas. Sendo o item mais importante que ainda faltava em seu apartamento, quis logo comprá-la.

O pedaço de laje que recebeu era enorme. Era um retângulo com piso de cimento queimado, de dez metros de profundidade e uma janela de trinta, com um largo *frame* para a seção leste do deserto. Snemed gostou daquilo assim e manteve o ambiente único, num imenso *open space*. Mas como não parava em casa, ou pelo trabalho ou por estar desbravando novas atrações, o apartamento estava praticamente vazio. Tirando as caixas que mandou vir de San Francisco, apenas uma meia dúzia de móveis compunha o que se poderia chamar de cômodos. No canto direito da parede por onde se entrava, uma *king size* com aparadores laterais forjava um quarto. Na diagonal oposta, à beira da janela, duas poltronas, dois sofás, abajures, mesinhas, tudo em cima de um grande tapete, formavam uma sala de estar confortável para dez pessoas. Mais nada.

Snemed continuou na busca da sua televisão até que a encontrou:

— Cento e cinco polegadas! É essa... — imaginou a tela no meio da parede principal, podendo ser assistida de cada ponto dos 300m² do apartamento. Nem titubeou ao fazer a compra de 24 mil *virtois*.

Curvando o pescoço para trás na almofada da cadeira, Snemed regozijou-se com o momento de vida. Se fosse escrever o roteiro de um sonho, pouca coisa seria diferente. Ainda mais porque sua relação com o Sultão era ótima. Ibrahim Said Al-Mothaz era um mago-padrinho. Nem se lembrava mais de que meses antes o vira como inimigo.

Apesar disso, não o via tanto, como no começo pareceu que veria. Por alguma razão que não saberia dizer, o Sultão estava sempre viajando. Até por isso, contavam-se nos dedos as vezes em que se falaram em privado. Tirando as cinco ou seis ocasiões logo que chegou, nunca mais aconteceu. Mesmo assim, através das reuniões quinzenais na sua sala, a confiança que inspirava nele parecia crescer cada dia mais. Além de ótimas apresentações, sempre tinha uma ideia para lançar. Semanas atrás, por exemplo, sugeriu que elevadores projetassem em seus interiores vistas panorâmicas de cidades:

— Tipo o *One World Trade Center*. Mas melhor.

O Sultão adorou a ideia. Um mês depois, já havia uma versão teste. Subir a *Berliner Fernsehturm*, como se por uma cápsula de vidro, virou atração. Experiências similares com as torres de Auckland, Seattle e Toronto seriam lançadas em breve.

Além desta ideia, sugeriu que equipamentos da academia fossem conectados a dínamos e ligados ao sistema elétrico de Fajar:

— É um desperdício. Para onde vai essa energia?

O Sultão aplaudiu Snemed. Na semana seguinte, uma esteira de corrida estava disponível para testes e os *watts* gerados seriam pagos ao usuário em *virtois*.

E ainda, na reunião da última quinta, foi a vez de sugerir que satélites fossem colocados em órbita para prover 5G gratuito aos usuários do *V2V*. Desta vez, o Sultão olhou com espanto para Snemed e, ao término do encontro, comentou com ele em privado:

— Internet mundial de graça não é uma mera ideia. É um dos meus três grandes sonhos. A projeção dos *skylines* foi o primeiro a se realizar — abriu um sorriso sem revelar qual seria o terceiro — Mas ainda precisamos de tempo. Não é uma operação simples, muito menos barata. Você viu o quanto a *SpaceX* sofreu e, ainda assim, para entregar uma internet cara e instável. Sem falar no aborrecimento que causou aos astrônomos.

Com a cadeira virada para a janela, apreciando o fim de tarde, Snemed observou o pulso nu e riu. Apesar de a vida toda ter tido ali um relógio, resignou-se com o fim do hábito. Seu *Hublot* ter sido inutilizado enquanto pronto informador de tempo passou a fazer sentido. Bastaram umas semanas e notou que ter as horas ali, sempre à mão, de alguma forma era aprisionador. Ao passo que controlava o tempo, o tempo também parecia controlá-lo. E para além disso, o momento que realmente importava podia ser visto a olho nu. Era a hora em que a bola de fogo se despedia pelo horizonte. Ali, estava liberado para iniciar suas jornadas que iam madrugada adentro.

A Torre Global era um universo. Exceto as horas em que estava em sua sala de segunda a sexta, poderia fazer o que bem entendesse com o restante do tempo. Qualquer esporte, jogos de todos os tipos, atrações virtuais, cassino, centenas de cardápios, bares, compras. Isso sem falar nas residentes. Aquelas mulheres lindas a fácil acesso deixaram-no obcecado. Eram caríssimas, mas sempre que dava escolhia uma. O que veio a se tornar quase todo dia.

O último feixe de sol sumiu pelo deserto e a hora de escolher onde iniciar a noitada chegou. A partir de agora, ficar ali sentado era perda de tempo. Fechou o recibo de compra da televisão e acessou *Bares & Restaurantes* no aplicativo da *Tour Global*.

Logo na primeira semana em Fajar, provar cada estabelecimento virou um objetivo. Segundo as suas contas, já tinha ido a quase metade dos duzentos e tantos espalhados pelos andares. Capivara, alpaca, arraia, faisão, javali, avestruz, jacaré... Snemed provou todos estes animais e outros que nem sabia que dava para se comer.

Mas, apesar da gastronomia extraordinária, os restaurantes eram só etapas preparatórias. O ápice, mesmo, era se sentar no bar circular do *Salón Global* para provar um gim, um *single malt* inédito, um vinho diferente, ou mesmo deixar que alguma novidade daquela *barblioteca* o surpreendesse. Para Snemed, através da bebida, conhecer a história e a cultura do povo que a inventou era praticamente um estudo acadêmico. Era uma incursão antropológica pelos inebriantes utilizados ao redor do globo.

Até por isso, ele flertava, a esta altura, com uma rotina alcoólica parecida com a que teve em San Francisco. Ainda não havia se dado conta, mas o período comedido do começo rapidamente deu espaço para o perfil *bon vivant* se restabelecer. Lá pelas oito, era certo já ter se sentado em algum lugar e pedido a primeira dose.

Naturalmente, voltou a fumar. Primeiro cinco, depois dez. Chegou a quinze cigarros por dia. Às vezes, até mais. Mas não se importou em reaver o hábito. Ser um lobo solitário nesta cidade vertical permitiu-lhe trazer de volta o velho companheiro. Na maioria das vezes, era somente o cigarro que estava ali para ele.

De repente:

— *Pinchos de la Madre!* — soltou em voz alta, ao ver a adega espanhola que inaugurava hoje. Ao ler a ementa, viu que havia *pata negra* e outros deliciosos quitutes ibéricos. Estava decidido aonde iria.

Snemed deu um longo suspiro. Numa plenitude que nunca sentiu, a cada dia crescia a sensação de ser um senhor deste lugar. Cordial com os que trabalhavam ali, contagiava-os com seu carisma, sem deixar de lado, porém, seu papel de *olho de dono*. Neste sentido, alguma parte sua sabia, mas talvez ignorasse, que, após o sucesso com Maiquel, algo havia mudado. Sua atuação brilhante de alguma forma o fez sentir-se importante ali. Sobretudo, nas ausências do Sultão, o que ocorria bastante e o que acontecia precisamente nesta semana. O elevador exclusivo, por exemplo, destinado para conduzir convidados especiais, pouco a pouco perdeu a parcimônia no seu uso. Virou um veículo para que se deslocasse de cima a baixo de forma indiscriminada. Não importava. Para ele, estava sempre *on duty*.

A seguir, a barriga acordou e, num ronco alto, reclamou da fome. Olhou para o relógio e percebeu que desde as oito da manhã não comia. Hipnotizado pelo trabalho, a hora do almoço passara-lhe ao largo e, hoje, sem mantimentos na gaveta, estava em jejum.

Apesar da fome e da vontade de conhecer a taberna ibérica, percebeu que o que lhe apetecia mesmo era descer aos subsolos. A simples ideia de conhecer uma nova residente o fez tremer. Um princípio de ereção logo deixou claro qual era a vontade a ser atendida primeiro. Snemed riu. Os maiores dilemas que o poderiam assolar eram esses. *Começar por acepipes da Andaluzia ou por uma beldade da América do Sul?* Era escroto, ele sabia.

Ainda assim, Snemed sentia falta de uma coisa. Apesar de ser um mero detalhe, de vez em quando tinha vontade de cocaína. Principalmente, quando as horas de álcool eram muitas e os *Marlboros* carburados eram dezenas. E mesmo relativamente tranquilo em relação a isso, a verdade é que achava um contrassenso ser proibido. A cena da residente lhe informando foi uma decepção. Tanto que estava decidido a questionar o Sultão assim que tivesse oportunidade. Estava só no aguardo de uma.

Foi só pensar nele e, num claro ato de sincronicidade, o Sultão bateu-lhe à porta. Snemed deu um pulo da cadeira. Além da visita inesperada, vinha de uma ressaca chatinha e não imaginava ter que falar com ele nestas condições. Sequer sabia que ele havia retornado a Fajar.

Apesar da surpresa, Snemed disfarçou e ficou tentado a abordar o assunto tabu. As chances de uma conversa a sós com ele passaram a ser raras e, ali, uma perfeita caía no colo. *Um, dois e já! Já? Não...* Desistiu. Ficou inseguro em como abordar o tema, explicar seu ponto de vista e dizer que gostava daquilo sem fazer com que o Sultão o julgasse. *Fica para a próxima.* Até porque, sendo sincero consigo, sua reivindicação não tinha cabimento. Valia refletir um pouco mais sobre isso.

O Sultão, alheio à sua problemática, cumprimentou-o e disse:

— Na correria dos últimos meses não consegui lhe agradecer.

— Pelo quê? — perguntou Snemed, sem ter ideia do que se tratava.

— Quero parabenizá-lo pelo seu desempenho com o jogador de futebol. Você foi muito bem. E o Sheik e eu já nos entendemos. Ele não está mais bravo com a situação que comentei — sorriu, e Snemed retribuiu.

Em seguida, o Sultão adotou um ar sério e comentou:

— Preciso me dedicar a outras frentes e queria compartilhar com você um pouco das tarefas que tenho com *Les Résidents*. Diria que você fará um bom trabalho.

Snemed abriu um sorriso automático ao ouvir aquilo. Era outro sinal de confiança do Sultão. Mais do que isso, era a sensação da Torre Global estar sempre lhe reservando surpresas. Como um fiel lacaio, pôs-se à disposição. Sem dúvida, era outra oportunidade para mostrar a que veio.

O Sultão finalizou:

— Procure Soledad amanhã pela manhã. Ela irá te explicar o que fazer — e deu uma piscada provocativa que fez Snemed corar. Como sempre fazia ao ouvir o nome daquela mulher.

24.

No dia seguinte, Snemed saiu de casa e foi até a sala de Soledad. Antes de bater à porta, olhou para os dois lados e reconheceu que estava com um frio na barriga. Desde que entendeu quem a mulher era, seria a primeira vez que estaria a sós com ela.

No dia em que o Sultão os "apresentou", Snemed ficou sabendo que Soledad era da Espanha. Agora, era óbvio por que se manteve muda naquele dia. Se abrisse a boca, logo veria que ela o compreendia.

Tentando conter o entusiasmo, Snemed entrou na sala com um sorriso indisfarçável. Já Soledad, sentada à sua mesa, nem de perto tinha a mesma felicidade em tê-lo como companheiro de área. Isso ficou claro assim que ela o mirou. Num tom austero, e sem nem lhe dar bom-dia, foi logo alertando, sem cerimônia para o fazer em espanhol:

— Esta tarefa é seriíssima, viu? Não quero que essa alegria aí se traduza em abusos — apontou para a cara de Snemed — Seja profissional ou considere-se fora!

Snemed não havia dito nada, muito menos feito alguma coisa, e já estava levando bronca. Também em espanhol, respondeu:

— Claro, claro!

Em seguida, ela apontou com a cabeça para a cadeira do lado oposto e Snemed sentou-se. Direta e reta, e ali sinalizando que o espanhol seria o idioma falado entre eles, disse:

— Algumas coisas que você precisa saber. Acredito que o Sultão não tenha mencionado, pois ele não gosta de enaltecer este detalhe — e fez um ar de desgosto —, mas *Les Résidents* não são só mulheres. Em menor escala, mas cada vez mais, também homens fazem parte do plantel.

Na verdade, o Sultão havia comentado isso *en passant*, o que não o fez ficar menos surpreso com a informação. Lembrou-se, também, de que no final da festa de Paris, além de mulheres, homens de terno vermelho surgiram no salão para buscar convidados.

— Além disso — prosseguiu Soledad —, esta área é a principal captadora do virtualismo. E se funciona bem, é porque tenho pulso firme. Mas, aqui, austeridade tem que ser dosada com carinho. Essas pessoas estão abandonando suas vidas para um reinício. Muitas sucumbem antes mesmo de pisarem na Torre Global.

Snemed fez uma cara curiosa, e Soledad explicou:

— O processo de seleção é longo. Tudo começa com um questionário, onde cadastro pessoal tem que estar nos conformes, e intenção de vir, bem justificada. Além disso, há o *face control*, que sou eu quem faço. Você que já fez pedido de visto americano para residência, é similar, só que mais rigoroso. Apenas 10% passam para a entrevista e, desses, um terço embarca para Fajar. Lá no aeroporto, há um hotel onde os candidatos ficam por um período de dez dias. É o momento em que os conheço melhor e é, também, a última oportunidade para desistirem. Assim que o dia chega e eles embarcam para vir para cá, é porque declararam aceitar ser uma ferramenta da Torre Global.

Snemed ficou impressionado com o que ouviu. A área era muito mais séria do que alguma vez imaginou. As, ou Os, Residentes, pensou ele, poderia perfeitamente ser o exército mais letal que a história haveria de contemplar em seus autos.

Soledad pegou o seu *GLB-MMI* e entregou a Snemed:

— Essas são as que chegarão semana que vem.

Observando atentamente cada foto, como se folheasse um catálogo de modelos, Snemed não conseguiu segurar a excitação:

— São todas lindas!

— Óbvio que são, *boludo*! Você por acaso não reparou no nível dos nossos profissionais? — tomou-lhe o *GLB-MMI* da mão com uma cara irônica — Mas, mesmo ao chegarem na Torre, ainda há duas etapas. A primeira, a inspeção presencial do Sultão, que ele faz questão de fazer só nas mulheres — fez cara de quem claramente não gosta desta parte — E depois, duas semanas de integração. Pois mesmo passando pelas fases anteriores, pode ser que algum candidato não se adapte à mudança. Algo que você deverá saber é que, antes de deixarem o hotel do aeroporto, todos assinam um termo de confidencialidade e ficarão em anonimato enquanto viverem aqui. Por isso, as semanas seguintes são o período que todos têm para se transformarem. Fazer plásticas e cicatrizar, iniciar dietas e ter resultado, instaurar rotina de exercício físico, escolher estilo da nova persona, montar guarda-roupa, criar um *cosplay*... E, inclusive, acostumarem-se com seus novos nomes. Enfim, é um processo e, como tal, deve-se respeitar o seu tempo.

Snemed fez uma cara de choque e fascínio, ao que ela bradou:

— Mas eu não tenho pena de ninguém! Principalmente das *sugar babies* — balançou a cabeça — Elas são princesas aqui como em nenhum outro lugar do mundo. Têm absolutamente tudo ao seu alcance. Além disso, pelo que podem cobrar sendo uma *résident* da Torre Global, recebem vinte, trinta, cem vezes mais do que antes.

Sem precisar ouvir mais qualquer argumento, Snemed balançou a cabeça, convencido. Ela arrematou:

— Seu objetivo, por ora, é só um. O Sultão disse que as garotas te adoram. Portanto, assim como foi com o jogador de futebol, seu papel é identificar as jovens com potencial e colocá-las para atacar os principais hóspedes. E ser um *coach* para as que ainda estão tímidas — pôs o dedo em riste para rosnar — Não é para dar em cima delas!

Ele acatou com uma sacudidela de cabeça e levantou-se:

— Não te desapontarei — disse simpático, tentando abrandar a tensão que ela fazia questão de sustentar.

Ao sair da sala, Snemed bateu a porta e sorriu. *Pobre Soledad...*, pensou. Ela simplesmente não sabia que estava diante da pessoa mais preparada do planeta para desempenhar esta função.

25.

Uma semana depois, Snemed elaborava um *ranking* das quinhentas e tantas residentes da Torre Global quando Soledad veio à sua sala. Com o seu jeitão bélico, mal entrou e foi fazendo críticas ao relatório que ele tinha enviado pela manhã.

— Essas vinte ainda não são residentes! Elas chegaram semana passada e estão em integração! Você não entendeu o que te expliquei?

Calmo, Snemed acatou a correção a ser feita e percebeu que a ira dela trazia algo por trás. A seguir, entendeu o que era.

— O Sultão quer passar a inspeção presencial das garotas para você... — fez uma cara furiosa. Esta parte do processo, machista ao extremo, se já não lhe agradava antes, imagine-se agora, a ser feita por um intruso.

Snemed, por sua vez, sentiu como se rojões explodissem na caixa torácica. Tartamudeando, perguntou sem acreditar que era verdade:

— A chegada das garotas? Eu?!

Soledad fechou mais ainda a cara. Quanto maior a alegria do homem, mais birra tinha. Só que rendida pela posição ingrata em que o Sultão a pusera, disse, sem poder fazer nada além disso:

— Você não será melhor do que ele — deu-lhe uma provocada — Mas acho bom o Sultão ter um suplente...

— Conte comigo! — Snemed levantou-se alvoraçado da cadeira — Quando isto será?

Soledad revirou os olhos diante da sua excitação:

— Segura essa ansiedade aí, taradão! Quero você concentrado. Quando elas chegam, elas precisam ser acolhidas, elogiadas, levadas para cima, mas, ao mesmo tempo, têm que ter noção do que precisam melhorar para serem perfeitas. Um dente torto, um pelo não depilado, uma espinha... Nada pode passar! São como atletas de alto rendimento. É a busca incessante pelo melhor — fez uma pausa para mudar de ar — E do nosso lado, de forma sutil e pouco autoritária, precisamos fazer com que elas entendam o que é esperado delas. Ninguém pode sentir que é um sacrífico morar em Fajar. E se elas acham que o nível de exigência é similar a *Victoria's Secret*, posso lhe dizer, é maior! — disparou-lhe a sua olhada fulminante — Até porque, pelo que ganham e por tudo que podem desfrutar, como te disse, não tenho pena delas... — e balançou a cabeça com seu ar bravo.

Snemed ficou fascinado com o discurso. *Que mulher!* E ia fazer um comentário para descontrair, mas ela virou as costas para se retirar. Seca, Soledad abriu a porta para sair da sala, e ele, sorrateiro, não perdeu a chance de observar atentamente o seu quadril.

26.

Durante quinze dias, Snemed teve que lidar com uma ansiedade sem tamanho. Uma coceira no umbigo surgia toda vez que se imaginava a fazer sua primeira recepção. Era um sentimento incontrolável. Até o rendimento no trabalho foi afetado pela expectativa.

Mas o tempo passou rápido e ele acordou na tão aguardada manhã. Impecavelmente arrumado, permaneceu em casa numa avidez tremenda, na espera do aviso de Soledad.

O *GLB-MMI* flertava com as nove horas quando viu no horizonte uma limusine rosa apontar para a Torre Global. A hora tinha chegado. Nem aguardou o sinal de Soledad. Pegou o estojo dos óculos na gaveta e correu até o elevador exclusivo.

As portas se abriram no primeiro andar do subsolo, e ele conheceu a área por onde entravam os que trabalhavam nas atividades operacionais da Torre Global. Ali, era também por onde chegavam todas as matérias-primas e insumos desta complexa atividade hoteleira. Neste contexto, as residentes também eram vistas como tal.

— *Buenos días!* — disse a Soledad, com um sorriso incontido, no que ela revirou os olhos com desprezo.

Um portão lateral deslizou e a limusine embicou para entrar. O veículo contornou as pilastras, avançou pela área de estacionamento e parou a poucos metros de onde os dois estavam. Snemed, fumando um cigarro, não cabia em si. O motorista desligou o motor ao mesmo tempo em que ele deu o último trago. Mandou a bituca longe com um peteleco e tirou do bolso do paletó o *Rayban*. Dispensável, mas comporia a personagem que entraria em cena.

Sob um rufar de tambores imaginário, fixou os olhos na parte de trás da limusine, até que a porta se abriu. Eximiamente produzidas com roupas mínimas, uma a uma, as jovens foram saindo. Snemed observou de boca aberta cada um dos desembarques e ouviu Soledad bradar:

— Vai lá, taradão! — e mandou uma risada de deboche.

Snemed aproximou-se do grupo e pediu às garotas que se perfilassem ombro a ombro, paralelas à lateral da limusine. Esperou todas se acertarem e caminhou até a primeira da esquerda. Perguntou se ela falava inglês, e ela, tímida, acenou com a cabeça que sim.

— Senhorita, por favor, nome, idade e nacionalidade — disse simpático, mas mantendo um ar teatral de sargento.

— Martina, vinte e um anos, bielorrussa — num inglês com sotaque do leste europeu.

Snemed mediu a garota milimetricamente e colocou:

— Martina, você é linda — pausa — Creio que precise apenas ganhar um pouquinho de massa magra. Indicarei uma nutricionista e pedirei a um *personnal trainer* para acompanhar você de perto. Pode ir ali com ela — apontou para Soledad — Se puder, comece hoje mesmo.

Deu dois passos à direita e ficou de frente à segunda da linha. Observando os traços indígenas da moça, perguntou em espanhol, seguro de que este seria seu idioma:

— Nome, idade e nacionalidade, *cariño*.

— Julia, vinte anos, Paraguai — respondeu ela, também em espanhol.

— Você é muito bonita — contraiu os lábios — A única coisa que sugeriria é a gente dar um jeito aqui — apontou os seios mínimos da moça.

— Você tem razão... — ela corou.

— Vá ali com a dona Soledad que ela indicará o que fazer. Pode falar em espanhol. Ela entende — baixou os óculos para uma piscadinha.

Um passo ao lado e Snemed ficou de frente com uma garota de traços árabes. Sinalizou com a cabeça, e ela falou:

— Meu nome é Samira, tenho vinte e quatro anos e sou do Iraque — com um ar encabulado.

Snemed examinou a moça e falou:

— Samira, seu corpo é perfeito. Mas... — e aproximou os olhos para ver de perto o nariz da moça que, para ele, era desproporcional ao rosto — Tem alguma coisa que você não gosta em você?

A moça, notando o direcionamento do comentário maldoso, tapou envergonhada a cara com as mãos.

— O meu nariz... — disse constrangida.

Snemed manteve a seriedade e falou num tom acolhedor:

— Tenho certeza de que poderemos ajudá-la, Samira. Suba ao 79º e nossos especialistas a avaliarão. Pode ir com aquela senhora — apontou para Soledad, que observava tudo a dez metros de distância.

Andou para a quarta garota da fila e novamente pediu nome, idade e nacionalidade. Tímida, a jovem italiana se apresentou num inglês charmosamente falado com o seu sotaque. Observando-a melhor, porém, notou que a moça tinha uma penugem excessiva em algumas partes do corpo. Mandou-a direto para a depilação definitiva.

Tatuagem, intervenção dentária, musculação, harmonização facial, diminuição de maxilar. Para todas, inexplicavelmente soube o que sugerir para que cada uma desenvolvesse o seu máximo potencial e se tornasse uma musa digna de *Les Résidents*.

Ao despachar as moças cada qual para um setor, Snemed sinalizou ao motorista que poderia partir. Com todas aprovadas, não seria necessário retornar nenhuma ao aeroporto. A seguir, caminhou até Soledad, que, fiscalizadora, o observara a cada ato e, pela primeira vez, encarou-o com um ar que não fosse de repúdio. Apesar da frieza, mostrou satisfação:

— Você foi bem — os dois entraram no elevador.

Glorificado pelo sucesso da sua atuação, subiu à companhia de Soledad. Muda, ela não fez nada a não ser olhar para o teto, louca para que o momento de contiguidade cessasse. Ao aterrissarem no 105º, ele se despediu, mas ela, como seria o normal, não retribuiu.

Snemed não se importou. Estava dominado por uma sensação maravilhosa. Aplicar seu olhar clínico nas moças e sugerir como fariam as suas transformações era a realização de um sonho que nem sabia que tinha. Ao chegar à sua sala, passou as costas da mão no sensor e abriu a porta. Orgulhoso pela nova atribuição, olhou para a tela de Van Gogh e para o imenso gabinete e gargalhou. Porque, neste momento, soube. Era indiscutivelmente o proxeneta mais poderoso da *Via Láctea*.

27.

No mês seguinte, Soledad novamente convocou Snemed para recepcionar um grupo de garotas:

— Esqueci de te avisar, mas é amanhã, às nove horas. Deixe a manhã livre — e desligou o telefone sem nem o cumprimentar.

Snemed não ligou para mais esta dose de má educação. A notícia o deixou irradiante. Quis, desta vez, fazer ainda melhor. Porque, apesar da empolgação natural, sentiu um senso de responsabilidade. Era o primeiro contato dessas moças com a Torre Global e, ele, o próprio cartão de visitas. Decidiu até dormir mais cedo. No máximo, meia garrafa de vinho em casa, vendo um documentário. Queria estar descansado para dar o seu melhor.

Na manhã seguinte, quase uma hora antes do que precisava, despertou com um sorriso de uma orelha à outra. Parecia haver um fio que lhe saía pela lombar e era plugado numa tomada 220V. Seria impossível permanecer na cama com a euforia que lhe deu bom-dia.

Snemed pulou da cama, foi urinar e caminhou até o seu brinquedo novo. Feito em fibra de carbono e ergonomicamente desenhado para acomodar uma pessoa de bruços, era uma estação de realidade virtual das que simulavam voos livres. Havia várias destas no piso de entretenimentos, mas, ao receber um alerta de desconto, comprou uma de presente para si mesmo. Merecia. Sem titubear, deixou mais 12 mil *virtois* na seção de tecnologia do *Marché Global*.

Pôs os óculos, apoiou o peitoral no aparato e escolheu San Francisco. Dezenas de metros para cima, como uma águia sobrevoando a cidade que o consagrou, apreciou o charme da metrópole costeira. *Como é linda...* Saltando da primeira torre da ponte da *Oakland Bay* em direção à *Golden*

Gate Bridge, contornou o distrito financeiro por dentro da península e seguiu norte passando pelo prédio onde morava em *Russian Hill*. Deu até para ver a sua antiga varanda e reviver alguns bons momentos ali.

Snemed matou a saudade de San Francisco e foi para o banho. Neste dia, havia outra novidade. Teria o ofurô para estrear. Entregue um dia antes, há meses queria um em casa. Não achava higiênico usar os que havia lá embaixo. Imerso em um perfeito relaxamento, ouviu os mais de doze minutos do segundo movimento da nona de Beethoven. Esta parte da sinfonia sempre o emocionava. Impossível não se lembrar de Alexander DeLarge e a dança de Jesus Cristo.

Enxugou-se e foi até o armário de ternos, onde escolheu, na sua já grande coleção, um azul-marinho. Com o *Rayban* e uma gravata amarela de seda, concluiu o traje da sua personagem. Olhou-se no espelho para uma última conferida e lançou um olhar sedutor para si mesmo.

A ansiedade era tanta, que, quarenta minutos antes de as moças chegarem, Snemed já estava no -1º. Inquieto, fumou quatro *Marlboros*, um atrás do outro. E ia para o quinto, quando o portão da garagem se abriu. Devolveu o cigarro para o maço e acompanhou deslumbrado o show do desembarque. Deliciava-se com a fugacidade do segundo em que via a cara das garotas pela primeira vez.

Com todas de pé à sua frente, fez como da outra vez. Tal qual um comandante de porta-aviões coordenando o pouso das aeronaves, pediu para que elas se perfilassem paralelamente à lateral da limusine e começou.

Hidratação para os cabelos, correção de lóbulo, ginástica para os glúteos, argola no nariz, bronzeamento, lentes de olhos claros. Com doçura, Snemed sabia o que as moças precisavam para atingir a beleza máxima. Nem precisava pensar o que dizer. Amante do sexo feminino, era um instinto natural, um dom. Bastava olhar e *zás!* Porque, ainda que só um mísero detalhe, e o diabo mora justamente nestes detalhes, sempre achava o que melhorar nelas. E suas colocações, precisas, eram feitas ao mesmo tempo em que conquistava cada uma. Baixando os óculos numa piscada cordial, um sorriso receptivo ou um elogio, sua faceta açucarada era a encarnação da palavra gentileza.

Impressionada lá de trás, Soledad o via brilhar. Estava quase obrigada a reconhecer que o Sultão fora preciso ao sugeri-lo como substituto. Snemed acreditava que ela talvez o achasse até melhor, mas nunca admitiria.

Enquanto aguardavam o elevador, Soledad soltou enfim um elogio:

— Você é bom — balançou a cabeça afirmativamente — Daqui a duas semanas, tem mais trinta chegando. O maior grupo que já tivemos. Quer conduzir?

— Está brincando?! — berrou Snemed — E-vi-den-te-men-te! — imprimindo sua excitação em cada sílaba da palavra.

O elevador abriu no 105º e Soledad falou:

— Da chegada do grupo de homens, você não quer participar, né? — no que Snemed franziu o cenho com cara de nojo.

Soledad balançou a cabeça de um lado para o outro e falou:

— Além de tarado, é machista.... — marchou em retirada.

Já Snemed, reconhecendo que Soledad estava coberta de razão, não perdeu a chance de conferir, ainda que muito discretamente, o seu rico par de nádegas.

28.

Na véspera da recepção seguinte, Snemed estava, que não conseguia se aguentar. Era outro faniquito daqueles, incontroláveis, como se pisasse num formigueiro, e as formigas agora lhe subissem perna acima. Tão irrequieto estava, que nem conseguiu esperar o sol se pôr para sair do escritório e ir direto ao *Thieving Magpie*, um recém-aberto piano bar.

    Lá, sentado no clássico balcão do estabelecimento, virou um copo de *old fashioned* para sufocar a azáfama que o tomava. Funcionou. Na segunda pedida, relaxado, escolheu um *single malt* e pôde apreciá-lo como deve ser. E deixou-se levar.

    Snemed bebia o quinto copo quando olhou despretensiosamente para o relógio e deu um pulo do assento. Estava atrasadíssimo. Pagou a sua conta e saiu em desabalada carreira, em direção aos elevadores normais. O exclusivo não estaria disponível. Em dias de evento no *Salón Global*, ficava reservado ao Sultão até a hora em que ele se recolhia.

    Impaciente, esperou aflito a chegada de um, e, ao entrar, nem se deu ao trabalho de cumprimentar o casal que também ia ao 144º. Sacou o *GLB* do bolso e, com o pescoço para baixo, escusou-se de olhar para os companheiros de subida. Com um afobamento que beirou a má-educação, desembarcou apressado antes que os outros o fizessem e furou a fila. Deu um tapinha nas costas do segurança e entrou.

    Resignado dentro do que sua embriaguez permitiria, pisou no *Salón Global* e viu Praga no horizonte de Fajar. Tinha perdido aquele barulhão e o segundo em que a projeção surge no breu do deserto. Perdeu, também, o discurso do Sultão. A este detalhe, não deu importância. Não precisava mais ter esse tipo de cerimônia com seu superior. Fora que a fala sobre Paris e o sonho de criança que se realizava e blá, blá, blá, já sabia de cor.

Deu uma pescoçada vasculhadora para ver se avistava o Sultão por ali, quando seus olhos brilharam. Numa parte do bar, flagrou uma chopeira gigante da *Pilsner Urquel*, onde se aglomerava a imensa maioria dos convidados.

Correu até lá e, sem se importar em passar na frente das pessoas, ordenou ao funcionário que lhe servisse um copo:

— Por favor... — com ar de quem dá ordens.

Snemed deliciou-se com a cerveja e procurou um espaço na bancada para se acomodar. Postado perto da chopeira, deu uma gorjeta ao atendente e pediu que lhe servisse um copo sempre que terminasse o atual. Magnético, ficou ali, atraindo residentes ao seu redor. As que ainda não tinham ninguém para se aparelhar, contavam com ele para tomarem *drinks* enquanto isso. Por outro lado, como troco, ele as abraçava e lhes roubava beijos e carícias. Para ele, era como se estivesse diante de uma mesa de bolo em festa de criança. *Quantas doçuras...*

Lá pelas tantas, ele observava intrigado a canadense multibilionária que ocupava o *lounge* principal com uns vinte residentes homens, quando tomou um susto. Ao fundo, atrás de uma seção de sofás, avistou o Sultão falando com um indiano, com quem já o tinha visto conversar outras vezes.

Snemed achou aquilo estranho. O Sultão sempre saía do evento imediatamente após o discurso de abertura. De forma alguma ficava ali dando bobeira para que o viessem importunar. No entanto, neste dia, lá estava ele falando com o sujeito.

Após uns minutos, o indiano retirou-se e o Sultão permaneceu ali. Pelas janelas, ficou observando o horizonte iluminado da capital tcheca. Neste curto instante, como se ferroado por aquela vontade tinhosa, sentiu uma inesperada coragem para falar com ele sobre seu desejo proibido. Na semana em que chegou, era impensável propor esta conversa, mas agora, sentindo-se um homem importante para a Torre Global, o que lhe faltava estava ali. Deu o último gole e foi.

Ao aproximar-se, o Sultão o encarou e não esboçou nenhuma surpresa ao vê-lo. Tampouco comentou sobre sua ausência no início do evento.

Com um ar plácido, sem desviar o olhar da janela, disse:

— Eu adoro aquilo ali — apontou o indicador para o *Prazsky Hrad* no horizonte — Você sabia que é o terceiro maior castelo do mundo?

Snemed ouviu o comentário do Sultão e maneou a cabeça com ar de indiferença. Então, com a boca mole e de forma atabalhoada, expôs seu desejo enrustido. Reproduziu sua argumentação ensaiada e finalizou:

— Qual seria o problema?

Apesar da abordagem descabida, o Sultão surpreendentemente abriu um sorriso e disse:

— Na *Tour Global* nada é proibido, meu caro — seus olhos brilharam como sempre faziam — O que não é tolerado aqui é covardia. De resto, faça o que quiser. No dia em que você chegou, disseram que era proibido para você não insistir. Se tivessem lhe dado, acho que você teria se matado, não é?

Diante do comentário contundente, Snemed ficou tão irritado quanto constrangido. Mas sem que houvesse um segundo para se melindrar, o Sultão acrescentou:

— Temos o que você quer. Vou pedir para providenciarem.

Snemed paralisou ao ouvir aquilo. Foi um misto de raiva e felicidade. Dava-se conta de ter andado ao engano por tantos meses, contudo, conseguia o que queria.

O Sultão, por sua vez, virou as costas e deixou um:

— Boa noite.

Porém, cinco passos à frente, deu meia volta e disse:

— Um homem pode alimentar quantos demônios quiser. Desde que tenha condições físicas e mentais para tal.

A fala do Sultão, apesar de sábia, entrou por um ouvido e saiu pelo outro. Só uma coisa lhe interessava. Fora dominado pela perspectiva monstruosa de matar a sua vontade.

Poucos minutos depois, a espera teve fim. O mesmo indiano com quem o Sultão falava o abordou e lhe entregou um vidrinho. Snemed agradeceu ao homem, e mais ainda aos céus, pela resolução do mal-entendido. Prometeu nunca mais reclamar de nada. Muito menos diretamente ao Sultão.

A seguir, Snemed pinçou algumas residentes para montar o *petit comité* que iria consigo ao seu apartamento. Tentando adivinhar quais garotas gostavam daquilo, recrutou quatro sul-americanas que, entusiasmadas, quiseram partir o quanto antes:

— Vamos já?! — disse uma brasileira, em polvorosa.

Neste dia, nem titubeou ao levar as quatro pelo elevador exclusivo. Desceu até o 123º e, flutuando de excitação, chegou com elas à porta de casa. Snemed não gostava de levar residentes ao seu apartamento. Seus encontros se davam sempre no andar subsolo reservado a isso. Mas ali não se importou. Um momento de prazer extremo galopava na sua direção.

Assim que abriu a porta, e para o delírio generalizado das moças, ele acendeu o sistema de iluminação em *led* recém-instalado. Num tom despojado, ordenou que ficassem à vontade:

— Meninas, por favor, a casa é de vocês. Sugiro sentarmo-nos ali naqueles sofás — apontou para a janela, de onde era possível ver a praça principal de Praga.

As moças, deslumbradas com o seu apartamento, que a esta altura parecia mais a sessão de tecnologia do *Marché Global* do que um lar, começaram a perambular pelo espaço.

Uma delas, sem esconder o encantamento, gritou:

— Oh, meu Deus! Que lugar fabuloso! Isso aqui é tudo seu? — apontando as atrações ao redor — Esse lugar é maior que nossos quatro apartamentos juntos! — virou-se para as demais.

— Posso pegar um copo de água? — perguntou outra — Você quer também?

— Uau! Olha essa banheira! Querem tomar um banho?! — gritou uma terceira, ao ver o ofurô, onde os cinco caberiam confortáveis.

— Cadê as paredes da sua casa? — riu a brasileira, ao notar que aquilo era um ambiente único.

— Preferi tudo aberto. Gostou? — Snemed surgiu sorridente, com uma bandeja de ouro maciço recebida de presente de um sheik do Iêmen.

Chamou as garotas e foram todos para a sala de estar. Diante da imensa janela de vidro, eles puderam retomar a vista para a capital da República

Tcheca. Respirando fundo, como um atleta que se concentra para a prova iminente, retirou a rolha do frasco e enfiou o mindinho. Aproximou a vista e analisou os cristais viciantes para, então, pô-los na língua. Com as gengivas anestesiadas, despejou o conteúdo na bandeja e, com o cartão de *virtois* que recebeu ao chegar a Fajar, desenhou uma linha. Agraciado pela vista para a Torre do Relógio Astronômico, sentiu-se poderoso. Mais do que qualquer noite em San Francisco. Nunca imaginou que isto fosse possível. E ali, teve uma convicção. Na verdade, tamanha foi a certeza que teve, que foi abraçado pela clareza; a *clareza* em pessoa. A partir de agora, nada nem ninguém poderia pará-lo. Havia voltado com tudo à crista da onda. Desta vez, para uma subida mais íngreme ainda ao topo do mundo.

29.

Snemed acordou no dia seguinte com uma rebordosa que não experimentava há anos. Os olhos mal abriam. As narinas, em carne viva. Manchas de sangue na fronha do travesseiro denunciaram o excesso da noite anterior.

Com a vista embaçada, olhou pela janela e, num pico de adrenalina, viu pelo sol que já seriam quase dez. Mais alguns minutos e perderia a chegada das moças. Certamente já estavam a caminho.

Alavancou-se da cama num salto e correu para o chuveiro. Tentando recompor-se, e tendo que gerenciar uma taquicardia feroz, tomou o banho mais curto possível. Sem ter planejado o que vestir, correu até o armário de ternos e aprontou-se longe do seu esmero contumaz. Treze minutos e ejetava-se de casa sem tempo nem de comer.

Assim que a porta do elevador se abriu, Snemed viu o *Rolls Royce* já estacionado na garagem. Seu atraso não impactaria o cronograma, mas o fluxo das jovens desembarcando já estava no final. Perdera o momento sublime, em que cada mulher que surgia pela porta superava qualquer expectativa que pudesse ser criada.

Esbaforido, Snemed marchou até Soledad, no mesmo momento em que se deu conta de que tinha esquecido os óculos escuros:

— Perdi a hora. Desculpe-me — e apresentou sua cara devastada.

— Pensei que você tivesse desistido... — encarou Snemed — Que cara é essa?! A noite de ontem foi leve, hein?!

Snemed fez uma cara envergonhada e Soledad ordenou:

— Vai lá, taradão! — apontou para o grupo de mulheres.

Snemed caminhou até elas, cobrou ajustes no alinhamento e postou-se de frente à primeira da esquerda, uma moça de pele clara, provavelmente nórdica. A ressaca atrapalhava, mas havia uma força maior dentro de si que o fazia dar o seu melhor. Em hipótese alguma poderia desapontar o grupo. Era a maior delegação que alguma vez chegou à Torre Global.

Belizenha, neozelandesa, turca, coreana, sul-africana, marroquina, chinesa, angolana, estadunidense, ucraniana. Snemed deixou-se levar pela variedade cosmopolita do grupo. Era outra experiência antropológica que a Torre Global lhe proporcionava. Conseguiu deixar sua precária condição em segundo plano. Acessou o dom oracular e logo estava cumprindo o seu trabalho de forma brilhante.

Tudo corria dentro da normalidade, fluindo pela sua desenvoltura de sempre, quando perdeu o fôlego ao conhecer a penúltima do pelotão. Em meio a moças com caras inseguras e perdidas, esta parecia uma alienígena. Seu olhar confiante era um oásis nesse deserto de falta de identidade. De corpo magro, mas nem tanto, a garota ruiva de pele clara tinha olhos azuis, talvez verdes; não soube dizer. Isso sem falar nas sardas, coisa que o deixou fora de si.

A aparição da moça minou sua compostura. Sentiu-se envergonhado por ter que fazer o que faria agora. Mas, procurando disfarçar, adotou uma pose de galã, para dizer sério, com ar bufão:

— Nome, idade e nacionalidade, senhorita.

— Meu nome é Paloma, tenho 26 e sou argentina.

— Argentina... — repetiu em voz alta e sentiu a boca salivar ao ouvir a palavra *argentina*.

Como mexicano do interior pobre, esta nacionalidade sempre foi o suprassumo de seu imaginário sexual. Para Snemed, argentinas eram as deusas do panteão latino-americano. Nos Estados Unidos, poucas vezes encontrou uma ao vivo. Menos ainda uma como esta, um exemplar de raríssima beleza.

Com cara de quem faz análise técnica, observou cada centímetro da moça. E obrigando-se a reconhecer isto, não identificou um fio de cabelo que precisasse ser corrigido. Não viu alternativa a não ser ilibá-la de qualquer procedimento que pudesse deixá-la melhor:

— Acho que para você vou recomendar só descanso.

A moça sorriu tímida, mas retrucou decidida:

— Na verdade, acho meus seios pequenos. Gostaria de pôr próteses.

Ao ouvir a colocação determinada, Snemed surpreendeu-se. Das mais de cinquenta que recepcionara, pela primeira vez, uma demonstrava vontade própria. *Uma mulher empoderada!* Por isso, justamente por não saber como lidar com a situação, disse contrariado:

— É... Um pouco não fará mal. Suba ao 79º, que eles programarão a cirurgia — ela partiu.

Desconcertado pela graça de Paloma, Snemed abordou a última garota com total desatenção. Analisou-a superficialmente e, de forma aleatória, sugeriu cabelo loiro e piercing no nariz.

— Se quiser, faça uma tatuagem grande nas costas.

Esta displicência, que Snemed próprio reconheceria depois, tinha uma origem óbvia. O foco na tarefa tinha sido eliminado. Seu pensamento fora sequestrado por Paloma.

Liberou a última moça, acendeu um cigarro e, com um ar aparvalhado, caminhou até Soledad.

— Todas aprovadas — tentando conter o sorriso.

Mas ela, ligeira como uma perdigueira, logo o flagrou. E, quase com uma pontinha de ciúmes, soltou:

— Seu tarado... Mais um pouco podia ser sua filha — e virou as costas para entrar no elevador.

Snemed não ligou para o comentário exagerado. Com a mente dominada por aqueles cabelos laranja, puxou o último trago do cigarro e suspirou. Neste dia, deu-se até o luxo de não apreciar a traseira desfilante de Soledad.

30.

Ao fim do expediente do dia seguinte, Snemed deveria estar entretido em escolher o ponto de partida da noite que se avizinhava. Um bar inédito, uma nova residente, uma iguaria que nunca experimentou, compras no *Marché Global*, talvez até um banho de ofurô, antes de subir para o 144º. Esse seria o normal.

No entanto, sua mente continuava povoada pelos *flashes* daqueles um ou dois minutos de contato com Paloma. A textura da pele dela era algo que nunca tinha visto. Com o sol prestes a se pôr, sentiu vontade de mandar uma mensagem a ela. Mas pensando bem, não queria demonstrar uma atenção excessiva, injustificada. Menos ainda dar indícios de que tinha um xodó, como por exemplo, e principalmente, à Soledad.

Buscando distrair-se, passou os olhos na lista de estabelecimentos, mas nada o animou. Se pudesse, sem dúvida o que faria seria levar Paloma para jantar no *Rabbit Nest*, o restaurante mais romântico da Torre Global. Aonde nunca tinha ido por razão óbvia.

Após momentos de indecisão, Snemed decidiu telefonar a ela. Convicto de que não fazia nada de errado, utilizou o serviço interno de comunicação para tocar no quarto de Paloma.

A moça atendeu com uma voz de sono, mas logo demonstrou alegria ao perceber quem estava do outro lado da linha. Falante após uma sequência de bocejos, os quais Snemed achou meigos, contou como foram as suas primeiras horas na Torre Global:

— Estou encantada! — e confidenciou-lhe — Muito feliz por ter conseguido uma vaga.

Emendando um assunto no outro, dez minutos se passaram e uma afinidade entre eles se estabeleceu. A voz doce de Paloma e seu sotaque melodioso eram música para os ouvidos de Snemed.

— A academia é espetacular, não é? — disse ele, falando agora sobre as atrações da Torre Global.

— Incrível! Parece um parque de diversões — e deu uma risada que pareceu a Snemed o canto de um passarinho.

Os dois engataram uma longa conversa e falaram sobre suas raízes latino-americanas. Cada um contou sobre a origem familiar e, por fim, chegaram às crises que ambos os países atravessavam:

— Uns dizem que Buenos Aires quer se separar do resto do país. Outros, que o resto do país é que quer se separar da capital... — comentou ela, com certa melancolia.

— O México está um desastre também. Estamos nas mãos do cartel. Ainda bem que saí a tempo — deu uma risada curta e triste.

Mas, então, com uma preocupação latente incomodando-o, Snemed viu-se impelido a indagar Paloma. Constrangido por ter que abordar o assunto, esperou uma pausa entre as falas e fez a pergunta:

— Você vai mesmo fazer a cirurgia?

Diante do questionamento, ela deu um suspiro e, num tom consternado, falou:

— Para ser sincera, não sei se é vontade ou necessidade. Só que estou aqui a trabalho e me sinto magrinha, pouco atraente. E para ter a confiança de que necessito, fará diferença.

Ele não soube o que dizer. Diria o quê? Não poderia simplesmente abrir o coração e querer que ela mudasse os planos que a fizeram ir até lá. Nem a conhecia direito. Por ora, ela era apenas uma residente com quem tinha se identificado. Nada mais. Por isso, concordou. Paloma estava coberta de razão. Despediram-se com um *besito*.

Snemed tacou o telefone na mesa e foi invadido por um profundo incômodo. E o pior era saber perfeitamente a origem do sentimento. Aquela princesa iria fazer uma operação para modificar sua configuração física, e aprimorar-se como máquina sexual de extorquir milionário. E ele, no meio disto, era o principal patrocinador.

Seu papel, especificamente com Paloma, pela primeira vez o entristeceu.

Até perdeu a fome, que minutos antes surgia. Ficou ali na sua mesa cabisbaixo, silente, olhando para o horizonte, refletindo sobre a situação ingrata.

De repente, um ímpeto, com certa pitada de raiva, veio do âmago e o fez chutar para longe o pensamento. No fundo, era a sua razão. E ela não o permitiria que se aborrecesse por causa de uma mulher como essa. Impiedoso, sufocou o sentimento banal de afeto e foi jantar.

31.

Apesar de tentar a todo custo esquecer-se de Paloma, ela não saía da sua cabeça. Mesmo sem tê-la visto outra vez, ela tinha penetrado o seu coração frio e promíscuo. Até aulas de tango começou a fazer, para impressioná-la assim que tivesse oportunidade.

Neste dia, uma semana se completava desde que Paloma chegara à Torre Global. Seria também o dia em que ela se submeteria ao procedimento estético. Não tinha mais volta.

Durante a manhã, pelo sistema do *Hôpital Global*, acompanhou, ao longo de todas as horas, o *status* da paciente durante a cirurgia. Em uma das suas telas, deixou a janela aberta como se acompanhasse algum indicador do *virtois*. Estava realmente aflito. Tanto que assim que "procedimento concluído com sucesso" surgiu, sentiu alívio. Em breve, ela seria transferida para um quarto do complexo médico.

Snemed aproveitou e desceu até o 72º e foi à praça de alimentação da academia. Vendo que o *Pachamango* seria a opção mais rápida, pediu um *poke* para viagem e retornou o quanto antes à sua sala. Nem bem finalizou a refeição, ligou para o quarto da paciente informado no sistema.

Para o seu completo remorso, Paloma atendeu o telefone com uma voz nitidamente abatida. Murmurante, relatou que a operação tinha sido muito mais violenta do que poderia imaginar:

— Não há uma posição em que eu não sinta dor. Só rezo para que os analgésicos me façam dormir — disse segurando o choro.

Cavalheiresco, Snemed procurou tranquilizá-la:

— Tome o tempo que for. Se precisar de mais dez dias aí, você os terá. Não se preocupe com isso.

Ali, paternalista, no fundo procurava formas de adiar o início daquele trabalho sórdido e preservar a garota, por quem sentia uma conexão diferente. Disse, ainda, que assim que ela estivesse recuperada, a levaria para jantar em qualquer restaurante que quisesse, e sugeriu:

— Iremos às grandes atrações da Torre Global — a moça agradeceu o convite.

Ao encerrar a ligação, sentiu um sabor esquisito na boca. Estava cultivando um carinho por uma garota de programa e não sabia como lidar com isso. A sua fôrma mental cristã o fazia ter calafrios ao pensar nisso. *Pesadillas!* Incomodado pela antítese de sentimentos que borbulhavam no peito, escreveu um palíndromo tolo num papel em cima da mesa:

Amo la Paloma.

32.

No dia seguinte, Snemed recebeu em sua sala os diretores da Torre Global. Zeloso como sempre, serviu macadâmias e frutas secas numa travessa de prata e marcou o lugar de cada convidado com uma garrafa de *Aqua Panna*.

A esta altura, mais quatro compunham o grupo. As três mulheres e um homem representavam respectivamente a *Fajar Jeux*, o *Marché Global*, a *Fajar Airlines* e a *Fajar Tech*. Juntamente ao diretor do *V2V*, Isla, Soledad, o Sultão, além de Snemed, os nove formavam o corpo diretivo da Torre Global.

Snemed abriu sua apresentação como sempre fazia, a partir de linhas que subiam vertiginosamente em função do eixo *tempo*. A tarefa era uma moleza. Quase não tinha mais graça. Sequer daria para sugerir alguma melhoria. Apesar disso, custava a centrar-se no que fazia. E a desatenção era explicável. Sua mente estava presa naqueles cabelos ruivos. Nem Soledad, linda como sempre, e logo ali, o atiçava:

— Esse é o número de visitantes diários. Noventa por cento dos que fazem escala no aeroporto passam as horas aqui — explicou Snemed, numa tentativa de se concentrar — Desde que oferecemos transporte gratuito, mais de quinhentas mil pessoas por mês visitaram a *Tour Global* entre um voo e outro. E isso deve aumentar com a inauguração do *Musée Global*.

— Ótimo — comentou o Sultão, com um sorriso de dois segundos, substituído por uma cara emburrada — Em breve o trem de superfície será imprescindível. Aliás, acho até que estamos atrasados.

Snemed consentiu com a cabeça e, sem perder o embalo, prosseguiu. Passou então para o *slide* predileto do Sultão, do *mapa-múndi* com os países onde o virtualismo operava e seus respectivos volumes:

— Cento e dezenove países — ao que todos sorriram — E China, como podem ver, está fora. O *virtois* foi banido.

— A gente chega lá... — disse o Sultão, num ar despreocupado — Fora que o que mais tem aqui é chinês. E temos Hong Kong ali do lado para lembrar ao *CCPCC* que estamos sempre presentes — todos riram.

A seguir, e de forma calculada, o Sultão esperou Snemed dizer o número de *virtois* em circulação pelo mundo para dar um brado:

— *World Public Offering*! — deu um soco na mesa.

Diante da surpresa na cara de todos, o Sultão levantou-se. Sustentando um ar misterioso, postou-se ao lado de Snemed e assumiu a fala:

— Atingimos os gatilhos que previ. Estamos em mais de cem países, temos giro diário de cinco bilhões de dólares e seríamos o quinquagésimo PIB, se o virtualismo fosse uma nação — apontou para o *slide* com as informações — Chegou a hora da nossa oferta pública! Porém, os senhores sabem que precisamos propor algo novo. Qualquer descuido e as garras do sistema vigente nos apanharão. Por isso, enxergar esta abertura de capital como a de uma empresa em bolsa de valores é um erro que não podemos cometer. É lógico que a divulgação será de uma oferta pública convencional — abriu os braços contemporizando — Mas a *Tour Global* é só uma casca para o que isto é. Para nós, precisa ficar claro que estamos fazendo uma oferta do próprio sistema monetário. Pois as pessoas precisam ser donas do sistema e não meras engrenagens, como hoje.

O Sultão puxou fôlego, fez uma verificação individualizada para ver se todos estavam na mesma página, e prosseguiu:

— A moeda terá lastro direto na cotação de uma ação. Cada *virtois* emitido pelo Banco Central de Fajar será também uma ação da *Tour Global* — apontou para Snemed, que abriu um sorriso tímido e foi usado na exemplificação — Imaginemos que ele tem um milhão de *virtois* na conta. À meia-noite de Fajar, o sistema apura o total da moeda em circulação pelo globo e calcula o porcentual que o montante representa. O patrimônio dele equivalerá a 0,003571% dos *virtois* pelo mundo. Isto será, portanto, sua participação acionária.

Pegos pela novidade, todos ouviam estáticos o Sultão.

— Até aí, nenhum grande fato novo — ele balançou a cabeça — A novidade está na sistemática de recompensa. A lógica atual, baseada em sorte e uma certa aleatoriedade, irá mudar para merecimento. Quem impulsiona o sistema será impulsionado de volta. É parecido com aquela lógica antiga. O virtualista que contribui segundo suas qualidades será retribuído na mesma proporção. Por isso, os usuários que mais abrirem frentes para o virtualismo serão os mais premiados — sacou um papel dobrado do bolso e começou a ler umas anotações — Trouxe aqui o exemplo de Anderson Oliveira, jovem de 23 anos, que mora em Paraisópolis, uma enorme favela em São Paulo. Vejam as suas fontes de renda. Passeia com animais da vizinhança, dá aulas de capoeira, trabalha como entregador, presta serviços de elétrica e hidráulica. Na semana passada, mapeamos dez pessoas que abriram conta no *V2V* e transacionaram valores com Anderson — apontou para Isla, que identificou a informação — Isso significa que, sem a gente fazer nada, o virtualismo está se espalhando. O nome disso é "alcance do usuário". É a potencial reação em cadeia que um usuário provoca. Casos como este é que permitem o que expliquei a vocês quando chegaram aqui. Adesão em massa! — olhou nos olhos de cada um — Dominar microeconomias e fazer o *virtois* girar. Vejam o horizonte de rendas deste rapaz... Assim, a sistemática de bônus avaliará isso. Quanto mais formas de utilização da moeda e quanto mais usuários novos se trouxer para o sistema, maiores serão os prêmios.

Os membros do conselho, com ares bajuladores, se entreolharam deslumbrados, enquanto o Sultão concluiu:

— À medida que o uso do *virtois* crescer, se tornará uma espécie de mutualismo precificado, regulado pelas partes envolvidas, a partir de parâmetros e históricos dos próprios usuário — gesticulou abanando a mão — Então, no dia seguinte, dentre tudo que se ganhou e tudo que se gastou, à meia-noite de Fajar — apontou para o pulso sem relógio —, apura-se a participação acionária do usuário, seu alcance potencial, e distribuem-se os bônus. E, assim, todos os dias. O volume de *virtois* que cada usuário tiver será sua participação acionária — e abriu um sorriso para completar — *Your cash, your share.*

Os ouvintes estavam extasiados com a teoria econômica do Sultão. Seus olhos brilhavam como se estivessem diante do Adam Smith do século XXI. E se houvesse alguma dúvida, estavam. Todos se ergueram e reverenciaram a genialidade do homem com uma salva de palmas.

O Sultão, contente com o entusiasmo geral, revelou:

— Agora, posso contar por que andei ausente de Fajar nos últimos meses. Foram várias rodadas com as principais bolsas do planeta e está tudo preparado — fez uma pausa antes de finalizar — A oferta pública mundial da *Tour Global* será na sexta-feira da semana que vem.

33.

Nos dias seguintes, Snemed dedicou cada minuto aos testes da plataforma que seria lançada na *Oferta Pública Mundial*. Neste sistema, uma espécie de console do virtualismo, os usuários fariam a gestão de tudo que envolvesse *virtois*.

Com isso, haveria a fusão de todas as contas de aplicativos. Usuários do *V2V*, *Marché Global*, *One New World*, *Gamble On*, *Les Résidents* etc. seriam aglutinados num registro único emitido pelo Banco Central de Fajar. Seria uma espécie de número de contribuinte, sem nenhum imposto devido, é claro, mas que centralizaria as movimentações de um determinado indivíduo. E, tudo isso, sem interferência humana e trancafiado às mil e uma chaves de criptografia do *blockchain* do virtualismo.

Obstinado pelas proporções do passo que era dado, Snemed virou madrugadas com as equipes de desenvolvimento, afinando cada detalhe da ferramenta. Sabia que ali participava da ignição de uma revolução monetária sem nenhum paralelo na história.

O dia então chegou. Nesta quinta-feira, das onze da manhã às onze da noite, Snemed repassou inúmeras vezes um imenso *checklist* para se certificar de que nada tinha ficado para trás. Faltando quinze minutos para o grande feito, recebeu o Sultão em sua sala e pôde lhe assegurar que a oferta ocorreria em qualquer lugar do mundo:

— Igualdade de compra e venda para todos os cidadãos do planeta. O sistema está apto a receber qualquer moeda aprovada pelo Banco Central de Fajar, além de criptomoedas e até créditos de carbono.

Iluminado pelo ato que empreendia, o Sultão abriu um sorriso inédito. Neste momento, Snemed notou uma aura diferente ao seu redor. Era um olhar vibrante de satisfação que jamais tinha visto ao longo destes meses.

— Parabéns, meu caro. Os louros também são seus — disse o Sultão antes de se retirar.

Então, à meia-noite de quinta para sexta-feira, a oferta pública da Torre Global rugiu retumbante pelos cantos do mundo. Um volume astronômico de compra de *virtois* se iniciou e fez Snemed trabalhar as horas seguintes sem parar nem para comer. Enfeitiçado, acompanhou o fluxo da moeda em cada fuso horário e, a cada abertura de mercado, as cifras do virtualismo cresciam mais. Ao fechamento de *Nikkei*, a primeira bolsa a encerrar pregão neste dia histórico, o desempenho já superava as estimativas. Ao ver que Hong Kong ia ainda melhor, viu-se livre para estourar um champanhe.

Como participante deste ato sem igual para a história da economia, Snemed estava esfuziante. Sem desgrudar os olhos do painel de telas, ficou ali por 24 horas seguidas. Enquanto maestro da *World Public Offering* da Torre Global, gesticulava a batuta à medida que o volume de *virtois* pelo globo disparava.

Até que, às 23h58, encerrou o expediente, sentou-se e acendeu um cigarro. Ansioso para ver o primeiro cálculo de posição acionária após a abertura de capital, aguardou aqueles dois minutos enquanto fazia argolas de fumaça. O *GLB-MMI* informou a zero hora e, após o sistema processar a movimentação, viu que os 30 bilhões de *virtois* tinham virado 91. Snemed deu um berro. A expectativa dele e do Sultão era de no máximo 80.

Em seguida, com as mãos trêmulas, acessou a sua conta e viu o bônus que recebeu. Seu patrimônio tinha crescido um dígito. Chegara aos cem milhões de dólares e um inacreditável 0,011% de participação acionária da Torre Global.

Pelas redes sociais, viu as pessoas espalhadas pelo planeta, entusiastas do sistema, que ganharam bônus enormes. A injeção de ânimo, e dólares, que o virtualismo recebeu o elevava, exatamente ali, a um patamar além do imaginado em tão curto espaço de tempo. Para Snemed, era incrível demais para ser verdade. Seis meses após perder o que pensava ser o emprego da vida, estava rumo a uma fortuna bilionária. Mais do que isso, como protagonista de uma revolução.

Então, *flashes* de Paloma surgiram na sua mente, como se telepaticamente ela lhe enviasse um sonar, e que só agora era captado por Snemed. Uma visão daquele rosto meigo conseguiu distraí-lo coisa de trinta segundos, mas depois desapareceu. E ele fez força para dissipá-la do seu pensamento. Porque as comemorações deste dia, infelizmente, não teriam espaço para a garota presa nos calabouços da Torre Global.

Snemed encerrou a jornada de trabalho e foi até o apartamento para um lanche e um banho ligeiro. Vestiu um terno novo e, dez minutos depois, com a bomba de adrenalina que o inundava, tomou o elevador para o *Salón Global*. Ao chegar lá, o *skyline* de Hong Kong iluminava o escuro do deserto. A cidade da bolsa de valores que mais negociou o *virtois* neste dia ganhou o direito de ser projetada. *Melhor alerta impossível aos chineses...*, pensou ao caminhar até a janela. Apreciando o cenário colorido de torres altíssimas, sentiu-se rei do mundo. Um conquistador de proporções globais. O olhar se perdeu no horizonte apinhado de arranha-céus. Nas suas veias, um poder diferente correu.

Decidido, então permitiu-se uma extravagância. Chamou o gerente do *Salón Global* e pagou pela principal área privativa. A mesma onde Maiquel Silva despediu-se de Fajar.

A informação se espalhou viral pelo salão e logo ele era um gnu emboscado por leoas. Rodeado pelas residentes que vinham parabenizá-lo, obviamente queriam elas uma vaga em seu ambiente *vip*. E, ali, lembrou-se do jogador brasileiro. Neste dia, permitiria que todas sugassem um pouco da sua fortuna. Sem mesquinharias. Todas seriam bem-vindas. Afinal, a cifra da sua conta caminhava para ser infinita.

— Cinquenta taças, por favor! — pediu ao garçom, enquanto este lhe trazia uma *Armand de Brignac*. A garrafa dourada com o naipe de espadas, obviamente, só para ele.

Um lote de tulipas de cristal chegou acompanhado de garrafas de *Belle Époque*, e Snemed pediu a maior degustação de *single malts* que o bar tinha. Doze rótulos. Há meses namorava esta incursão para uma ocasião especial. Foi cada um mais divino que o outro.

Lá pelas tantas, rodeado por aquela tropa feminina, Snemed observou o momento que vivia e riu extasiado. Estar ali era praticamente um milagre. Uma proeza. E na ébria alegria, temperou sua comemoração com o melhor produto colombiano e a defumou com charutos da América Central. Endiabrado, seria impossível pará-lo.

Por volta das cinco da manhã, entre um copo e outro de *whisky*, e entre uma coxa e outra que o roçava, um vislumbre daqueles cabelos ruivos de novo surgiu na cabeça e o distraiu por alguns segundos. Distantes demais, porém, 155 andares para baixo para ser exato, logo desapareceram.

Snemed festejou, dançou e comemorou até que as primeiras pinceladas no céu anunciaram a alvorada. Parou com a bebida, caminhou até a janela e assistiu ao raiar do dia sobrepor-se à versão holográfica de Hong Kong. Esta noite, mágica, entrava para a história.

A projeção foi desligada e a bola de fogo surgiu no horizonte. Com as palmas das mãos coladas e apontadas para cima, curvou o pescoço ao sol em reverência e agradeceu o momento de glória. O universo fora gentil consigo. *Até demais...*, reconheceu. Por isso, para manter o dia vivo, e para fazer jus ao momento único da vida, não quis parar. Simplesmente não poderia. Sua energia era tanta, e tão impossível de ser contida, que decidiu gastá-la fazendo esporte.

Na academia, após uma passada ligeira em casa para se trocar, escolheu uma esteira com realidade virtual e selecionou a meia maratona do Rio de Janeiro. Numa disposição física sobre-humana, em uma hora e vinte e três minutos, concluiu o trajeto. Snemed só se deu conta de seu feito quando, sob a Pedra da Gávea, cruzou a linha de chegada, ao som dos aplausos que o ovacionavam. Caminhando por mais alguns minutos pela orla de São Conrado, olhou para o mar carioca sem acreditar na apoteose que vivia. Chegara à marca dos cem milhões de dólares. Nem no cenário mais otimista acreditou que o faria antes dos quarenta.

Irrigado por endorfina, voltou para casa. Procurando agora relaxar, montou na estação de *VR* e escolheu Nova Iorque para sobrevoar. Saltando de um prédio no *Harlem*, planou pelo *Central Park* até pegar o corredor da Quinta Avenida. Pelo imenso paredão de concreto, foi feito uma águia até a *Washington Square* e, depois, em zigue-zague até *Wall Street*. Ao entrar nesta rua, comoveu-se. Quase cem anos depois do colapso da Bolsa, protagonizava o maior feito da história do mercado de capitais. E não só isso. Se o Sultão estivesse certo, o marco zero de um novo paradigma econômico.

Voou até a Estátua da Liberdade e encerrou a brincadeira. Retirou os óculos e foi até o ofurô para um banho com sais. Com um fone acolchoado nas orelhas, presenteou os ouvidos com os 42 minutos das *Quatro Estações* de Vivaldi. Não se cansava de ouvi-la de ponta a ponta. Para cada movimento, fumou um cigarro. No *Inverno* foram dois.

Quando o corpo lhe apresentou uma demanda de descanso, levantou-se imediatamente. O remorso de cessar o dia tão especial o fez dar um pulo para não adormecer ali sentado. Seria um pecado decretar seu fim. Foi até o escritório para ver o *mapa-múndi* atualizado:

— Cento e trinta e oito países! — balançou a cabeça, incrédulo. O virtualismo estava muito perto dos 70% das nações.

Recostou o pescoço na almofada da cadeira e girou à direita. Olhando pela janela, viu que o sol não estava nem perto de chegar neste lado. O dia ainda começava e era impensável ir dormir. Este sábado merecia algo especial. Algo inédito. Algo caro. Numa rápida recapitulada, pensou no rol de restaurantes e nas suas residentes preferidas. *Qual delas?*

Neste instante, eis que o risinho de Paloma ecoou na sua cabeça. E sem razão, agora, para não se deixar levar pelas suas imagens, foi dominado por ela. Era como se ela fosse uma barra de ímã e ele, uma reles bolinha de metal. Sentiu remorso. Enquanto comemorava como nunca lá em cima, ela convalescia nos porões lá embaixo. Pensou em lhe telefonar.

Então, como se alvejado por um cupido sorrateiro, ficou decidido a conquistá-la. Sentiu que deveria lhe fazer uma visita, levar-lhe flores. Não viu razões para não o fazer. O que o Sultão acharia disso era um problema para depois. Imaginar aquela doçura como súdita de velhos barrigudos lhe causava calafrios.

Resoluto, saiu do escritório e foi até a floricultura do *Marché Global*. Analisando os arranjos florais, optou por um vaso de cristal com tulipas e, com o peito palpitante de forma irreconhecível, tomou o elevador para o -11º. Não tinha autorização expressa para circular por ali, mas não quis saber.

Snemed bateu à porta e Paloma abriu. Com um sorriso sincero, de quem realmente gostou da visita, corou ao ver o presente que vinha junto. Com as flores nas mãos, soltou:

— Que lindas! — aproximou o rosto para cheirar.

Satisfeito com a surpresa que preparou, perguntou se ela estava bem.

— Melhorei... — respondeu Paloma — Obrigado por me deixar recuperar.

Snemed sorriu e ela também. No entanto, reparou que ela ainda estava abatida, pálida, com olheiras, e propôs:

— Descanse mais alguns dias e quarta-feira iremos aonde você quiser. Que tal?

Paloma abriu um semblante de alegria e alívio. Farta das restrições, estava louca para conhecer as coisas de que tinha ouvido falar:

— Eu vou adorar! — e ele finalizou:

— Prepare-se para uma noite inesquecível.

34.

Na manhã de quarta-feira, Snemed saiu da aula de tango com mais alguns passos aprendidos. Estava confiante. Sentiu que tinha plena condição de reproduzir uma sequência com Paloma, se houvesse oportunidade. E se não houvesse, haveria de criar uma.

Acordara mais decidido ainda a conquistá-la. Tanto que a ideia de lhe dar um presente o levou ao piso das joalherias. Ali mesmo, onde Maiquel largou uma fatia generosa da sua fortuna. Com um desconhecido frio na barriga, de quem vive uma paixão pela primeira vez, estava disposto a gastar o quanto fosse. Snemed se permitiria comprar o colar mais caro que a *Tiffany & Co.* tivesse na vitrine.

Lá no *Marché Global*, observava as opções da loja nova-iorquina, quando do outro lado do corredor viu o letreiro da *Fajar Jawahra*. Lembrava-se de o Sultão comentar orgulhoso sobre a joalheria própria da Torre Global, mas não deu atenção. Nunca imaginou precisar dela.

Ao analisar a vitrine do estabelecimento, percebeu que havia joias extraordinárias. Um fio de prata com um amuleto de safira, uma gargantilha de esmeraldas, brincos e anéis que faziam a concorrente estadunidense parecer loja de bijuteria.

De repente, uma vendedora surgiu ali fora, provavelmente ao notar o seu interesse, e o abordou:

— Quer ver alguma de perto, senhor? — uma bonita mulher de traços árabes se apresentou.

— Por favor — apontou para a peça de esmeraldas com um diamante no centro.

Snemed entrou na loja atrás da mulher e ela indicou uma cadeira para que se sentasse. Abriu a porta traseira da vitrine e disse:

— O senhor já conhecia a loja? — aproximou-se com a joia na mão.

Snemed acenava negativamente a cabeça quando foi capturado pelo brilho do tesouro que chegava. Era uma joia de realeza. O diamante, de perto, era tão grande que parecia de mentira.

— O senhor não encontrará esta peça em nenhum outro lugar do mundo. Nossas joias são únicas.

Ele pegou a gargantilha, esticou-a sobre uma tábua de veludo preto e a observou. Contemplando a gema maior, um vislumbre de Paloma com o adereço no pescoço lhe veio à cabeça.

— Este diamante é um dos maiores que há na *Tour Global*. À venda, talvez o maior.

Snemed nem quis saber mais. Sem pena da sua conta-corrente, deixou ali 150 mil *virtois*. De longe, o maior valor que se dissipou pelas costas da sua mão.

Com a sacolinha do presente no balcão da loja, sorriu pelo ato que preparava. Nem se lembrava da última ocasião em que quis conquistar uma mulher, se é que esta situação alguma vez existiu. Flutuou enamorado até o 105º. Tinha ainda um expediente inteiro a trabalhar.

Horas depois, entediado na sua mesa, reparou que o sol, teimoso, relutava em chegar ao horizonte. Pelo contrário, arrastava-se morosamente. Ao menos mais duas horas ainda restavam. E a ansiedade subindo a cada minuto que o *GLB* computava.

Até que, então, decidiu escapar mais cedo. Ficar sentado nesta sala mais uma hora e tal seria uma chateação desnecessária. E era ótimo que tivesse mais tempo para se aprontar. Dava tempo até de encaixar um banho de ofurô. *É agora...*, ergueu-se da cadeira.

No entanto, como se soubesse da sua fuga na surdina, o Sultão de forma completamente inesperada entrou na sala e, alheio à ansiedade que ele atravessava, foi logo falando:

— Que sucesso, meu caro — comentou, sendo ali a primeira vez que se encontravam após a oferta pública — Estamos a poucos dias de bater um trilhão de dólares. Aí o próximo passo poderá ser dado.

Snemed balançou a cabeça, fingindo interesse, e o Sultão, sem nem se preocupar se ele queria escutar a ideia, disparou:

— Logo que você chegou, comentei que as pessoas, com um 5G confiável e um bom dispositivo móvel, têm seus universos particulares à mão — e mudou o tom para dizer — Mas não fui totalmente verdadeiro. As pessoas cada vez mais querem viajar. E não fazem questão de ficar em hotel cinco estrelas, comer em restaurantes famosos, gastar fortunas em compras, nem em programas turísticos inúteis. Querem a experiência de desbravar o mundo, enquanto registram tudo em redes sociais. E com o *virtois*, o *V2V* e a *Fajar Airlines*, surge uma nova modalidade de viajar. A partir de agora é fazer o que fez este psicólogo da periferia de Bogotá, que Isla mapeou — sacou um papel do paletó e entregou a Snemed.

Sem paciência alguma para aquilo, pegou a folha da mão do Sultão e viu um *mapa-múndi* com uma rota em azul traçada. Ficou irritadíssimo por ter que avaliar o material numa hora dessa.

— Depois de passar três dias aqui em Fajar ganhando de todo mundo no *One New World* — disparou o Sultão animado —, o jovem comprou uma passagem para Barcelona e foi viajando pela Europa até chegar a Berlim, onde se hospedou numa casa de família. Lá, além das sessões com seus pacientes por vídeo, cuidou de idosos pela vizinhança de *Kreuzberg*. Dois meses depois, desceu pela Baviera até a Áustria e foi para os Balcãs. Em Dubrovnik, alugou um quarto por algumas semanas e ficou lá, atendendo seus pacientes. Hoje, depois de dois meses pelo sudeste asiático, o jovem está na Austrália, onde continua trabalhando a partir do seu consultório virtual.

Snemed voltou os olhos ao papel e o Sultão avançou:

— Isto é outra modalidade de "alcance de usuário" para a qual temos de criar uma sistemática de premiação. Como este jovem, Isla identificou muitos outros. Só que mais do que isso, pessoas como ele demonstram a vontade de sair pelo mundo em experiências abertas, sem prazos, sem compromissos, à exceção do compromisso de se viver. Poder fazer isto talvez seja o verdadeiro liberalismo, não é? E à medida que mais modalidades de trabalho itinerante se consolidarem, conhecer o mundo deixará de ter o fator financeiro como decisivo. Bastará criatividade. Qualquer coisa que se tenha para oferecer, haverá alguém que dela precise. E o *V2V* faz com que essas transações sejam rápidas, práticas, seguras e que ocorram em qualquer parte do mundo.

Pego desprevenido, Snemed teve de reunir forças para ouvir com a atenção devida a nova ideia mirabolante do Sultão. Neste momento de ansiedade, digno de um adolescente na puberdade, estava sem cabeça para uma conversa deste tipo.

Mas o Sultão, absolutamente entusiasmado com o próximo ato do virtualismo, avançou com o seu filosofar:

— Depois de milhares de anos, o lado nômade do Homem bate à sua porta para lembrá-lo de que esta é a sua natureza. Neste sentido, o fluxo do *virtois* serve-lhe ainda melhor. Ambos poderão circular por um mundo sem fronteiras. Veja você os números mundiais de natalidade e matrimônios... Despencam ano a ano. A instituição "família" está expirando. O cidadão do novo milênio é autônomo, singular, independente e quer circular por onde quiser. Sem dar satisfação a ninguém. Você é um exemplo vivo. Você não tem filhos, não é casado e há quanto tempo não pisa no México?

Snemed até ficou com vontade de opinar, mas sua distração realmente não o permitiria. Amanhã, pensaria no assunto com calma.

O Sultão, finalmente notando que ele estava disperso, disse:

— Amanhã falamos melhor. Já é fim de expediente, você deve estar exausto. Quantas madrugadas você virou?

Snemed pediu desculpas pela atenção rarefeita e elogiou a ideia:

— Vou pensar em alternativas para essa premiação — forçando um sorriso pouco natural.

O Sultão deixou-lhe um aceno de mão e marchou até a porta. Entretanto, no meio do caminho parou e disse:

— Obviamente, não é crime nenhum se apaixonar pelas garotas daqui. Mas dose sua paixão — fez uma pausa para olhar nos olhos de Snemed — Elas são apenas *résidents*.

35.

Snemed chegou em casa cabreiro com o comentário do Sultão. Desconfiou que o fato de ter levado flores à Paloma tivesse chegado aos seus ouvidos. Apostou que foi Soledad que descobriu e lhe relatou o ocorrido. *Bandida!*

Mas procurou não se preocupar. Nada poderia atrapalhar o encontro com Paloma. Seu foco deveria estar na escolha do restaurante. Com o *GLB* em mãos, repassou o cardápio dos seus restaurantes preferidos. Determinado a achar uma opção para surpreendê-la, convenceu-se por fim de que, como boa argentina, ela deveria gostar mesmo de carne bovina. E restrita aos estabelecimentos do *shopping* e da academia, maior seria a vontade de rever um prato familiar.

Nem alongou a sua escolha. Ligou para a *parrillaria* do 137º e reservou a melhor mesa que a casa tinha:

— A mais próxima às janelas — exigiu.

Caminhou até o chuveiro e, na sequência, vestiu-se com um terno azul-cobalto. Ao dar o nó na gravata, olhou para o *GLB* e viu que a hora de encontrar aquela princesa tinha chegado. Com um gostoso frio na barriga, mandou mensagem dizendo que desceria até o apartamento dela. Enfiou no bolso interno do paletó a caixa com a joia milionária, e suspirou.

Como um bravo cavaleiro que vai ao resgate da donzela presa no calabouço, saiu de casa e desceu até o 11º subsolo. Pelos corredores estreitos daquele andar gelado, foi até onde Paloma estava hospedada.

Ao bater no quarto, ela entreabriu a porta e gritou que precisava de mais uns minutos para ficar pronta:

— Desculpe-me! Atrapalhei-me com o vestido — justificou-se.

— Sem pressa — Snemed sacou o *GLB* do bolso para ver como tinha ido o *virtois* nas últimas horas.

Enquanto a aguardava, numa faísca com cheiro de tragédia, Snemed viu algo que o fez sentir como se levasse um tiro no peito. Uma espécie de chamado o invocou a bisbilhotar pela fresta e, num impulso, olhou. Pela abertura da porta, flagrou em cima da cama dela um exemplar de *Lush*. No seu rosa-choque vibrante, ele sabia muito bem o que era aquilo.

Este vibrador *wireless* tinha virado febre no fim da década passada. Rapidamente se consolidou entre o público feminino, principalmente entre *camgirls*. Quem pagava para assistir a shows on-line podia controlar o equipamento como um *joystick*. Snemed achava aquilo uma loucura. Só que o que mais lhe chamou a atenção foi o fato de que, dentre as patentes que a *Fajar Tech* adquiriu, como baterias da *Tesla* e telas flexíveis da *LG*, estava a ferramenta de masturbação. Há meses, era Fajar que a fabricava numa linha de produção aos redores de Mumbai.

Snemed nunca haveria de saber, mas foi mais uma das visões geniais do Sultão. O *Lush* era um canal para o orgasmo mais potente que qualquer mulher poderia ter. Foi o primeiro passo para que homens se tornassem totalmente dispensáveis no que dissesse respeito ao prazer feminino. E quando se diz totalmente, é totalmente mesmo. Para o gênero masculino, sobretudo aos ditos machos alfa, foi o começo do fim.

Mas ele não pensou nada disso na hora. Ver aquilo em cima da cama de Paloma foi um baque. Sua boca soltou uma saliva amarga que desceu até o esôfago. Por pouco não regurgitou a água tomada antes de sair de casa. Dias aguardando o encontro, crente que a moça apenas se recuperava da cirurgia, mas não. Provavelmente passara o tempo servindo de diversão ao redor do globo. Imaginou a quantidade de homens que lhe assistiram revirando os olhos, enquanto seu corpo perfeito parecia estar sendo eletrocutado. E mesmo seu par de seios, que acreditava ser o primeiro a ver, sem dúvida fora visto mundo afora. Decerto já haveria vídeos dela em sites de pornografia.

Sem fazer ideia de que esta reflexão ocorria na cabeça de Snemed, Paloma abriu a porta e apresentou-se. Com um vestido azul-claro, salto alto e cabelo solto, a mulher parecia ter vindo de uma família real irlandesa. Julia Roberts, Nicole Kidman, Jessica Chastain, mesmo em seus melhores *red carpets*, pensou ele, seriam colocadas no bolso.

O queixo de Snemed foi abaixo ao vê-la. Imediatamente chutou seu desapontamento para longe, como se o momento de um minuto atrás não tivesse passado de uma tolice juvenil. Sem ter qualquer outra coisa para comentar, disse apenas:

— Você está fabulosa — deu um beijo no rosto dela.

— Obrigada! Muito tempo que não usava este vestido e não sabia como ficaria depois da cirurgia — ajeitou os seios, no que Snemed desviou o olhar envergonhado.

— Você está com fome ou damos uma volta primeiro?

— Por mim, podemos comer mais tarde.

— Pensei em começarmos pelo *Musée Global*. Acabou de inaugurar e ainda não fui. Que tal?

Paloma gostou da sugestão e eles tomaram os elevadores. Na subida, os olhinhos meigos da moça não desgrudaram da simulação perfeita da *Sky Tower* de Auckland. *Ideia minha...*, pensou Snemed, mas não disse.

As portas se abriram no 117º e Paloma encantou-se ao dar de cara com a vista espetacular. Numa marchada veloz até a beira da janela, pôde enfim ter a visão das alturas. *Que lindo!*, suspirou. Para coroar, um finzinho de crepúsculo ainda se via no horizonte, à medida que a lua quase cheia, do lado oposto, subia iluminando o deserto.

— É daqui que se veem as cidades? — perguntou ela, de olhos fixos na janela.

— Este é o primeiro andar que dá para ver. Daqui até o topo, cada piso para cima, melhor fica a vista.

— Mas como funciona?!

— A projeção é gerada por uma estrutura que fica no 111º. É um mecanismo que dá a volta no prédio e lança para fora hastes para todas as direções. E daí, é a mistura entre as tochas de hiper-realidade da *Fajar Tech* e ilusão de ótica.

Paloma fechou a cara com a explicação rasa para algo tão complexo e ele disse:

— Mais tarde, podemos ir ao meu apartamento e você entenderá como funciona — e conduziu-a pelos braços até a bilheteria do museu.

Ao pagar as entradas, olhou para os lados para ver se ninguém o via e arriscou um beijo na bochecha de Paloma. Tentando medir a correspondência, jogou os lábios bem próximo aos dela. Ela corou e gostou. Snemed vibrou com a reação dela. E pelo corredor comprido que dava ao ambiente principal do museu, ele caminhou leve, flutuante, irrigado por serotonina, até que brecou pasmo ao ver o que estava à sua frente. Abrigado por um enorme aparato de mármore claro, *O Jardim das Delícias Terrenas* recepcionava os visitantes, com os painéis laterais ligeiramente inclinados para dentro, como se oferecesse um abraço aos que chegavam.

Snemed apertou a passada até lá e soltou:

— *El Jardín de las Delicias!* — abriu os olhos, vidrado.

Paloma aproximou-se, leu a chapinha abaixo e, com um certo acanhamento, disse:

— Acho que não conheço.... — fez uma cara constrangida.

— Deve ser porque na Argentina ele é El Bosco... — no que ela ficou na mesma, mas logo mudou a expressão para dizer:

— Riquíssimo! De onde é o pintor?

Snemed puxou a informação na memória, mas estava tão fascinado com o cartão de visitas do *Musée Global*, que deixou Paloma sem resposta. Em silêncio, contemplou o quadro, enquanto ela aproximou o rosto e foi soltando um risinho para cada figura pitoresca do painel.

— *Los puretas* devem amar este quadro! — riu sozinha.

Minutos depois, Snemed disse:

— Pronto, agora podemos ir — com um ar satisfeito.

Paloma e Snemed caminharam à esquerda para contornar a robusta estrutura de mármore e conheceram a imensa galeria circular do *Musée Global*.

— Uau! — soltou ela, sem se segurar.

Com um pé direito de dois andares, o museu possuía uma atmosfera grandiosa. A exposição, vastíssima, era uma mixórdia de peças, pelo menos umas trezentas, espalhadas aleatoriamente, e ocupando cada espaço do pavilhão. Conferindo-lhe um ar futurista, fitas de *led* formavam círculos ao redor do salão e iluminavam as dezenas de quadros expostos na parede. E para as obras dispostas pelo chão, outras fitas corriam irregularmente pelo piso e pelo teto, levando claridade a cada peça.

Numa curiosa sensação de já ter estado neste lugar, Snemed notou que, à exceção de cinco casais que zanzavam pela coleção, o museu estava vazio. Ao ver-se a sós com Paloma, logo sentiu-se à vontade para exibir seu conhecimento. A esta garota incauta, pensou ele, tinha muito a ensinar.

Começando por um cavalete com um quadro de Picasso, Snemed arriscou:

— Esse você conhece, né? — no que ela corou e disse:

— Se nem *Pablito* eu conhecesse, você teria que me devolver lá para baixo agora!

A seguir, uma cítara dourada surgiu e Snemed viu a oportunidade para falar sobre George Harrison e suas jornadas pela Índia. Depois, com um totem alto com figuras esculpidas, explicou sobre o genocídio das tribos indígenas da América do Norte e, com as joias da coroa de um monarca qualquer, contou sobre a Revolução Francesa. Finalizou com a sua parte preferida:

— A cabeça do rei foi o troféu!

Após uma sequência de vinte peças sortidas, e uma curiosidade dita para cada uma delas, diante de um Warhol, chegaram a um ponto da parede. Caminhando pelo corredor perimetral, Snemed apresentou Paloma a Matisse, Pollock e Tolouse-Lautrec.

— Como você sabe tudo isso?! Você poderia trabalhar aqui nas horas vagas! — fez piada, apesar de impressionada com a sua cultura.

Orgulhoso com o elogio, ele riu e sugeriu que voltassem ao miolo do salão. Com um sorriso tímido, pegou a mão dela, e ela apertou a sua em resposta. De mãos dadas, os dois andaram à deriva, sem nem bem prestar atenção em nada ao redor. Snemed viu-se numa prazerosa esfera atemporal. Uma fenda no tempo se abriu. Estar conectado com uma mulher da forma que estava agora era inédito. Era mágico. Era um encontro de almas.

Metros à frente, no entanto, Snemed novamente congelou perplexo ao se deparar com a obra que estava ali. A estátua de Rodin, *Iris, Messenger of the Gods*, surgiu ao seu lado.

— Não é possível! — deixou escapar em voz alta e puxou Paloma pelo braço até lá.

Ela, por sua vez, notando o seu ar de surpresa, falou com uma cara cômica:

— Perna aberta e sem cabeça. É uma *résident*? — gargalhou da sua piada. E da sua condição.

Snemed riu da autochacota da garota. Mas a seguir, sentiu aquele sabor horrível na boca. O fato de Paloma ser quem era, esquecido ao longo da última hora, voltou à tona. E voltou forte. Percebeu que a cada vez que se lembrava disto, amargurava-se um pouco mais. Precisava imediatamente aprender a se controlar. Ou sua noite seria um terror.

Contudo, a questão foi logo esquecida, no que olhou para a estátua e foi sugado por um enigma. Teve a nítida sensação de já a ter visto na Torre Global. Ou isso, ou estava diante de um impressionante *déjà-vu*. Encafifado, aproximou o rosto para relembrar os pormenores sexuais de Iris, mas, ao fazê-lo, a percepção sumiu. Escafedeu-se como se nunca tivesse havido. *Deve ter sido só uma ilusão...*

Após o momento nebuloso, agravado pela reflexão neurótica sobre Paloma, Snemed fartou-se do museu e do seu papel de guia. Perdendo de uma vez por todas a paciência, sentiu o estômago roncar:

— Vamos jantar? — sugeriu.

— Podemos ir. Hoje meu nível cultural dobrou!

— Como você deve estar com saudades de casa, pensei em irmos a uma *parrillaria*. Que tal?

— *Parrillaria*?! Aqui?

— Não só tem, como temos mesa reservada.

Paloma armou um sorriso meigo, onde cada sarda sua pareceu também sorrir. Snemed amoleceu ao ver a reação dela. Feliz com sua assertividade, tomou-lhe a mão e a conduziu adiante. A noite estava só começando.

Mas enquanto os dois cumpriam o trecho final até a saída do museu, pela terceira vez, Snemed foi surpreendido por uma peça do acervo. Bem ao seu lado, pregando-lhe um susto danado, achou o sofá em formato de boca de Salvador Dalí. Suas pernas inexplicavelmente bambearam.

Já Paloma, alheia ao que Snemed vivenciava, deu uma gargalhada alta ao ver a peça esdrúxula:

— Cada sentada, um beijo na bunda — riu sozinha.

Snemed nem ouviu o que ela disse. Tomado por uma confusão mental tão grande, sentiu como se se desligasse deste mundo. Assim como a escultura de Rodin, teve a clara impressão de já ter visto esta obra na Torre Global. Só que agora não parecia só um *déjà-vu*. Era como uma lembrança esquecida, mas que não poderia ser pela sua própria inexequibilidade prática. Para ele, seria impossível ter visto estas obras em Fajar e não se lembrar.

Ele flertava com os lábios de Mae West, quando o sofá lhe desencadeou uma sequência de recordações da noite em que chegou à Torre Global. Cenas foram surgindo na cabeça, como se um filme se projetasse ali dentro, e a nitidez daquilo foi aumentando, os pormenores se apurando, até que uma porta vermelha tapou sua visão para o mundo convencional. Neste momento, foi como se tivesse sido alçado para fora do corpo.

Sem entender absolutamente nada, Snemed observava as cabeças de animais que contornavam o batente, quando a porta se abriu e o Sultão estava lá. Sentado em flor de lótus, soltando um fluxo espesso de fumaça, segurava a mangueira de um narguilé numa mão e um copo que pareceu ser de *whisky* na outra.

Sentindo-se cada vez mais presente na cena, notou que o Sultão, em sua pose estática, ostentava um olhar iluminado. Parecia haver dois anéis de fogo no lugar do branco dos seus olhos. Snemed abriu e fechou as pálpebras para tentar que a imagem sumisse, mas aquilo tinha impregnado seu córtex frontal. A visão tinha se sobreposto ao plano comum tão preponderantemente quanto um *skyline* ao breu do deserto.

De repente, os olhos do Sultão começaram a sugá-lo. Aquelas argolas incandescentes pareciam emanar ondas gravitacionais e o encaravam com uma seriedade de arrepiar. Snemed estremeceu. Mais ainda quando o homem abriu a boca para falar num timbre metalizado, muito diferente do seu tom habitual:

— *Todo esto es real, mexicano!*

Ao ouvir estas palavras, Snemed largou a mão de Paloma e cambaleou. Quatro passos ao lado e só não desabou pois as paredes do museu o apararam. Conseguiu ficar em pé com os braços abertos, como se abraçasse a alvenaria.

Diante do apuro de Snemed, Paloma voou para acudi-lo:

— Você está bem? — perguntou aflita — Se quiser podemos deixar para outro dia. Não tem problema!

Snemed abriu os olhos, inspirou e expirou uma meia dúzia de vezes e, estranhamente, aquilo tinha passado. Endireitou a coluna, puxou fôlego e falou:

— Não foi nada — uma pausa, ainda arfante — Acho que é porque não como nada desde o café da manhã.

— Mas por que você não falou, *pelotudo*?! Poderíamos ter ido logo comer! — repreendeu-o.

— Estupidez minha. Vamos?

Os dois chegaram ao saguão dos elevadores, enquanto ele, sem apetite algum, procurava se reestruturar. Mais do que isso, tentava perceber o que tinha acontecido e o que foi aquela visão realíssima. Ainda abatido, olhou para Paloma e concentrou-se em sua beleza. Diante desta mulher maravilhosa e seu cardume de sardas, sentiu-se revitalizado. O susto havia passado. *Deve ter sido a pressão baixa.*

A porta do elevador abriu trinta andares para cima e o casal desceu onde ficava o *Parrilla Al Cielo*. Ao entrarem no estabelecimento, o *maître* os conduziu até a mesa reservada, exatamente como Snemed pediu, à beira da janela.

— Que lugar lindo! — disse ela, deslumbrada. Certamente nunca tinha ido a um lugar tão fino.

Acomodados no melhor ponto do restaurante, a vista do deserto iluminado pela lua presenteava o casal. Sentados cada um de um lado, em pequenos sofás, esticaram os braços e deram as mãos no centro da mesa. Ele entrelaçou os dedos nos de Paloma e os dois encararam-se embevecidos. Snemed, tocado, surfou pela mirada apaixonada. Percebeu que desde a adolescência, justamente com Íris, não se via envolvido por uma mulher. Desconhecia este sentimento enquanto adulto. *Pena, só, ser uma residente...*

Bastou o pensamento sorrateiro e ele relembrou a terrível verdade sobre a moça. Imediatamente retraindo-se, largou as mãos dela, girou o pescoço e fingiu procurar o garçom. Essa onda interna de boicote estava prestes a arruinar a noite.

Snemed de novo dispersou. Percebeu que estava preso num limbo mental binário onde ou se esquecia, ou se torturava. E cada vez era pior. Era a sensação de estar na areia movediça. Sempre que pensava, descia um pouco mais. Além disso, suas mudanças de humor eram tão gritantes, tão estampadas na cara, que seria impossível Paloma a esta altura não ter reparado. Sem falar no incidente no museu, justificado por desnutrição.

Esforçando-se para manter o bom humor, ele sugeriu:

— Vinho tinto?

— Ai, se tiver um *Malbec* — ela armou uma carinha engraçada, que fez Snemed sorrir e o trouxe de volta.

Levantando o braço, Snemed chamou o garçom e pediu a carta de vinhos. Ao recebê-la, maneou as páginas, olhando *blasé* a lista de rótulos, e pediu o mais caro:

— Maestro, traga este *Catena Zapata. Malbec*, por favor — com ar de entendido.

— Meu Deus, este vinho eu sempre quis provar! — balançou a cabeça com um risinho.

Em instantes, o *maître* voltou com a garrafa e duas taças bojudas de cristal. Ele serviu um gole e Snemed observou a cor rubra pela luz da vela, antes de fazer um bico esnobe para provar.

— Pode servir — ordenou.

Assim que o homem se retirou, Snemed propôs:

— Um brinde a Fajar — com a taça em riste — E que você seja feliz aqui.

Paloma tocou a taça na dele e agradeceu a homenagem. Revirou os olhos ao molhar a língua na bebida aveludada. Muito provavelmente era o melhor vinho que alguma vez provou, pensou ele. Ela emendou uma sequência de goles e matou a taça quando a dele não estava nem na metade. Snemed serviu-lhe mais.

Após minutos de muitos risos e muito vinho, o garçom trouxe uma porção de empanadas e um bife ancho para cada. Paloma parecia não comer há dias. Esganada, devorou a enorme peça de carne e ainda o restinho que ele largou no prato.

— Isso não vai para o lixo de jeito nenhum! — e enfiou o garfo no prato dele para resgatar o naco de bife abandonado.

Snemed deliciava-se com o comportamento gracioso de Paloma. Era uma qualidade que até agora não tinha encontrado em nenhuma daquelas mulheres. Encantava-o ainda o fato de o senso de humor dela ser tão afiado e tão parecido com o seu. Era realmente um *match* improvável.

O primeiro vinho acabou e Snemed pediu que trouxessem mais um:

— Amigão, outro desse aqui! — ergueu a garrafa vazia.

Em seguida, pediu para que ela viesse até ele e se sentasse ao seu lado. Ela migrou para o assento oposto e, no espaço apertado, ficaram colados. Com o rosto sardento a centímetros dos seus olhos, Snemed se derreteu. Apreciou a beleza de Paloma e sacou do paletó o estojo de veludo escuro para oferecer-lhe com um sorriso sincero.

— O que é isso? Para mim? — sabendo obviamente que era para ela.

Paloma tomou a caixa de Snemed e, ao abri-la, quase caiu do assento ao ver com o que estava sendo presenteada:

— Isso não é de verdade, né?! — disse berrando.

Snemed manteve-se mudo, e ela:

— Você enlouqueceu?! Quanto dinheiro você gastou?

— Eu tenho desconto especial. Além disso, você é a única em Fajar de quem eu gosto de verdade…

Paloma aproximou o rosto ao dele e o beijou. Coladas, as bocas se enlaçaram e uma nova fenda no tempo se abriu. Desta vez ainda mais profunda. Mais sublime. Ele nunca havia experimentado nada igual.

O beijo se estendia quando o garçom retornou com a garrafa e os interrompeu. Paloma corou, tímida, enquanto Snemed pediu ao homem que deixasse o vinho aberto em cima da mesa. O funcionário afastou-se e ele disse:

— Posso colocar em você?

— Por favor! — e de costas para ele, ergueu o cabelo com as mãos e revelou-lhe o seu pescoço.

Ao ver aquela nuca lisinha, Snemed teve que se segurar para não deslizar o nariz. Os feromônios que dali saltaram o enlouqueceram. *O que é isso...?* Mas contendo o ímpeto, pegou a gargantilha, envolveu o pescoço dela e travou o feixe. Paloma virou-se e ele se arrepiou.

— Você é a mulher mais linda que já vi — disse num ar rendido.

Ela abraçou Snemed e encaixou o rosto no peito dele. Embriagados por paixão e vinho, assistiram à lua descer pelo horizonte, sob a atmosfera azulada que o luar produzia. Entre sorrisos e abraços, olharam-se e viram-se ainda mais conectados.

Mas bastou um instante e novamente Snemed estava fora do âmbito romântico que se esforçava para construir. Enquanto o seu *eu da experiência* estava no paraíso, vivenciando uma noite formidável de romance com a mulher mais linda que já conheceu, o seu *eu da narrativa* não conseguia encaixar uma prostituta no molde mental cristão de homem e mulher. Era uma crença cravada no inconsciente de forma tão definitiva, que o impossibilitaria vê-la de outra forma. Reflexões perturbadoras vieram ainda mais fortes e o fizeram sentir raiva. Dela e de si mesmo. A areia movediça tinha chegado à cintura.

Snemed quis ir embora imediatamente. Livre de seus sentimentos de paixão, reconheceu que, no fundo, queria apenas se lambuzar com esta mulher e depois dispensá-la para os subsolos. Estava querendo enganar quem? Dormir consigo, na sua cama, nem pensar.

— Quero te levar ao meu apartamento — sorriu, escondendo a inquietude — E terminar a explicação das projeções holográficas... Ao acabar a garrafa, vamos?

— Claro, a hora que você quiser — disse Paloma, sempre concordando.

Sem sequer terminar o vinho, Snemed pediu a conta e nem esperou o garçom trazê-la. Levantou-se e foi pagar. Paloma, notando a pressa súbita dele, recolheu o estojo da joia, virou a taça e foi até a parte de fora, onde ele já estava. Ela o mirou e ele devolveu um sorriso forçado. Pegou a mão dela e caminharam até o elevador.

Catorze andares para baixo, abriu a porta de casa e acendeu o sistema de iluminação. Paloma observou atentamente o seu arsenal de coisas e ele, antevendo a reação natural, foi logo apontando os cantos do apartamento, enumerando as atrações, que a cada semana aumentavam.

— E a mesa de bilhar, que chegou ontem e ainda não tive tempo de estrear — finalizou.

Em seguida, Snemed adotou um sorriso misterioso e girou o *dimmer* para deixar a meia-luz tomar o ambiente. Então, apontou para uma área vazia, próxima à janela, e falou:

— Deixe-me mostrar uma coisa — puxou Paloma pela mão — Você dança tango?

— Faz tempo que não danço. Mas se você souber conduzir, acho que consigo fazer uns passos.

— Então, preste atenção.

Snemed apontou um controle remoto para uma placa preta no chão e um estalo seco fez a moça dar um pulo para trás. Num susto que a deixou atônita, Paloma viu Carlos Gardel surgir num holograma tridimensional perfeito à sua frente. O músico argentino, com o violão no peito, começou *Mano a Mano*.

— Como isso é possível?! — disse ela, gritando de excitação.

Ele não disse nada e apenas a tomou pelos braços. Compenetrado, replicou os passos das sequências ensaiadas nos últimos dias, e que exaustivamente repetiu pela manhã. Habilidoso, conseguiu conduzir Paloma sem errar até o fim da canção. Para quem até outro dia nunca tinha dançado tango, foi um sucesso absoluto.

A música acabou, Paloma afastou o corpo e bradou, batendo palmas:

— *Bravo! Bravo!* — abriu uma cara divertida, que o fez sorrir de volta.

Disfarçando a alegria, Snemed retomou a explicação sobre os *skylines*. Chegou, então, à parte de como funcionava o sistema de hastes com tochas que emanavam hiper-realidade:

— A diferença é que a estrutura de projeção se estende por duzentos metros para fora da torre e cada uma das quinhentas hastes tem milhões de microtochas como estas, só que ainda mais potentes.

De olhos vidrados, a moça não conseguia parar de olhar para aquilo. *Se está assim com isso, imagina Buenos Aires no Salón Global,* pensou ele, enquanto caminhava até a adega. Ao chegar lá, reparou que dançar tango com Paloma fez com que se reconectasse com ela. Escolheu um vinho italiano e caminhou feliz até a sala de estar. Pegando um par de taças no aparador, chamou-a para o sofá à beira da janela e desligou a holografia para pôr música clássica no sistema de som.

— Daqui a duas horas, a lua irá se pôr — acendeu velas na mesinha de centro — Ela descendo vermelha pelo horizonte é um dos espetáculos astronômicos mais belos. E ver aqui de cima com este céu aberto...

Aos goles do novo vinho, os dois beijaram-se apaixonadamente. Snemed, paciente, sequer arrancou uma peça de roupa dela. Queria apreciar cada etapa de descoberta do corpo de Paloma. Todas as partes mereceriam a sua atenção.

Minutos depois, no roçar intenso dos corpos, Snemed sem querer enroscou a mão na gargantilha e por pouco não rompeu a joia. A moça se afastou aflita e disse:

— Meu Deus, deixa eu tirar isso aqui! Imagina se arrebenta! — sorriu para ele e desatarraxou o colar.

Paloma levantou-se e pousou a joia dentro do estojo. Em seguida, jogou as mãos atrás do pescoço e, com certa timidez nos olhos, desamarrou o nó, e deixou o vestido escorrer pelo seu corpo. Ao ver aquelas duas maravilhas convexas surgirem, Snemed ferveu sentado no sofá. Com o umbigo dela a centímetros de seu nariz, observou a variedade de pantones alaranjados que a coloriam. A mulher era uma obra de arte do gênero feminino, pensou ele. E para aumentar ainda mais o seu encantamento, puxou para baixo a última peça que faltava e viu a penugem em brasa do sexo de Paloma. Nunca tinha visto nada assim.

Entretanto, sem imaginar que isto pudesse ser uma ofensa a Snemed, Paloma arqueou o corpo à frente para oferecer-lhe o seio e o assaltou com uma visão. Na base de cada mama, ainda vivas, ele viu as cicatrizes da operação e novamente foi trazido para dentro daquela questão infernal.

Um desânimo recaiu sobre ele. As chagas diziam muito mais do que um mero procedimento estético, ou mesmo cortes no tecido conjuntivo. Para a eternidade, trariam em seu encalço a decisão feita para se tornar uma garota de programa de alto rendimento. Snemed teve de fazer um esforço descomunal para não transparecer sua decepção. Com aquilo lhe causando uma raiva que lhe subiu pela cabeça, puxou a moça e a derrubou no sofá. Postados agora na horizontal, Paloma esboçou uma cara de desconforto e ele montou em cima dela.

Beijos pouco delicados começaram, num último esforço para manter o momento aceso, mas ele não conseguia esquecer as cicatrizes dela. Mesmo com os olhos cerrados, a visão o cegava. E fez sua mente ser invadida por pensamentos terríveis. Entre um beijo e outro, começou a ser bombardeado por imagens que gritavam que Paloma era uma prostituta. Uma *residente*, este eufemismo desgraçado.

Até que, de repente, veio-lhe à cabeça a imagem daquele vibrador rosa-choque em cima da cama dela. Ancorado em tudo o que o objeto representava, ouviu a voz de Mothaz, como se ele estivesse ali ao seu lado:

— *Elas são apenas résidents.*

Snemed sentiu-se um idiota. Pois, apesar da repulsa pela profissão de Paloma, havia um desejo tão profundo por ela, que o fazia se sentir com o coração enganchado. O que o Sultão acharia disto, agora importava. Como explicar-lhe a situação? Não saberia nem por onde começar.

No minguar dos beijos, desceu o rosto pelo colo dela e encarou aqueles seios fartos, perfeitos, simétricos, mas que, agora, eram o ponto focal da questão que o assolava. De olhos fechados, apertou a cara contra o peito dela. E no breve instante de conforto, sentiu algo correr pelas veias. Algo ruim. Snemed afastou o corpo e encarou Paloma. Envenenado pelos próprios pensamentos, ele nunca saberá explicar o que houve a seguir.

Pode ser que tenha sido a raiva de ter visto aquele troço em cima da cama dela, mas não foi só isso. Talvez tenha sido a confusão mental que o sofá de Dalí lhe causou, mas também não foi só isso. O lamento de ter comprado uma joia milionária teve sua parcela de culpa, sem dúvida, e foi apimentado pelo alerta cruel do Sultão. Foi tudo isso e mais um pouco. Até a lua cheia, a cada minuto mais vermelha no horizonte, pode ter contribuído. A única coisa que ele arriscará dizer é que foi ali que a barragem rebentou.

Propulsionado por uma ebulição interior, ele sentiu ser possuído por um ímpeto diabólico. Aquilo que corria pelas veias se intensificou, até que de repente estava, ele próprio, na pele da criatura de escamas negras. Olhou para Paloma e só uma coisa soube. Diante do pescoço lisinho dela, rápido como um bote certeiro, a perversidade que de si transbordava o fez cravar ali a mandíbula.

Paloma, pega tão desprevenida, demorou para entender o que estava acontecendo. Quando percebeu, soltou um ganido estridente que fez Snemed forçar ainda mais a fechadura do maxilar. O som esganiçado do grito de medo o deixou completamente possuído.

Desesperada, ela tentava se livrar daquelas presas, mas os caninos, tão fincados no pescoço, fizeram com que a pele começasse a ceder. Numa tentativa final, puro instinto de sobrevivência, ela o empurrou para longe e desvencilhou-se. Mas a força da mordida era tanta, que um pedaço ficou preso nos dentes dele.

Paloma saiu correndo em direção à porta, mas numa fração de segundo sua pressão arterial despencou. Com o som seco do corpo contra o chão, Snemed voltou a si. Sem saber o que tinha acontecido, cuspiu aquilo que só depois iria entender o que era, e seguiu apavorado o rastro que manchava o piso de cimento queimado.

Contornou a mesa de *poker* e deparou-se com a moça esparramada e o buraco na jugular por onde o sangue esguichava. Snemed desmoronou no chão. Dentro de um estado tão profundo de choque, não conseguiu tomar qualquer atitude para socorrê-la. Apenas observou ao redor da cabeça dela a poça que avançava vermelha pelo chão cinza. Uma paralisia o tomou. Encarando os olhos opacos de Paloma, acompanhou seu corpo trêmulo esvair-se de vida. Nada pôde fazer. Nem condições de se levantar teve. Seu corpo pendeu para o lado e desmaiou. Pelas horas seguintes, ficou ali. Ao lado da mulher angelical que agora jazia no chão da sua casa.

36.

Snemed flutuava por doces sonhos com aqueles cabelos laranja, quando despertou. Assaltado pela tragédia estabelecida ao lado, lembrou-se do pesadelo real que deveria enfrentar a partir de então. O corpo gelado e imóvel de Paloma o fez recordar o momento em que a vida tinha parado.

Sem ideia de por onde começar, pensou nas alternativas que tinha e percebeu que não haveria formas de se dissociar do homicídio. Pelo menos duas câmeras no corredor registraram a entrada de Paloma em seu apartamento. Sumir com o corpo seria impossível. Chegou a cogitar jogar o cadáver pela janela e alegar que ela, arrependida de ter vindo a Fajar, suicidou-se, mas desistiu. Como explicar a quantidade ridícula de sangue espalhada pela sala?

No primeiro momento de lucidez, viu que só havia uma coisa a se fazer. E, isto, era assumir o assassinato e arcar com as consequências, quaisquer que fossem. Não fazia ideia do que dizia o código penal de Fajar.

Decidiu ligar ao Sultão. Até hoje, nunca o tinha telefonado, mas se havia uma hora a se fazer, o momento era este. Arrastou-se até a mesa de *poker* e alcançou o *GLB*.

Com um tom preocupado, como se pressentisse algo de mau, o Sultão atendeu, e Snemed foi direto ao ponto:

— Estou com um problema grave — disse com a voz embargada — Gravíssimo.

— Onde você está? — perguntou o Sultão.

— Em casa. A porta está aberta, só entrar... — balbuciou.

Sem forças, Snemed permaneceu onde estava. Não conseguiu sequer reunir energia para ir ao banheiro. Sem poder mais segurar, molhou-se ali mesmo.

Minutos depois, uma batida ligeira na porta e o Sultão chegou. Snemed olhou para a entrada do apartamento e gelou. Foi como se visse sua própria sentença de morte manifesta em forma de mulher. Vestida de preto, veio também Soledad.

O Sultão caminhou pelo apartamento e o viu sentado no chão ao lado de duas pernas esticadas. Fechando a cara, como quem teme o pior, aproximou-se para romper o bloqueio visual da mesa de bilhar, quando viu o corpo ensanguentado. Soledad, chegando um segundo depois, virou a cara, tamanha aflição.

Com os olhos esbugalhados, como se contivesse no peito uma explosão interna, o Sultão deu um suspiro e começou a bater palmas:

— *Bravo! Bravo!* — disse num tom mordaz — O que aconteceu aqui, rapaz?

Snemed tentou falar alguma coisa, mas não conseguiu. Começou a soluçar e a chorar feito um condenado.

Sem se comover, o Sultão insistiu:

— O que aconteceu aqui, rapaz? — e flagrou sangue na sua boca.

O Sultão revirou os olhos e deu uma risada. Passou a mão pela testa, virou-se para Soledad e, num tom sarcástico, apontou para Snemed:

— Que boca maldita a minha — balançou a cabeça de um lado para o outro — Ele não vai se lembrar, mas uma vez disse que os demônios dele devorariam os anjos num banquete de sangue — uma risada curta — Veja só o que aconteceu...

Soledad encarou Snemed com olhos horrorizados. Ela observava o cadáver da moça com cara de quem não acreditava no cenário hediondo que presenciava.

O Sultão falou:

— Soledad, quero conversar a sós com ele. Por favor.

A mulher inflamou-se ao ouvir aquilo. Virou as costas para se retirar e bateu a porta numa pancada.

— Que coisa, hein, meu rapaz? — disse o Sultão, com um ar de desapontamento que durou cinco segundos — Isso é o que você irá fazer. Em primeiro lugar, ninguém, absolutamente ninguém, poderá saber disto. Portanto, você vai arrumar uma mala ou caixa e, às quatro da manhã, descerá ao 14º subsolo. Lá, eu direi o que fazer. E esse sangue aí — apontou para o tapete onde as pernas da moça estavam — dê um jeito você mesmo de limpar. Ou leve junto.

Snemed ficou espantado com o pragmatismo do Sultão. Sua postura deixou-o mais confuso do que tranquilo. Ainda temendo pelas consequências que sofreria, perguntou num murmúrio o que iria acontecer com ele.

— Se fosse qualquer outra pessoa — respondeu o Sultão —, você já estaria preso ou indo para a pena de morte. Sorte sua que não posso perder um diretor da *Tour Global*, por causa de uma residente — fez cara de quem diz uma tremenda obviedade — Por isso, não ache que é condescendência minha. Você tem a última chance para reconquistar a minha confiança — e virou as costas para se retirar com seus passos leves.

Ao clique da fechadura, Snemed entregou-se de novo ao choro. Pegou a mão do cadáver e pediu desculpas. Não tinha dúvida de que cometera o maior erro da sua vida, muito embora não soubesse ainda dizer como foi capaz de fazer aquilo.

Outra parte sua suspirou aliviada. A punição para tamanha brutalidade seria apenas descartar o corpo e sumir com as evidências. Restaria saber, porém, por quanto tempo ainda as imagens de Paloma morrendo persistiriam na sua cabeça.

37.

Era por volta de quatro da manhã quando Snemed mandou mensagem ao Sultão, avisando que descia. Vestido como se fosse para a academia, olhou para a embalagem da TV de 105 polegadas, guardada sabe-se lá por que, e desconsolou-se. Nunca imaginou que esta seria a finalidade para a qual estaria reservada.

Pilotando o carrinho de mão emprestado do *Marché Global*, saiu de casa com o cadáver na caixa do aparelho televisor. Com aquele negócio gigante em cima do *trolley*, pilotou-o sem que ninguém o visse até o interior de um elevador de serviço. Ao ver o visor em sua longa contagem regressiva romper o zero, soltou a respiração presa desde lá de cima. Fora testemunhado apenas pelo sistema de monitoramento da Torre Global. Sentiu alívio ao aterrissar no 14º subsolo.

Assim que as portas se abriram, Mothaz estava lá. Parado com um semblante estático, pacientemente acompanhou Snemed manobrar o carrinho porta afora. Em seguida, sinalizou com a cabeça para que ele fosse pelo corredor que se iniciava logo ali, e o seguiu com passos silenciosos sem dizer nada.

Com a caixa tapando a sua visão do trajeto, Snemed de vez em quando jogava a cabeça para o lado para se certificar de que não ia contra a parede ou algum obstáculo. Mas nada havia. O corredor, deserto e frio, parecia apenas uma infinita curva suave à direita.

De tão longo que isto estava sendo, cogitou se o Sultão não o estaria conduzindo através de um labirinto. Algo lhe pareceu estranho, mas, após a sensação de andar em círculos, chegaram a uma porta.

O Sultão enfim rompeu o silêncio:

— Chegamos — e destrancou a porta com a mão num sensor.

Ao estacionar o carrinho, Snemed observou a entrada e viu que acima, grafado no batente de metal, havia os dizeres:

Crudelius est quam mori semper mortem timere.

Releu a frase para tentar decifrá-la, mas o Sultão antecipou:

— Quem teme a morte morre duas vezes — e sinalizou para que entrasse.

Snemed avançou com o carrinho e o estacionou numa área onde poderia deitar a caixa. O Sultão fechou a porta e disse:

— Não irei encostar nela. Você segue as minhas orientações e apenas ligarei a fornalha. Você trouxe o tapete?

Snemed acenou com a cabeça e o Sultão disse:

— Ótimo. Do contrário, teria DNA da menina para sempre na sua casa. Se chegassem lá com luminol... — não se importou em tecer o comentário inoportuno.

Snemed deitou a caixa no chão e, ao abri-la, constatou que estava tudo concentrado na parte oposta. Com o outro lado lacrado, ajoelhou-se e meteu-se dentro para buscar o corpo lá no fundo. O Sultão, sempre imóvel, apenas acompanhou o seu esforço atabalhoado. Não emitiu qualquer som durante os dois ou três minutos que precisou para rebocar o cadáver e o tapete ensanguentado para fora.

Seguindo as ordens do Sultão, Snemed caminhou até o cremador, abriu a comporta e puxou uma prancha metálica para fora. Em seguida, voltou à caixa e pisou nela para achatá-la. Colocou-a na placa de inox, pegou o tapete e o pôs em cima. Por fim, agachou-se e encaixou Paloma no peito. Com um braço por debaixo dos joelhos e o outro por trás das costas, içou-a. Quatro passos ao lado e pousou o corpo em cima do tapete.

Ao vê-la pronta para ser incinerada, Snemed teve que conter o choro. Diante do rosto pálido de Paloma, sentiu um remorso sobre-humano. Ajeitou os seus cabelos e endireitou os braços e as pernas. As mãos, colocou com os dedos entrelaçados na altura do umbigo. Encarou as sardas desbotadas e ensaiou um beijo na testa dela.

Mas ao aproximar os lábios, ouviu:

— Para com isso! — num berro acompanhado do olhar perfurante de Mothaz.

Snemed imediatamente enrustiu o beijo. Tão sobrenatural foi o brado, que demorou para perceber que tinha sido o Sultão. O estrondo pareceu ter vindo de um potente sistema de som. Só que nem teve tempo de refletir sobre o fenômeno sonoro. Pois a seguir, mas agora no seu tom normal de voz, ele continuou:

— Não me faça perder o pouco de respeito que restou por você — balançou a cabeça na horizontal — Empurre para dentro que vou ligar.

Com a prancha no orifício cremador, as chamas ardendo rosnaram no interior da câmara, famintas para devorar o cadáver. Pelo vidro temperado que tapava a fornalha, como se espreitasse por uma janela do inferno, Snemed assistiu a Paloma desfazer-se em cinzas. Esfarelou-se em questão de segundos.

— Vamos embora — o Sultão virou-se em direção à porta.

Pilotando o carrinho pelo trajeto de volta, Snemed percebeu que a sensação de andar em círculos não fora uma ilusão de todo. Deu-se conta de que o corredor era um caracol, com o crematório exatamente no centro. Na ida, porém, o bloqueio visual que a caixa causava não o deixou perceber este pormenor.

Pelo percurso curvilíneo, os dois caminharam em silêncio até a porta do elevador. Antes que Snemed subisse, o Sultão falou:

— Às 11 da manhã, você procurará a dra. Marianne, no 79º. Ela o atenderá pelos próximos meses. Será necessário — disse em tom de ordem e sem mais explicações.

Snemed acatou e subiu até o *Marché Global* para devolver o carrinho. Ao chegar a seu apartamento, olhou para ele e constatou que, a partir de agora e para sempre, ali seria o local de um crime. Caminhou até o sofá onde tudo aconteceu e jogou-se. Dizimado, não teve forças para nada. Nem o cigarro que o corpo implorava pôde ser carburado. Nem isto. Deitado em posição fetal, olhou pela janela e viu a lua sumindo vermelha pelo horizonte. Exatamente como ela fazia 24 horas atrás.

38.

Snemed chegou às onze horas do dia seguinte no *Hôpital Global*. Era a primeira vez que pisava lá. Quando Paloma fez a cirurgia, ensaiou uma visita para levar-lhe flores, mas logo começaram os preparativos da oferta pública e, por fim, não foi.

Refletindo sobre o que faria ali, parecia estar claro que se encontraria com uma psiquiatra ou algo do gênero. Snemed detestava falar da sua vida, principalmente num formato pré-definido assim, mas, no lugar de ser preso, era o que havia.

A recepcionista indicou a ala para onde se direcionar e ele andou pelos corredores do moderno complexo médico. O lugar trazia uma sofisticação similar à dos andares do Banco Central de Fajar, mas adaptada ao de um ambiente como este. Nem de perto parecia um hospital tradicional, branco, sem graça, cheirando a éter.

Ao encontrar a sala indicada, após duas batidas rápidas, Snemed abriu a porta e conheceu a médica que o atenderia. Mesmo abalado, não deixou de reparar que Marianne era uma mulher bonita. Cabelos castanhos e com óculos pretos de armação grossa, a combinação a deixava com um provocante ar intelectual, pensou ele.

Na faixa dos quarenta, e num inglês que não deixou dúvidas de que era francesa, ela explicou que sabia do ocorrido. Tranquilizou-o, porém, dizendo que tudo seria tratado dentro do sigilo entre médico e paciente.

— Não farei juízo de valor. O objetivo é compreender o que aconteceu.

Apático, Snemed deitou-se no divã. Marianne, por sua vez, anunciou que faria uma anamnese e começou perguntando sobre sua origem familiar. Ele relatou:

— Nasci e fui criado numa cidadezinha no norte do México, em

Sonora. Meus avós eram, os quatro, de lá. Os pais da minha mãe eram de origem indígena e os do meu pai, espanhóis. Sou filho único, e morei lá até os 16 quando me mudei para a capital — resumiu sem entrar em maiores detalhes.

Marianne fez cara de quem já conhece esse tipo de paciente de fala sucinta, e pediu para que Snemed contasse sobre a mudança para a Cidade do México:

— Você foi com a sua família?

Snemed balançou a cabeça negativamente e falou que, a partir deste momento, a sua vida foi ele com ele mesmo. Disse que teve dificuldades em criar raiz em qualquer tipo de relação que fosse e, pulando a explicação da sua ida para a capital mexicana, contou por que foi para Los Angeles dois anos depois, onde se formou economista. Ao falar sobre isso, visivelmente mais à vontade, comentou sobre sua trajetória na Califórnia, pincelou cada etapa da ascensão profissional e, por fim, disse que a saída da *StaatS* esteve relacionada à sua vinda a Fajar.

— Desafios que foram surgindo — concluiu, aplicando ali uma leve pitada de inverdade.

Marianne adotou um ar compreensivo e indagou:

— Desta trajetória, algo que lhe traz angústia?

Imediatamente voltando à postura de resistência, Snemed respondeu de forma evasiva às questões seguintes. Esquivava-se propositadamente, como uma criança mimada, sem paciência para brincar daquilo. No entanto, Marianne conduzia uma maiêutica exemplar. Impecável. E certa hora, como se sua boca desandasse a falar de forma involuntária, ele revelou coisas íntimas. Acabrunhado, relatou os detalhes melancólicos da sofrida infância em Sonora, mesmo sem querer:

— Não sinto falta de nada daquilo... — finalizou com um ar triste.

Marianne então teceu uma percepção inicial. Mas, apesar de seus comentários certeiros, Snemed fazia com que entrassem por um ouvido e saíssem pelo outro. Com um ar atento, entretanto, tinha cara de quem concordava.

Após o parecer, Marianne finalizou:

— Até nosso próximo encontro, recomendarei que não trabalhe e, principalmente, fique sem beber e sem usar qualquer droga. Faça esportes, passeie pelos andares de que gosta, descanse. Já cadastrei no sistema e você pode comprar lorazepam na farmácia. Tome se tiver dificuldades em dormir.

Snemed devolveu um sorriso amarelo e acatou a recomendação. Ao sair do consultório, foi direto à drogaria do *Marché Global* e comprou o medicamento. Em seu apartamento, ingeriu dois comprimidos e dormiu até o dia seguinte.

Na segunda sessão, chegou ao consultório sentindo uma evolução. Apesar de ter utilizado o remédio todos os dias para dormir, as lembranças daquela noite pareciam ficar cada vez mais embaçadas. Naturalmente avançavam num *fade out*.

Snemed voltou a ser perguntado sobre a infância, mas desta vez sob a égide cristã e a relação com a mãe. Dentro do assunto materno, revelou, por fim, o real motivo pelo qual se mudou para a capital mexicana. Novamente sem conseguir se filtrar, contou à Marianne o dia em que descobriu que sua mãe tinha um amante. Nunca havia contado isso a ninguém. Era algo que o envergonhava demais.

— Não conseguiria mais viver perto deles... — soltou relutante, com mágoa na revelação.

Abrir a boca para colocar o episódio em palavras deixou Snemed extremamente desconfortável. Saiu do consultório com a sensação de ter tido a privacidade arrombada. Custaram-lhe horas para aquietar o sentimento de violação. O poder que Marianne tinha de arrancar coisas de si era algo que nunca tinha vivenciado.

Como reflexo, na sessão seguinte, chegou ao consultório arredio. Resistiria para não cair na dela. Ali, com médica e paciente no terceiro encontro, ela conduziu o diálogo ao redor dos comportamentos de vício dele:

— Noto que você tem um perfil de ansiedade crônica e uma energia que pulsa forte. É natural que você sinta necessidade física de contê-la. Mas você só consegue trabalhando ou sob o efeito de drogas. Por que você acha que age assim?

Numa injeção imediata de raiva, Snemed ficou nervoso por ser questionado pelo modo como vive sua vida. Diante da pergunta, como protesto, deu com os ombros.

Marianne então perguntou:

— Você já tentou meditar? — ao que Snemed revirou os olhos e deu uma bufada:

— Não consigo ficar parado de olho fechado nem um minuto.

— Então vamos lá. Nem que seja cinco minutos, a partir de hoje você irá meditar. Depois aumentaremos para dez, para quinze e assim por diante. Você vai ver como irá ajudar.

Snemed acatou a sugestão. Não tinha por que não experimentar. Tudo era válido. Tanto para fazê-lo esquecer o episódio, como para abreviar a rotina maçante de consultas. Nem bem tinha começado e já achava insuportável. Pois apesar de detestar falar sobre si, descobriu que pior era ouvir as verdades que ela tinha a lhe dizer.

Por isso, como se obedientemente acatasse a diretriz dela, deixou um aceno de mão e disse:

— Começarei hoje mesmo.

39.

Com as semanas, Snemed evoluiu com o luto, que de fato existia pela pessoa querida, mas evoluiu, sobretudo, em relação ao sentimento de culpa. Sem piedade alguma, apagava da cabeça o episódio como se fosse algo que de forma alguma lhe dissesse respeito.

Durante este tempo, reconheceu que meditar foi algo que contribuiu para a superação. E mesmo fazendo sempre sob efeito do lorazepan, algo que o deixava zen, a verdade é que passou a apreciar a atividade. Sentindo que saía da realidade limitada daquele edifício, pela primeira vez teve momentos em que se desligou de verdade.

Certo dia, meditando no seu assento de *futon*, Snemed foi apresentado a um estágio interessante da prática. Assim que a abertura de *Also Sprach Zarathustra* passou a tocar no fone, uma espécie de sonho misturado com imaginação o fez viajar por um mundo remoldado pelo virtualismo. Com muitos países arruinados por crises financeiras, ele viu a falência estatal acontecer de forma generalizada na Europa. Enviesado ou não pelo que acreditava, o fato é que as visões refletiam a adesão em massa que o Sultão cravou. O aspecto democrático, ágil e desburocratizado do sistema não só servia como uma luva para o cidadão do século XXI, como era reflexo do novo perfil comportamental. Tradição, família e propriedade deram lugar a novidade, indivíduo e experiência. Era o inevitável.

A primeira parte da sinfonia de Strauss acabou e a visão se dissipou. Para Snemed, foi como se tivesse retirado os óculos de *VR* da *Fajar Tech*. Foi uma brusca mudança na orientação do *espaço-tempo*. E, ali, sentiu a presença de um poder. Porque mesmo podendo ter sido fruto do sono artificial do remédio, algo lhe dizia que não era só isso.

Nos dias seguintes, Snemed novamente tentou acessar o estágio. E apesar de logo compreender que não era possível ser quando bem entendesse, o exercício virou um passatempo que o ajudou a superar o episódio Paloma. Pensar nos filminhos do futuro se tornou uma distração para a mente.

Tanto que, dada altura, viu que não fazia mais sentido comparecer à terapia. O remédio combinado com a meditação era a única coisa realmente eficaz. De resto, aquele papo furado duas vezes por semana estava ali só para o aborrecer.

Em uma determinada sessão, a décima nona segundo suas contas, Marianne apresentou-lhe mais uma de suas teorias. Animada com a evolução do paciente, iniciou:

— Acho que estamos perto de entender a raiz do que aconteceu — fez uma pausa antes de continuar — Na minha opinião, tudo está relacionado à sua interpretação sobre a figura da mulher. Sua mãe era um símbolo central. Como ícone materno, remete à segurança, afeto, pureza... Mas quando você descobriu que ela era infiel ao seu pai, a referência feminina desmoronou.

Snemed ergueu o dorso do divã e olhou bravo para a médica.

— Calma — ela sorriu — Nada do que eu falar será escrito na pedra. Estamos discutindo possibilidades. Vamos retomar?

Emburrado, Snemed ajeitou-se no divã e ela voltou ao raciocínio:

— Seu sentimento ligado à mãe o faz inferiorizar a figura feminina. Creio que seja a razão pela qual você nunca se apaixonou na vida adulta. Criou-se um bloqueio. E a partir deste conceito equivocado, há uma objetificação das mulheres que cruzam o seu caminho. É a crença de que as mulheres é que são as verdadeiras pecadoras.

Marianne fez uma pausa para ver se Snemed acrescentava alguma coisa. Diante do seu silêncio, avançou:

— Chegamos, então, à moça argentina. Ela, que do ponto de vista racional atendia aos seus padrões de comportamento e beleza, o conquistou. Ela era esperta, engraçada... Perspicaz, como você mesmo descreveu — e mudou o tom para dizer — Por outro lado, ela veio a Fajar a trabalho. E esta gangorra, entre admiração e repulsa, o fez catalisar conteúdos reprimidos que, naquela curta janela de tempo, foram sublimados num ato de violência.

Snemed deu uma engolida a seco, impactado com a retórica de Marianne, e disse:

— Sim, pode ser...

— Vamos colocar por outro prisma — continuou ela — Há duas forças que nos impulsionam. Uma sexual, de vida, de reprodução, e outra de morte, de destruição. Este conceito dual é simbolizado por céu e inferno, luz e sombra, *yin-yang*, feminino e masculino... O que importa é que você vivenciou um embate entre as duas forças, mas deixou a pulsão de morte sobressair. Porque apesar de parte sua a ver como uma anja, a outra — e olhou-o nos olhos —, de raiz católica, a via como impura. E o instinto de querer aniquilar a condição dela acabou fazendo-o aniquilá-la por inteiro.

Snemed olhou para Marianne, absolutamente desconfortável, e ela arrematou:

— E no final, isso foi também um ato contra você mesmo. Pois acredito que você também sente que se corrompeu ao vir para Fajar...

No que ela acabou a frase, Snemed deu um pulo do divã. Sentiu-se ultrajado como poucas vezes na vida. Aquilo tinha fundamento, ele sabia. Marianne tinha razão. Não era difícil perceber que ele veio a Fajar exercer atividades pouco compromissadas com a ética. Mas isso não vinha ao caso e, tampouco, era da conta dela. E para além de tudo isso, havia algo que ela nunca enxergaria e que ele, por sua vez, nunca conseguiria fazê-la entender. Não tinha dúvida de que, naquele dia, foi possuído por uma carga maligna que roubou o seu controle. Um sentimento de crueldade pura, personificado na imagem do Diabo, e que ganhava vida através de Mothaz. Apesar de não haver formas de fazer Marianne compreender, a verdade é que vivenciou o fenômeno. Foi testemunha ocular do momento em que algo o invadiu e o usou como instrumento para cometer aquela atrocidade. Ali, seu arbítrio esteve fora da equação.

Snemed pensou em rebater Marianne, mas desistiu. Seria inútil. Conhecendo-a, ela diria que ele está projetando sua culpa em elementos externos. *Mecanismos de defesa*..., falaria. Por isso, decidido a não mais pisar ali, levantou-se:

— Nossos encontros foram bons, mas peço para encerrarmos aqui. Eu mesmo irei falar com o Sultão.

— Ainda temos muito a avançar — ela tirou os óculos para falar — Etapas ainda precisam ser cumpridas.

— Talvez. Mas sempre que desço neste andar, preciso lembrar por que estou aqui. Se de resto vai bem, para que insistir?

Marianne não teve resposta para a pergunta. Diante do silêncio que durou alguns segundos, Snemed virou as costas e saiu. Determinado, subiu ao 105º para a melhor terapia que poderia ter. Trabalhar sem parar pelas próximas dez horas, até o sol se pôr. E então, entregar-se àquela força que não sabia o que era e nem de onde vinha, mas que subia pelo deserto e pela Torre, e depois pelas pernas e pela coluna até invadir a sua cabeça e o dominar.

40.

Snemed abriu a agenda do *GLB* para ver o dia da semana em que caía o seu aniversário quando reparou que três meses se completavam desde a tragédia. Conferindo se a conta estava mesmo certa, e estava, impressionou-se com a velocidade com que o tempo passou.

Mas se impressionou, mesmo, com sua capacidade de se desvencilhar emocionalmente daquilo tudo. O momento de paixão e morte de Paloma parecia agora um sonho *shakespeariano*. Até a configuração do apartamento foi reformulada. Eliminando o pano de fundo onde tudo ocorreu, nem sabia mais precisar o metro quadrado onde ela desabou. E para que nunca mais tivesse que pensar sobre isso, um imenso tapete novo cobria toda aquela área.

Por outro lado, obviamente, nunca mais teve contato com *Les Résidents*. Aliás, estava proibido de ficar a sós com qualquer uma delas, em qualquer lugar que fosse. Abraçá-las e aproveitar-se delas no *Salón Global* era o que lhe restara. Com sorte, poderia ser convidado para uma festa privada, assim como foi com Maiquel Silva.

Soledad nunca mais falou com ele. Tamanha a sua ojeriza, que deixou de comparecer às reuniões semanais. Não suportaria olhar nos olhos daquele assassino. O Sultão foi obrigado a inventar uma história para contar aos demais membros:

— Soledad detesta números. Ela é boa na gestão, no dia a dia — soltou com ar condescendente, na reunião da semana seguinte ao episódio.

Como consequência natural, sua trajetória profissional murchou. A gestão de números e a produção de bons relatórios eram o que lhe restara. Dentro do seu escopo de atuação, entrou num *modus operandi* automático, onde virou nada mais do que uma ferramenta analítica.

Porém, além do seu posto de executivo, e talvez até o que o mantinha ali firme, Snemed era útil em outra coisa. Após as rotinas no escritório ao longo do dia, parasitar milionários, à noite, permanecia uma forma eficiente de captar *virtois*. Nisso, era cada vez melhor. Agindo como o *Flautista Encantado de Hamelin*, era impressionante a fortuna que fazia os magnatas gastarem.

Só que a atividade, antes esporádica, tornou-se diária. E o levou a uma fase tão intensa, que superou até o momento mais inveterado de San Francisco. Inacreditável o volume de álcool que aguentava. Sem falar nos cigarros. Trinta, trinta e cinco, às vezes até mais num dia. Nunca mais fez esporte.

Com certa preocupação, examinava a degradação física a que se submetia, mas o sol sumia pelo horizonte e não era mais momento para reflexões como esta. Era hora de iniciar uma nova noitada e, hoje, um evento especial ocorreria. O *skyline* de Sidney seria finalmente inaugurado. Era o último continente que faltava. A cidade australiana fazia parte do lote inicial, mas o Sultão demorou para se contentar com a resolução das tochas. *Falha grave da Fajar Tech...*, dizia ele.

A Oceania no *Salón Global* era de fato marcante, mas o que o atraía mesmo neste dia era explorar a *barblioteca*. Não sabia por que, mas estava sedento por um *mezcal*, daqueles mesmo bons. *Saudade de casa, talvez...* Snemed saiu do escritório e subiu direto para lá. Sequer passou em casa para dar uma recauchutada na aparência. Apesar de ser cedo e caber perfeitamente um banho, só queria molhar a garganta.

Ao entrar no *Salón Global*, Snemed cumprimentou de longe uma meia dúzia de pessoas e caminhou até o bar. Para o primeiro atendente que passou, assoviou e pediu:

— Um *Allegra*, por favor.

— Garrafa ou dose, senhor?

— Dose. Hoje quero provar cada *mezcal* que você tiver aí — apontou para o paredão de garrafas.

Encarando a larva no fundo do copinho, respirou fundo e virou a dose. O sabor terroso e específico o inflou de prazer. Era exatamente disso que precisava. Sentindo como se flutuasse, entrou em órbita pelo balcão circular. Como um satélite daquele planeta de bebidas, avançou progressivamente por cada grau do circuito etílico. Quicando de metro em metro e pedindo um novo *mezcal* sempre que o copo acabava, abraçava e se esfregava nas residentes que vinham até ele. Colecionando marcas de batom, girou pela pista perimetral, à medida que distribuía *drinks* para as que lhe ofereciam chamegos em troca.

Lá pelas tantas, olhou para onde estava e constatou que tinha percorrido os 360 graus do balcão. Estava de volta ao ponto de partida. A esta altura, a cidade australiana já havia sido projetada, mas sequer foi até as janelas para vê-la. Reparou apenas naquele barulhão e na luz que veio de trás, e refletiu nas garrafas do bar.

Então, num pico de adrenalina, lembrou-se da razão de estar ali. O relógio apontava para a meia-noite e ele não havia identificado nenhum convidado para se aparelhar. Perdia tempo. Afinal, estava *on duty*.

Ao analisar os presentes em busca de um alvo, foi então que avistou um senhor asiático. O homem chamou-lhe a atenção pela pele esticada e os lábios preenchidos. Para Snemed, ao menos de longe, ele tinha um aspecto repugnante. Fino, porém, e sentado sem a companhia de nenhum outro convidado da sua estirpe, o homem de sessenta e tantos anos ocupava o ambiente principal do *Salón Global*. Presa fácil, residentes rodeavam-no como urubus em volta da carniça.

Planejando o passo seguinte, Snemed perguntou a uma brasileira gaúcha ao seu lado:

— Quem é a bicha velha? — num tom debochado.

— É um bilionário aí, de Singapura — ela o olhou com seus olhões azuis — Tu não conhece? Tu sabe quem é todo mundo!

Snemed gesticulou qualquer coisa para a moça e partiu em direção ao alvo. No trajeto, convocou a sua máxima concentração e converteu o pulso alcoólico em combustível bioquímico para nutrir a personagem que entraria em cena.

Assim que as residentes o viram se aproximar, logo se afastaram e deixaram vago o lugar ao lado do anfitrião. Snemed sentou-se e foi dizendo:

— Meu caro, se o Sultão Ibrahim souber que não estou fazendo companhia a você, ele me mata! — riu um riso bêbado.
Apesar da abordagem incisiva, o homem sorriu de volta:
— Será um prazer tê-lo aqui — encarou-o — Você toma *scotch*?
Snemed aceitou e cochichou no ouvido do homem. Com a voz pastosa, disse que o ajudaria com o fluxo de mulheres que o cercava:
— Deixa comigo, que eu toco daqui as que não prestam. Já experimentei todas — mandou um sorriso torto.
O bilionário, solitário, fez cara de agradecido. Demonstrando alegria por ter Snemed ali consigo, alcançou a garrafa e lhe serviu uma dose. Ergueu o copo e propôs um brinde:
— A Fajar — e Snemed repetiu:
— A Fajar.
Sacudindo a cabeça ao tilintar dos gelos que roçavam o vidro, Snemed observou o homem de virilidade duvidosa. Seu rosto cheio de *botox*, liso como o de um bebê, deixava-o com uma aparência asquerosa. Sem falar naquela boca lotada de ácido hialurônico, que parecia querer lhe beijar toda vez que se aproximava para falar. Mas, apesar de o homem aparentar estar propondo-se a si, não se importou. Ancorado no vasilhame de *Glenfiddich* na mesinha, sequer percebeu a hora em que se perdeu.
Bravamente alcoolizado, recebeu do singapuriano a missão de conduzir um grupo de residentes até a suíte dele. Coordenando uma fila indiana de mulheres em direção ao elevador exclusivo, olhou pela janela e a última lembrança da noite foi de ver, em forma de um borrão iluminado, a *Opera House*.

41.

Snemed acordou com a ressaca mais monstruosa da sua história. Não haveria outra definição para se referir ao que sentiu ao abrir os olhos. O acúmulo de semanas seguidas de bebida trazia ali reflexos devastadores. Estava degringolado. A claridade da janela triplicou a dor de cabeça e o fez vomitar.

Limpando a boca com a mão, e tendo que manter os olhos bem fechados, foi atacado pelas imagens pornográficas da noite anterior. Corpos nus saltitaram na sua mente. Era a cena de um bacanal grego. Não conseguiria estimar com quantas residentes se relacionou. Foram muitas. Foram todas.

Pela primeira vez na vida, Snemed sentiu nojo de verdade da sua promiscuidade. Neste dia, ele sentiu. Estava grudento. Sua pele exalava uma mistura de álcool, tabaco e lubrificante. Esses lençóis, chegados no dia anterior da lavanderia, deveriam imediatamente voltar para lá.

Com uma repulsa à flor da pele, viu que não haveria mais condições de viver assim. Chegara ao limite. Não aguentaria mais vezes como a de ontem. Nem uma a mais. Precisava de uma pausa. Umas férias. Estava há quase um ano enfurnado ali sem pôr o pé para fora. O parque aquático foi o máximo de ar livre que teve, e se contavam nos dedos as vezes em que foi. Sentiu falta da brisa de San Francisco, que maldizia quando ela o impedia de ficar na varanda sem morrer de frio.

Pensou na sua profissão, o motivo essencial de estar ali. O que era um projeto para a vida, de repente, virou uma ilusão. Desapareceram as perspectivas neste lugar que lhe acenou com mil possibilidades. Nunca mais o Sultão revelou estratégias futuras, como fez no início. Sua participação nas reuniões do conselho já em nada contribuía. E nem se importava.

Nada fazia contra o fato da sua presença se tornar cada vez mais dispensável. Sendo sincero consigo mesmo, sabia que a *Fajar Tech* tinha plenas condições de criar um algoritmo para o substituir. Porque ele próprio tinha virado um ser robotizado, útil apenas para decifrar tendências estatísticas e traduzir dados em indicadores econômicos. No mais, era só sua carcaça vadia à deriva por esta Gomorra vertical farejando oportunidades de depravação.

Ainda deitado na cama, repassou suas histórias. Tinha vivido uma vida inteira ali. A sensação de ter sido ejetado do planeta para outra dimensão era absolutamente legítima. Entretanto, o balanço era terrível. Mesmo com 15 milhões de *virtois* na conta, o prejuízo físico e emocional era incalculável. Não tinha como durar. Não dentro destas condições. Muito menos vivendo noites como a última.

Ao recapitular sua noitada, eis que uma nova imagem lhe veio à cabeça. Trazendo consigo uma impressão vívida, o fez cogitar que talvez tivesse se relacionado, também, com o bilionário singapuriano. Uma aversão o dominou e o fez novamente vomitar.

Snemed foi sugado por uma dúvida horrorosa. Se tivera uma relação homossexual, ou se era apenas sua mente lhe pregando uma peça, nunca saberia. E nem quereria saber. A verdade poderia lhe causar uma ruptura moral tão desestruturadora, que fugiria disto para sempre. O benefício da dúvida seria uma interrogação a ser carregada como uma cruz para o resto da vida.

Assolado pela incerteza, de repente sentiu uma explosão no peito. Percebeu que algo sombrio emanava deste lugar. Algo que sempre soube, mas que negava a si mesmo. A Torre Global o impelia a fazer coisas que nunca, em hipótese alguma, faria. Porque, no fundo, o possível contato com outro homem não era o pior. Terrível, mesmo, era não ter certeza sobre se fez algo ou não. Nessas horas, estava longe. Em seu lugar, os inquilinos tomavam conta de tudo.

Snemed fora escravizado no império de Mothaz. Estava encarcerado numa masmorra moral, acorrentado por blocos de correntes de *virtois*. Tanto que, mesmo que quisesse, retomar a vida em San Francisco era impensável.

Havia se distanciado tão definitivamente da realidade do outro lado do planeta, que seria impossível reavê-la. E sempre que o sol sumisse pelo horizonte, os demônios povoariam o seu corpo. Possuindo-o, iriam obrigá-lo a largar o que estivesse fazendo para iniciar uma nova jornada de opulências. Estava infestado. Seria impossível lutar contra.

Prostrado, vagou pelo apartamento. Mesa de bilhar, estação de *poker*, sistema de iluminação, sistema de som, cinco telas de 105 polegadas, simulador de voos, projetor de hiper-realidade, fliperama. Esta parafernália refletia de forma inegável a artificialidade que sua vida atingira. Com os quarenta anos se avizinhando, portava-se como uma criança. Que se lambuza diante de uma mesa farta de doces. Pois, mesmo com seus piores erros, uma nova chance surgia. Nem por aquele assassinato precisou pagar, que a propósito estava ali no meio dessa tralha toda, invisível. Parecia que, apesar das sucessivas oportunidades que a vida lhe dava, teimava em desperdiçá-las. Neste dia, passou pela sua cabeça se matar.

42.

Um belo dia, Snemed recebeu uma excelente notícia. Diante de seu bom comportamento, o Sultão lhe concedeu permissão para novamente ficar com residentes a sós. E mesmo podendo fazê-lo apenas no andar subsolo reservado a isso, e com limite de uma hora, a novidade foi muito bem recebida.

Essa foi a primeira coisa que ele pensou quando o *GLB* apitou às sete da manhã. Num salto enérgico da cama, marchou até a copa e, na sua cafeteira profissional, tirou um expresso. Na xícara de ouro comprada numa promoção do *Marché Global*, adicionou *TCM* e tomou duas cápsulas de taurina. Saiu de casa e foi até a academia. Lá, numa esteira de interface virtual, correu quarenta minutos pela orla do Tejo, da Praça do Comércio até a Torre de Belém. O desempenho gerou 14 kw para o sistema elétrico de Fajar e lhe valeu dois *virtois*.

Endorfinado, voltou para casa e tomou um banho de ofurô com os sais que comprou na *Boutique Aromatique*. Durante trinta minutos, meditou vinte, mas sem música. Preferiu ficar ao silêncio, enquanto via filminhos de um futuro transformado pelo virtualismo. Com as cenas na cabeça, subiu até o andar do *Mandragora Cafè* e pediu um *croissant* com *maasdam* e presunto ibérico. *França, Holanda e Espanha. Quem sobreviverá ao virtois?*, pensou ao dar a primeira abocanhada.

A seguir, desceu para a reunião com os demais executivos e conselheiros da Torre Global. Os números do último mês tinham sido surpreendentes. A adesão ao sistema acelerava cada vez mais rápido. A inteligência artificial fajariana penetrava a vida das pessoas de forma tão profunda, que qualquer tentativa de a extrair só a enraizaria mais.

Com *slides* bem-feitos e condizentes com a sua competência habitual,

Snemed exibiu os resultados dos dias anteriores. Desde a oferta pública, esta era a semana com o maior número de países a entrarem no virtualismo. Mais setes nações foram hachuradas em azul no *mapa-múndi*.

— Um ponto seis trilhão de dólares — atualizou ao *board* o volume em circulação pelo globo e todos comemoraram.

A reunião acabou, deu uma passada de olho no painel de telas e subiu ao 137º para almoçar no *Hefesto*. De todos, poderia dizer que era seu restaurante preferido. Pediu pela enésima vez a paleta de cordeiro, especialidade da casa grega, e se esbaldou. Chupou cada um dos ossinhos.

Após a alarvidade, voltou para o escritório e ficou ali, fazendo tempo, fumando um cigarro atrás do outro, até a hora em que pôde se despedir da bola de fogo. Pelo vasto tabuleiro de areia, contemplou o adeus solar propagar-se pela faixa de horizonte. Neste momento fugaz, o pensamento voou longe e o fez tomar uma decisão. Uma difícil decisão. Mas, antes, haveria de matar sua sede. Tinha perdido as contas de quantas semanas não ficava a sós com uma mulher, sem ninguém a observá-lo, a fiscalizá-lo.

Entrou no *Les Résidents* para ver quem estava disponível e, ao ver Martina com sinal verde, nem titubeou. Pagou-a e desceu ao subsolo. Apenas de *lingerie*, ela o cumprimentou com um beijo no rosto e ele foi logo afrouxando a gravata. De forma mecânica, desabotoou a camisa, arriou as calças e tirou os sapatos. Tacou tudo num canto e deitou-se. Friamente, pediu sexo oral e ela proveu-lhe um agradável momento de nove minutos.

Mal chegou ao ápice, acendeu um cigarro. Sem direcionar qualquer palavra à garota, ficou ali fumando, deitado, pensativo. Esmagou a bituca no cinzeiro com o último trago no pulmão e avisou que iria ao banheiro.

Com o amontado de roupas debaixo do braço, trancou-se e tirou do bolso da calça o *GLB* para redigir uma mensagem. Ao enviá-la, aguardou a confirmação de que havia sido entregue a Padma e desligou o aparelho. Se ele a leria, isto nunca haveria de saber.

Na sequência, sacou do paletó o frasco de lorazepam e ingeriu o que sobrou do tratamento de meses antes. Com ajuda da água da torneira, mandou dezenove ou vinte comprimidos goela abaixo e sentou-se com a bunda nua no azulejo. Ligeiramente tonto, torceu para que a corrente sanguínea recebesse o quanto antes o benzodiazepínico.

Passados alguns minutos, começou a ouvir ao fundo Martina bater à porta. Gritos num tom preocupado pediam para que ele abrisse, mas era tarde. Havia perdido o controle do corpo. Como uma encosta que desmorona com a erosão, caiu lateralmente, mas distante, já bem distante, nem sentiu a face esquerda chocar-se contra o piso.

A visão escureceu e Snemed estava agora numa subida por uma escadaria ao ar livre. Os degraus eram largos e de pedra e, lá no alto, uma luz brilhava tão forte, que o obrigava a ir com a mão cobrindo a vista. Muito longe, através do que ainda lhe restava de consciência, soube que este era seu momento de morte e que a glândula pineal agia para lhe proporcionar um fim sem angústias. Moléculas de DMT, puras e congênitas, eram ministradas cirurgicamente pelo seu moderno organismo de *Homo sapiens*, esculpido e lapidado por milênios.

De repente, a luz clara lá de cima começou a perder o brilho, como se ficasse cada vez mais longe, e pouco a pouco foi desbotando, até que sumiu pela escuridão. Neste instante, ele percebeu que ao fim da escadaria havia uma porta vermelha.

Ao ver as cabeças de animais ao redor do batente, Snemed lembrou-se desta porta. Sentindo-se convidado a entrar, empurrou-a, e deu de cara com o *Salón Global* e a projeção da noite de San Francisco. Seus olhos encheram-se de lágrimas. Era rever-se em casa. Era a vista da sua varanda em *Russian Hill*. Caminhou até a beira da janela e apreciou o cenário. Recordando as glórias que ali viveu, sentiu um pulso nostálgico. Tão prazeroso que, como se quisesse tocar aquela época, espalmou as mãos na superfície da cúpula e deixou que a saudade o inundasse. De olhos fechados, recapitulou cada fragmento de existência que o trouxe até este ponto da vida.

Entregue à leveza que o invadia, Snemed sentiu o vidro trepidar, mas achou que era ele próprio vibrando sua paz momentânea. De um segundo para o outro, o tremor escalou de tal forma que parecia estar no meio de um terremoto. Abriu os olhos e viu que o *Salón Global* inteiro sacolejava. O domo, a construção e a *barblioteca* balançavam no mesmo ritmo da tremedeira, como se eles também dançassem suas danças de morte. Então, a edificação cilíndrica começou a implodir. Com pedaços de concreto caindo lá de cima, as estantes tombaram para frente e cada vasilhame explodiu.

Snemed olhou para cima e viu a abóboda ruir. Cobriu a cabeça com os braços para se proteger dos escombros, ao som nervoso dos vidros que se estilhaçavam, mas notou que nada o tocara. Estava ileso. Olhou ao redor e sentiu um sopro morno na cara. O vento agora circulava livre pelo que restou do *Salón Global*. Caminhou até o limite da plataforma e viu a holografia de San Francisco. Sem a barreira de vidro, parecia ainda mais real.

Reconectado com a cidade que o acolheu, Snemed então viu a nostalgia ser dispersada pelo clarão de um relâmpago que iluminou o céu e fez brotar, como se num ato de mágica, aqueles cabelos ruivos inconfundíveis. Nua e de costas, Paloma surgiu no lado oposto do salão e o fez sair correndo em sua direção. Seu último desejo foi ver o rosto dela mais uma vez.

Ao aproximar-se, o barulho atrasado do trovão chegou e Paloma esfarelou-se. Reduziu-se a um punhado de cinzas e o vento levou. Snemed foi até a beirada da plataforma, mas já não pôde ver os restos mortais perderem-se pelo precipício. Desapareceram em questão de segundos.

Sensibilizado, a imaginação novamente voou pela noite de San Francisco. A *Golden Gate* parecia saudá-lo num cintilar melancólico. O olhar se perdeu como sempre se perdia diante desta vista. E como se fosse a última vez que sua consciência reviveria uma memória, a vez derradeira que experimentaria um lampejo de vida antes de se desligar deste mundo para sempre, um sorriso escapuliu.

A lua minguante surgia pontuda no horizonte, como um chifre vermelho furando a noite, quando Snemed sentiu que algo se aproximara e acabara de estacionar bem às suas costas. Nitidamente sentiu a energia densa de uma presença pesada chegar ali atrás.

Antevendo o que seria, virou-se e confirmou sua suposição ao dar de cara com aquela criatura medonha. Com três metros de altura e o ar tinhoso, o ser de escamas negras estava ali e o encarava com seus olhos iluminados.

— É grave o que faz — disse com aquela voz metálica, num dialeto árabe com o qual já tinha visto o Sultão falar.

Sem saber o idioma, sem nem mesmo compreender uma palavra do que foi dito, de alguma forma Snemed entendeu. Neste limbo purgatorial, neste bardo de deidades raivosas, os vocábulos eram meras conjunções fonéticas.

Snemed quis se justificar, dizer que foi dominado pelo medo, mas ouviu antes:

— Covarde! — num berro que ecoou pela imensidão do cenário.

Ao escutar o adjetivo, Snemed teve a sensação de encolher. E recordou-se deste sentimento familiar, de estar na pele da criança medrosa que foi. Era a sensação desestruturadora de ser encurralado. De ser assaltado por aquela cobra. Indefeso. Era o *medo*. E a criatura tinha razão. Ele era um sujeito pusilânime, que nunca honrou nada do que a vida lhe deu.

O ser de escamas negras disse:

— Há uma escolha a ser feita — e soltou um bafo sulfúrico na cara de Snemed — Ser escravo do seu medo pela eternidade, ou o preço de uma nova vida. Mas para isso, seu passado, a mim, deverá ser entregue.

Snemed estremeceu ao ouvir a proposta. Entendeu perfeitamente o que significaria entregar o seu passado. E com um pavor danado de ter que aceitar este trato desgraçado, apenas devolveu um olhar medroso.

O ser de escamas negras perdeu a paciência com sua indecisão. Era uma escolha óbvia demais para se tomar tempo para pensar. Queria logo um *sim* à oferta irrecusável. Zangado, deu uma inspirada profunda e aumentou ainda mais de tamanho. Acendendo os olhos num brilho raivoso, berrou com a sua boca cheia de dentes:

— Viva o Grande Ato!

Com o reverberar das palavras, Snemed levou um golpe que o arremessou para trás. Só com a metade da planta do pé mantendo-o na plataforma, estava a um triz da queda. De relance, flertou com o penhasco que ansiava por engoli-lo. E, ali, percebeu que não haveria como declinar da proposta do ser de escamas negras. Algo o chamava de volta. Algo parecia esperar por ele. Pendeu, portanto, o corpo para trás. Despencando em queda livre do topo da Torre Global, mergulhou num voo que lhe pareceu infinito.

3º movimento.

43.

Snemed voltou da sua jornada etérea com uma inspiração desesperada, de quem busca ar ao ser desafogado. O movimento brusco, como o solavanco de uma freada inesperada, catapultou-o e o pôs sentado.

Logo à frente, de cócoras, estava o Sultão. Observando-o com uma braveza profunda, seus olhos transbordavam raiva. Na verdade, era mais do que raiva. Era a primeira vez que o via externando tão verdadeiro sentimento de fúria. Seus olhos não piscavam; só as narinas mexiam. Parecia fazer um esforço sobre-humano para não explodir.

Em pé, atrás dele, estavam Martina e dois enfermeiros. A dupla de indianos entrou no banheiro e, num puxão, ergueu Snemed. Segurado pelos braços e com os pés arrastando pelo chão, foi levado até uma maca com rodas, estacionada na parte de fora do quarto. Ainda sob o efeito da overdose, só conseguiu ouvir que o estavam levando para uma lavagem estomacal. Enquanto era pilotado até o elevador, perdeu os sentidos.

Horas depois, Snemed despertou. Deitado num leito médico, olhou pela janela e, pela altura da vista, entendeu que estava no *Hôpital Global*. O sol já havia nascido, mas ainda estava próximo do horizonte. Devia ser por volta das sete.

Ao tentar se mover, reparou que os punhos e os tornozelos estavam presos na cama, e havia tubulações entrando pela pele e uma sonda no nariz. Neste momento, assimilou a besteira que fizera. Recordou-se, também, da ira que despertara no Sultão. A cara que viu ao ressuscitar era de quem o queria matar. *Era melhor ter morrido*, constatou o óbvio.

Snemed pensava neste homem, quando num claro sincronismo ele abriu a porta. Logo atrás dele, como seria tão possível quanto provável, veio Soledad. Ela, com olhos fervendo, e ele calmo, porém sério. O Sultão parou a poucos metros do leito e ficou ali balançando a cabeça, com os lábios contraídos, num ar de decepção. Parecia agora muito mais desapontado do que qualquer outra coisa. Snemed teve que desviar o olhar, tamanha vergonha.

Após o incômodo momento de silêncio, o Sultão disse:

— Que decepção, mexicano. Que grande decepção — em espanhol e continuou em inglês — E olha que a decepção não é por você tentar se matar. Nem pela sua deslealdade com Fajar — fez uma pausa — Mas pela sua ingenuidade boçal... Você ocupa um dos postos mais altos da Torre Global. Cada passo seu é monitorado.

Snemed gelou, sem entender aonde a conversa ia chegar, e ouviu:

— Mas sempre fiz isso despreocupado — continuou o Sultão — Porque apesar dos seus excessos, você nunca foi censurado. O deleite faz parte da *Tour Global*. No entanto, há uma contrapartida clara. Você sabe disso. E você não é nem sombra do homem que chegou aqui um ano atrás.

O Sultão adotou uma cara amarga e prosseguiu:

— Mesmo com tudo isso, e mesmo com coisas imperdoáveis, pelas quais tive que te defender — apontou o dedão para Soledad —, ainda seria possível outra chance. Isto, se não houvesse algo ainda mais repugnante por trás da sua tentativa de se matar.

Snemed fechou a cara e não alcançou ao que ele se referia. O Sultão contou:

— A mensagem que você enviou para Padma. Quer dizer que você se sente um prisioneiro em Fajar? — e riu sarcasticamente.

Ao lembrar-se deste detalhe, Snemed sentiu-se reduzido a um punhado de excrementos. A sensação de embaraço foi tamanha que não conseguiu dizer nada. Se houvesse um botão de *ejetar* da vida, apertaria neste exato instante.

— Covarde — disse o Sultão, em tom de deboche.

Snemed sentiu uma vergonha indimensionável ao ver o desprezo na cara do Sultão. No estado de nervos em que estava, só conseguiu balbuciar que queria voltar para San Francisco. Sentar-se na sua varanda em *Russian*

Hill seria a única coisa capaz de o fazer ficar bem novamente, pensou ali, naquele momento constrangedor.

O Sultão gargalhou ao ouvir o seu pedido:

— Deixe-me lembrá-lo de uma coisa... Você conheceu os mecanismos mais profundos do *virtoilisme*. Você teve contato com as entranhas da *Tour Global*. Acha mesmo que vai voltar agora para o Vale do Silício com tudo que conheceu aqui? Você aceitou uma série de compromissos ao se tornar um cidadão de Fajar. Você não leu o documento que assinou quando pôs o chip?

Snemed sentiu um calafrio ao ouvir aquilo. Lembrava-se de ter assinado um contrato, mas não leu uma linha do que estava escrito.

Soledad finalmente falou. Ela era um vulcão em erupção jorrando seu olhar de raiva como lava. Seria impossível conter sua cólera um segundo a mais:

— Agradeça ao Sultão. Ele é um homem muito bom. Por mim, você iria já para o deserto, sem água, daí sim para morrer. Porque nem isso você foi capaz de fazer!

Possessa, virou as costas e se retirou. Pareceu vir mesmo só descarregar sua ira. Ali, Snemed soube que era a última vez que a veria. Era um misto de alívio e tristeza. Alívio, pelo óbvio. Tristeza, por nunca mais poder contemplar esta mulher terrivelmente maravilhosa.

A porta bateu e o Sultão sentou-se num aparador ao lado da cama. Apontou o dedão para a porta e, com um sorriso de canto de boca, continuou num outro tom:

— Ela sempre me disse para eu não confiar em você. Que você ainda faria merda — deu uma gargalhada curta — Ah, mexicano, as mulheres têm sempre razão. Sol está certa — referiu-se a Soledad, pela primeira vez assim, na frente de Snemed — O normal seria isso. Pena de morte. Até porque, quem sentiria a sua falta? Mas farei diferente. Você será levado daqui vivo, mas de duas cláusulas do contrato não abrirei mão. A primeira é que você pague a multa de 100% das suas reservas de *virtois*. A segunda, o acordo de confidencialidade. Você deverá manter em sigilo tudo o que viveu aqui, qualquer detalhe que seja, por mais irrelevante que for.

Ao vislumbrar os impactos das imposições, Snemed olhou desesperado para o Sultão, rogando para que ele se comovesse com sua cara de suplício e lhe facilitasse a vida. Mas, ao fazer isso, a pele do homem subitamente escureceu e não era mais ele quem estava ali. Vestido no seu couro escuro, que reluzia sob a luz que entrava pela janela, aquela criatura flertou consigo como se o relembrasse que a partir de agora, e para sempre, ele tinha algo sério a cumprir. Muito mais sério do que o contrato com o governo de Fajar.

Ali, porém, Snemed não pensou nada disso. Ainda tomaria tempo para entender o trato que fez na sua visita pelo mundo dos mortos. Fora que o horror de ter o Diabo sentado à cabeceira não deixou espaço para raciocinar sobre mais nada.

Snemed piscou e o Sultão estava lá de volta. Impávido, o homem sorriu com uma expressão enigmática, de quem parecia saber o que ele tinha acabado de ver. E num último ato de terror na sua vida, e claro que ele fez isso de propósito, soltou aquela voz sinistra para os enfermeiros que chegavam:

— Sumam com ele — e retirou-se.

Snemed mal teve tempo de se amedrontar com o berro de despedida de Mothaz. Um dos homens aplicou-lhe uma injeção e ele adormeceu. Privado de qualquer cuidado, foi tacado numa maca e amarrado a ela. Posto num carrinho, desceram-no pelo elevador de serviço até a garagem do -1º. Ali mesmo, onde recepcionou residentes em sua breve carreira como anfitrião.

Coberto como se fosse um defunto, foi posto no baú de um caminhão, onde suprimentos de restaurantes haviam acabado de chegar. Pela primeira vez em mais de um ano, tomaria a estrada que levava ao aeroporto. Neste dia, sem *Rolls Royce* nem chofer. Fazendo-lhe companhia, garrafas vazias e caixas de papelão. Sedado e sem qualquer *glamour*, Snemed foi escorraçado da Torre Global.

44.

Snemed despertou sem a menor ideia de onde estava. A vibração de um motor e o cheiro do combustível queimando eram os únicos estímulos captados pelos sentidos. Soube apenas que estava dentro de um veículo em movimento.

Ao tentar abrir os olhos, notou que as pálpebras, pesadas pelo sonífero intravenoso, selavam as vistas como catacumbas. Estava vendado por sedativos. Uma letargia o dominava da cabeça aos pés. Ficou ali, meio acordado, meio dormindo, meio sonhando, até que o frio na barriga de uma queda livre o fez ter a certeza. Estava dentro de um avião. A turbulência durou uns trinta segundos e não lhe deixou dúvidas de que voava.

Após a aeronave se estabilizar, tentou mexer as pernas, mas viu que era impossível. Por entre a barreira de cílios, espiou para baixo e notou que estava amarrado a uma maca. Com os braços atados junto ao corpo, não soube se a impossibilidade de se mover era somente física ou também química. Rodeou os olhos para ver se havia alguma pista sobre seu paradeiro, mas manter a vista aberta era desumano. Nem a curiosidade pelo destino incógnito foi capaz de superar a força do sono.

Dada altura, uma súbita desaceleração o envolveu com um novo frio na barriga e o fez acordar com o tranco que veio a seguir. Se não estivesse travado ao piso, teria sido arremessado. A dose de adrenalina, no entanto, foi suficiente para fazê-lo perceber que tinha sido o trem de pouso contra o solo. Uma aterrissagem bem feita foi executada pelo piloto, o que o deixou menos tenso por estar em terra firme.

Tentou de novo abrir os olhos e desta vez conseguiu. Reparou que os sentidos se recobravam. Notou, também, uma luz que vinha da direita e entrava por um contorno ao redor do que parecia uma portinhola. Ao analisá-la melhor, não houve dúvidas. Estava no bagageiro.

Assustado com a constatação, reparou que trajava um colete hospitalar. Com o sedativo se dissipando, a abertura traseira do jaleco o fez sentir a bunda direto na maca. Provavelmente, vestia aquilo desde o resgate do seu suicídio fracassado.

Ouviu o barulho de uma alavanca e a comporta foi aberta. Snemed fechou os olhos e fingiu ainda dormir. Um homem meteu o dorso dentro do bagageiro, desamarrou os nós que prendiam a maca ao piso e puxou a carga para fora. Um outro o ajudou.

A dupla deu meia dúzia de passos e pousou a maca no solo. Assim que a nuvem que vagava pelo céu destapou o sol, um jato ferveu a cara de Snemed. Sem nada que pudesse fazer, porém, apenas suportou os dez minutos seguintes, sofrendo com a testa ardendo e mantendo o fingimento.

A seguir, outra nuvem cobriu o sol e ele pôde reparar que, apesar da temperatura alta, havia uma umidade densa, pegajosa, inexistente em Fajar. Teve certeza de que estava longe daquele deserto infernal. Pela proximidade, cogitou estar na Índia. Eram apenas *75 minutos!* até Mumbai, lembrou-se.

De olhos imperceptivelmente abertos, notou que o que deveria ser um aeroporto era, na verdade, apenas uma pista de pouso de terra batida, no meio da mata. Um dos homens tirou do bolso um *GLB* e, depois de uns segundos com o dispositivo na orelha, trocou algumas palavras num inglês tão mal pronunciado, que Snemed não entendeu nada.

Um automóvel então pareceu se aproximar. Ele ouviu um barulho de motor ao fundo, foi ficando cada vez mais próximo, até que chegou ali um carro grande preto. Snemed manteve os olhos fechados e escutou as portas sendo abertas. Dois outros chegaram e falaram também em inglês, mas com sotaque diferente.

Sem delongas, os recém-chegados avançaram na maca, e Snemed, numa bisbilhotada ligeira, pôde ver que eles tinham a pele preta. Os dois ergueram-no mecanicamente e o tacaram no porta-malas. Entraram no carro e o motorista arrancou.

Deitado ali atrás, Snemed tinha o teto e as paredes do carro tapando quase toda a visão para a parte de fora. Podia ver apenas uma lacuna estreita de céu. Na companhia desses dois, continuava sem saber para onde estava sendo levado. Aliás, não sabia nem se os sujeitos cumpriam ordens de Fajar ou se estava por conta da boa vontade deles.

Contudo, pela estrada esburacada que se seguiu, preocupava-se mesmo com o vai e vem ali atrás. Com a maca solta, era ricocheteado de um lado para o outro, sem poder fazer nada a não ser rezar para não bater a cabeça. Mas uma hora bateu.

Lá pelas tantas, num trecho onde a pista pareceu melhorar, um dos homens ligou o rádio, mas foi só um ruído atrás do outro. Ao insistir, uma frequência se firmou, e Snemed arrepiou-se ao reconhecer o sax de Fela Kuti. Era *Gentleman* na estação. Imediatamente lembrou-se de que a canção tocou no dia em que chegou a Fajar. Pensou se isso significava alguma coisa. *Provavelmente não...*

A música continuou por mais um ou dois minutos, até que o homem deu uma resmungada e tacou a mão no rádio para desligá-lo. O barulho rodoviário voltou a reinar e, a partir daí, apenas as poucas palavras ditas entre eles, no idioma desconhecido, foi o que quebrou o silêncio. Snemed cochilou mais uma vez.

Um tempo depois, acordou e viu que o céu tinha sido tapado por copas de árvores. Pelo meio de uma floresta, indo agora a uma velocidade menor, pressentiu que o percurso chegava ao fim. O carro pegou uma saída à esquerda e estacionou depois de alguns metros. O motorista deu uma buzinada e os dois, robóticos, desceram, abriram o porta-malas e puxaram a maca para fora.

A dupla o transportava num ritmo ligeiro, quando um deles falou algo e, na resposta, ele escutou a voz de uma senhora. Snemed quase abriu os olhos ao ouvir o som diferente. Era uma voz idosa, mas não a voz de uma velhinha comum, como a da sua avó, frágil, debilitada. Era, em vez disso, um som vibrante e singular. De olhos sorrateiros, pôde ver a silhueta baixa de uma mulher que também tinha a pele preta. Seu timbre vocal parecia dublagem de desenho animado. Era um som tão sobrenatural quanto os brados de Mothaz, mas lembrava uma voz modulada por gás hélio.

Sem cessar a marcha, os homens entraram com Snemed em algum lugar e pousaram a maca no chão. Sempre de olhos fechados, ouviu novamente o dialeto ser falado. Vozes da senhora e de um dos homens sinalizavam uma conversa puramente burocrática. Segundos depois, as portas bateram e a ignição foi ligada. O carro arrancou e, pouco a pouco, o som do motor diminuindo deu-lhe a certeza de que os sujeitos tinham ido embora.

Ao sentir aquelas presenças se distanciarem, Snemed suspirou aliviado. De alguma forma, a sensação foi a de como se acordasse de um pesadelo. Pois, mesmo sem saber se estava a salvo desta dupla, ou de outra que ainda pudesse aparecer, foi tomado por uma tranquilidade incomum. E permitiu-se abrir os olhos. Com a visão embaçada, custaram-lhe segundos para perceber que estava dentro de uma cabana.

Snemed quis saber de onde vinha a calmaria que surgia na maior tormenta da sua vida. Relaxando ao som do farfalhar das árvores, foi tomado por uma tranquilidade indescritível. E, apesar de estar ali amarrado, desconfortável, notou que a choupana onde estava, a maior antítese possível ao seu apartamento em Fajar, contribuía para o bem-estar. Feita de barro e troncos, havia nela uma atmosfera aconchegante. O telhado baixo, tramado com folhas de bananeira, gargalhava do hiato entre isto e a Torre Global.

Deslizou o olhar pelo ambiente e sentiu uma moleza o dominar. Cogitou ainda estar sob efeito do sonífero, mas era algo absolutamente pacífico. Era como se estivesse em um ventre e o ar denso que o embrulhava fosse um líquido amniótico. Era esta cabana. Ela o convidava a descansar um pouco mais. Snemed fechou os olhos.

45.

Um tempo depois, Snemed foi acordado por um toque áspero e pegajoso na mão esquerda. Sonolento, abriu os olhos e deu de cara com a cabeça de um cão. Gotas de baba respingaram no seu rosto.

Com a vista embaçada, empurrou o cachorro e sentiu os braços livres. Sem ter percebido o momento em que fora desamarrado, enxugou a cara e experimentou o alívio de recuperar os movimentos após horas imobilizado.

Snemed ergueu o dorso e sentiu uma dor na mão. Pensando que o cachorro pudesse tê-lo mordido, logo entendeu o que era. Diante do pequeno corte nas costas da mão, notou que o chip não estava mais ali. Em algum momento da sua expulsão da Torre Global, fora-lhe subtraído e, junto, seus 150 milhões de dólares.

Com todo o seu patrimônio dentro do sistema virtualista, cada peso, cada dólar e cada *virtois* juntado ao longo da vida estava em posse do *BCF*. O dinheiro da venda de sua gestora em L.A., os salários gordos do *Facebook*, os bônus da *StaatS*. Tudo. Não lhe sobrara um centavo sequer. *Que catástrofe...*, lamentou-se. Mas não havia nada que pudesse fazer a respeito.

Questionando-se sobre onde estaria, percebeu que os sinais até agora apontavam para África, mais do que Índia. O músico nigeriano na rádio, a cor da pele dos homens e da senhorinha e o dialeto de sonoridade característica respaldavam a hipótese. Calculou que não mais do que três horas de voo bastariam para ir de Fajar até uma região de clima equatorial, como esta, no continente africano.

Snemed inspirou e sentiu o oxigênio puro. Tamanho foi o prazer, que deu para acompanhar o ar chegar a cada alvéolo. Era como se nunca mais tivesse respirado ar de verdade. Seu corpo se adaptara ao ressecamento crônico de meses ininterruptos no ar-condicionado.

Outro latido e o cachorro se aproximou para lamber a ferida na sua mão. Longe de gostar de animais, Snemed resmungou:

— Sai para lá! — e ouviu:

— Binga, você acordou o homem? — naquela voz de desenho animado, num sotaque inglês engraçado.

Olhou para o lado e aquela senhorinha estava ali, a um palmo da sua cabeça, com uma jarra e um copo na mão. Com seus passos inaudíveis, pareceu ter brotado do chão.

Diante do ser humano tão diferente, Snemed observou-a com uma cara besta. A mulher parecia ter vindo de outro planeta. Sua compleição, seu porte e seu olhar eram aspectos inexistentes na civilização. Impressionou-se com seu jeito à vontade neste mundo, embora parecesse uma pessoa de milênios atrás.

— Tome um pouco de água — disse ela.

Com a boca seca, Snemed virou o copo e perguntou:

— Onde estou?

— Ainda não é hora de falarmos sobre isso.

— Estamos na África? — insistiu Snemed.

A senhorinha fechou a cara, olhou para o alto para desconversar, mas, por fim, confirmou:

— Sim. Trouxeram-no porque você está doente — fez uma pausa — Mas você será curado.

Snemed franziu a testa:

— Doente? Curado? Onde na África?

— Quantas perguntas, rapaz. Não gaste sua energia com elas — e se retirou.

Dentro do quadro misterioso em que se via, Snemed foi então assaltado por uma fome aguda. O cordeiro do *Hefesto* tinha sido sua última refeição, que, apesar de grotesca, certamente já fora toda digerida. Levantou-se, alongou-se e viu que os efeitos do sedativo haviam se dissipado. Sentiu-se apenas um pouco aéreo, com a sonolência normal de quem passou vinte e tantas horas adormecido.

Um latido, e viu a cadela sentada na porta da cabana, comportada, observando-o com o seu olhar inocente. Tirando animais servidos em pratos de restaurantes, não se lembrava do último exemplar que tinha visto pessoalmente. Exceto o *Homo sapiens*, não havia animais vivos ou de verdade na Torre Global.

Outro latido e a senhorinha voltou. Sem dizer nada, entregou-lhe uma muda de roupas brancas e gesticulou para que vestisse. Virou as costas e saiu por onde veio com um ar focado de quem organiza alguma atividade.

— Estou com fome — reclamou Snemed.

A senhorinha, do outro cômodo, falou:

— Mas você precisa jejuar. Beba água, se quiser — e calou-se, sem relevar a sua queixa.

Emburrado, Snemed colocou uma calça que lhe bateu pouco abaixo do joelho e vestiu uma túnica branca que, apesar de justa, ficou confortável. Caminhou até o cômodo onde a senhorinha estava e disse que precisava urinar. Ela apontou para uma porta que dava para a parte de trás.

Snemed avançou por um descampado e foi até uma árvore a uns vinte metros da cabana. Pressentiu que arderia, pelas incontáveis horas sem urinar, mas fazê-lo ao ar livre tornara-se algo tão distante, que abstraiu o desconforto. E percebeu a falta que este contato lhe fazia. Apesar da Torre Global ter salas 5D para meditações, onde perfeitas simulações em florestas eram produzidas, nunca foi prioridade sua experimentá-las. Apreciou o prazer de se aliviar em meio à mata, numa certa melancolia ao ouvir o som da natureza.

Cessado o momento, olhou para o lado e viu que a cadela esteve o tempo todo ali, imóvel, observando-o com seu ar diligente. Certamente ela nunca tinha tido contato com um humano com o seu cheiro, pensou ele.

Sempre seguido por ela, voltou à cabana, quando ouviu um zumbido pairando no ar. Percebeu que, em algum lugar por ali, pessoas conversavam. Falando todas numa frequência baixa, quase sussurrante, as vozes se mesclavam e produziam uma espécie de vibração pela atmosfera. Cruzou a casa por dentro e, ao atravessar até o outro lado, paralisou ao ver o grupo que estava lá.

Mas na mesma proporção em que se admirou, todos abriram a cara, ao verem-no sair pela porta. Snemed sentiu um esguicho de curiosidade jorrar na sua direção. Era um misto de espanto e admiração, como se eles estivessem diante de um deus ou de um monstro.

Snemed ficou parado onde estava, sem saber o que fazer, e observou o grupo de sete homens e oito mulheres. Eles e a senhorinha eram essencialmente iguais. Dos homens, os maiores não passavam de um metro e meio, e as mulheres eram ainda mais miúdas. Pensou que só podiam ser pigmeus.

Assim como ele, os homens estavam vestidos com as mesmas roupas brancas. Entendeu por que a calça que vestia não chegava sequer à canela. Já as mulheres usavam vestidos longos, também brancos, que cobriam os ombros e deixavam o colo aberto. Nas cabeças, panos elegantemente adornavam os seus cabelos volumosos.

De repente, outra vez com seus passos inaudíveis, a velhinha surgiu ao seu lado. Direcionando-se aos demais, deu um comando no dialeto da tribo e todos marcharam. Por uma estradinha de terra, o grupo caminhou ao longo do vilarejo, onde outras casas de taipa, todas pequeninas, formavam uma sequência linear. Snemed riu do cenário diante de si. Era-lhe inconcebível ter acordado na Torre Global e, agora, estar ali.

Olhando as pessoas ao redor, reparou que cada uma delas trazia uma singularidade extraordinária, muito embora, assim que as viu, tenha pensado serem todas iguais. Ao dar-se conta disto, refletiu que sempre achou afrodescendentes muito parecidos. Era como se houvesse uma trava mental que o impedia de enxergar os pormenores de indivíduos desta cor de pele. Percebeu, também, que isto era produto do racismo seletivo e estrutural que aprendeu no México e lapidou nos E.U.A.

Setecentos metros de caminhada e chegaram a uma construção maior, também com cara de cabana, porém com a fachada larga e o telhado alto. Parecia um galpão para atividades coletivas. A senhorinha empurrou as folhas de madeira da porta e todos entraram. Snemed ficou ali fora e avistou a lua cheia, que subia prateada por entre as copas das árvores.

A senhorinha o cutucou e sinalizou para que ele entrasse. Snemed olhou para dentro e todos haviam formado uma roda no centro do barracão. Ao ver alguns com a cara branca, notou que circulava entre eles uma cumbuca, de onde pegavam uma espécie de talco e passavam no rosto como se fosse maquiagem.

Quando todos terminaram de se pintar, três mulheres sacaram instrumentos musicais e ensaiaram os primeiros toques. Duas batucavam tambores, enquanto a terceira tocava um instrumento de corda, que lembrava o som de um berimbau. Com a música tomando conta do ambiente, os demais participantes iniciaram um cântico. Unidas como se fossem uma, as vozes produziam o efeito de um mantra budista em coro, mas com o aspecto tribal e a fonética africana. Snemed arrepiou-se.

Um homem então veio até a senhorinha e entregou-lhe um manto vermelho, que ela vestiu, e adquiriu os contornos que lhe faltavam de *grã-mestra* da cerimônia. Em seguida, ela apontou para o centro da roda e convidou Snemed para ir. Acanhado, ele foi até lá e sentou-se numa esteira de vime abaixo dela. Bastou ajeitar-se e foi como se mergulhasse num poço de tranquilidade. Sentiu algo inexplicável ao ver-se circundado por estas pessoas. Foi uma sensação de paz absoluta. Talvez porque, apesar das distâncias raciais, sociais e culturais, as pessoas genuinamente o acolhiam. Algo que nunca fez na via inversa. Comoveu-se ao ver que a cerimônia ocorria mesmo em sua causa.

Olhou para o lado e viu que um jarro circulava entre os presentes. Um a um, bebericavam e passavam ao próximo. Ao chegar à senhorinha, ela deu um golinho, encheu um copo até a boca e gesticulou para que Snemed bebesse de uma vez. Ele olhou o líquido escuro, amarronzado, e virou.

Com o amargo da bebida, que desceu queimando, por pouco não regurgitou. Ela viu a cara de desconforto que ele fez e passou as costas da mão na testa dele. Para Snemed, foi como se recebesse uma bênção. Um *passe*. O toque da mulher emanava uma energia tão forte, que por si só era um contraste à sua mão minúscula.

A senhorinha afastou-se e Snemed ficou sozinho no centro da roda. Com a boca anestesiada, percebeu que a música reverberava dentro de si. O som provocava-lhe um arrepio tão contagiante, que chegava até as membranas dos órgãos. Sua fáscia parecia dissolver-se numa sutil camada de elétrons que o encampava da cabeça aos pés. Então, a sua noção física desmoronou. Foi como se tivesse assistido à consciência romper as fronteiras físicas da epiderme e saltar para fora do corpo. Não haveria melhor forma de descrever o que sentiu. Num estado de gaseificação, a melodia impulsionava ainda mais a percepção. Leve, como leve pluma, voou através de luzes coloridas e mandalas formadas pelo entroncamento de feixes que se desenhavam no córtex pré-frontal.

Snemed abriu os olhos. Tão desconcertado ficou, que demorou para entender o que acontecia. Percebeu que assistia à cerimônia do alto. De algum jeito, a impressão de desprendimento corporal materializava-se assim. Era como se observasse tudo de uma plataforma metros para cima, muito embora o telhado estivesse para baixo. Mas, isso, era um mero detalhe cartesiano e não interferia na visão.

Olhando o salão ao redor, observou as pessoas no chão. Todos de olhos fechados e concentrados na meditação, cada um contribuía com sua parte para a produção da música. Esta que, cada vez mais, mostrava-se a pedra fundamental do que experimentava. Em seguida, fixou o olhar na curandeira. Lá de baixo, sua presença irradiava uma força tão potente, que pulsava ao redor da sua silhueta. A senhorinha, pequena daquele jeito, trazia consigo um perfeito aspecto divino. Aí, percebeu algo incrível. Reparou que ela estava olhando para cima, exatamente de onde partia o seu campo de visão. Sem poder explicar sua convicção, apenas soube que ela o via flutuar metros acima, dentro do que talvez fosse só uma alucinação. Lá de baixo, ela sorriu para ele.

Após a troca de olhares, Snemed sentiu um puxão gravitacional trazê-lo para baixo. O despencar lhe causou tamanha desorientação espacial que quase caiu para o lado. Abriu os olhos e estava de novo no meio da roda. Sua razão de modo algum compreendeu o que foi aquilo. Suprimida pela própria desconstrução que sofria, nada pôde fazer a não ser ficar quieta, atenta a observar.

Com a vista embaçada, olhou para cima e viu a senhorinha lhe oferecer mais um copo. Sem se questionar se era o que queria, virou a dose, que caiu como uma bomba no estômago. Ela flagrou o seu desconforto e agachou-se para ajudá-lo a deitar.

Dominado pelo efeito da bebida, Snemed sentiu a temperatura subir e o suor escorrer pela testa. Teve a impressão de que, se mexesse um milímetro, vomitaria. Direcionou o que restara de controle para tentar domar o enjoo. Deitado imóvel na esteira, concentrou-se na respiração e, aos poucos, conseguiu distrair-se da náusea, mas que, no fundo, era só a náusea da existência.

A partir daí, o vínculo com o plano real ficou cada instante mais tênue. Do lugar longínquo onde estava agora, a sensação da consciência vaporizar aumentou até que o fundiu à trilha sonora. Diante da egrégora presente, foi abraçado pela energia que circulava pelo barracão. Ele era agora pura sinestesia. Expandiu-se até não ter ideia de onde foi parar. E a música, o único fiapo que o mantinha ainda neste mundo, ficou cada vez mais longe até que, inaudível, sumiu.

46.

Adormecido profundamente, Snemed foi posto na maca em que veio de Fajar. Sob orientações da senhorinha, dois homens o transportaram para fora do barracão e levaram-no até a parte de trás.

Após caminharem por entre árvores e vaga-lumes aos borbotões, os rapazes pousaram a maca à frente de uma cabana cônica. Na espécie de oca, minúscula, cabia apenas uma pessoa sentada e, mesmo assim, com as pernas para fora. A senhorinha, acompanhando os homens logo atrás, agradeceu-os e pediu para que se retirassem. Trazendo um jarro de água e uma vela acesa, sentou-se dentro da cabaninha, enquanto Snemed ficou deitado desacordado na parte de fora.

Agilmente, ela recolheu uns gravetos e folhas secas e pôs fogo com a chama da vela. De dentro da cabana, sacou um cesto de palha com ervas e pinçou uma meia dúzia. A seguir, pegou um recipiente feito de uma cabaça, macerou os ingredientes e fez uma pasta. Numa outra cumbuca, despejou água, molhou um pano e refrescou a cara de Snemed. Assim que o suor diminuiu, aplicou a pasta nas têmporas dele e massageou. Então, sacou um cachimbo e pôs fogo com uma ripa em brasas. Numa tranquilidade ímpar, ficou ali pitando o seu *jingo*. Por entre a fumaça que soltava, ela cantarolava, bem baixinho, músicas de algum cancioneiro africano.

Sem saber, Snemed permaneceu sob a vigília dela. Dormindo em um nível abissal, era agraciado pelo luar e pelas músicas da senhorinha, que, ritmadas pelo som de grilos e cigarras, formavam uma sinfonia bonita de se assistir.

A lua cheia finalizava o percurso a oeste, quando um feixe de claridade do outro lado anunciou o amanhecer. Interrompendo a cantoria, a senhorinha notou que Snemed acordava. Zelosa, pegou a tigela com água e refrescou a testa dele.

A partir daí, ele iniciou um longo processo de despertar. Imóvel, soltava apenas uns mugidos de quem tenta, mas não consegue superar a força do sono paralisante. Durante este tempo, foi acompanhado pela anciã que, paciente, o assistia. De novo acendendo o cachimbinho, da parte dela parecia não haver qualquer preocupação com o quanto aquilo pudesse durar.

Um pássaro piou lá em cima e Snemed abriu os olhos. Durante um ou dois minutos, como quem tenta se orientar, moveu a íris para todas as direções e viu que estava numa floresta. Com a vista confusa, murmurou:

— Onde estou? — sem nem bem perceber a quem direcionava a pergunta. A velhinha era apenas um borrão claro e vibrante à sua esquerda.

— Mantenha o silêncio! — deu-lhe uma bronca.

Snemed abriu e fechou várias vezes os olhos, até que percebeu a presença da senhorinha ao seu lado:

— Quem é você? — indagou assustado.

A senhorinha deu um pito no cachimbo e respondeu:

— Fique quieto! Você está com a sensibilidade de um recém-nascido — com a sua voz de desenho animado.

Sem saber que estava sob o efeito de uma *planta de poder*, ele acatou. Em silêncio, permaneceu deitado, observando as copas das árvores e os fractais que as ramificações dos galhos formavam contra o azul do céu. Absorvido pela visão, percebeu que a mente estava inabitada. Nada além deste instante parecia existir. Era a sensação de o tempo ter sido pausado. O peso avassalador do *agora* era quem ditava esta impressão. Tão imperativo era, que suprimia qualquer vestígio de passado ou futuro. E neste presente, absoluto, Snemed propagava-se como um *quantum* através de um feixe de eternidade.

Por outro lado, notou que isto provocava um bloqueio no acesso às suas recordações. A vivência do momento atual era tão superlativa que se ilhava em relação à continuidade da sua vida. Notou que não só não sabia onde estava, como também não sabia quem era. A ausência de memórias passadas e o monopólio do *agora* davam-lhe a sensação de que esta pessoa, deitada debaixo de árvores, sabe-se lá onde, estava ali para a perpetuidade. Assim como a senhorinha ao seu lado.

Diante disso, a razão de Snemed começou a colapsar. A falta de referência espacial, temporal e de identidade era desestruturadora. Ficou aflito por não conseguir transitar pelo seu passado. Sua memória havia se perdido.

A senhorinha, parecendo saber o que Snemed experimentava, disse:

— Muita coisa você não lembrará... — sacudindo a cabeça com um ar conformado.

Snemed ficou preocupado. Foi um comentário tranquilo demais para algo sério assim. Não conseguiria crer que estivesse com amnésia. Cavou a memória, insistentemente, como quem cava a terra em busca do ouro perdido.

Até que, após um instante de apreensão, um lampejo de identidade veio à tona. Por algum motivo que não saberia explicar, era o momento em que aterrissava no aeroporto de Los Angeles. Chegando para morar em definitivo no país vizinho, deixara o México sem dar satisfação a ninguém. Tinha 19 anos. Nem um telefonema aos seus pais dignou-se a fazer.

A seguir, assistiu a uma ordem cronológica reversa da vida pré-adulta. Recordações anteriores foram surgindo, até que reviu outro momento-chave desta época. O dia em que flagrou a mãe traindo o pai, aos 16. Ela gemia de prazer. Snemed reviveu o sabor dessa chaga edipiana.

Mas sem que a cabeça se apegasse àquilo, a retrospectiva avançou, e momentos mais antigos se revelaram. As discussões violentas entre os seus pais e avós, o desejo carnal por Íris, o jogo em que os Estados Unidos eliminaram o México da Copa, e que o envergonhou ainda mais de ser mexicano. Depois, reviveu a primeira briga com sangue pouco antes dos dez, as broncas sarcásticas do seu avô, passeios a cavalo pelos penhascos do deserto com o pai e o dia em que foi atacado por uma cobra real mexicana. Congelado ao ver o animal rastejar na sua direção, sentiu como se o réptil olhasse dentro dos seus olhos antes de dar o bote. Tinha três ou quatro anos.

Ainda dentro da cena, ouviu a sua mãe, num ar preocupado, tão nítido como se falado pela senhorinha ali ao lado:

— *Dito! Dito!* — neste apelido que ela sempre o chamou. E que Snemed sempre detestou. Sua mãe, aflita, aproximou-se e pegou-o no colo. A serpente ameaçava o filho indefeso.

Ao reviver o episódio, lembrou-se de que algum dia foi Dito. Dito, *el flaquito,* Dito, *el pequenito,* Dito, *el pobrecito,* e outros diminutivos que na infância era obrigado a ouvir na sequência da alcunha. Sentia raiva sempre que alguém pronunciava a sequência de quatro letras. Snemed reconheceu essa vida. Tão longe que nem parecia ser sua, reviu a trajetória difícil. Pôde entender o sentimento que ecoava deste passado triste. E compreendeu, também, por que partiu do México, e da forma que foi. Tinha que se livrar de Dito. Urgentemente. Era uma larva na crisálida. Era a única forma de vencer o *medo.*

Snemed voltou para a cena no aeroporto de Los Angeles. Então, notou que, a partir daí, havia uma interrupção na linha do tempo, e era onde cessava a vida de Dito. Avante na fase adulta, deparou-se com um enorme vácuo de memórias. Sentiu um frio na barriga. Em algum lugar, sabia que tinha quarenta anos, mas duas décadas de história pareciam ter evaporado.

Ele buscava uma recordação deste período, quando uma cena se desenhou. Nela, viu cinco homens sentados ao redor de uma mesa redonda, num ambiente tomado pela fumaça. Observando aqueles rostos carrancudos, todos fumando e bebendo compulsivamente, percebeu que lhe eram familiares.

O homem focal da cena gesticulava e discursava efusivamente, enquanto os demais faziam caretas e gargalhavam como gralhas. Por entre a nuvem de alcatrão, Snemed os observou e teve a convicção de que comemoravam algo. Estavam em êxtase. Vibravam de tal maneira que pareciam ter realizado algum feito extraordinário.

No entanto, uma imundice pairava no ar e deixava a atmosfera tão carregada, que parecia ser possível tocar a sordidez dos homens. Seus gestos, seus olhares e suas expressões refletiam a podridão deste simpósio.

A atenção de Snemed voltou-se ao protagonista da cena. Seu olhar profundo transmitia a soberba que carregava. Na companhia dos quatro sujeitos, o momento de comemoração o deixava inundado de proeminência.

De repente, e à medida que pormenores do cenário foram ficando mais nítidos, uma garrafa redonda com *1974* grafado no vidro foi responsável pela sinapse que o fez desvendar a cena. Em meio ao oceano de amnésia em que navegava, reconheceu o vasilhame inconfundível de *Glenmorangie Pride*. E identificou o protagonista. Este homem era ele.

Em um milésimo de segundo, toda a toxidade deste indivíduo jorrou para a superfície como um poço de petróleo. Snemed reconheceu seu passado vil. A pessoa em que se transformou ao aniquilar Dito ficou tão clara quanto o céu acima de si.

Snemed sentiu-se estarrecido com a constatação. Perceber que tinha sido aquela criança triste o fez acessar um desalento enraizado, mas que era só um matiz de arrependimento; a melancolia de quem não aproveitou direito a juventude. Ver-se na pele deste homem, por outro lado, trazia um sentimento ruim, pois estava ali vivo dentro de si. Diferentemente da infância, esquecida, desbotada pelo distanciamento temporal, saber que se transformou neste adulto lhe trouxe reflexos físicos. Sentiu como se um veneno corresse pelas veias.

A visão então se esfarelou. Tentou recolher os cacos para ver o episódio de novo, mas os perdeu. Restou apenas o sentimento amargo da estranheza de não reconhecer a si próprio.

No intervalo de silêncio interior que se seguiu, onde isso tudo era processado, ele começou a escutar um som vir de longe. Pensou que fosse alguém chegando ali perto, mas notou que o chamado era de dentro. O grito, distante e abafado, de repente ficou claro, e ele ouviu como se dito por alguém ao seu lado:

— *Ricardo Diaz!*

Snemed lembrou-se do seu nome. Este mesmo. O nome dado ao bebê prematuro, nascido no interior pobre do México, de pais casados jovens, ela filha de indígenas, ele descendente de espanhóis. O batismo foi conduzido pelo pároco da comunidade local, e o crucifixo que ganhou abençoaria o bom filho de família cristã. Para sempre, ficaria pendurado acima da cama.

Todavia, Ricardo Diaz foi um nome que nunca associou a si, enquanto viveu no México. Era um título que nunca lhe coube, que nunca lhe serviu, como uma roupa grande ou um sapato largo. E ele gostava do seu nome. Mas, ali, o tempo todo foi Dito. O sufixo detestável de Ricardito.

Snemed acessou a vida do Ricardo adulto. Cenas aleatórias mostraram em quem se transformou ao longo dos anos. Após uma chegada aventureira a Los Angeles, teve uma ascensão brilhante e, em San Francisco, alcançou suas ambições. Obstinado, de um pobre garoto do interior de Sonora, tornou-se um homem rico, culto e bem-sucedido. Era um milagre da própria lógica da sua sociedade.

Na miscelânea de episódios, pôde ver o momento em que Ricardo Diaz insurgiu. *Esto es mi nombre, carajo!*, dizia para si. Dito era uma babaquice, um apelido infantil, uma síntese de toda essa vida que quis apagar assim que pisou no país vizinho. — *Ricardo Diaz!*, bradou ao oficial da alfândega quando ele perguntou o seu nome. Ali, na imigração do aeroporto de Los Angeles, Dito foi aniquilado.

Então, a cena de antes surgiu de novo. Desta vez, foi possível perceber que Ricardo Diaz e os homens estavam na varanda do seu apartamento em San Francisco. Ainda sem identificar quem eles eram, olhou para o 1974 da garrafa e lembrou-se que dia foi esse. Foi o dia de maior prestígio da sua vida. Ricardo Diaz teve convicção de que conquistaria o mundo. Naquela noite, ele foi visitado pela *clareza*.

Deste dia, cada instante foi revivido, desde o momento em que acordava e partia para a sede da *StaatS*, pronto para cumprir a etapa final da sua estratégia. Sentado à sua mesa, finalizava o material, que os conselheiros leriam antes que se abrissem as discussões. A pauta estava clara. Vender um pedaço da companhia para a empresa suíça, *Helvetzia*.

Mas para que tudo saísse exatamente como imaginou, ele cumpriu uma agenda ardilosa. Organizou encontros com cada um dos conselheiros com chance de apoiá-lo e, manipulador como sabia ser, convenceu-os todos. Por cinco votos a dois, o *board* aprovou a venda para os europeus aglutinadores de *Big Data*. Ricardo sentiu uma glória indescritível ao ver o placar a seu favor. Nem se incomodou com o fato de estar traindo Padma. Pelo contrário. Sem a presença dele, teria condições de aplicar suas ideias indiscriminadamente. Como bônus, uma vida que pendularia entre Genebra e Califórnia.

Com riqueza de detalhes, assistiu à sua jornada até a hora em que chegou à casa de noite, com a garrafa de *Glenmorangie Pride* de 10 mil dólares. Esta maravilha, que há tempos namorava na adega do *Ferry Marketplace*, teve a sua ocasião para ser comprada.

Para a sua completa desconstrução racional, no entanto, Snemed estava certo de que tinha estado sozinho naquela noite. Até porque, individualista como era, não haveria motivos para comemorar seu feito com mais ninguém. Muito menos, compartilhar o tesouro escocês com mais quatro.

Snemed recapitulou o momento na varanda, quando os homens desapareceram e viu-se sozinho, assim como sua memória lhe dizia que foi. Sentado na área externa do apartamento, degustava o *whisky* extraordinário, enquanto fumava um cigarro. Apesar do vento gelado, o olhar se perdia no Pacífico. A *Golden Gate Bridge* ao fundo o fez reviver a glória da noite de comemoração.

Entretanto, mesmo se vendo sozinho, não deixava de sentir uma presença coletiva ali com ele. O registro mental era de ter estado sozinho, e não havia dúvidas quanto a isso. Porém, a impressão de estar à companhia daqueles quatro homens era igualmente vívida. Era a curiosa sensação de ter uma memória dupla e ambígua sobre o mesmo evento.

Snemed então abriu os olhos. Com a mesma postura de antes, estava ali a senhorinha, serena, pitando o seu cachimbo, na eternidade atemporal da sua vigília. Ao vê-lo de olhos abertos, soltou a fumaça e falou, como se soubesse o que ele acabara de ver:

— Aqueles eram espíritos maus! — arregalou os olhos.

Snemed sentiu um gelo na barriga. Compreendeu perfeitamente o que ela disse.

— Você deixou a porta tão aberta que eles dominaram tudo — ela sacudiu a cabeça num tom sério — Eles dão poder às pessoas, mas cobram preços altos. Sacrifícios enormes, a saúde, vida... — apontou para Snemed com seu minúsculo indicador — Por isso que você tentou se matar.

Snemed sacolejou ao ouvir aquilo. De forma alguma se recordava desta ocorrência. Só que eram tantas informações que lhe faltavam para constituir a cronologia daquela noite na varanda até ali, que o mistério em que se via o assombrava muito além deste fato específico. Sem mencionar a estranheza acachapante de descobrir quem era. A paz que o envolvia não tinha compatibilidade alguma com a sordidez de Ricardo Diaz. O abismo entre o homem ali deitado e o de sua visão era tão grande, que a simples ideia de serem a mesma pessoa soava ridícula.

— Por que não me lembro de nada?!

A senhorinha apontou o dedo para o lado e falou:

— Pois os espíritos maus foram exilados. E junto, as memórias em que você esteve na companhia deles — fez uma pausa para dizer com um ar alarmista — Bastará um descuido, eles voltarão vorazes como nunca. Agora, durma um pouco mais. Este é seu renascimento e só o essencial deverá ser preservado.

O corpo de Snemed concordou, mas a necessidade de saber onde estava o fez perguntar. Ela finalmente revelou:

— Estamos no Congo. Às margens do rio Congo.

— Como cheguei aqui?

A senhorinha deu uma risada e disse:

— Isso não posso contar. Você precisará recordar por si próprio — deu um trago no cachimbo — O que posso contar é que ontem *Bwiti* o convidou para dançar. Ele gostou de você, te levou para voar. Eu vi você lá no alto.

Snemed sentiu um choque correr pelo corpo. Sem saber quem era *Bwiti*, ele entendeu. E fechando os olhos, reviveu o momento em que sobrevoou a cerimônia naquele estágio de gaseificação existencial.

Mas, então, a senhorinha adotou um ar sério e, com as sobrancelhas para cima, falou:

— Enquanto você dormia, eu vi o pacto que você fez.

— Um pacto?

Ela balançou a cabeça na vertical e falou:

— Com alguém muito severo... — fez uma pausa antes de bradar com a sua voz do outro mundo — *Ogbunabali!*

A palavra saiu da boca dela e, na violência de um raio que rasga o céu, aquelas argolas de fogo cobriram a visão de Snemed. Num borbulhar desenfreado na barriga, por um milagre não sujou a roupa branca. Ele reconheceu *Ogbunabali*.

A senhorinha disse:

— *Ogbunabali* deu-lhe uma nova vida. Mas, em troca, o seu passado agora é Dele — apontou para o céu antes de prosseguir — Quando partimos, cumprimos o nosso objetivo. Presenteamos a grande águia com as nossas vivências. Mas você prometeu tudo a Ele. Suas memórias nunca alimentarão a grande águia. Ficarão para sempre com *Ogbunabali*.

Apesar do fantasioso que isto soava, dessa fábula que ela parecia estar lhe contando, deitado ao lado de uma curandeira pigmeia, numa aldeia no Congo, e ainda que não se lembrasse de seu passado recente, Snemed compreendeu que foi isto que aconteceu.

— Ainda não sei o que você deverá fazer — falou ela, como se antecipasse a pergunta que ele faria — Aguardemos uns dias. Por hora, descanse mais um pouco.

Snemed ajeitou-se na maca. A tormenta de revelações e os lapsos de memória o tinham deixado do avesso. A sensação era de ter sido desmantelado. Precisaria de dias para se remontar.

— Isso, durma — disse ela, ao vê-lo de olhos fechados — Acabamos falando muito mais do que o necessário.

47.

Snemed permaneceu na comunidade por vários dias. Perdeu a conta de quantos foram. Momentos de simplicidade extrema transcorreram em contraste total aos ainda esquecidos momentos na Torre Global. Até agora, nenhum lampejo daquela vida fora revelado.

Ao longo deste período, apesar da comunicação feita sempre por sinais, Snemed levava um convívio harmonioso com todos. De forma natural, encaixou-se na rotina da comunidade. Ajudando nas atividades diárias, fazia de tudo, desde transportar coisas e buscar água no rio, até escavar a terra para colher tubérculos. Pela distância de seus hábitos, acostumou-se com a vida de características ancestrais. Tirando um ou outro elemento, como um rádio velho e uma bateria solar, ali poderia ser perfeitamente cem anos antes.

O estômago por vezes roncava insaciável. A alimentação vegetariana da tribo parecia-lhe insuficiente. E a despeito de, dia a dia, se acostumar com isso, invariavelmente era assaltado por vontades viscerais de comer carne. Ímpeto que era, por outro lado, seguido de uma certa repulsa.

Pela manhã, Snemed saiu da cabana e viu Binga vir na sua direção. Contraindo os músculos do focinho, pôs os dentes à mostra e pareceu sorrir. Com a cauda sacudindo e o quadril rebolando, ergueu as patas da frente e andou até ele pulando com as de trás. Um caramelo e uma preta vieram juntos.

Sob a garoa fina que começava a cair, caminhou com os três cachorros até o pomar da aldeia. Esfomeado, ia em busca de alguma fruta para comer e recolher as caídas. Fazer isso antes que insetos as devorassem era crucial para o suprimento geral da comunidade.

Na companhia do trio de cães, sentia que se comunicava cada vez melhor com eles. Mesmo com a memória esburacada, sabia nunca ter tido qualquer conexão com um animal. Nem mesmo com cachorros simpáticos como estes.

Ao chegarem lá, Snemed caminhou para baixo de uma jaqueira, para se proteger da chuva que agora apertava. Observando os imensos frutos que brotavam direto do tronco, analisou a singularidade da árvore. Naquela faixa árida da América do Norte, onde sempre viveu, não havia nada parecido.

Procurando uma jaca madura, reparou que por uma delas um inseto caminhava. O percevejo, de uns três centímetros, tinha uma carapaça fina num verde azulado brilhante. As patas e a cabeça eram vermelhas, assim como as duas longas antenas, que eram ainda adornadas por pompons pretos.

Snemed aproximou o rosto para contemplá-lo. Neste instante, percebeu que sempre repudiou insetos. Para ele, não passavam de bichos asquerosos e, toda vez que via um, não perdia a chance de matar. Era uma relação de medo e ódio destes animais que nunca entendeu por que, raios, Deus à Terra os jogou. Mas ali, assistir ao ser vivo andando tranquilo pela superfície irregular da jaca foi como assistir ao próprio milagre da vida. Apesar da fragilidade do bichinho, que só com a pressão de seu dedo seria esfacelado, sua existência era tão magnífica quanto a do humano que o observava.

Ele permanecia com os olhos fixos no inseto, quando a senhorinha surgiu ao seu lado. Com seus passos sempre inaudíveis, ela pregou-lhe um susto e abriu um sorriso para proclamar:

— Dois homens da aldeia vizinha irão até os Camarões — e cravou, com um olhar sério — Você deverá ir junto. Precisamos ir já.

Sem pertence algum, a não ser as roupas que ganhou, Snemed estava pronto. Poucos minutos depois, acompanhado da senhorinha e de mais dois aldeões, os quatro partiram em direção a Mpouya, a comunidade de onde sairia o carro.

Ao longo do trajeto que demorou por volta de quarenta minutos, eles margearam o rio Congo sentido sul e chegaram. No vilarejo, em frente ao posto de saúde local, a dupla saiu em busca dos tais sujeitos, enquanto a senhorinha e Snemed ficaram embaixo de uma árvore à entrada da vila.

— Eu não conheço estes homens. Por isso, fique sempre em alerta.

Snemed sentiu um ligeiro frio na barriga. Não estava à espera de um comentário em tom de precaução. Desde que despertou ao lado dela, não experimentara nada que se parecesse com apreensão. Mas sabia que era hora de partir. Este lugar, especial, ficaria para trás. Sacudiu a cabeça e acatou a recomendação.

A senhorinha mudou o tom e continuou:

— Apesar de muita coisa você não lembrar, cedo ou tarde, tudo voltará. Quando isso ocorrer, mantenha no esquecimento. Treine a mente para isso. Aqui na África, você estará protegido da sua vida antiga. Sem os estímulos que eles querem, os espíritos maus não são atiçados. Por isso, livre-se de tudo que possa lembrar quem você foi. Revelar a alguém coisas do seu passado, então, será uma invocação imediata dos espíritos maus. Agora, você vai entender o que eu vou te contar. Quando tinha a sua idade, fugi para o Quênia. Também tive que me livrar dos meus espíritos maus.

Snemed ouviu as palavras da senhorinha como um fiel diante do vigário. Entendeu exatamente o que precisava fazer. Ficou claro que passaria por construir uma identidade do zero. Havia dentro de si uma tela em branco a ser rabiscada.

A seguir, a senhorinha olhou para o lado e viu que a dupla retornava. Apressando-se para finalizar o que tinha a lhe dizer, falou com os olhos brilhando:

— Vá sempre para o norte! Você chegará no coração da África. Eu vi você lá. Lá, algo bom irá acontecer — então fez uma cara séria — Mas, depois, haverá uma encruzilhada. Você não poderá falhar.

Os dois homens chegaram com ares contentes e um deles soltou quatro palavras naquele dialeto indecifrável.

— Tudo certo — a senhorinha tranquilizou-se — Você irá com eles.

Menos de um minuto e o barulho de um motor roncou para anunciar o *Renault* branco caindo aos pedaços que vinha pela estrada. Pelo vidro da frente, Snemed viu que dois homens também de pele preta seriam os seus companheiros de viagem.

Emocionado com a despedida, agradeceu aos aldeões e, mais ainda, à senhorinha. Ali, de alguma forma percebia o bem que estes dias lhe fizeram. Mesmo amnésico, sabia que nunca tinha experimentado nada igual.

— Boa sorte, rapaz — disse a velhinha, com sua miniatura de sorriso.

O motorista buzinou e Snemed entrou na parte de trás. Num misto de incômodo e indiferença, os homens o olharam assim que embarcou e, mudos, não disseram nada. Ele cogitou perguntar os seus nomes, mas desistiu. Sequer sabia se entenderiam inglês e não os quis incomodar.

Snemed acenou para fora em adeus aos companheiros e o motorista arrancou. Virando o pescoço para o vidro traseiro, viu a senhorinha diminuir de tamanho à medida que o carro acelerava e soube que nunca mais a veria. Sua madrinha ficava para trás.

Em seguida, deu uma espiadela nos homens na parte da frente e notou que eles eram mais altos que os pigmeus. De traços mais brutos, com bocas e narizes maiores, certamente pertenciam a outra linhagem africana.

Sentado ali atrás, apesar do desconforto do carro, logo no primeiro quilômetro, a floresta o capturou. Diante das paisagens deslumbrantes que surgiam, entrou numa espécie de hipnose. Sem se dar conta, um pertencimento à grandeza da floresta o dominou de forma tão intensa, que as desconfortáveis horas de viagem passaram indolores. Pareciam muito menos do que eram.

Assim que o sol baixou, sentiu os olhos pesarem. O minimalismo verde da parte de fora aliado ao silêncio da parte de dentro o fizeram adentrar cenas de sonhos mescladas com a imaginação. Parecia resgatar os efeitos da bebida que tomou na cerimônia.

Entre um cochilo e outro, Snemed mal percebeu e a noite chegou. Nesta hora, a fome era tanta que a barriga doía. A única coisa que comera tinha sido uns gomos de jaca no caminho a pé até Mpouya. Ali, pelas suas contas, umas dez horas de trajeto haviam sido cumpridas. Não fazia ideia, porém, de quantas mais ainda havia até o destino.

Snemed estava com a bexiga explodindo, quando a luzinha do tanque de combustível acendeu e o salvou. Assim que um posto de gasolina surgiu na beira da estrada, o motorista anunciou a parada. Abriu a porta no segundo em que o veículo estacionou e voou até um arbusto para aliviar-se.

Ao retornar, o motorista, que agora trocara de posição com o carona, virou-se para Snemed e disse:

— Vamos entrar nos Camarões — num inglês falho, mas compreensível. Era a primeira vez que falavam consigo.

Neste momento, surgiu em Snemed uma irreconhecível preocupação burocrática. Uma fronteira se aproximava e ele não tinha documento. Externou o seu receio.

O homem disse:

— Ninguém precisará.

De tanque cheio, o carro retomou a rota por uma estrada ainda mais esburacada. Em zigue-zague pelas crateras da pista, após um trecho de alguns quilômetros, o motorista da vez anunciou nova parada. Ali, uma estação tosca no meio do mato surgiu e deu sinais de que era um posto alfandegário entre as nações.

Um soldado com o fuzil na bandoleira saiu da guarita e caminhou até o carro. Apesar da presença hostil, o motorista baixou calmamente o vidro e, sem dizer nenhuma palavra, entregou algo a ele. O homem armado, numa seriedade assustadora, enfiou o que recebeu no bolso e não criou dificuldade para que os viajantes avançassem. Nenhum comentário dentro do veículo foi feito.

Snemed vibrou com a superação do obstáculo. A cena fora tão tensa para ele, que nem se lembrou do fato de não ter passaporte. Pensou nisso apenas metros à frente, quando o carro de novo parou. Desta vez, após um corredor estreito por uma mata ciliar, a parada se deu diante de um rio.

Ao som da correnteza pelo leito fluvial, um ronco de repente surgiu e uma pequena balsa se aproximou. Sob a ordem do motorista para que os dois descessem, Snemed pisou fora e viu o simpático homem de uns sessenta anos que pilotava a embarcação. O robusto senhor de pele preta, com seu motor de popa esfumaçante, atracou na margem e acenou aos viajantes. Em seguida, ele assoviou e o carro avançou para dentro, disto que era nada mais que uma jangada motorizada.

O outro homem cutucou Snemed e o chamou para embarcar numa canoa. O motorista desligou o carro e juntou-se aos companheiros. Mais um assovio e o piloteiro acelerou. Com uma corda amarrada na balsa, o barquinho com os viajantes foi rebocado logo atrás e eles atravessaram a linha aduaneira que o rio representava. Todos dentro do carro novamente, o trecho em estradas camaronesas iria começar.

O trajeto, exaustivo, seguiu bem pela madrugada, apesar das péssimas vias por onde iam. Eram inúmeros os convites a imprevistos rodoviários. Mesmo assim, revezando um com o outro, os motoristas não pararam para nada além de urinar e abastecer o tanque. Lacônicos ao extremo, contaram-se nos dedos as palavras trocadas entre eles. Sempre sem compreender o idioma, Snemed sabia que, quando algo era dito, não passava de temas operacionais ligados à viagem.

Snemed dormiu como pôde no desconforto do assento e, logo que o sol raiou, o motorista anunciou:

— Chegamos a Bertoua — revelou o nome da cidade destino, já lida por Snemed pouco antes numa placa na via.

O carro entrou no perímetro urbano e, assim que Snemed viu o ambiente de pobreza, lembrou-se de sua cidade natal. Dominada pelo tráfico e assombrada por sicários, tinha as mais altas taxas de homicídio do México. O cenário, ali, era parecidíssimo. Em vez de *latino-indígenas*, pessoas de pele preta, obviamente. A despeito de homens com fuzis empunhados ao longo do que parecia ser a avenida principal, os congoleses mantinham seus ares tranquilos. Esse tipo de coisa, a exemplo do guarda na fronteira, não os parecia incomodar.

Ele observava as particularidades de Bertoua quando uma fatalidade por um triz não ocorreu. Uma motocicleta com um homem e duas crianças, todos sem capacete, interpelou o carro, e por uma mágica não colidiram. Dentro do milésimo de segundo que antecedeu o incidente, tamanho foi o susto, que foi como se o tempo tivesse desacelerado e Snemed visse o milagre ser executado. Flagrou as mãos invisíveis fazendo a intervenção. Foi um espectador do feito empreendido por sabe-se lá o quê para salvar aquelas vidas.

Após o sobressalto generalizado, onde até os transeuntes pararam para ver o sinistro que ia ocorrendo, uma buzinada, um aceno de mão e estava tudo resolvido. Esse tipo de coisa pareceu ser comum por ali.

Menos tranquilos agora, com razão, o copiloto sacou um telefone e chamou alguém. Trocou palavras agitadas num inglês incompreensível, desligou e sinalizou para que o motorista entrasse na rua perpendicular. Ali, poucos metros adiante, o carro estacionou à frente de uma construção abandonada. Uma buzinada e de dentro saíram dois outros, ambos africanos, mas com características físicas diferentes. Com um aceno vindo de fora, os congoleses desceram do carro e Snemed os imitou.

Cumprimentos secos, mas cordiais, entre os quatro demonstraram que já se conheciam. A Snemed, entretanto, ninguém dirigiu a palavra. Ignoraram-lhe de tal forma, que teve a impressão de não *estar*. Sentiu-se invisível. Não se melindrou, porém. Adotou uma cara neutra e ficou assistindo à interação. Ver-se inserido neste cenário era tão sem nexo que parecia estar numa vida que não era a sua.

De repente, num ato de pouca naturalidade, um congolês pegou um pacote do carro e entregou a um dos camaroneses. Snemed virou o rosto, fingindo não ter visto a movimentação, mas o próprio desconforto entre eles evidenciou o aspecto do gesto.

Snemed aproveitou e foi até um arbusto urinar. À medida que se aliviava, ouviu os homens conversarem baixinho e repassou a cena. Imaginou o que foi trocado entre eles e temeu que fossem drogas ou armas.

Ao observar o medo surgir, Snemed riu, curiosamente. Examinando este sentimento infundado, irracional, viu que o medo era um mero aspecto da mente. Um estado mental. Uma ilusão que a cabeça cria para nos manter presos às teias da *Maya*. Fora que neste ponto da África, à mercê dos homens ali ao lado, abdicara do direito de se amedrontar. *Medo* era uma palavra a ser riscada do dicionário. Além disso, obrigado a nutrir uma nova identidade, os elementos ao redor contribuíam.

Era a isso que deveria se apegar, ponderou. A indiferença com que todos o tratavam mantinham-no em um anonimato perfeito. Ninguém queria saber quem era, o que fazia ou de onde vinha.

Por ali, eles ficaram papeando através daquele inglês pouco acurado, do qual nada ele compreendia. De repente, os sujeitos começaram a se despedir. Após apertos de mão entre eles, os congoleses, sem nem olhar para a cara de Snemed, entraram no *Renault* e zarparam.

Ele foi pego tão desprevenido com a partida sem satisfações, que nem conseguiu esboçar uma reação. Apenas observou pasmo o carro em que veio do Congo virar a esquina e sumir.

Ver-se sozinho nesta cidade pouco convidativa, e na companhia de outros dois desconhecidos, pinicou-lhe a barriga. Estes nem vizinhos da senhorinha eram. Ensaiava a pergunta que faria, mas um camaronês apontou para um *Fiat* cinzento do outro lado da rua e falou:

— Você vem com a gente.

Sob o convite transvestido de ordem, Snemed embarcou no banco de trás. O destino era novamente tão incógnito, que nem se deu o trabalho de divagar sobre ele. Focou na parte prática da viagem e no conforto, ali premente. Apesar de mais antigo que o *Renault*, o carro parecia melhor cuidado, não obstante lhe faltassem os retrovisores e o para-choque traseiro.

Sem demora, os dois embarcaram e o veículo arrancou. Em poucos minutos, a caravana saiu dos limites urbanos de Bertoua e, após três curvas, já estavam em nova estrada pelo meio da mata.

Passada uma hora, Snemed reparou que a segunda dupla o tratava da mesma forma que a primeira. Alheios à sua presença, sequer lhe ofereceram água quando uma garrafa circulou na parte da frente. E, de novo, observou que estar sob uma nova identidade era fácil. Sem ligação com o seu passado e sem expectativas para o futuro, ser outra pessoa era natural. O seu *eu da experiência* pela primeira vez via-se livre da ditadura do *eu da narrativa*. Sem falar que ninguém acharia estranho nada que dissesse ou fizesse. Nem ele próprio.

Na companhia de desconhecidos que ignoravam a sua existência ali atrás, Snemed novamente teve a sensação de estar invisível, de ser um fantasma. Tanto que a cabeça, imaginativa, cogitou ele ter morrido no rio Congo e que isto era a sua alma vagando pela África. Outra parte, porém, sabia que estava vivo. Vivíssimo. Infinitamente mais vivo do que nos deprimentes episódios de Dito, ou do pernicioso Ricardo Diaz. Ali, a sensação de existir era experimentada à flor da pele.

Apesar da bunda quadrada pelas tantas horas sentado, as paisagens eram sempre fantásticas. Sob o cenário de natureza pujante, a exuberância botânica o conectava com a floresta e com as coisas extraordinárias que dela surgiam. Até um grupo de elefantes ele viu. A manada rapidamente desapareceu em meio às árvores, mas foi o suficiente. Nunca tinha visto um animal destes fora da posse de um homem.

Na overdose de natureza, fechou os olhos e sentiu o ar puro entrar. Notou que, na falta de comida, isto de alguma forma o alimentava. E o enchia de tranquilidade. Pois mesmo na companhia destes fulanos, possivelmente bandidos, sentia que fluía por uma avenida pelo *tempo-espaço* imune a percalços. Era uma estrada iluminada, regida por um operador divino, onde o universo faria o que fosse preciso para manter a bem-aventurança do grupo.

Snemed adormeceu dada altura. A fome, tão avassaladora neste ponto, trouxe-lhe uma fraqueza que o fez desmaiar. Esparramando-se pelo banco de trás, roncou a ponto de incomodar os camaroneses.

O dia raiou e foi acordado por um braço lhe oferecendo *cream crackers*. Faminto, Snemed apanhou o pacote de biscoito e devorou a quantia reservada a si. Prezou a inesperada benevolência.

Aguardando o estômago sossegar, olhou com mais atenção pela janela e percebeu que o cenário havia se transformado. Demorou instantes para processar o que as vistas viam. Sem ter acompanhado o início da transição, seu nariz flagrou a mudança para o ar seco. O cenário verde, quilômetro a quilômetro, minguava.

Snemed foi observando a aridez subir, até que o cenário agreste se instaurou em definitivo. Em meio ao relevo rochoso por onde agora se deslocavam, olhou ao redor e notou que, ao fundo, parecia um deserto. O distanciamento da faixa equatorial ficava evidente.

Dentro da nova paisagem, o automóvel andou por mais umas horas até que o motorista parou e todos desceram do carro para se aliviarem. Sob os barulhos dos esguichos no solo, os três contemplaram mudos o horizonte. A natureza, quase toda mineral, não emitia um pio.

Então, um dos homens virou para Snemed e disse:

— Você ficará aqui — com cara de quem não pode fazer nada a respeito.

Ao escutar o que o sujeito lhe disse, um sentimento de desespero, irreconhecível até então, fez Snemed gelar. *Aqui, caralho?!*

O outro camaronês acrescentou:

— Ali é o Saara — apontou para o norte — Lá, gente má. Não vá — e jogou o braço para o sul — Para lá, Djamena. Boas pessoas, lá.

Sem lhe darem qualquer outra informação, os homens entraram no carro, e deixaram um aceno de mão e uma nuvem de poeira que demorou para baixar. Segundos depois, já não se ouvia o barulho do motor, mas ainda era possível ver a caravana ir embora. Até que, em meio à paisagem, o veículo sumiu. No ponto mais inóspito que alguma vez pisou, Snemed foi depositado. Por alguns instantes, o vento sibilou um som baixinho, mas depois parou. E o silêncio dali, com toda a sua força, revelou-se ensurdecedor.

48.

Snemed observou a paisagem sem perder a calma. Era inútil se apavorar com o seu abandono. Diante do efeito visual que o silêncio dali materializava, percebeu que agora não tinha ninguém para decidir por si. Era ele com ele mesmo. Como sempre gostou que fosse.

Olhou para o sul, onde estaria Djamena, mas sentiu que o norte o chamava. Não era uma voz, propriamente, mas a impressão de que lá era o lugar aonde deveria ir. Mesmo com o alerta dos camaroneses, no seu íntimo parecia ser uma escolha óbvia ir em direção ao Saara. Identificou uma trilha no solo arenoso e caminhou em direção ao deserto.

Numa sensação prazerosa de estar à deriva, Snemed foi andando, despreocupado. Nem o sol escaldante o incomodava. Apesar do cansaço, da desidratação e da fome, sentia-se leve. Principalmente porque a cada passo que dava, Ricardo ficava mais para trás. O distanciamento físico de algum modo contribuía para o afastamento simbólico.

Rememorou os episódios na Califórnia e reviu a podridão de Ricardo Diaz. A sua própria podridão. E sentiu-se em paz. Percebeu que independentemente do que ainda pudesse ser revelado, tinha renascido, se é que esta era a palavra mais adequada, incompatível com aquele sujeito. Era como se um encaixe tivesse sido quebrado. Assim como fez com Dito no passado, Ricardo seria um conglomerado de vivências a ser tratado de forma apartada da pessoa que acordou ao lado da anciã pigmeia.

Divagando pela sua metamorfose anímica, marchou por horas, numa caminhada atemporal pela quietude do terreno agreste. Sentiu-se como um asteroide pela inércia do espaço. Mais uma vez pensou ser uma alma perambulando por uma dimensão imaginada.

O sol iniciava sua descida quando Snemed surpreendeu-se ao ver a vegetação aumentar de tamanho. A gramínea rala que o acompanhava deu lugar a arbustos, até que uma faixa de mata ao fundo trouxe o verde de volta ao cenário. Caminhando pelos primeiros quilômetros de deserto, tinha chegado a um oásis.

Andando por entre árvores cada vez maiores, avistou uma rampinha de areia e começou a subir por ela. Antes de chegar ao ponto mais alto, enquanto os pés afundavam no piso fofo da duna, a beleza de um lago encheu-lhe os olhos. Cercado por praias e com dezenas de ilhotas distribuídas pela superfície, era um lugar paradisíaco.

Snemed observava atentamente os detalhes do cenário, no que foi surpreendido pela voz inconfundível da senhorinha:

— *Coração da África.*

Uma voltagem subiu-lhe pelas costas, e ele soube que estava lá. Chegara ao coração da África. Era ali. Era impossível não ser. Sobretudo, pela sensação eletrizante. Esses choques na coluna nunca o enganariam. Uma clareza diferente o fez crer que algo bom acenava para si.

Diante da paisagem exuberante, desceu até a faixa de praia e encarou o lago. Mesmo sem saber se era potável, ajoelhou-se à margem e trouxe a água à boca. A sede era tanta que parecia poder sentir as moléculas de H_2O hidratarem cada célula da boca e da garganta.

Snemed pegou um pouco mais de água, agora para molhar a testa, quando tomou um susto. Encarando o reflexo na superfície, na eternidade do milésimo entre o ver e a mente processar, não reconheceu a si mesmo. Foi a espantosa sensação de se ver dentro de outro corpo. Um baque identitário. A concepção que tinha montado de Ricardo era completamente diferente. O cabelo com topete armado, de corte em dia e arranjado com cera modeladora, estava ali despenteado e cobria a orelha. A barba, sempre afeitada, estava há dias por fazer e lhe conferia uma nova aparência. Sem falar no rosto fino, pelos sete ou oito quilos que estimou ter perdido. Então, algo lhe chamou a atenção. Diferente da estranheza que sentiu ao descobrir quem era, desta vez não houve nada ruim ao não se reconhecer. Houve alívio, na verdade. Percebeu que física e emocionalmente, não era mais o homem que bebia *whisky* na varanda.

Snemed apreciou seu momento de *Narciso*. O olhar cintilava na superfície da água, num brilho que nunca tinha visto. Pareciam dois diamantes. Ergueu-se e olhou a vastidão do lago e suas dezenas de ilhotas. Desconexas umas das outras, eram a personificação da sua memória fragmentada. Riu da metáfora. A natureza sempre arruma um jeito de comunicar esse tipo de coisa.

Diante desta joia em meio ao Saara, observou a água esverdeada do lago e as dunas ao redor. O campo energético do lugar era tão possante que parecia ser possível tocá-lo. Teve certeza de estar num local sagrado. Parou e ficou ali, contemplativo, imerso numa fenda no tempo em pura conexão com o lago.

De repente, porém, a razão incontida, farta de não poder opinar, reagiu com um alerta. Olhando para o sol, estimou que havia no máximo mais duas horas de luz. Era importante tomar uma decisão sobre a noite que chegava. Dormir ao relento não lhe pareceu viável.

Ao cair no cadafalso mental, Snemed preocupou-se. Estava há horas vagando por ali e não tinha visto nada que minimamente pudesse lhe servir de refúgio. Dentre os arbustos e árvores, não identificou nenhum alimento. Pelas tantas horas sem comer, começava a ficar fraco.

Snemed encarou a sua fome. E ao olhar nos olhos dela, entendeu que ela era outro aspecto da mente. Assim como o medo, nem a fome, nem a adversidade da noite iriam apoquentá-lo. A sensação de segurança pulsava e espantava os pensamentos que adorariam fazê-lo crer que estava em apuros. Afinal, isto era impossível. Continuava fluindo pela via expressa do *espaço-tempo* protegida pelas mãos invisíveis do universo.

A noite caía, com Vênus a meio palmo do horizonte, quando Snemed viu algo brilhar ao fundo. Vindo de longe pelo recorte irregular do lago, dois pontos de luz pareceram chamá-lo. Piscavam como se em código Morse e traziam por trás uma voz silenciosa. Um som inaudível, fora do espectro de captação do ouvido, mas que o corpo tinha outras formas de perceber.

Até que ouviu:

— *Snemed!*

Num faniquito instantâneo, levantou-se e começou a andar pela margem naquela direção. Com uma firmeza o impelindo a seguir em frente, foi por uns três ou quatro quilômetros, até que subiu por um aclive e chegou ao topo de uma duna. Lá de cima, olhou para baixo, e avistou uma massa branca grande, que logo entendeu que era um assentamento. Gelou ao lembrar-se do alerta sobre os povos do deserto.

Snemed virou as costas para sair dali imediatamente, quando ouviu um assovio. Desprevenido, paralisou onde estava e torceu para que, quem quer que tivesse assoviado, fosse embora. Só que um grito em francês veio a seguir:

— Está perdido, rapaz? — e o sujeito ligou a lanterna do celular para iluminar o ambiente.

Snemed observou o homem robusto, de pele branca e barba preta. Com seus cinquenta anos, ao menos dali, não tinha nenhum sinal de que fosse perigoso.

— Você fala inglês? — devolveu Snemed, com seu francês pouco acurado.

O homem acenou a cabeça e falou:

— O que faz aqui, jovem? Está perdido?

— Eu vim andando de lá — Snemed apontou para trás — Daí cheguei neste lago. Onde estamos?

O homem riu da pergunta que lhe pareceu estúpida e disse:

— Este é o *Lac Tchad*. Estamos na tríplice fronteira entre Camarões, Nigéria e Chade — apontou o dedo para cada país — É o último oásis antes de o Saara começar de verdade.

Snemed admirou-se ao saber que estava em um lugar tão relevante da geografia e que fugia de seu conhecimento.

O homem continuou:

— A esta hora, melhor você passar a noite aqui. Diria que você não tem outra opção — ofereceu um aperto de mão — Prazer, meu nome é Omar Menad. E você é...?

Ao ouvir a pergunta, Snemed foi pego de calça curta. Simplesmente, não tinha uma resposta para dar. Até agora, não se atribuíra nenhum nome. Dito e Ricardo Diaz eram outras pessoas. Já não era nem um nem outro.

Só que em meio àquele centésimo de segundo, precisamente para não passar por louco, ele tinha que soltar a informação básica. E já. Então, o tempo pareceu parar e lembrou-se de uma coisa. Em algum momento na viagem de carro, a palavra em latim *demens* surgiu na cabeça. Com ela ecoando ali dentro, como se estivesse lhe provocando, certa hora leu-a de trás para frente e um troço diferente correu pelo corpo. Parecia uma sonoridade oculta, uma espécie de *abracadabra*, e que invocou algo no seu âmago. Algo que, suprimido pela própria inexistência prática, urgia para se manifestar. *Snemed!* Foi o que ouviu ao ver os dois pontos de luz ao entardecer, no chamado que o trouxe até ali.

Só que, sinceramente, esta explicação estapafúrdia seria irrelevante a partir de agora. E ninguém, nunca, iria saber disso. Pois ali, diante de um desconhecido, e tendo que ter um nome que não queria ter que ter, respondeu:

— Snemed — apertou a mão de Omar.

O homem abriu um sorriso, enquanto Snemed analisava o nome sem cabimento que havia escolhido para si.

— Snemed?! — questionou curioso — É sobrenome?

Diante da pergunta, uma voz de dentro berrou histérica:

— *Ricardo Diaz!* — fazendo força para sair pela boca.

Mas ele sabia o que significava o grito desesperado. Por isso, de forma implacável, o calou. Suprimiu esta voz para que não se manifestasse. E na presença de Omar e de cinco dromedários, batizou-se a si mesmo, sem padre, sem água benta, sem crucifixo ou qualquer outra formalidade da cerimônia cristã:

— Snemed — sacudiu a cabeça — Pode me chamar de Snemed.

49.

Na manhã seguinte, Snemed despertou com um sonho fixo na cabeça. Diferente do usual, quando imediatamente o esquecia, este pôde ser recapitulado várias vezes, do começo ao fim, naqueles prazerosos instantes antes de acordar.

Ali mesmo no Lago Chade, viu-se numa atmosfera permeada por um silêncio descomunal. Nada ao redor produzia som. Era como se andasse por uma Terra estática, inabitada, só sua. Mesmo com o sol no zênite, não fazia calor. Na verdade, havia uma temperatura fresca, explicada talvez pela vegetação densa ao redor. A mata era mais presente do que a que tinha visto acordado, e o lago não sofria com a aridez. Até as ilhotas haviam sumido, pela maior profundidade da água. Parecia uma versão do Lago Chade de séculos atrás, antes do avanço tenaz do deserto.

Sentindo uma desidratação tão severa, como se a pele estivesse prestes a trincar, Snemed caminhou até a margem do lago. Ficou de cócoras para buscar a água e quase caiu para trás. Olhou para as mãos, os braços e o peito, e viu que estava coberto por escamas negras.

No entanto, nem pôde alongar sua perplexidade. Virou a cara e avistou dois olhos o espiando. A uns trinta metros de onde estava, uma mulher ruiva brilhou no seu campo de visão. Com a pele vermelha, como se estivesse ensanguentada, ela o observava num misto de fascínio e pavor.

Ao perceber que tinha sido notada, a mulher virou as costas e saiu correndo desesperada. Snemed desistiu da água e partiu em direção a ela. Dominado por um ímpeto incontrolável, como se sua sede fosse pelos cabelos dela, acelerou o mais rápido que pôde, sem nem saber por que, como um inseto que voa em direção à luz.

Na marcha desvairada em que ia, sentindo-se galopar como um cavalo, chegou a um descampado e, neste instante, a silhueta dela começou a encolher contra a luz do sol. Aumentou o ritmo para ir atrás dela, mas sempre que chegava a este ponto o sonho começava de novo. Até que tudo se extraviou.

Zonzo pelas tantas horas de sono, Snemed espreguiçou-se e notou a profundidade que tinha dormido. Após duas noites se digladiando na parte de trás de um automóvel, o conforto do chão maleável de areia foi revigorante. Ficou ali, na horizontal, se esticando até não poder mais.

De repente, numa marcha afobada, Omar entrou na tenda onde Snemed foi hospedado. Apesar da tranquilidade que o homem mostrou na noite anterior, algo o deixava vermelho, numa aflição contida. Todavia, fingindo que nada de extraordinário se passava, buscou um sorriso e disse:

— Tenho uma proposta para você, rapaz.

Snemed abriu o zíper do saco de dormir emprestado e ficou de pé para ouvir o que ele tinha a dizer:

— Um membro do meu grupo se feriu e teve de ser levado a Djamena — revelou o que o preocupava.

Snemed não soube o que dizer. Fez apenas uma cara compadecida e Omar prosseguiu:

— Meu grupo e eu partiremos pelo Saara e preciso de um substituto — e o encarou — Quem sabe você não foi trazido aqui por uma razão?

Snemed riu ao ouvir aquilo e escutou:

— Mas é a trabalho! Um duro trabalho, aliás. É a organização da logística, ajudar no comércio e, sobretudo, cuidar dos dromedários. Morrer um homem na travessia é ruim. Morrer um dromedário é uma tragédia! — deu uma gargalhada — Só que o pagamento é bom. E quando chegarmos à Argélia, você receberá o que é devido.

Snemed não quis demonstrar alegria, mas isso era perfeito. Além do dinheiro, teria mais momentos com desconhecidos, absolutamente propícios para desenvolver o teatro de *Snemed*.

Já a sua razão, incrédula com a possibilidade que se abria, arrumou espaço para impor uma preocupação, ao relembrar-lhe da falta de documento.

Omar fechou a cara, mas com um ar condescendente falou:

— Não é o ideal, mas o risco é pequeno. O que podemos combinar é que, se houver prejuízo para livrá-lo, será descontado do pagamento. E se dinheiro não resolver — fez uma cara séria —, você fica para trás.

Snemed olhou para Omar, Omar olhou para Snemed e falou:

— O que você me diz?

Snemed novamente sentiu aquele arrepio na coluna ao olhar nos olhos de Omar. O homem era um autêntico *habib*. Tê-lo encontrado era um brinde do destino. *Lá, algo bom irá acontecer*, lembrou-se das palavras da senhorinha. Ofereceu a mão a ele. E como um bravo guerreiro a postos para a batalha iminente, cravou:

— Pronto para partir a qualquer hora.

50.

Uma hora depois, acompanhado de quatro desconhecidos e cinco dromedários, Snemed sentiu uma forte emoção ao ver a viagem pelo Saara começar. Sabia que seria um embate constante contra a desidratação e o calor brutal.

Pouco antes, enquanto cruzavam o rio que servia de fronteira entre Camarões e Chade, Omar introduziu Snemed aos integrantes da expedição. Depois, em particular, explicou uma das funções do trio:

— É por precaução, mas sempre um deles estará armado. Já vi cada coisa no deserto que você não acredita — e revelou ainda que os três trabalhavam para ele.

A seguir, Snemed ficou sabendo que o grupo era de argelinos. Cada um de uma cidade, mas todos nascidos no país destino da caravana. Num impulso, que felizmente foi contido, por pouco não revelou que era mexicano. *Ainda bem*, depois pensou. Não só a informação era irrelevante para os demais, como seria um rótulo totalmente dispensável a ter que carregar.

Na marcha vagarosa dos dromedários, uma coisa então lhe chamou à atenção. Nabil, um dos argelinos, era muito parecido consigo. Apenas um pouco mais esguio, com o rosto fino e olhos profundos. De resto, do ponto de vista genético, sua ascendência *moura-espanhola* o fazia ser quase um clone daquele norte-africano.

Snemed divagava sobre isso, quando Omar aproximou-se para falar:

— Aqui no Chade andaremos por áreas inabitadas. Não temos que nos preocupar com documentos. Em Níger, também. Só na Argélia é que talvez precise. Mas lá, com todos nós em casa, é mais fácil resolver qualquer problema.

Snemed tranquilizou-se com a explicação. Em seguida, ia fazer perguntas sobre o trajeto, mas decidiu ficar quieto. Dizer por dizer, a partir de agora, era desnecessário, concluiu. Não tinha por que revelar os seus anseios a estes desconhecidos. E definiu uma diretriz. Continuaria com a sua discrição calculada para evitar despertar qualquer curiosidade nos demais. Faria de tudo para se comportar como um homem invisível.

Horas depois, Omar novamente aproximou-se de Snemed e apontou o indicador para oeste:

— A gente poderia ter contornado o lago pelo outro lado, mas entraríamos na Nigéria, e a chance do *Boko Haram* nos pegar seria grande! — riu a sua risada gorda — Aqui é mais longo, mas entraremos em Níger, onde não há ninguém. Devemos chegar à fronteira em três dias.

No ritmo monótono dos dromedários, os dias correram e o grupo concluiu o trajeto pelo primeiro país do itinerário. Uma fronteira invisível, estabelecida em algum lugar do deserto pelo capricho do Homem, foi cruzada sem que ninguém saudasse a sua inutilidade.

Nesta tarde, pouco antes do sol se pôr, o grupo parou em um lugar aleatório do deserto, como também foi feito nos outros dias. A hora de descansar chegara, mas, mais do que isso, era hora de rezar. Snemed logo entendeu que era isto que determinava o cessar da marcha.

Tirando a carga de cima dos dromedários para que descansassem, Snemed arranjou a bagagem coletiva, formando um pequeno acampamento. De forma organizada, ajeitou os pertences do grupo num capricho que fez Omar o parabenizar:

— Muito bem, rapaz! O deserto valoriza esse tipo de atitude — sacudiu a cabeça em aprovação.

A seguir, os argelinos estenderam seus tapetes e reverenciaram a divindade muçulmana. Já Snemed, como fizera das outras vezes, deitou-se no saco de dormir e, de olhos fechados, meditou com eles.

Assim que o momento terminou, Omar falou:

— Estou com uma fome do diabo! Hoje merecemos charque.

Ele sacou um embrulho e tirou uma lasca de carne seca para a boca. Satisfeito, passou aos demais. Snemed pegou um naco e ficou ali mascando aquele chiclete salgado e fibroso. O alimento lhe causava um certo asco, mas o corpo, esganado de fome, apenas se saciava com os aminoácidos repondo as reservas em escassez. Após minutos para engolir o pedaço de cordeiro, o cansaço era tanto que nem viu o sono chegar. Desmaiou no bivaque. Antes disso, lembra-se de ter formulado um pensamento. Este início tinha deixado algo claro. Não havia garantia nenhuma de chegar vivo ao outro lado do Saara.

51.

Vinte dias idênticos por solo nigerense e a caravana chegou a um assentamento. Trazendo uma novidade para os dias sempre iguais, ali o grupo buscava sobretudo recompor o estoque de água e comida. Com o sol a um palmo do horizonte, ainda restava algum tempo de luz.

Ao aproximarem-se dos grupos que ocupavam o lugar, Omar avistou dois homens e, de cima do dromedário, cumprimentou-os efusivamente:

— Esses quatro são o meu exército — enalteceu os membros do grupo — Sem eles não sou nada!

Na borda do perímetro povoado pelos nômades, a caravana se estabeleceu, firmando solo a uns vinte metros dos demais. Era mais ou menos a distância entre todos ali, ao redor de uma área comunitária onde as pessoas se reuniam para conversar e partilhar fogueiras. Muitos faziam refeições, sentados em grandes tapetes ou banquetas improvisadas.

Pelo cansaço generalizado e pela penumbra, Omar recomendou que ninguém andasse pelo local. A determinação valia até o dia seguinte, quando faria um reconhecimento para se certificar de que ninguém ali ofereceria risco ao grupo.

— Dificilmente haverá — finalizou, tranquilizador.

Na manhã seguinte, após um longo momento de preguiça, Snemed olhou ao redor e nenhum argelino estava ali. A esta altura, já acostumado a ser o último a acordar, sabia que, antes de o sol nascer, todos pulavam de seus sonos para se curvarem a Alá.

Snemed finalizava os alongamentos matinais quando Omar apareceu:

— Hoje, tire o dia para descansar. Nas próximas semanas, você sentirá falta de momentos como esse — e apontou para o assentamento — Quando quiser, pode dar uma volta por aí. Todos gente boa.

Snemed gostou da notícia. Mas, gostando mesmo da sugestão de repouso, montou uma tenda com as bagagens e uns panos e, na sombra formada, deitou-se para proteger-se do sol. Ali dentro, no conforto que encontrou, entre cochilos e espreguiçadas, dada altura olhou para fora e o dia estava no fim. O cansaço acumulado era tanto que as horas voaram.

Curioso para ver o que se passava por ali, decidiu dar uma volta pelo assentamento. Aproximando-se da área comum, viu que o lugar era uma espécie de entreposto comercial. Pessoas vindas de diversos lugares, e com destinos variados, cruzavam seus rumos neste ponto do Saara para trocar mercadorias. Andando sem olhares de desconfiança, pôde ver que os escambos ocorriam com aparelhos celulares, *notebooks*, antenas e baterias solares, até alimentos, artigos para higiene, roupas, passando por acessórios, joias, ouro e prata. No caso do seu grupo, tapetes para reza eram a maior parte da carga e seriam ofertados em troca de água e comida.

De repente, Snemed avistou Nabil caminhando a uns cinquenta metros de onde estava. Sustentando certa tensão no andar, ele se aproximou de um grupo de beduínos. A seguir, suprimindo a preocupação e, agora sorrindo, acenou para um dos homens e pareceu iniciar uma transação. O sujeito entrou na sua tenda, ficou lá por um tempo e voltou com um pacote grande na mão, trocado por um pequeno.

Fingindo olhar para o céu, Snemed observou-os de esguelha e ficou ressabiado, ao notar a pouca naturalidade dos gestos. Sua razão, sabotadora, logo quis fazê-lo crer que se juntara a um grupo de contrabandistas, ou coisa pior. Francamente, era improvável seu grupo não ser algum tipo de bando.

Ao pensar isso, Snemed riu da sua preocupação. E por novamente projetar seus receios nos companheiros de viagem. Abdicara do direito de temer. Já deveria saber disso. Ou melhor, sabia, mas às vezes esquecia. Ademais, cultivando sua invisibilidade, estava alheio às questões comerciais do grupo. Isto não era problema seu. Com as tarefas ligadas aos dromedários, contribuía para o coletivo sem atrapalhar sua diretriz individual.

Olhando para o sol poente, lembrou-se de que hoje era dia de dar água e comida aos bichos. Apesar de conseguirem ficar semanas sem nada, Omar defendia o máximo de zelo. E a esta altura, apreciava de verdade a tarefa. No fundo, era porque percebia o evento interessante que ocorria. Os animais vibravam quando se aproximava com o pouquinho de água e alimento que lhes era reservado. Pareciam sorrir.

    Snemed achava cada vez mais graça nestas caras, que, apesar de antes iguais, eram agora absolutamente distintas. Era capaz de reconhecer cada uma delas. E apesar dos dromedários cheirarem mal, fazia ainda um cafuné no topo de cada cabeça após entregar o alimento. Mesmo com a mixaria que lhes dava, os animais se hipnotizavam com sua presença. Observavam-no com tamanha fixação, que pareciam querer agradecer a benevolência, embora não pudessem falar. Voz era apenas um obstáculo biológico; algo de que a evolução lhes privou. Nesta relação, sem que houvesse um diálogo propriamente, sentia que falava com os bichos. Aliás, entre ele e os dromedários havia uma comunicação muito mais clara do que com os outros três argelinos.

    Assim que a última língua pegou o naco final da cenoura, ele se deu conta de algo que o envergonhou. Percebeu que sempre enxergou este tipo de mamífero como meio de transporte. Mão de obra animal a serviço do Homem. Para ele, cavalos, camelos e até elefantes eram veículos com patas. Ali, porém, procurou não se apegar a isso. No deserto, seria impossível sobreviver sem o esforço deles. Ao menos, estava fazendo o mínimo que deveria, alimentando-os e tratando-os bem.

    Snemed amarrou os animais num pedaço de madeira fincado no solo e deitou-se ao lado. Na companhia dos dromedários, viu o sol se despedir em mais um dia sobrevivido; o vigésimo terceiro, segundo suas contas. A bola de fogo desaparecia pelo horizonte de areia quando algo lhe disse que esta cena lhe era familiar. Desconfiou serem episódios de Ricardo Diaz, talvez de Dito. Com a memória desfalcada, ficou sem entender de onde veio a impressão.

    A noite se estabeleceu e os argelinos voltaram da área comum, onde rezaram sob a presença do imã que estava no assentamento. Snemed, por sua vez, contemplando a vastidão do céu estrelado, refletia sobre a pessoa que surgiu ao entrar naquele *Renault* em Mpouya.

A seguir, relembrou a hora em que, nervoso demais com a abordagem de Omar, batizou-se de Snemed. Rindo por dentro, olhou para a miríade de estrelas no céu. Espaçadas umas das outras, apesar da distância incomensurável entre elas, do alheamento completo, no conjunto formavam a *Via Láctea*. Na noite sem lua, era perfeitamente possível ver o esbranquiçado dos bilhões de estrelas irmãs do sol formando o disco galáctico. Viajando pela imensidão daquilo, pôde ver um "S" formado por constelações. *Snemed...*, disse baixinho e riu desta idiotice sem igual.

Então, foi tomado por uma vontade indomável de rir. Levado por uma enxurrada de graça, que veio na força de uma *cabeça d'água*, contorceu-se em cima do saco de dormir. Altíssimo, como um demente, gargalhou de forma incontrolável.

— Está tudo bem aí? — perguntou Omar, com uma risada no fim.

Snemed puxou fôlego, com os punhos cerrados para conter o afã, e pediu desculpas. Disse que tinha se lembrado de um amigo engraçado, e Omar disse:

— Depois quero ouvir essa história! — e riu de novo.

Em seguida, Omar deu boa noite ao grupo e, em uníssono, todos devolveram o cumprimento.

— Boa noite — disse Snemed, por último.

O silêncio voltou sob a noite estrelada, mas ele não conseguia cessar o riso interno. O que era natural. Era um riso de leveza, um riso de alívio. Pois ali assimilava algo determinante. Ao se apresentar a Omar como Snemed, Ricardo Diaz foi aniquilado.

52.

Cem dias de viagem e o peso da jornada ultrapassou o insuportável. O cansaço no rosto dos cinco denunciava a mazela que sofriam. Marchavam pelo deserto, mas era como se marchassem pelo inferno.

Pela manhã, Snemed tirou a camisa e deu de cara com as costelas salientes na caixa torácica. Estava cadavérico. Ninguém se safava da desfiguração. Até Omar notava-se mais magro. E o trecho que começava era o mais temerário da rota. Após cruzarem o parque *Tassili N'Ajjer*, um longo trecho de água restrita se iniciaria. Tinham ainda mais umas semanas de Argélia pela frente.

Sob a inclemente artilharia solar, os homens começaram a ser trucidados não era nem dez da manhã. Snemed esturricava como uma carne esquecida no forno. O dia se previa insuportável. Perguntou-se se teria forças para sobreviver à jornada.

Numa vontade de jogar a toalha, tudo subitamente pareceu desmoronar. Sem forças sequer para soltar uma frase de socorro, os dedos começaram a formigar e uma coceira envolveu as mãos. Como se algo que devorasse a pele, aquilo subiu pelos braços e, de repente, estava possuído por uma sarna da cabeça aos pés.

Tentando como dava para não cair da corcova, olhou pela estreita fresta entre as pálpebras e viu no horizonte uma torre espelhada e cinza. Dissonante do cenário de areia amarela, quase a reconheceu. Snemed abriu e fechou os olhos, mas o bloco de vidro e concreto continuava ali intacto. Tinha impregnado o seu campo de visão. E esta torre trazia consigo um realismo assustador. Não só parecia mesmo estar lá fora, como parecia mais ainda estar ali dentro dele.

A despeito disso, com o que lhe restava de capacidade mental, compreendeu que era uma miragem. Em meio àquele ponto do Saara, não tinha como não ser. Era a desidratação lhe causando alucinações, e elas logo desapareceriam.

Enquanto aguardava isto acontecer, um impulso neuronal certeiro decifrou a imagem. Snemed abriu os olhos o máximo que pôde e lembrou-se da vez em que viu esta massa vertical no horizonte.

— *Tour Global* — ouviu numa voz desconhecida, mas que a seguir entendeu que era do Sultão Ibrahim Said Al-Mothaz.

Como uma comporta que estoura ao não conter a pressão interna, um turbilhão de memórias foi liberado e chegou varrendo tudo. Aquela vida, esquecida, revelou-se e o inundou com seus episódios. Snemed reconheceu a Torre Global.

Assustado, procurou se distrair com a paisagem ao redor, mas as cenas disparavam na sua direção como lanças. Apesar da cadência lenta em que ia, a impressão era de estar num trem-bala. Omar e seu dromedário *espaguetificavam-se* como se bailassem num disco de acreção, alongando-se como centopeias, numa distorção espacial realíssima. Snemed sentiu como se despencasse dentro de si por um precipício, embora também visse a si mesmo de fora, parado, inerte, exatamente onde estava. Ele não sabia, mas havia chegado ao seu horizonte de eventos.

Ao perceber que seria impossível lutar contra o que quer que isto fosse, e obviamente sem medir o prejuízo, reclinou o pescoço para o sol e o encarou. Implorou para que aquilo cessasse, como se suplicasse a *Rá* para que o livrasse de *Anubis*. Só que, na tentativa desesperada, fritou o globo ocular.

Com o golpe na vista, Snemed viu tudo sombrear. Numa fração de segundo, o breu tomou o ambiente, e os ouvidos se entupiram num zumbido que tapou o som de fora. Então, na calada da escuridão, sentindo andar na velocidade da luz, duas argolas de fogo irromperam o cenário negro e trouxeram consigo aquela voz que conhecia muito bem:

— *Todo esto es real, mexicano!*

Ao ouvir estas palavras, Snemed teve um apagão fulminante. Como uma árvore que rui com um raio na copa, despencou na areia da duna por onde passavam. Quase foi atropelado pelo dromedário que vinha logo atrás.

Sob um comando preocupado de Omar, Nabil imediatamente pulou do animal, enquanto outro argelino pegou água e despejou num pano. Snemed recebeu o tecido molhado na cara e, após alguns instantes de apreensão entre todos, recobrou os sentidos.

— Você está bem, rapaz? — perguntou Omar lá de cima, preocupado — Aguenta firme que ainda tem quatro semanas — riu com uma pitada de tensão.

Com a ajuda de Nabil, Snemed ergueu-se e escalou o dromedário. Ajeitou-se na corcova e, vendo que a pressão se restabelecia, fez um sinal afirmativo com a mão. O susto havia passado e a viagem poderia ser retomada.

Apavorado, Snemed tentava esquecer o que viu antes de desmaiar. Mas era impossível. Eram dezenas e dezenas de lembranças para assimilar. E havia uma curiosidade mórbida para conhecer tudo aquilo. Sua vida na Torre Global chegou como um furacão repleto de som e fúria. A senhorinha avisou que isto aconteceria.

— Esse sol não está fácil — comentou Omar — Fiz umas vinte travessias dessas e, na primeira, desmaiei três vezes. Tiveram certeza de que eu não aguentaria. Mas o corpo se acostuma.

Snemed nem ouviu o comentário. Focado na sua batalha, resistiu até o crepúsculo ser anunciado numa faixa amarela no céu. Assim que o sol esteve prestes a se pôr, o grupo parou e firmou solo num lugar qualquer. Finalmente era hora de rezar.

Chegar vivo a este momento pareceu um sonho. Em silêncio, fez uma prece a todos pelo apoio que lhe prestaram neste dia devastador. Enquanto os companheiros se curvavam em seus tapetes, Snemed embrulhou-se no saco de dormir. Comeu três tâmaras e abriu mão do pedaço de carne seca. Não teria forças para mascá-la.

Ao cerrar a vista, Snemed reparou que o sol havia deixado uma marca na sua córnea. Na escuridão das pálpebras, a queimadura ficava evidenciada.

De olhos abertos era uma mancha preta e amorfa; com eles fechados, um mosaico circular brilhante. Era uma mandala em forma de diamante, que cintilava como se aquele sol que quase o cegou lançasse luz sobre ela.

Então, a imagem adquiriu contornos tridimensionais e um rosto feminino se desenhou acima. A mulher, que logo reconheceu de sonhos, manifestou-se com seu cabelo laranja. Com a pedra preciosa no pescoço como um colar, os detalhes do seu corpo se revelaram a seguir.

Snemed foi enfeitiçado pela presença dela. A mulher balançava o quadril, com os braços esticados para o lado, serpenteando-os como se imitassem ondas. Linda, irradiava uma energia apaziguadora, que durante alguns segundos o curou do esgotamento. Foi um raro instante de conforto.

Mas, em seguida, um sentimento estranho aniquilou a sua paz. A imagem feminina incompreensivelmente provocava-lhe agora uma tristeza profunda. Um inexplicável vazio no peito. Tentou recordar-se dela, entender o que ela fazia na sua cabeça, mas nada. Abriu os olhos e a mulher sumiu. Com a queimadura na córnea, restou-lhe o enigma e uma aflição esquisita que o fez custar a dormir.

53.

O grupo chegou enfim ao último dia de viagem que contava com os dromedários. Depois de quase quatro meses pelo deserto, os homens retomavam contato com a civilização.

Cada qual em cima de uma corcova, todos comemoraram em voz alta quando uma cidade brotou na linha do horizonte. Snemed até se questionou se era uma miragem, mas desta vez não era.

— Essa é Ouargla — explicou Omar a Snemed — Nasci aqui. Morei até os vinte. Conheço todo mundo, poderíamos ficar bem instalados, mas não podemos perder tempo. Ficaremos só até arrumar um carro. Daqui até o litoral seria impossível ir com os animais.

Omar sacou um pacote de pano e, depois de desembrulhar as camadas de tecido, brotou dali um telefone celular. Assim que a tela de cristal líquido acendeu, abriu um sorriso para gritar:

— Ligou! — e colocou-o na orelha.

Em instantes, Omar falou num francês rápido com o outro lado da linha algo que Snemed não compreendeu. O homem deu gargalhadas, demonstrando alegria ao falar com a pessoa, e desligou contente:

— Dromedários vendidos! — bateu com as palmas das mãos num estalo — Consegui também o carro.

Entrando nos limites urbanos da cidade, os cinco estacionaram os dromedários à sombra de um grupo de palmeiras. Sentados em cima das bagagens no solo, aguardavam a chegada do amigo de Omar, que seria o comprador dos animais.

— Olha como é o destino. Esse amigo precisava de quatro dromedários e já lhe arrumei logo cinco — riu sozinho. Omar parecia sempre se bastar.

Virando o rosto para o lado, Snemed viu a cabeça de um dromedário se aproximar a centímetros da sua. Ao pensar no destino que eles teriam, envergonhou-se de outra convenção dos humanos. Além de meios de transporte, animais eram mercadorias. Após saírem vencedores em batalhas milenares de evolução e sobrevivência, toda linhagem do *Camelus dromedarius* seria ali, naquele momento, reduzida a simples moeda de troca. *Que desaforo...*

Snemed devaneava sobre o paradigma do Homem em relação aos semoventes quando Omar falou:

— Espero que ele não demore — enxugou a testa encharcada — Assim que estiver tudo certo, partiremos. Como tivemos sorte de resolver isso rápido, quero o quanto antes chegar ao litoral.

Cinco minutos depois, uma buzinada fez Omar dar um grito de alegria. Era a felicidade de rever o amigo que chegava. Assim que o homem desceu do carro, um abraço saudoso denunciou o tempo que não se viam.

— Sete anos? — falavam em francês.

— Pelo menos! — respondeu o recém-chegado.

Após o reencontro, o sujeito introduziu o companheiro que veio junto e todos trocaram apertos de mão. Snemed, por sua vez, vibrou ao ver que o carro era um *SUV*. Grande e confortável, acomodaria bem os cinco.

Em seguida, reparou em algo com o que, a esta altura, até já tinha se acostumado. Assim como Nabil, o amigo de Omar era também muito parecido consigo. Um era versão do outro, porém este um pouco mais baixo, com o rosto mais redondo. Se contassem que os três eram primos, ninguém duvidaria.

Ao reparar nisso, Snemed teve a certeza de estar na região berço de sua linhagem. Certamente seus genes dominantes foram desenvolvidos, ou pelo menos maturados, nesta região. Era uma afinidade racial que nunca sentiu no México, com predominância indígena. Então, pensou numa coisa. Percebeu que poderia perfeitamente se firmar ali. Melhor ainda no litoral. Com a compleição de um argelino, pelo menos até abrir a boca, seria questão de semanas até se mimetizar. Tinha só que melhorar o francês.

— Meu caro, precisamos partir — disse Omar ao amigo, após dez minutos de conversa — Queria relembrar nossas aventuras, mas temos que estar amanhã cedo em Orã.

Com acenos de mão e um forte abraço entre os dois camaradas, os cinco viajantes deixaram os dromedários. Trocados pelo carro e mais um tanto de dinar argelino, os animais estariam agora sob custódia do amigo de Omar. *Que os trate bem...*, pensou Snemed, numa estranha nostalgia ao olhar para os bichos em despedida.

Snemed caminhou até o automóvel e deparou-se com o seu reflexo no vidro fumê. Após meses sem se olhar no espelho, assustou-se ao ver-se magérrimo. O cabelo batia no ombro. A barba densa e volumosa descia um palmo para baixo do queixo. Estava irreconhecível até para si mesmo.

Antes que alguém notasse o seu momento, abriu a porta e sentou-se no meio do banco de trás. Deixou os melhores lugares aos outros. Com um argelino de cada lado, Nabil assumiu o volante, enquanto Omar foi no carona.

Apesar de espremido por dois homens com meses sem banho nas costas, o momento em que sentiu o ar-condicionado gelar foi orgásmico. Nem se lembrava da última vez em que desfrutara dos benefícios desta grande invenção do ser humano.

— Está apertado aí? — perguntou Omar, virando-se para trás, mas claramente se direcionando a Snemed, que sorriu e disse:

— Não consigo imaginar nada melhor do que isso.

Em seguida, Omar desceu o vidro e acenou pela janela para o amigo, que ia com os animais pelas rédeas. Nabil deu uma buzinada e arrancou com o carro pela estrada que saía da cidade.

Num suspiro aliviado, Omar soltou vibrante:

— Quinze horas e estaremos na praia! — virou o pescoço para falar a Snemed — E no final, você conseguiu. Não falei que o corpo se acostuma? O ser humano tem uma capacidade incrível de calejar — gargalhou.

Pela última faixa de clima árido até o mar, os homens seguiram pelas estradas argelinas. Snemed, por sua vez, maravilhava-se com a comodidade que era andar de carro. A velocidade em que as paisagens passavam era uma antítese do ritmo lerdo dos dromedários. Eram extremidades opostas do espectro de dilatação do *espaço-tempo*. Depois de meses literalmente *camelando*, os minutos de automóvel pareciam segundos. Riu da constatação. Um carro, por pior que fosse, era incomparável a qualquer animal. Não havia nenhuma vantagem do último em relação ao primeiro. Sem mencionar a falta de respeito com os bichos ao fazê-los ir para onde provavelmente não iriam.

Pela estrada, num deserto agora mais rochoso do que arenoso, a noite chegou com Snemed desmaiado. Salvo Nabil, que devorava cada quilômetro da estrada, todos os outros se escoravam nas janelas como podiam para recarregar as energias sugadas pelo Saara.

Horas depois, Snemed despertou ao sentir o corpo desmoronar à direita. Abriu os olhos e viu que amanhecia. Olhou ao redor e deu-se conta de que ninguém estava dentro do carro. A caravana tinha parado para que os demais rezassem.

Com a vista embaçada, ergueu o dorso e viu pela janela os homens ajoelhados nos seus tapetes. Enfileirados um ao lado do outro, curvavam-se ao sol, cujo primeiro jato de luz surgia no horizonte.

Neste instante, reparou melhor onde o carro estava parado e deu-se conta da paisagem surpreendente do lado de fora. Estavam no alto de uma montanha. Pela janela, observou a cadeia rochosa que o circundava. Dentre os cumes espalhados, viu até um pico branco de neve. Puxou na cabeça o mapa da África e não fez ideia de onde poderiam estar. Não sabia que havia vales nevados perto do deserto.

De repente, como se abreviasse o seu ritual, Omar finalizou a prece e, a passos largos, voltou ao refúgio da cabine. O trio, compenetrado, permaneceu na reza a despeito do vento que assoviava nervoso do lado de fora.

— Mais um pouco e estamos em Orã — Omar esfregou as mãos — Estou maluco por uma cerveja!

Snemed demonstrou surpresa ao ouvir a vontade do homem. Já Omar fez uma careta engraçada e apontou para os três ali fora:

— Que eles não me ouçam! — um riso curto — Nenhum deles bebe e nem pode saber.

Snemed balançou a cabeça, demonstrando que o segredo estava seguro, e Omar continuou:

— Estamos em Djurdjura. É o pedaço argelino da cordilheira de Atlas — apontou o dedo para a janela esquerda —, que começa lá no Marrocos e vai até a Tunísia — desenhou uma linha imaginária de um lado para o outro — Devemos estar a uns dois mil metros de altitude. Aqui é bonito demais.

Snemed concordou com Omar, que continuou:

— Havia caminhos mais curtos até o litoral, mas há anos não vinha aqui e pedi para Nabil fazer um desvio. Vai custar umas duas horas, mas valeu a pena. Este lugar é sagrado para mim — seus olhos brilharam.

Snemed olhou para o lado e viu os três argelinos voltarem ao carro. Com bons-dias cordiais, retornaram aos seus assentos, no que Nabil ligou a ignição e acelerou.

— Antes do meio-dia estamos lá. Não vejo a hora de dar um pulo no mar — virou o pescoço para trás com uma piscada para Snemed. *Mar* provavelmente significava cerveja.

Por entre as montanhas, o vai e vem pelas curvas era tão cinematográfico que as horas correram na mesma velocidade que o carro. Com o ponteiro rompendo os cem quilômetros por hora, Nabil abusava do motor o máximo que a pista permitia.

Dada altura, o automóvel contornava um paredão que dava para uma ladeira, quando uma vista panorâmica surgiu e todos vibraram ao ver o Mediterrâneo ao fundo.

— *Allahu Akbar!* — soltou Omar.

Diante do feixe de oceano no horizonte, Snemed se arrepiou. Era um milagre estarem no litoral. A emoção geral foi tanta, que Nabil anunciou uma parada. Metros abaixo, numa curva fechada, a vista de um platô se apresentou e ele embicou o carro. Numa parte do acostamento que dava para um barranco, os cinco desceram e contemplaram a vista. O azul vibrante do mar era uma tremenda novidade visual após o minimalismo do deserto. Fervente e voraz, o Saara era um antípoda do Mediterrâneo fresco e molhado.

Assim que todos terminaram de urinar, Omar apressou-se:

— Aqui é bonito, mas é lá que quero estar — apontou para o mar — Vamos embora que ainda tem chão.

Nabil voltou ao volante e retomou o ritmo que imprimia. Pelo trecho final de descida, a caravana chegou ao nível do mar e o motorista ainda dirigiu mais um tanto até uma prainha. Ele estacionou o veículo e, neste instante, a cruzada pela África terminava. Snemed comoveu-se. Mais ainda quando saiu pela porta e sentiu a brisa marítima o abraçar.

Omar, com sua passada desajeitada, arrancou a camisa, caminhou até o mar, e todos o seguiram. Sob o silêncio da praia vazia, os cinco foram ungidos pelo frescor oceânico que lhes curava do açoitamento solar de tantos meses. Com a temperatura de mais de trinta graus, nadavam como crianças no primeiro dia de verão. O mar liso, sem onda alguma, propiciava um banho apaziguador. Ficaram, ali, sem trocar palavra alguma. O instante de sossego não deixou espaço para mais nada.

Lá pelas tantas, Omar apontou o braço para leste e falou a Snemed:

— Para lá fica Orã. Durante a minha infância, eu ia muito — fez um ar saudosista — Só que de umas décadas para cá, os franceses dominaram, perdeu um pouco a graça. Apesar das mulheres mais bonitas! — riu — Hoje você se senta ali e parece que está em Saint-Tropez.

Na sequência, Omar falou alguma coisa em árabe para os argelinos e mandou uma risada no fim. Sem pistas do que foi dito, Snemed não entendeu, mas estranhamente percebeu que nenhum deles achou graça. Ao contrário, adotaram olhares tensos.

Snemed ficou encasquetado. Após meses de convívio inseparável com eles, soube que algo se passava. Na sua, porém, apenas os observou. Ali, o esquisito é que, em vez de estarem contentes pela conclusão da travessia, mostravam-se preocupados. Tirando Omar, olhares paranoicos entre os outros foram flagrados seguidas vezes por ele.

De repente, Nabil deu um comando para os outros dois e o trio, sem dizer nada, saiu do mar. Com um ar apressado, foram até o carro e, do porta-malas, desembarcaram duas mochilas e as pousaram na praia. Entraram no veículo e partiram.

Dentro da água, Snemed observou a movimentação e ficou com tamanha cara de interrogação, que Omar se aproximou no dever de explicar o que estava acontecendo:

— Meu jovem, creio que ao longo desse tempo uma confiança entre nós se estabeleceu — olhou sério para Snemed — Por isso, vou lhe confiar o motivo da nossa viagem.

Os dois saíram da água e caminharam até onde as mochilas haviam sido deixadas. Com um ar enigmático, Omar pegou uma delas e, de uma bolsinha lateral, sacou um embrulho preto. Snemed sentiu um frio na barriga. Estava ali a razão do seu esforço nos últimos meses.

No que as camadas de pano foram abertas pela mão de Omar, um raio solar bateu no conteúdo e refletiu um brilho alucinante. Do centro, um diamante enorme emergiu, com dezenas de outros menores ao redor.

Enquanto os olhos pasmos de Snemed observavam o tesouro, Omar, orgulhoso, apresentou sua pedra gigante:

— Isto é uma raridade. Se não for o maior encontrado no século, é um dos — uma risada — Depois de lapidado, deve valer uns 50, talvez 60 milhões de dólares.

Snemed olhou espantado para Omar, que acrescentou, mordaz:

— Mais detalhes não posso dar. Ou teria que te matar — e soltou sua gargalhada típica.

Boquiaberto, Snemed ficou observando as pedras. A cintilância dos diamantes, em especial de alguns menores, era impressionante.

Omar então selecionou uma pedra e entregou a Snemed:

— *Tiens!* — disse em francês — Como combinamos, o seu pagamento. Deve valer uns cem mil dólares. Aqui na Argélia, é bastante dinheiro.

Snemed reverenciou a generosidade de Omar. Sendo franco consigo mesmo, nunca se apegou ao pagamento que receberia. Ao longo da viagem, realmente só sua jornada pessoal é que importou.

— Quer ouvir uma coisa engraçada? — perguntou Omar, com uma cara cômica — Acredite ou não, mas os diamantes vieram com você desde o Congo. Meus homens que reuniram as pedras. Os congoleses levaram o grandão e uns menores até os Camarões e lá juntaram com os outros. E no *Lac Tchad*, me entregaram. Mas, para mim, o engraçado foi você ter vindo junto. Aliás, fiquei furioso quando me contaram que davam carona a um estranho — soltou uma gargalhada — Mas daí, me contaram quem te mandou... Eu conheço bem aquela velhinha.

Snemed ficou branco com a revelação. Balbuciou algumas palavras, e Omar o interpelou:

— No final, alguém tentou nos assaltar no Lago Chade. Alguém sabia do diamante grande! O homem que viria levou uma facada e foi levado para o hospital — esboçou uma cara preocupada — Porém, o mais curioso é que meus homens tentaram se livrar de você. Foi por isso que te largaram no meio do nada — sorriu constrangido com ar de *mea culpa* — Mas, daí, você não ter ouvido a recomendação deles de ir para Djamena, e ainda ter achado o nosso acampamento, foi onde o destino aplicou o seu capricho.

Snemed começou a gargalhar incontidamente. Estava abismado com a fábula da qual, de repente, fazia parte. Cada detalhe que Omar revelava deixava a história melhor. Sem que houvesse aviso prévio, o universo o escolhera para participar de uma parábola.

Então, Omar chegou à explicação para a tensão que pairou no ar, antes de o trio partir:

— Apesar do deserto, ainda há uma parte crítica. Pelas pedras, só pagam o que valem na Europa. Por isso, atravessaremos para a Espanha de barco — apontou para o horizonte — Ir de avião, além do risco no aeroporto, não tenho coração para isso.

Snemed balançou a cabeça, de quem se inclui na missão, mas Omar colocou:

— Calma... — olhou com franqueza para Snemed — Nosso trato foi até aqui. Caso queira seguir, será bem-vindo. Do contrário, fique. Orã é uma cidade excelente. Nabil poderá ajudá-lo a conseguir documentos. Você já recebeu o pagamento. A decisão é sua.

Snemed olhou para onde virtualmente estaria a Espanha e percebeu algo óbvio. Apesar de uma clandestinidade talvez mais difícil, estabelecer-se lá seria mais fácil do que na Argélia. Nativo no idioma, o desafio de se passar por espanhol seria muito menor do que por argelino. Isso sem falar no seu diamante, que na Europa valeria mais.

Diante disso, não teve dúvidas. Só poderia ser um sinal do universo. Ter um diamante gigante como este o acompanhando por uma jornada de milhares de quilômetros pela África era uma manifestação rara de fortuna. Não poderia separar-se dele agora. Snemed nem titubeou:

— Faço questão!

54.

Snemed sentava-se ao lado das malas, quando olhou para trás e viu Omar voltar, bebendo algo de dentro de um saco de papel pardo. Logo entendeu o que era. Com seu sorriso rechonchudo, ele disse:

— Desculpa não ter trazido uma para você — fez um ar concernido para dizer — Vou tomar rápido antes que eles cheguem. Aprendi desde cedo. Nunca beba na frente de quem trabalha para você.

Snemed fez cara de quem compreende o raciocínio, e Omar sentou-se ao seu lado. Deliciou-se com os goles de cevada, amassou a latinha para escondê-la com o papel e explicou aonde o trio tinha ido:

— Eles foram até uma marina em Orã pegar o barco do primo de Nabil. Em breve estão aí — e acrescentou num tom sério — A gente ia sair amanhã, mas vem chuva forte. Por isso, vamos hoje para eles voltarem o quanto antes.

Minutos depois, Snemed olhou para o horizonte e avistou os argelinos. A coisa de 300 metros da costa, vinham em alta velocidade numa lancha branca que, apesar de pequena, tinha um motor de popa grande para os seus vinte e poucos pés. Nabil novamente ia no pilote.

Omar e Snemed prontamente levantaram-se e cada um pegou uma mala. Segurando-as com a alça no ombro, caminharam até ficarem com a água no joelho e aguardaram Nabil se aproximar. *Yaqin* era o nome da embarcação.

A lancha parou e os dois avançaram até molharem a coxa. Lá de cima, os três puxaram o homem pesado a bordo, enquanto Snemed arremessou a mala e subiu sem auxílio. Sob um agradável sol por entre nuvens, a lancha venceu umas poucas ondas e arrancou pela rebentação. Omar inclinou o pescoço para o céu e bradou:

— Que Alá nos direcione! — e os demais entoaram:

— Ele nos guiará à senda reta.

Em seguida, Omar olhou para o relógio do celular e falou com um sorriso maroto:

— Em cinco horas estaremos em terra firme. Vocês sabem que eu não bebo, mas hoje não resistirei! — disse em francês, num ar mendaz, do qual Snemed achou graça.

Depois, mudando de tom e falando em inglês só para Snemed, confidenciou com um ar cansado:

— Hoje encerro essa carreira. Não tenho mais condições físicas... O diamantão é a minha aposentadoria — e abriu um sorriso franco que Snemed retribuiu.

A costa foi ficando distante e Snemed comoveu-se ao ver-se partindo. A impressão era a de deixar o lugar onde nasceu. Tinha escrito uma história bonita ali. O olhar não desgrudava do pedaço de terra que a cada instante ficava mais miúdo; ficava no passado. Até que, então, a África desapareceu entre o céu e o mar. No horizonte, algum ponto da cordilheira de Atlas foi o último vislumbre que se teve da lancha. Com o vento batendo na cara, ele pensou na senhorinha.

Por um mar espelhado, a primeira metade da viagem correu melhor do que se previu. O tempo firme, de poucas nuvens, e a navegação tranquila pela água lisa, ainda os presentearam certa altura com o aceno da cauda de uma baleia.

— Cachalote! — arriscou Omar.

Na quarta hora de navegação, um maciço de tempestade suplantou o azul do horizonte e cobriu tudo de cinza. Uma garoa fina começou a cair, mas em segundos eram gotas pesadas. O vento de noroeste surgiu rasgando e trouxe tensão imediata ao grupo. Tentando proteger-se com uma lona, Snemed sentia a cara castigada pelos pingos de chuva que, sob o vendaval, pareciam esferas de chumbo.

A tormenta e a correnteza logo tornaram impossível seguir pela rota. O bloco de tempestade formava uma barreira intransponível. Sem alternativas, Nabil mudou a direção para oeste. A ideia era contornar o maciço e torcer para que se dissipasse enquanto isso.

Bravos, os homens se seguravam como podiam diante do intenso sacolejo marítimo. Isso durou por mais de uma hora. Até que, finalmente, o grupo chegou a águas menos nervosas. Um buraco de céu azul em meio às nuvens trouxe alento à tripulação encharcada. Navegando por um mar mais tranquilo, ainda que inspirasse cautela, parecia ter sido dada uma trégua.

Neste momento, Nabil tentou entender onde estavam para redesenhar o caminho. Tanto tempo indo em outra direção, certamente o desvio não tinha sido pequeno. Ao verificar o GPS, ele gritou:

— *Merde!* — aproximou a cara do painel — Vai faltar gasolina!

Ao ouvir isso, Omar abriu um semblante de extrema preocupação. Snemed até tomou um susto. Aquela feição robusta expressando tamanho nível de apreensão era inédito. E além do problema do combustível, a hora de rezar chegava, mas seria impossível fazê-la ali.

Teimoso, ele não quis renunciar ao momento sagrado. Num canto da popa, esticou o tapetinho e, com a mão apoiada na borda, flexionou as pernas para se ajoelhar. Mas ao fazer isso, uma onda gorda veio e golpeou a embarcação. A força foi tanta que, apesar dos mais de cem quilos, Omar rolou pelo assoalho. Todos ouviram seu grito de dor:

— Meu braço! — e dois correram para socorrê-lo.

Snemed olhou para os companheiros e viu o abatimento recair sobre eles. O semblante de preocupação, presente desde o momento na praia, era agora gritante. Se pela reza que teve que ser pulada, ou por Omar que se machucava, pareceu claramente que os argelinos previam a desgraça que estava por vir.

Em meio ao lusco-fusco, Snemed notou dois pontos de luz no horizonte. Omar também os viu e, agarrado ao braço lesionado, alardeou que uma embarcação navegava em direção a eles:

— Escondam as pedras! Escondam as pedras! — e perguntou — Quem está com a arma?

Snemed, em posse apenas do seu diamante, tirou-o do bolso e segurou-o na palma da mão. Olhou para os outros e viu que todos enfiavam os pacotes dentro das cuecas.

— Parece a guarda costeira! Escondam os diamantes! — Omar gritava nervoso.

Nabil, numa última tentativa de escapar, virou o volante para a direita e mudou a rota noventa graus. No entanto, o barco vinha como uma flecha e, de repente, já estava perto demais. Era questão de segundos até alcançá-los.

Então, a luz vermelha de uma sirene confirmou a suspeita de Omar. Um aviso em inglês, gritado pelo alto-falante, ordenou que parassem:

— *Stop! Right now!* — num som distorcido metalizado.

Nabil apertou o acelerador, mas o motor, devagar na resposta, começou a engasgar. Carente de combustível, anunciava a pane seca que se daria.

— *Stop! Or we'll shoot!* — insistiu a voz robotizada.

Com a lancha ainda em movimento, Nabil disse algo que Snemed não entendeu, mas que fez os quatro argelinos se entreolharem apavorados. Tão imediato como um reflexo, da forma que deu, jogaram-se todos no mar.

Apanhado desprevenido, Snemed cogitou se os imitava, mas em vez disso voou até o acelerador e puxou a alavanca para baixo. A velocidade diminuiu e o barco parou. Sem saber o que fazer, tacou-se no chão e encolheu-se abaixo do volante.

Na sequência, ouviu três tiros. Ficou ali imóvel, até que percebeu a embarcação muito perto. Um tranco no casco e soube que tinham encostado na lancha. Estava a poucos segundos de ser rendido. Neste curto espaço de tempo, trouxe o diamante para a vista e o observou. Sem racionalizar o que fazia, enfiou-o na boca e engoliu.

Um homem fardado meteu a lanterna na sua cara e gritou:

— Não se mova! Não se mova! — em inglês.

— Em pé, com as mãos para o alto! Devagar! — berrou o outro apontando-lhe um revólver.

Lentamente, Snemed levantou-se com os braços para cima e olhou para a água. Pairando inanimado com a cara virada para baixo, um torso robusto boiava logo ali. Era Omar.

Segundos depois, outra lancha surgiu e começou a rodear as imediações. Um dos guardas pegou o rádio e passou a mensagem:

— Ainda tem mais três. Pegamos dois.

De repente, um estampido. Snemed olhou para o horizonte, onde um finzinho de crepúsculo náutico ainda se refletia na água, e viu outro corpo boiar na superfície. Mais um tinha sido morto.

Sem acreditar no que acontecia, Snemed foi algemado e jogado abordo da lancha da guarda, e caiu com a cara no assoalho. A seguir, içado para dentro como se fosse um peixe de pesca esportiva, o corpo de Omar despencou estatelado ao seu lado e a embarcação arrancou. Dois dos argelinos pareciam ainda ter chance de escapar.

Mas quando estavam quase na costa, ouviu-se mais sete disparos: *Pá! Pá! Pá! Pá! Pá! Pá! Pá!*

Snemed encarou os olhos mortos de Omar e rendeu-se ao silêncio macabro que se instaurou. Era impossível assimilar o imprevisto que cruzava a trajetória do grupo. Depois de uma epopeia como esta, que pelo brio do destino não foi concluída, será que seria o único a contar a história? *A vida tem dessas coisas...* Refletiu sobre o que viria a seguir. Sentindo a garganta machucada, a única coisa que lhe pareceu ao alcance era recuperar o seu diamante.

55.

A lancha atracou num píer e dois homens puxaram Snemed para fora. Enquanto era revistado, fez um breve exame de consciência e viu que não havia cometido nenhum crime até onde pudesse conceber. Pelo menos, não desde que despertou ao lado da senhorinha.

Snemed foi colocado no banco de trás de uma viatura e, ao ler a inscrição no capô, percebeu que estava em Gibraltar. Ficava agora explicada a abordagem em inglês. Sem que lhe dirigissem a palavra, foi conduzido até a delegacia num percurso que durou menos de dois minutos. Num estacionamento, onde a placa anunciou o quartel-general da polícia gibraltenha, desembarcaram-no e o conduziram até a sala de interrogatório.

Horas se passaram até que um homem alto, loiro e de olhos azuis entrou na sala. Numa seriedade encenada, sentou-se na cadeira do lado oposto e encarou o interrogado com ar de quem faz isto para intimidá-lo. Snemed percebeu o teatro e preparou-se para também entrar em cena. Em algum lugar de si, ainda sabia como fazer isso.

O homem cultivou uns momentos de suspense, até que pegou uma caneta, raspou a garganta e começou:

— Qual o seu nome? — com um sotaque londrino.

— Snemed.

O homem fechou a cara e repetiu:

— Snemed?

— Snemed — sacudiu a cabeça — Era o nome do meu avô.

O policial manteve o ar austero e prosseguiu:

— Nacionalidade?

— Sou de Angola — disse, sem saber direito porque escolheu este país. Não querendo dizer nenhum ali por perto, foi o que lhe veio à cabeça.

O homem ia anotar a informação, mas logo ergueu o pescoço desconfiado. Antes que ele o retrucasse, Snemed acrescentou:

— Meus pais eram argelinos — no que o homem engoliu a seco.

— Você está com os seus documentos?

— Ficaram no barco.

O homem armou uma expressão irritada e falou:

— No barco, ou eram falsos e você os jogou no mar?

Snemed fez cara de desentendido e ratificou:

— Ficaram no barco.

— Todos tinham documentos falsos, só você que não? E os seus diamantes? Foram parar no fundo do mar? Achamos bastante nas cuecas dos seus amigos.

Snemed deu uma bufada de um jeito que pareceu atrevido e falou:

— Eu não sei do que o senhor está falando.

O homem deu um murro na mesa. E levando a encenação para uma fúria teatral, berrou:

— Não me faça de idiota!

Snemed manteve a calma e deixou seu cinismo mentir:

— Conheci estes homens hoje pela manhã. Precisava ir para a Espanha, foi a carona que consegui.

O homem riu da explicação. E parecendo enfim abandonar o *mise-en-scène*, mudou o tom de voz para falar:

— Vamos lá. Sabemos que havia um quinto homem na embarcação. Enquanto ele não for localizado, você pode contar a verdade. Ficar com essa conversinha não vai te ajudar. Aliás, até o encontrarmos, você ficará preso.

Ao ouvir aquela última palavra, Snemed sentiu o peso da verdade na fala do homem. Somente ali é que parecia se dar conta da situação em que se encontrava. O sujeito não tinha razão alguma para mentir sobre mantê-lo preso.

Com um ar sarcástico, o delegado insistiu:

— E aí, vai me contar a verdade? Quer ligar para alguém? Chamar algum conhecido?

Snemed não soube o que fazer. Revelar às autoridades quem era talvez lhe valesse uma chance de escapar, mas não havia garantia. Aí, seu pacto com *Ogbunabali* teria sido quebrado. E só de pensar neste nome, suas entranhas borbulhavam.

Após o silêncio que se fez, com Snemed digerindo o seu xeque-mate, o homem falou:

— Foi o que eu pensei. E já que não está disposto a ajudar, tampouco poderei ajudá-lo. Por ora, você está preso por contrabando. Até seu amigo ser achado. Ou, então, ninguém poderá confirmar que você era só um carona desavisado.

Apesar da aflição de querer falar, mas ter que ficar quieto, decidiu não contar nada. Deveria ao menos ver até onde poderia ir com a estratégia.

O interrogador, farto da postura de Snemed, levantou-se, abriu a porta e gritou para os guardas:

— Pode levar lá para cima — referindo-se à penitenciária no alto do morro.

Dois homens ergueram-no e o arrastaram para fora da sala. Antes de sair, Snemed ainda se questionou se fazia o certo. Teve dúvida. E no que a porta se fechava, viu o policial dizer:

— Lavo as minhas mãos... — com um insolente gesto *pilatesco*.

56.

Arrastado de volta à viatura, Snemed foi conduzido por um trajeto curto e íngreme pela cidade-estado. Em zigue-zague por ladeiras morro acima, menos de dez minutos, chegou à prisão. Lá, sob berros do mal-humorado agente penitenciário, foi desembarcado no pátio interno:

— Vai logo, idiota! — assim o recepcionaram.

Antes de entrar no edifício, Snemed olhou para cima e, na penumbra da noite nublada, viu a massa rochosa da pedra magna de Gibraltar. Mal sabia quantos anos demoraria para vê-la direito. Se soubesse que seriam vinte, infartaria. Ainda bem, achava ali que seria não mais que um pernoite.

Conduzido até a recepção, foi fichado por um jovem funcionário:

— Nome e sobrenome.

Snemed olhou para o sujeito e suspirou. Seria a primeira vez que o seu novo nome seria escrito, ainda mais por um órgão de governo. Valeria como registro em cartório; seria um nome oficial dali em diante. Por isso, decidiu homenagear Omar. Sendo o homem perante a quem se batizou, era o justo:

— Snemed Menad.

E o jovem perguntou:

— Com *S* no começo e *D* no final? — Snemed sacudiu a cabeça confirmando.

Em seguida, o funcionário fez mais algumas perguntas e Snemed mentiu em todas as respostas. Como por exemplo:

— Luanda — e adotou-a como cidade natal de Snemed. Afinal, dissera ser de Angola e contradizer-se era algo que não poderia fazer.

Assim que terminou o questionário, o sujeito imprimiu o formulário e pediu para que Snemed escrevesse o nome por extenso. Em seguida, entregou-lhe duas mudas de uniforme laranja e tocou uma campainha para que o viessem buscar. Ele encarou o jovem e temeu. Diante deste porteiro de purgatório, estava prestes a cruzar a barreira de grades que, a partir de então, o deixaria na condição de preso.

Avançou por um corredor curto e chegou a uma barbearia improvisada, onde outro funcionário lhe tosou o cabelo e a barba. Parecendo propositadamente descuidado, várias vezes cravou-lhe o pente da máquina na cabeça. Mas, a despeito da dor no cocuruto, ver no chão o tufo de fios cultivados nos meses de África doeu muito mais. A bola de pelos era um retrato da sua esperança subtraída, arrancada de si, prestes a ser varrida para o lixo. Observou-se no espelho. Além de esquálido, estava careca e desbarbado. Era um cadáver ambulante. Uma ruína. Mais uma vez, foi surpreendido pelo seu reflexo.

Numa estação seguinte, outro funcionário tirou-lhe fotos frontais e laterais, e o agente penitenciário o conduziu adiante. Pelos corredores gelados do presídio de Gibraltar, Snemed foi levado até a sua cela. Apesar de vazia, havia um beliche, e soube que era questão de tempo até chegar alguém.

O guarda trancou a porta, e Snemed apressou-se para urinar. Enquanto aliviava-se na privada tosca da cela, rezou por Omar e pelos outros. Não sabia qual deles tinha conseguido escapar. Pensou também na pedra gigante e torceu para que não tivesse ido parar no fundo do mar. Seria um pecado.

Na parte de cima do beliche, apreciou a sensação de se deitar numa cama como se fosse a primeira vez. Sentir prazer num momento como este, ele soube, era raro às pessoas forçadamente hospedadas ali. E apesar de se ver preso, não havia condições de pensar nisso por ora. Estava esgotado. Exaurido. Snemed tinha vivido muitos dias dentro de um só. De olhos fechados, sentiu-se mareado. Apegou-se ao alívio de se estar em terra firme e funcionou. Ingenuamente esperançoso, sonhou que saía dali no dia seguinte.

57.

Snemed acordou com o barulho alto e metálico das celas sendo abertas. Com a vista embaçada, sentou-se na cama e sentiu um frio gelar a cabeça. Pôs a mão na careca, desceu para a bochecha e lembrou-se. Haviam lhe rapado o cabelo e a barba.

Em seguida, num solavanco na fechadura e um comando mal-educado, o mesmo agente de ontem abriu a porta e o convocou para o café da manhã:

— Vai logo! — disse ríspido ao sonolento prisioneiro.

Junto de outros quarenta presos, Snemed foi tocado pelos corredores. Sob olhares curiosos dos que o viam pela primeira vez, manteve um ar natural, num inútil fingir não ser novato. Também para com os detentos, ou melhor, principalmente com eles, se manteria discreto o máximo possível e praticável. Cultivar a invisibilidade não só era importante, como poderia ser questão de sobrevivência.

Ao entrar no refeitório, mirou um grupo de três prisioneiros mais velhos e marchou para perto deles. Todos na faixa dos cinquenta, possivelmente seriam mais cordiais do que outros presos jovens, com raiva nos olhos. Em pé na fila, atrás dos senhores, manteve o olhar fixo na comida e escutou a conversa:

— Aquele ali é um idiota — comentou um deles, apontando para o guarda que o buscou na cela.

— Um anormal! — completou outro.

Além de entender que a cretinice do sujeito era um consenso, Snemed percebeu que eles falavam português. Pelo sotaque, provavelmente eram lusos. Na sua vez, recebeu um sanduíche de presunto e uma porção de ovo mexido. No fim da estação, junto aos copos e talheres, pegou uma caixinha de leite integral. Avistou os três senhores do outro lado do salão e caminhou até a mesa onde estavam.

Ao se aproximar, fingiu naturalidade e os cumprimentou:

— *Hey there* — e os três devolveram uma sacudida de cabeça.

Com a vista para baixo, centrada na bandeja, Snemed deliciou-se com a comida. Uma refeição boa assim, ainda mais com prato e talheres, era outra coisa de que nem se lembrava da última vez.

Comeu tudo e deixou o leite para o fim. O fluído bovino sempre lhe foi um laxante. Tanto que, assim que virou a caixinha, o estômago se remexeu. A hora de reaver o diamante tinha chegado.

Um dos portugueses enfiou o guardanapo no bolso e, como se adivinhasse pelo que ele passava, disse:

— Isso aqui é para limpar a bunda — em inglês, com um ar sério — Para a boca, guardanapo é luxo.

Snemed riu ao receber a recomendação. Sem dizer nada, apenas fez o mesmo. Pegou também o palito de dentes que veio junto. Em seguida, o apito do guarda chiou e os presos formaram uma fila na porta do refeitório.

De volta à sua cela, partiu para a execução. Baixou as calças e defecou na parte onde poderia revirar a massa. Ao ver que não havia papel higiênico, agradeceu o conselho do português.

Limpou-se com o guardanapo, subiu as calças e ajoelhou-se ao lado da latrina. Com o palito de dentes, começou a furar os excrementos, mas não sentiu nada. Diante disso, chutou o nojo para longe e esmagou cada pedaço até ter certeza de que o diamante não havia saído. E não havia. Deu descarga e lavou-se.

No dia seguinte, repetiu o procedimento. Café da manhã, trezentos mililitros de leite, guardanapo no bolso e privada. Agachado ao lado do vaso, começou por fazer furinhos com o palito, e percorreu cada centímetro, e depois de novo e de novo, só que nada. Snemed desesperou-se. Pegou os dejetos com a mão e os esfacelou na pia. Espremeu cada pedaço para certificar-se de que não tinha saído, mas outra vez mexeu na merda em vão.

Snemed ficou preocupado. O diamante era o seu único bem. O único dinheiro. Seria a única forma de pagar alguém para tirá-lo dali. Ao escurecer, porém, dormiu confiante. Não havia dúvida de que a pedra ainda estava na sua barriga. Era uma questão física. Não tinha como não estar.

No entanto, mais uma tentativa e nova frustração. Não conseguia acreditar como era possível. Verificara cada micropedaço. Sempre. Todo dia. E repetiu aquilo ao longo de duas semanas. Até que, na décima quinta vez, desistiu de querer entender o inexplicável. Snemed nunca haveria de saber o que aconteceu.

Nesta manhã, além de assumir o fracasso da sua busca, foi abalado por uma constatação. Tão focado em recuperar o diamante, sem perceber, fora engolido pelo cotidiano da prisão. Com três idas ao refeitório, banho de sol toda tarde, desde que não chovesse, e banho dia sim, dia não, a rotina carcerária apoderou-se de si sem que nada pudesse fazer. Consolidada a condição de preso, não haveria meios de lutar contra. Ver a liberdade e o diamante escorrerem por entre os dedos foi desanimador demais. Olhou para o capítulo na África e sentiu raiva. Sem o otimismo do Lago Chade, sem aquela fé no universo, nas mágicas orquestradas pelo cosmos, viu que nada o livraria de detrás das grades. A *clareza* o fez se apegar a uma tolice. Maldisse a mística da senhorinha. Aquilo não o levara a lugar nenhum. Ou melhor, levara ao encarceramento.

58.

Lentamente o tempo foi passando e, sem deixar de fazer isto um só dia, Snemed se apunhalava, e sangrava, com sua decisão de cruzar o oceano para este lado. Era impossível parar de pensar em como teria sido ficar na África, naquele belo litoral argelino.

À tarde, no pátio onde o banho de sol ocorria, apreciou a vista que se tinha dali. Com a penitenciária situada numa parte alta da encosta, mais de cem metros acima do nível do mar, o olhar se perdeu na vastidão do oceano e, por um instante, o fez esquecer que estava preso.

Neste dia de céu sem nuvens, limpíssimo, Snemed constatou algo que sabia, mas que por alguma razão ainda não assimilara. Talvez porque seria algo que o torturaria diariamente. Deu-se conta de que a faixa de terra no horizonte era o Marrocos.

Ao perceber que esta seria sua vista pelo tempo em que estivesse preso, perdeu a respiração. Tão próxima, mas tão longe, sua possível vida no continente africano estaria bem ali. À distância de um olhar, todo dia o saudaria do outro lado do oceano através das grades do presídio. Snemed sentiu um nó na garganta.

Sob o estardalhaço que as gaivotas faziam no céu, o silvo do apito soou e os presos se enfileiraram para voltar ao edifício. Em bloco, o pelotão se alinhou e marchou pelos corredores até as celas.

De volta à sua, ele estava especialmente lamentador. Refletiu que, a esta altura, já poderia ter alugado uma casa perto do mar, começado a escrever suas *mémoires* pela África, arrumado uma namorada francesa. Num lampejo de imaginação, teve um vislumbre deste universo paralelo e soube que esta vida era experimentada por outro Snemed. Nos infinitos multiversos do emaranhado quântico, seria uma vivência que sempre existiria, mas que nunca seria iluminada pela consciência do Snemed preso em Gibraltar.

— Que merda... — disse em voz alta, sem ninguém para partilhar a desilusão.

Cansado de se lastimar, pulou do beliche e foi fazer exercícios. Todo dia praticando alongamentos e uma sequência com flexões, abdominais e polichinelo, conseguia ocupar uma hora do dia e estava até forte, depois de ter chegado esquelético. Já que seria difícil manter a sanidade mental, ao menos preservaria o corpo. *Para quê?* Não saberia dizer.

Ao fim da atividade, Snemed esticava o braço direito para alongar a omoplata, quando foi surpreendido pela voz da senhorinha:

— *Uma encruzilhada. Você não poderá falhar.*

Desabou no chão ao ouvir estas palavras. Nunca mais pensou nelas. O momento surgiu tão óbvio diante de si, mas, seduzido pelos diamantes e por aquela história toda, iludiu-se sobre o que o destino queria. Snemed praguejou a si mesmo. Trilhava o caminho certo, um *caminho com coração*, mas pegou a bifurcação errada. A mística da senhorinha nunca haveria de falhar. Ele que se equivocou. Agora, era encarar essa pena, num canto improvável da Europa, sem perspectiva alguma de um dia sair dali.

4º movimento.

59.

Numa tarde de sol, ao iniciar a leitura do *Gibraltar Chronicle* de dois dias antes, Snemed tomou um susto ao ler o cabeçalho. Abaixo do título em caixa alta, olhou para a data em extenso e viu que completara quinze anos de prisão. Encarando o uniforme laranja, alisou a barba e impressionou-se com o jubileu alcançado.

Sabia que era um milagre ter chegado até ali. A verdade era esta. Com certos pensamentos sempre presentes, dezenas de vezes pensou em se matar. Sua rotina era enlouquecedora. Os dias mesclavam-se todos numa massa única de memórias indissociáveis. Eram todos iguais. Só queria poder ter um, só um, dia diferente de todos os outros. Até ir para outra prisão serviria. Mesmo que para uma pior.

No presídio gibraltenho, o tempo se arrastava. Nunca teve relógio na cela, mas se tivesse seria um daqueles *dalinianos*, derretidos, deformados pela dilatação temporal. Pior do que preso numa cela era estar aprisionado em minutos e horas que custavam o dobro para passar.

O cotidiano local parecia potenciar a sensação. A pequena península tinha um tédio no ar. Era possível ver na cara das pessoas que trabalhavam na prisão. Nada acontecia em Gibraltar. Ou melhor, nada nos anos em que Snemed esteve ali. No máximo, o gibraltenho que se casou com uma princesa inglesa, numa história bonita de amor. O homem trouxe um orgulho renovado ao povo ao virar personagem da realeza britânica, mas foi só. A pacata Gibraltar do meio do século XXI não era nem sombra da península de séculos anteriores, de confrontos históricos, desde *neandertais* e *sapiens* até mouros e cristãos.

Mas a tranquilidade do território britânico não era a regra regional. A vizinha Espanha era um paiol de pólvora cercado por soldados fumantes.

Com cada vez mais movimentos separatistas, o país flertava com a explosão.

Enquanto lia a manchete sobre a guerra civil na Catalunha, Snemed fez seu lamento diário. A cada vinte e quatro horas, havia de se torturar, nem que fosse por um minuto, com o maldito momento em que decidiu cruzar o oceano para ir para a Espanha. Quinze anos e o arrependimento de não ter ficado na Argélia ainda era um fardo a carregar. Não havia um dia em que não pensasse nas possibilidades que aquele belo litoral lhe teria reservado. Sem falar na história do diamante. Nunca teve uma explicação para o que aconteceu. Era o enigma da sua vida. Chegava até a duvidar se tinha engolido mesmo a pedra, quando o policial enfiou a lanterna na sua cara. *Que dia maldito...*

Ao longo do tempo, remoeu-se tanto, que o episódio lhe deixou uma marca física. Corroído cada dia um pouco mais pelo dissabor, envelheceu moldando a face a partir de uma expressão de desgosto. Já não tinha a cara do malandro *CFO* da Torre Global, menos ainda, a do sujeito iluminado que despertou ao lado da senhorinha. Seu semblante era triste.

No entanto, escondia a sete chaves a razão da sua tristeza. Em hipótese alguma contava coisas da sua vida. *Afulanado* em meio aos detentos, estava sempre praticando a discrição calculada. Manter-se como um homem invisível era até hoje prática diária.

Companheiro de cela há dez anos, Pedro era o único com quem conversava. Sempre mentiras, porém. Nestas ocasiões, inventava fatos de uma vida fictícia para contar ao colega e, toda vez, fazia em tom de confidência, indicando os contornos sigilosos que o rondavam.

— Conta-me lá de novo — disse Pedro, lá de baixo — Como é que vieste mesmo parar aqui?

Snemed riu. Era a enésima vez que ele pedia para contar a história. De tempos em tempos, era obrigado a relembrá-la. Mas recontaria esta mentira quantas vezes Pedro pedisse.

Ao contrário dele, que tinha inventado ser de Angola, Pedro era da Guiné-Bissau. Dividir cela com o simpático homem de pele preta foi um privilégio, diria. Além de ter alguém a quem pudesse chamar de amigo, pôde aprimorar o seu português.

Pedro, sempre na ronha na parte de baixo do beliche, e sem nunca desconfiar que os contos de Snemed eram mentiras deslavadas, entusiasmava-se com as suas histórias.

— Eu precisava ir para Espanha para encontrar uma deusa... — Snemed descreveu os detalhes íntimos e laranjas da musa imaginária — Não dava para não ir atrás daqueles cabelos de fogo.

— Era mesmo uma brasa?!

— Tu não imaginas. Fiquei no litoral de Marrocos até conseguir boleia. Só que os gajos eram procurados pela polícia e estavam a ser seguidos. Por causa de uma pele feminina aveludada, vou passar o resto da minha vida aqui — e gargalharam.

Já as reais memórias de Ricardo Diaz, sempre que surgiam, eram rebatidas como bolas de *baseball* a serem isoladas do estádio. Em hipótese alguma devaneava sobre essa vida. Sempre que algo vinha no pensamento, prendia a respiração e esperava passar.

Do capítulo Fajar, Snemed recordou-se de muita coisa, mas não tudo. Era certo que ainda havia uma lacuna na sua linha do tempo. A última recordação que tinha era a de levar um grupo de mulheres para o seu apartamento, na noite em que Praga foi projetada no *Salón Global*. Depois, era só aquele despertar aflito, num banheiro do subsolo, prestes a ser expulso de lá.

Apesar da curiosidade que tinha sobre este período oculto, Snemed jamais o escarafunchava. Cumprir o trato com *Ogbunabali* permanecia sagrado, o que, mesmo podendo ser só a alegoria usada pela senhorinha, sentia realmente ter acontecido. A versão dela sobre o pacto que fez e os maus espíritos eram crenças das quais não conseguia se desvencilhar. Parecia sempre ter alguém ali consigo, verificando cada pensamento, fiscalizando cada vontade, vendo fazer tudo que se faz dentro de uma cela.

Um longo bocejo rangeu lá de baixo acompanhado de um resmungo:

— Vou dormir — disse o colega, virando-se para fazer o que fazia por quinze horas todo dia — Não me incomodes.

— Eu vou ler. E tu, não peides — os dois riram.

Quando tinha sorte, Snemed recebia um *Gibraltar Chronicle*. O periódico local tornara-se seu grande passatempo. E este, que acabara de chegar e estava agora em suas mãos, trazia um detalhe especial. A efeméride no cabeçalho. Atrasado dois dias, vendido nas bancas de anteontem, estava lá a data do seu décimo quinto ano preso.

Ao virar para a segunda página, ele riu. Ao passo que fazia questão de ler cada linha do tabloide, em outras celas a única finalidade do jornal era limpar a bunda. Cada edição que chegava era sempre honrada e lida de ponta a ponta.

A leitura avançava quando achou uma manchete que o fez dar um berro:

— Os satélites! — e Pedro ronronou lá de baixo:

— Deixa-me dormir...

Snemed devorou a reportagem. Leu que Fajar finalmente anunciava a prometida cobertura mundial de internet gratuita. Haveria até funcionários alocados nas cinco estações especiais fajarianas que gerenciariam as dezenas de milhares de equipamentos em órbita pelo planeta. Era mais um feito impressionante do Sultão.

Sabedor do posto que ocupou, Snemed se conformava em ser um mero espectador daquele projeto mirabolante. E apesar da notícia bombástica, isto era previsível, tendo conhecido o Sultão Ibrahim. Tudo o que estivesse na vanguarda da tecnologia, passava pelas mãos do governo de Fajar. Sem mencionar o domínio da inteligência artificial e sua aplicação prática através do virtualismo.

Nesta altura, tudo o que conheceu em Fajar era representado por uma marca só, a *-S-*. Que a exemplo do que o próprio Sultão criticava, mas talvez tenha feito isso justamente para que provassem do próprio veneno, devorou inúmeras outras companhias e virou um monstruoso conglomerado intercontinental. Disparado o maior que já existiu.

A *Fajar Airlines* perdeu a conta de quantas aéreas incorporou. Mais de vinte, pelo menos uma em cada continente. A *Fajar Tech* comprou ativos e patentes da *LG*, da *Tesla* e da *SpaceX* e tornou-se a indústria com o mais extenso portfólio tecnológico. O *Marché Global*, por sua vez, adquiriu a malha logística de distribuição da *Amazon* e virou a maior loja do mundo. Qualquer produto comercializado legalmente no planeta estava lá. Eram bilhões de itens.

Mas não foi só isso que ajudou a hegemonia global da -*S*-. O *V2V*, sem precisar fazer nada além de existir, inutilizou *Airbnb*, *Uber* e incontáveis ferramentas similares de serviço e aluguel. E mesmo as redes sociais tradicionais, desde as profissionais até as de relacionamento, migraram para funcionalidades genéricas da plataforma virtualista.

O Banco Central de Fajar teve efeito análogo. Enquanto controlador da nova lógica transacional, à medida que ganhava capilaridade nas microeconomias, foi aniquilando as pretensões de qualquer *fintech* que ousasse brincar na sua esfera. E além de inúmeras outras empresas compradas, uma verdadeira limpa no Vale do Silício, *Google*, *Facebook* e a própria *StaatS*, foram também trazidas para dentro e sumiram na rapidez de uma pastilha efervescente em água. Viraram nada mais do que alimento para o *Giant Data* da -*S*-. Não era desta época que dado valia mais que dinheiro.

A realidade ao redor da Torre Global também mudou. Outras frentes de entretenimento foram inauguradas, como parques de diversão, um circuito automobilístico, domos com jardins botânicos e um zoológico com animais em hiper-realidade. Segundo um jornal da semana retrasada, até dinossauros havia. Era um festival. Todo dia chegava uma notícia sobre o avanço imperialista da corporação presente em 182 países.

E hoje, a novidade que a edição trazia era a rede de satélites. Para combater países que restringem o acesso ao virtualismo, 8G gratuito seria entregue em qualquer lugar do planeta. Até em pontos remotos do Pacífico. Além dos cinquenta mil equipamentos adquiridos da *SpaceX* e da *Amazon*, Fajar lançaria mais vinte mil.

China era o único grande país fora da zona do *virtois*. Fazendo de tudo para suas companhias não serem vendidas e proibindo a população de se conectar à plataforma de Fajar, a estratégia era direcionada aos orientais, sem dúvida nenhuma. A paráfrase do atual *CEO* da -*S*- deixava isto claro:

Querem conter o virtualismo, e esta é a resposta a quem ainda não compreendeu que é o modelo mais democrático que poderá existir.

Snemed sentiu uma dor de cotovelo ao ver a ideia sua virar realidade. Internet de graça no planeta inteiro era um dos três sonhos do Sultão, mas foi ele quem lançou a sugestão numa das reuniões do *board* da Torre Global. Teve certeza de que, se ainda estivesse lá, seria o porta-voz da novidade. Mas, como sempre, resignou-se. Suas escolhas o fizeram trilhar outro caminho. O assunto já estava digerido. E no fundo, ler nos jornais estas histórias dignas de distopias era o que lhe restara. Conjecturar sobre o domínio voraz de Fajar era um expediente até prazeroso.

A leitura foi concluída e o jornal, arremessado ao chão. Pedro, sonolento, virou o corpo e continuou dormindo. Snemed pulou do beliche e foi fazer seus exercícios físicos. A reportagem não lhe saía da cabeça.

Snemed riu da sua ruína. Trocara um posto global por uma cela numa das menores nações do mundo. *Assistir a algo bom de fora, quando já se esteve dentro, é uma lástima!* Sobretudo, porque a notícia dos satélites deixava algo certo. O Sultão Ibrahim não errou quando disse que seria impossível frear o virtualismo:

— Pois é... — lamentou-se num suspiro.

60.

Sem tirar os satélites da cabeça, Snemed foi presenteado no dia seguinte com mais um *Gibraltar Chronicle*. Duas vezes seguidas era uma raridade. O barulho do jornal escorregando pelo vão da porta foi música para os seus ouvidos.

Snemed quase nunca ficava doente. Desta vez, porém, com o mundo assombrado por um novo vírus, foi dominado por uma moleza generalizada e suspeitou que pudesse ter pegado a nova mutação da *SARS*. Febril, tinha a garganta inflamada e a tosse seca característica.

Após a descida cautelosa do beliche, a primeira página com futebol não agradou, mas reconheceu que a leitura seria uma benção para o dia de enfermidade, onde a malemolência teimaria em reinar. Voltou para a cama e, na primeira passada de olhos, foi o que imaginou. Além de futebol, bizarrices da cultura *pop* e, como se não bastasse, duas páginas de fotos da princesa inglesa e sua família meio gibraltenha. Era um exemplar de domingo. A curva de infectados e mortos da pandemia provavelmente seria a única coisa interessante a se ver.

Snemed folheava desanimado o jornal quando leu:

Trinta mortos em Coimbra.

Camuflada no meio de uma crônica sobre a quase certa compra da *British Petrol* pela *Petrobras*, a reportagem trazia uma novidade sobre as tensões separatistas da Península Ibérica. Portugal, onde isso nunca foi pauta, começava a observar conflitos similares.

Coimbra, lotada de brasileiros em sua universidade, pela primeira vez tinha mais alunos imigrantes do que nativos. Atraídos por uma política a estrangeiros do governo de Lisboa, a massa da ex-colônia ocupava imensa parcela das cadeiras e revoltava a população. Os trinta mortos,

Snemed ficava a saber, foram resultado de um confronto violento no sábado, após a marcha que pedia a separação de Coimbra do resto do país. O distrito alegava estar arcando sozinho com o dever de absorver os imigrantes fomentados pela capital, sem nada em troca. A capital, por sua vez, nada poderia oferecer-lhes. Estava quebrada.

A análise do jornalista não trazia este enfoque, mas Snemed sabia que isto era reflexo da consolidação do virtualismo. A lógica transacional do mundo havia mudado. Segundo uma matéria de meses atrás, Espanha era o país europeu com o maior fluxo de *virtois*. O Euro tinha sido extinto por lá. Era utilizado somente entre bancos e as empresas que sobreviveram. Em Portugal não era diferente.

Mas, ao contrário dos países muçulmanos, que assinaram um tratado que oficializava o *virtois*, a União Europeia demorou para debater o uso, e os espanhóis perderam o controle. Como resultado, a contribuição de indivíduos virou pífia. Com famílias ricas escassas, impostos sobre grandes fortunas tornaram-se migalhas frente a uma arrecadação esfomeada. A crise, bastante longa por sinal, chegou ao ponto de Barcelona vender à Torre Global preciosidades do *Museu Picasso*. Há alguns anos, as obras faziam parte do acervo de Fajar.

Snemed impressionou-se com a previsão certeira do Sultão Ibrahim. Lembrava-se perfeitamente do dia em que ele lhe apresentou a teoria do virtualismo e a parte em que previu a decadência estatal.

A leitura terminou, e ele jogou o jornal no chão. Mirou ao lado do chinelo de Pedro, para que ele limpasse a bunda, e virou-se para tentar dormir. A temperatura corporal aumentava e uma espécie de tontura vinha junto. Fechou os olhos e sentiu o torpor febril o envolver numa fina camada anestesiante.

Com as mãos parecendo dois balões, Snemed começava a cochilar quando um barulho explodiu ao seu lado. Com o coração disparado, reconheceu o timbre inconfundível. Era um som que jamais iria esquecer. Era o estalo seco que as projeções holográficas produziam. Mas, ali, em vez de uma cidade luminosa surgir, uma multidão raivosa o engoliu para dentro dela.

Snemed não entendeu absolutamente nada do que aconteceu. Com o corpo paralisado, apenas observou o cenário que se desenhou ao redor. Estava no meio de um confronto com uma tropa militar. Ao abrigo de uma espécie de barricada, as pessoas gritavam e atiravam pedras e bombas em direção aos soldados do lado de lá. Diante do cenário esfumaçado, sentiu ser lançado para dentro de *Winter on Fire*.

Ao tentar entender o que era isto, um homem embrulhado numa bandeira listrada vermelha e amarela surgiu e começou a berrar num megafone:

— Catalunha livre! — e centenas entoaram juntas o grito.

Ali no meio, numa sensação de onipresença, Snemed pôde ver a cara das pessoas. Daqueles olhares, transbordava uma fúria diferente. Não tinha cara de protesto nem de uma simples manifestação. Era cara de revolução. Ele entendeu que assistia a um episódio da guerra civil catalã.

Snemed saiu andando por aquele mar de gente quando, de repente, foi como se alguém mudasse o canal com controle remoto. Piscou e o cenário se transformou. Estava agora num ambiente claro e silencioso, uma espécie de gabinete governamental, onde um grupo de homens se reunia.

Olhando para aqueles rostos, logo os reconheceu ao ver um mastro com a bandeira da Espanha. Ao lado do rei, o presidente de Portugal e os dois primeiros-ministros de cada país. Um quinto homem, que não identificou, fechava o grupo. De pé, eles conversavam diante de um mapa da Península Ibérica, pendurado na parede. Com cara de que tentavam chegar a um consenso, gesticulavam e debatiam uns com os outros num clima amigável. Então, todos se silenciavam e ouviam o homem, que Snemed não reconheceu, falar ao telefone. Ele encerrava a ligação e, ao dizer algumas palavras, todos comemoravam. O rei apertava a mão do presidente português e este fazia um rabisco no mapa.

Neste instante, por uma linguagem diferente dos idiomas que conhecia, uma voz surgiu na sua cabeça e começou a lhe explicar o que faziam estes cavalheiros. A voz grave, parecida com a de Omar, contou-lhe que eles articulavam um plano onde os separatistas seriam legitimados, mas não só. Outros movimentos menores, e até uns novos a serem criados, seriam incentivados a reclamar autonomia também. Por fim, numa fragmentação abrupta, deixando alguns territórios acéfalos, outros aleijados, todos seriam obrigados a se reunir novamente. Era uma versão sofisticada do velho "dividir para conquistar".

Ao racionalizar que recebia uma explicação para o que via, a cena se esfarelou e ele abriu os olhos. Neste momento, teve certeza de que era algo verídico. Não tinha como ter inventado nada disso. As imagens surgiram sem qualquer intromissão da sua criatividade. E passou o dia recapitulando os detalhes do que viu. Tentando resgatar cada fragmento visual, fritou a cabeça até desmaiar de sono. Dentre os sonhos, revisitou o episódio em Barcelona.

Mas, ao acordar, praticamente curado dos sintomas, questionou-se se tinha imaginado aquilo; se teria sido um delírio, talvez da febre. A concretude do que viu tinha desmoronado. Parecia agora tudo uma tremenda loucura. Sem a emoção do dia anterior, sem a vivacidade das cenas pulando à frente dos olhos, a hipótese de Espanha e Portugal tramarem um plano velhaco como aquele era impensável.

Ficou ressabiado. Preocupado, na verdade. O realismo do que viu seria capaz de convencer São Tomé. E se foi sua cabeça quem fabricou aquilo, só poderia ser sinal de algo que sempre teve receio. Desde que chegou a Gibraltar, ouvia que com dez anos preso era impossível não flertar com a loucura. Quinze, então, nem se fale. Estava diante do inevitável, portanto. Do irremediável. Era o destino ao qual estava fadado. Snemed temeu. Será que a demência o tempo todo esteve neste ponto da sua vida, pacientemente aguardando-o chegar aqui, pronta para o engolir?

61.

Snemed ficou nove dias sem receber um *Gibraltar Chronicle*. Tanto tempo assim talvez fosse um recorde. Parecia uma penalidade pelos dois seguidos da semana anterior.

Nesta tarde chuvosa, onde o banho de sol não aconteceria, Snemed pulou do beliche e foi fazer seus exercícios. Atazanado pela monotonia, antecipou o que geralmente fazia antes do jantar.

Ao longo dos anos, Snemed elaborou uma série de movimentos, inspirados em alguma ideia sua de arte marcial, apesar de nunca ter praticado nenhuma delas. Entretanto, sem nunca ter tido contato ou lido sobre, pode-se dizer que desenvolveu uma vertente própria de *Tensegridade*, uma prática xamânica dos antigos toltecas. Eram os *passes mágicos* que Don Juan ensinou a Castañeda. Talvez por isso, por ter nascido no deserto de Sonora, tenha sido algo que estaria determinado a nele se manifestar.

Dentre os movimentos, havia aqueles que envolviam pernas, braços, mãos e dedos, além de posturas que eram sustentadas forçando uma rigidez muscular específica. Neste dia, especialmente concentrado, nem percebeu de onde aquilo veio. Só sabe que, quando reparou, havia encaixado algo novo. De joelhos flexionados, como se estivesse sentado numa cadeira invisível, esticou os braços e espalmou as mãos para a frente. Com a musculatura da coxa tencionada como se esquiasse, sentiu-se confortável e ficou assim, já que Pedro dormia e não zombaria dele por estar "a cagar em pé".

Snemed foi ajustando milimetricamente a posição, até que uma incrível percepção de flutuar o dominou. Era como se tivesse atingido o balanceamento perfeito entre os músculos de sustentação da parte de baixo do corpo e o eixo de gravidade. Era uma mágica do equilíbrio. Parecia haver fios invisíveis o sustentando assim.

De repente, sentiu o corpo paralisar como se virasse uma estátua. Ao tentar se mover, foi surpreendido por um fenômeno igual ao da semana anterior. Na sensação de ser alçado para dentro de um filme, olhou ao redor e estava de novo no meio de uma multidão. Desta vez, notou que estava em Londres, na praça em frente ao Palácio de Buckingham.

Quem não sabe o que é emprego não se incomoda com o desemprego! — dizia uma faixa carregada por cerca de dez pessoas.

A seguir, alguém berrou uma ordem e os manifestantes começaram a arremessar ovos e tomates pelas grades em direção à fachada. Obrigou até os estáticos guardas a se abrigarem. As pessoas estavam furiosas com o descaso do rei:

Já somos dez milhões! — era um dos cartazes, ao lado de vários outros, todos trazendo indignação pelo recorde de desemprego no país.

Snemed tinha lido que a Inglaterra registrara nove milhões sem ocupação no ano anterior. Porém, talvez por condescendência à Coroa, o tema sempre foi tratado com otimismo pelo tabloide local, fato de que ele sempre desconfiou.

Mas sobre isso ele refletiu só depois. Porque a seguir, de novo houve a sensação de terem mudado o canal a que assistia e o cenário se transformou. Desta vez, olhou para cima e viu que estava ali mesmo em Gibraltar. Com o rochedo ao alto, um navio com a bandeira da Grã-Bretanha atracava no porto.

Entre abraços e lágrimas, a embarcação *George of Cambridge* parecia servir de caminhão de mudança, à medida que era ocupada por dezenas de famílias e suas malas, móveis e até automóveis. A cara das pessoas sinalizava uma partida melancólica. Snemed teve a impressão de que estavam sendo obrigadas a deixar Gibraltar.

Como se estivesse ali no cais observando as caras tristes das pessoas, as imagens foram ficando vívidas, tão reais, que sua perna falhou e o fez cair de bunda no chão. Olhando envergonhado para o lado, viu que, por sorte, Pedro ainda dormia e não vira sua queda. Certamente levaria uma gozação que perduraria dias. Levantou-se e foi se deitar.

Repassando as cenas de hoje e as da semana anterior, Snemed percebeu que de alguma forma elas conversavam entre si. Frágeis, os ingleses não teriam forças para lutar contra a Espanha, quem mais do que nunca reivindicava Gibraltar. E com capital político de décadas usado para limpar a lambança que foi o *Brexit*, dificilmente teriam apoio de alguém. Sem dúvida, a União Europeia adoraria ver a Grã-Bretanha perder o último pedacinho de terra no continente.

O dia raiou e Snemed acordou com uma sensação boa. Desta vez, sua razão não teve força para confrontar as visões. Além do fenômeno ter se repetido, havia agora um suporte racional. Criar um país novo, com Gibraltar dentro, era absolutamente conveniente para a Espanha. Metade dos gibraltenhos trabalhava na Andaluzia e, com o panorama atual, era a chance de se cumprir o desejo antigo. *Foram sempre em momentos de instabilidade que se redesenharam fronteiras.*

Mais tarde, enquanto fazia alongamentos, Snemed unia as mãos acima da cabeça, quando aquele estalo seco de novo surgiu. Desta vez, estourou tão perto da orelha, que deixou um zumbido nos tímpanos. Dentro do estágio momentâneo de surdez, em meio ao apito que soava como um diapasão, escutou a voz que agora teve certeza ser de Omar:

— *Estados Ibéricos Unidos.*

Snemed sentiu um fluido possante correr pelas veias. De algum lugar, de onde quer que estivesse, Omar lhe transmitia a notícia em primeira mão. A criação dos Estados Ibéricos Unidos iria acontecer. Ou melhor, já tinha acontecido. Restava só a locomotiva do *espaço-tempo* em que estava chegar até este dia. Quando chegasse, com Gibraltar sob um novo governo, tudo poderia ocorrer. A partir de agora, nem que fosse só na loucura, nem que fosse só para sonhar com um futuro diferente, a chance de sair deste presídio passaria a existir.

62.

Snemed acordou numa manhã com um sonho persistente na cabeça. Nele, sentia ser o anjo da guarda de uma garotinha de cabelo loiro. Observando-a do alto com uma inexplicável admiração, a menina de sete ou oito anos se levantava da cama na madrugada e ia até a parte de fora da casa.

— *Papa!* — chamava, mas ninguém respondia.

Com um ar aflito, como quem pressente algo de mau, a menina se afastava da casa e pegava uma estrada de terra. Caminhando por um corredor de ciprestes, chegava a um lago, onde avistava o pai. Pescando em um barco distante da margem, lá estava o homem.

Pela luz de uma lamparina ao lado dele, a garota via que ele entornava alguma bebida direto da garrafa. Ela podia até ouvir o homem cantarolar uma música, cujos versos mais entusiasmados ecoavam pela silenciosa atmosfera lacustre.

— *Papa! Papa!* — gritava ela, mas pela distância, ou pelo álcool, o homem permanecia absorto na pescaria.

De repente, a vara envergava e parecia a fisgada de um peixe grande. Ela pôde até escutar o barulho da linha sendo violentamente puxada da carretilha. Mas no que seu pai se posicionava para iniciar a briga, o homem desaparecia. E a menina, assustada, saía correndo por onde veio.

Enquanto a garotinha ia desnorteada pelo bosque de coníferas, seus passos se misturaram com o barulho de um jornal que foi tacado dentro da cela e fez Snemed despertar.

Num pulo animado do beliche, foi buscar o jornal, mas ao ver as manchetes da primeira página, constatou o triste. Era uma edição dominical. Muito futebol, futebol e futebol, e páginas com fotos dos herdeiros reais gibraltenhos, é claro. Desta vez, na estância de férias onde estão passando o *lockdown*.

Especialmente inquieto neste dia, não teve paciência para ler a edição inteira. Lá pela metade, jogou o caderno no chão. Olhar para o teto e divagar sobre o futuro da Península Ibérica era um passatempo mais animador. Pensou na possibilidade de aquilo acontecer e ficou convicto. E, também, indignado. Algo como isto no horizonte e as pessoas alienadas, desinteressadas, distraídas com futilidades. Já ele, sabedor das coisas, trancafiado ali dentro.

Na sua monotonia habitual, temperada este dia com uma pitada de ansiedade, não soube ao certo por que decidiu fazer isto. Num ato impulsivo, quebrou sua premissa de não revelar coisas suas a ninguém. Seguro de que não feria o pacto com *Ogbunabali*, contou a Pedro:

— Assim que cada estado for criado, os primeiros-ministros de Portugal e Espanha farão uma manobra para reunir os territórios. Burocraticamente será inviável de outra forma, dirão eles. Imagina a confusão de fronteiras, de trânsito de mercadorias, impostos... Por isso, criarão algo que trará uma ilusória independência regional, mas com a submissão ao governo central só de roupa trocada.

Ao verbalizar a teoria em voz alta, Snemed achou aquilo sem o menor cabimento. Ouvir-se a falar sobre o assunto o fez enxergar a que ponto sua loucura havia chegado.

Só que para sua surpresa, Pedro adorou o que ouviu:

— Toda a gente precisa saber disso! — levantou-se da cama num pulo — Tu já contaste a mais alguém?

Snemed teve de segurar o riso. E respondeu cínico:

— Ainda não. Mas concordo. Todos precisam saber.

— Agora vês o futuro, não?! És um clarividente, pá!

— Clarividente? Grande charlatanice!

Questionando-se se deveria espalhar aquela barbaridade a outros presos, a verdade é que Snemed queria ver a reação das pessoas ao ouvirem algo assim. Essa gente morna implorava para ser atiçada. Portanto, decidiu. Sem nem bem saber o que esperar em troca, apenas confiou que era o que deveria fazer.

Durante o almoço, sentado na companhia de Pedro e do trio de portugueses, Snemed chamou a atenção deles e contou o que supostamente sabia. Confabulando os factoides como se fossem informações secretas, teceu um enredo promissor sobre o futuro da Península Ibérica e cravou:

— Podem escrever. No máximo em três anos.

Em seguida, acrescentou a parte sobre Gibraltar:

— Aqui será o Estado da Andaluzia — apontou o indicador para o chão

— E esta cadeia não vai mais existir.

Os portugueses se entreolharam pasmos. No segundo seguinte, contaram aos outros presos da mesa. Com a velocidade em que uma carreira de pólvora é consumida pela chama, a *fake news* se alastrou e atingiu cada ouvido no refeitório.

Alvoroçados, os prisioneiros começaram a especular sobre os desdobramentos do rearranjo territorial. Alguns ficaram tão intrigados com a transferência de poder, que vislumbraram mudanças drásticas:

— Esses espanhóis são uns cabrões! — berrou um.

— São uns filhos da puta! — completou o segundo.

— Os ingleses é que são — devolveu o terceiro.

Diante da agitação que se formou, Snemed riu. Tinha conseguido minar o marasmo da penitenciária. Uma dose de emoção para estas pessoas, alguma coisa diferente para lhes ocupar a cabeça, sem dúvida lhes faria bem. A sua ideia, seja lá para qual finalidade fosse, tinha surtido efeito.

Só que, de repente, o negócio perdeu o controle. Escalou de tal forma, que uma confusão de verdade começou. Até cadeiras foram arremessadas. Com o saldo de quatro homens na enfermaria, impossível não chegar aos ouvidos do encarregado. Naquele ambiente pacato, há anos nada parecido acontecia.

À tarde, durante o banho de sol, Snemed conversava com Pedro quando dois guardas se aproximaram com suas passadas largas. Arrastado pelos sovacos, nem teve tempo para dar explicações. Nem saberia o que dizer, aliás. No mesmo instante foi levado à solitária.

63.

As primeiras horas de castigo foram insuportáveis. O cubículo gelado, enfurnado a vários metros abaixo do térreo, era um verdadeiro calabouço. Confinado a níveis subterrâneos, Snemed lembrou-se das residentes.

Dentro do ambiente claustrofóbico, mal dava para se deitar. Com as paredes feitas do próprio calcário do rochedo, um buraco fundo no chão era o que tinha para se fazer as necessidades. Havia, também, uma meia dúzia de tiras de papelão, provavelmente de caixas velhas, que de forma inútil arriscavam uma cama para os mal-aventurados hóspedes. Mais nada.

A cela, congelante, ficou ainda mais quando o sol se pôs. Em cima dos pedaços de papelão, Snemed deitou-se em posição fetal e, com as mãos em casulo, assoprou para esquentá-las com o bafo da boca. Seu uniforme, apesar do tecido grosso, era pouco. Parecia nu.

A noite, apesar de penosa e da insônia, passou, e o dia amanheceu agradável, com um calorzinho morno chegando de fora. Deus quisesse, em breve voltaria à sua cela. Era só aguardar até o virem buscar.

Barulhos de passos se aproximando e uma bandeja escorregou para dentro da cela. Deslizante, a refeição entrou pelo vão da porta e o salvou. Snemed farejou o pão com manteiga e deu uma mordida.

Outra dentada e ouviu:

— Economize, que é a única comida do dia. E se prepare... — o agente fez uma pausa cruel — Você tem mais quatro noites.

Snemed quase cuspiu o pão ao ouvir aquilo. Pousou a metade remanescente na bandeja. A fome foi aniquilada pela náusea da notícia.

— Até amanhã — os passos do guarda sumiram escada acima.

Um desespero subiu-lhe pelas pernas. O balde de água gelada fez sua pressão despencar. Desmontou no chão, torto, incrédulo, encarando estático a parede, constatando que a noite terrível que teve se repetiria mais quatro vezes.

Com uma ira descomunal de si mesmo, Snemed gritou. Berrou tanto e com tanta raiva, que ofegou após a purga colérica. Arrependeu-se por ter causado a confusão. Mais se arrependeu por contar mentiras às pessoas. A punição era justa. Fazia tempo que espalhar notícia falsa era o grande mal da humanidade. Deveria saber.

E para de uma vez por todas acabar com as mentiras que rondavam a sua vida, tomou uma decisão. Assim que saísse da solitária, pediria uma conversa com o superintendente do presídio para revelar quem era. Pensando em *Ogbunabali*, estava disposto a sofrer as consequências, se é que elas existiriam. Depois de todo esse tempo, haveria um ponto final para Snemed. Para sair do presídio, valeria tudo. Até mesmo recorrer a Ricardo Diaz.

64.

Snemed acordou no terceiro dia com as costas destruídas. Com um torcicolo instalado na nuca, era impossível sustentar a cabeça erguida. Possivelmente nem uma osteopata pudesse o ajudar. Talvez nem mesmo a vietnamita excelente que o atendia na Torre Global.

Snemed tinha esgotado as alternativas para se acomodar ali dentro. Por incrível que pareça, a posição menos desconfortável era em pé. Mas, também, não dava nem para dar três passos de um lado para o outro. Mirou as folhas de papelão no chão e as amaldiçoou.

Mas nisso, teve uma ideia. Pegou as tiras, dobrou-as, encaixando umas nas outras, e fez uma espécie de almofada. Tosca, obviamente, mas no que encaixou a bunda, um sorriso se abriu naquela cara surrada. Encontrava uma posição confortável. Ficou indignado por não ter pensado nisso antes.

De pernas cruzadas e com a coluna reta, ainda que apoiada na parede fria e áspera, a postura encontrou um registro na memória, e Snemed se lembrou de que praticou meditação na Torre Global. Nunca mais tinha pensado nisso. Não sabia nem precisar em que período da vida em Fajar teve o hábito, muito menos tinha exercitado desde então.

A despeito de ter sempre usado um assento de *futon* para conseguir se firmar com a coluna ereta, a almofada de papel o ajudava neste sentido. Fechou os olhos e uma calmaria o preencheu. Vendo que era como andar de bicicleta, que nunca se esquece como faz, bastaram uns minutos e alcançou o estágio de quinze anos antes. Era a percepção fantástica de ser apenas do pescoço para cima dentro de um casulo luminoso.

Então, lembrou-se de outra coisa. Na Torre Global, tinha gosto pela meditação, pois acreditava que via filminhos do futuro, similares ao que tinha visto recentemente. Na verdade, era esta a razão do seu entusiasmo pela prática.

Mas, por ora, Snemed não conseguiu avançar no exercício. A carcaça, com duas noites em branco nas costas, assim que viu o oásis de conforto, adormeceu por horas, ali mesmo sentada. Dormiu a ponto de roncar alto.

Lá pelas tantas, um barulho veio de fora e o despertou. Num sobressalto, abriu os olhos para ver se alguém vinha e torceu que sim. Estava com uma fome danada. *Que seja comida!*, desejou. Mas não. Ninguém estava ali.

A seguir, Snemed notou que já era noite e a temperatura começava a despencar. Num calafrio instantâneo, e sem nem dar tempo para o corpo pensar, ergueu-se e fez polichinelos até as panturrilhas gritarem. Cinco minutos de aeróbica e se esquentou.

Voltou para a almofada e tentou meditar novamente. A apatia neuronal era tanta, que o levou a um vácuo de pensamentos. Pela inércia do *nada* atemporal, vagando pela escuridão das pálpebras como se fosse o espaço sideral, de repente uma mancha esbranquiçada surgiu e o engoliu para dentro dela. Olhou ao redor, observou a avenida conhecida, e percebeu onde estava. Era Madri.

Imediatamente entendendo o que estava em curso, manteve a atenção focalizada na cena e deixou o fenômeno fluir. Varrendo o cenário com o olhar, notou que quanto mais consciência tinha do que via, maior a riqueza de detalhes que se materializava. Parecia alcançar um grau a mais de nitidez em relação às outras vezes.

Entrando numa padaria na *Gran Via*, observou o grupo de pessoas que assistia ao jornal. O apresentador, ao lado de uma tela grande, mostrava o mapa dos Estados Ibéricos Unidos. E Gibraltar, na parte de baixo, pequenino, estava ali como novidade. Diante do sorriso do âncora, todos comemoraram a notícia.

Snemed sentiu um arrepio ao presenciar esta cena. Ela confirmava os presságios anteriores. Enquanto analisava os detalhes da *bodega* e os rostos daquelas pessoas, o cenário abruptamente se modificou. Olhou para o lado e estava agora em sua cela. Sem a presença de Pedro, com o colchão dele sem lençóis, como se já não estivesse mais lá, assistiu a si mesmo rasgando um papel em cima da privada.

Surpreso ao ver uma cena não vivida da sua vida, alguém abria a cela e o vinha buscar. Era algemado e, num veículo estacionado no pátio externo, embarcava. Pela janela, ao olhar a fachada caindo aos pedaços, teve a certeza de que deixava a penitenciária.

Ao assistir a sua partida do presídio, começou a tremer diante desta chance. A esperança que teve outro dia talvez existisse. Todas as visões apontavam para isso. Não era à toa que aquelas coisas tinham se manifestado ao longo desses dias, nesta ordem, como se o fizessem ligar os pontos entre cada um dos fatos. Se Gibraltar fosse devolvido aos espanhóis, sair dali se tornava uma possibilidade.

Porém, em meio ao lampejo otimista, flagrou a cilada da mente. Ao imaginar os eventos que culminariam na sua saída da prisão, a cabeça encarregou-se de fabricar um episódio para lhe apresentar em forma de presságio. E quase acreditou! Ergueu-se e andou de um lado para outro, preocupado. Marchava por um terreno perigoso. Precisava imediatamente esvaziar a cabeça dessa loucura.

Snemed sentiu o estômago roncar. A fome vinha agora tão aguda que parecia haver uma navalha lhe cortando o estômago. Desejou mais do que tudo poder comer alguma coisa, qualquer coisa. Fechou os olhos e tentou se lembrar de que a fome era um mero aspecto da mente. Mas desta vez não conseguiu. Seria impossível. *Quero comer!*, implorou.

Bastou pensar nisso, a luz do corredor foi acesa e um guarda falou, como se tivesse lido seus pensamentos:

— Está com fome, seu pedaço de merda? — uma risada estúpida — Acabei de esfregar meu saco na sua batata!

Ao ouvir aquilo, Snemed sentiu uma raiva tão venenosa que se não fosse pela porta da cela voaria em cima do sujeito para quebrar-lhe a cara. Não podendo, ia xingar de tudo o que pudesse o infeliz, quando notou que o breu da cela continuava intacto. Não havia luz do lado de fora. Menos ainda tinha chegado alguém ali.

Snemed riu da alucinação. Riu de nervoso, deve-se dizer. A insanidade, pelo visto, avançava na sua direção muito mais rápido do que poderia supor. Estava cada instante mais próxima. Cada vez mais dentro. Os reflexos deste enclausuramento seriam devastadores. O que seria dele com mais dois dias disso? O que acabou de presenciar o deixou de cabelo em pé.

Só que, então, ouviu passos pela escada e, desta vez, pôde ver a escuridão ser iluminada e escutar o homem que chegava dizer:

— Está com fome, seu pedaço de merda? — relinchou — Acabei de esfregar meu saco na sua batata!

Snemed explodiu numa risada. Foi simplesmente impossível acreditar no que ouviu.

— É sério, idiota, pus suas batatas nas minhas bolas! — insistiu o guarda.

Snemed tentou conter-se, mas foi engolido por um ataque de riso. Foi catapultado aos céus e voou nas asas da gargalhada.

Absolutamente alheio ao que o preso vivenciava, o homem jogou a bandeja de comida pelo vão da porta e partiu sem entender nada. Desligou a luz do corredor e o som dos seus passos pela escada foi diminuindo até sumir lá em cima. Com a escuridão e o silêncio de volta, Snemed conteve o afã. Tateando a bandeja no chão, apanhou a batata gelada que chegava para o salvar. E ali, com o cheiro frio do amido, deliciou-se com o alimento, talvez batizado pela bolsa escrotal daquele cretino. Conhecendo-o há tempos, era bem provável que sim.

— Que babaca — e riu sozinho, no escuro.

Mas à luz das circunstâncias, visto o que tinha visto, o sujeito ter feito aquilo ou não era indiferente. Irrelevante. Além da fome horrorosa, acabava de presenciar um feito mágico. Um ato do *poder*. E, isso, era algo que ninguém, jamais, poderia lhe tirar.

65.

O que começou de forma despretensiosa, pouco a pouco dominou a vida de Snemed. Os *passes mágicos* e a leitura do jornal, antes principais atrações do cárcere, viraram passatempos acessórios.

Todo dia uma sessão nova estava em cartaz no cinema mental. Como uma antena parabólica a captar frequências, era fechar os olhos, concentrar-se, e um filminho diferente era sintonizado. Cada vez mais tinha controle sobre como acessá-los e como permanecer dentro deles. Era como aprender a ficar mais e mais tempo debaixo da água sem respirar. No caso, respirar era pensar.

Para Snemed, ficou claro que o dom se manifestava de duas formas. Uma, onde via cenas de futuros coletivos, e outra, onde via coisas da sua própria rotina, pouco antes de acontecerem. Com sua natureza teorizadora, refletiu que a partir da morte do seu *eu da narrativa*, restou-lhe apenas o *eu da experiência*. Alheio às memórias de passado e com o enorme *nada* do presente, tornou-se um receptáculo do futuro.

Neste dia, durante o banho de sol, aproximou-se de um marroquino recém-chegado e falou:

— Cuidado com a gaivota!

— O quê? — disse o homem, sem entender o alerta. Mal terminou de falar e um jato branco caiu na sua cabeça.

O homem congelou tão pasmo com a antecipação do acontecimento, que nem se preocupou em se limpar. Snemed, educado, ofereceu-lhe o guardanapo que guardou do café da manhã:

— Pode ficar — entregou-lhe — Para a boca, guardanapo é luxo.

As visões do cotidiano davam-lhe uma ligeira vantagem em relação aos demais, mas, dentro da prisão, francamente, era um poder um tanto quanto inútil. Por isso, eram as visões sobre o futuro da humanidade que o seduziam. Iniciado com o panorama da Península Ibérica, suas visões logo cobriram o mundo. Viu as inúmeras restruturações políticas que ocorreriam nos anos seguintes. Boa ou má, para cada lugar havia uma história diferente a se contar, mas, no fundo, era tudo reflexo da consolidação do virtualismo. Se o mundo nunca mais foi o mesmo depois do dólar, o que dizer depois do *virtois*? Não tinha comparação.

Flertando com a África do outro lado do oceano, a visão que teve ao acordar veio à cabeça. Nela, uma mulher jovem, loira de cabelo curto, vociferava em cima de um palanque para uma imensa plateia. Vidrada, a multidão gritava o seu nome como se fosse uma *popstar*. Seu rosto, porém, não trouxe nenhuma referência a Snemed.

Isto era um exemplo do desafio que tinha. Sua mente proliferava um repertório imenso de visões. Muita coisa, desconfiava que era imaginação. Filtrar o verossímil e o que agregava ao seu fio narrativo não era fácil. Imagens como a desta mulher, sem utilidade, eram logo descartadas. Outras, bizarras, preocupavam-no pelo nível de loucura com que podia estar flertando. Chegou a ver alienígenas.

Mas ele sabia que brincar com isso era um risco calculado, e estava convicto de que naquela profusão havia coisas reais. Nisso, confiava plenamente. E ao aperfeiçoar o olhar clínico, mais uns dez enredos passaram a ser cultivados, como a sangrenta reunificação das Coreias, a consolidação do domínio da China na África e o fim da União Europeia.

Preocupado com a quantidade de coisas que se acumulavam nas estantes imaginárias, viu que era hora de anotar tudo em algum lugar. Ou iria começar a se esquecer. Então, teve uma ideia. Sem saber ainda como construir aquilo, idealizou uma espécie de painel onde tudo seria registrado. Seria, também, uma tentativa de, ao reunir as previsões, enxergar como se conectariam ao longo do tempo. Para ele, havia um pressentimento de que as histórias se entrelaçariam lá na frente. Era como se tudo convergisse para um evento maior.

Sempre que pensava nisso, sentia um mau agouro. Com a visão turva para o que pudesse ser, parecia haver uma peça importante faltando ali.

Desconfiava que pudesse ser a aparição de alguém, cujas ações afetariam de forma drástica o curso da humanidade. Mais, até, do que o Sultão, com a inteligência artificial virtualista e seus infindáveis efeitos colaterais.

O silvo do apito anunciou o fim do intervalo e as gaivotas causaram no céu o estardalhaço costumeiro. Voando ao redor umas das outras, fazendo um barulho altíssimo, pareciam crianças no recreio da escola. Vendo a confusão no ar, Snemed riu. O alvoroço era uma metáfora da sua cabeça. A quantidade de coisas rodopiando ali dentro gerava uma algazarra igual à de fora. A natureza sempre arranja um meio de comunicar esse tipo de coisa.

Snemed e Pedro chegaram de volta à cela e, no chão, um *Gibraltar Chronical*.

— Dia de sorte, hã? — comentou Pedro, com uma risada boba, no que Snemed curvou-se para pegar o jornal.

Deu uma primeira folheada e deparou-se com uma propaganda. No canto inferior direito de uma página dupla em branco, apenas um minúsculo e colorido logotipo da -*S*-. Snemed gostou da jogada publicitária. Era como se a empresa dissesse: *Não preciso dizer nada. Você sabe quem sou.*

Só que ele gostou mesmo de outra coisa. Diante da imensa folha em branco, viu onde fazer as suas anotações. Tudo seria imediatamente descarregado ali.

— Tu ainda tens aquela caneta? — perguntou a Pedro.

— Atirei para debaixo da cama, deixa-me ver… — uma pausa de trinta segundos e jogou-a beliche acima — Para que é que queres esta merda?

— Vou escrever um poema. Para ti — e riram.

Empenhado na tarefa, Snemed recapitulou os detalhes de todas as visões, desde a primeira, sobre Barcelona. Com o papel apoiado na parede, anotou num canto cada episódio e atribuiu-lhes sinopses. Era uma sequência de várias palavras-chaves que o ajudariam a relembrar os pormenores que visualizou.

Nos anos de Los Angeles, apesar de mestre na área, não foi só a habilidade em dar retorno ao investidor que o fez ser chamado pelo *Facebook*. Na carreira de financista, leitura de cenários sempre foi seu principal dom, e a receita era simples. Uma mistura de sua exímia capacidade de analisar aspectos políticos, econômicos ou qualquer outro, com palpites da sua premonição certeira. Achou graça. A qualidade que o fez um ás do mercado financeiro seria usada agora para gerir apostas para o futuro.

Na parte de cima da folha, desenhou uma linha do tempo e distribuiu os fatos ao longo dos cinco anos seguintes. Queria observar a probabilidade que cada um tinha de se desenrolar, e como se envolveria com os demais a partir de interseções políticas, econômicas e sociais. Era um troço complexo, um trabalho incessante, mas era a atividade perfeita para fazer com que o tempo passasse.

Após horas rabiscando a página, Snemed enfim deu-se por satisfeito. Olhou atentamente o esquema que construiu e vibrou. Modéstia à parte, tinha ficado fantástico. Estava tudo ali.

— Mapa do futuro! — sussurrou contente e batizou esse negócio que só ele entenderia.

Em seguida, dobrou o papel até o menor tamanho possível, cavou com a caneta uma fenda na espuma do colchão e escondeu a folha. Muito embora aquele monte de garranchos fizesse sentido só para si, ninguém deveria ter acesso. Porque além de estritamente confidencial, se o mapa do futuro fosse descoberto, seria uma prova incontestável da sua loucura.

66.

Meses se passaram, e a cada visão nova ou notícia que chegava, Snemed ajustava o esquema. Avaliando a chance que cada coisa tinha de prosperar, as teses eram, digamos assim, precificadas como ações. Tudo tinha uma cotação na sua bolsa de valores imaginária. Dia a dia ia moldando sua narrativa do futuro.

Snemed estava empenhado na tarefa. Pensar sobre o futuro e suas possibilidades era pensar sobre as forças que regiam o curso do planeta. Ele acreditava que todos os eventos e todos os seres eram manifestações de uma complexa rede estatística. Desde os primórdios, morrer ou sobreviver sempre foi uma questão probabilística, e o que ditou se A ou B é quem passaria os genes às gerações futuras.

Mas, apesar de o processo evolutivo ser um mecanismo matemático, frio, absolutamente eficaz, havia por trás uma força abstrata, mágica, e que, de vez em quando, fazia sua interferência na seleção natural. Isso se refletia quando o 1% vencia os outros 99%. Nestes casos, a vitória da possibilidade única era iluminada por uma força divina, difícil de se explicar à luz da ciência. Era, por exemplo, a moto em Bertoua, que por um milímetro não colidiu com o *Renault*. A cada mil vezes que aquilo ocorresse, em novecentas e noventa e nove haveria um acidente. Para ele, o que presenciou naquele dia foi a manifestação milagrosa de uma chance solitária pelas mãos do universo. E o *Homo sapiens* parecia ser o primeiro ser vivo a perceber isto.

Snemed elucubrava sobre esta crença sua, quando um jornal deslizou pela porta. Três passos até lá para apanhá-lo e leu a notícia bombástica. Em cima da foto que ocupava a primeira página inteira, a manchete anunciava que Helga Kpöff, uma jovem de trinta anos, vencia a disputa para o governo alemão:

Uma vitória definida na última semana de eleição.
Observando a cara da mulher no jornal, Snemed teve dela uma recordação vívida. A sensação de lhe ser familiar era tanta, que parecia conhecê-la pessoalmente. Era como se fosse uma amiga antiga, há muito não vista, talvez de outra vida, que por isso agora custava a reconhecer.

Snemed olhou com mais atenção o rosto dela, até que entendeu quem era ela afinal. Esta mulher já tinha surgido em visões. Mas pelo seu rosto nunca lhe ter significado nada, Helga não havia sido incorporada a nenhum enredo do mapa do futuro. Sem dúvida, indícios do machismo inconsciente, enraizado, invisível. Imaginar uma jovem na chancelaria alemã era algo que sua mente nunca conceberia. E era algo sobre o qual sequer tinha ingerência. Ali, entendeu isso. De olhos fechados, recapitulou as visões que teve dela.

Surpreso, percebeu que Helga era a mulher que, semanas atrás, pensou ser uma diva *pop*. Em vez do palco armado para o show, ela estava num palanque em frente ao *Bundestag*. Novamente dentro do episódio, ouviu o seu pronunciamento como se estivesse ali na multidão:

— *É nosso dever acolher refugiados qualquer que seja a origem! É o dever da Europa! Nós invadimos, matamos e colonizamos, e o que demos em troca? Xenofobia! Discriminação! Segregação!* — Helga berrava com fúria nos olhos — *E depois de deixarmos o planeta prestes ao colapso, queremos fechar os olhos para os que morrem. Nós iremos absorver os refugiados climáticos, sejam eles quantos forem. Essa será a agenda da Alemanha!*

Snemed foi eletrizado pela fala de Helga. Seu tom apaixonado envolvia as pessoas como se elas estivessem diante de uma messias. E realmente, pareciam estar. Hipnotizados, todos entoaram o seu nome:

— *Helga! Helga! Helga!* — com palmas e assovios potencializando o volume do coro.

Na sequência, outro episódio surgiu, e Snemed compreendeu que Helga era a garotinha de um sonho que teve há um tempo, em que ela saía de casa à noite e via o pai sumir ao cair num lago. Filha única de mãe morta no parto, ali tornava-se órfã. A mulher trazia consigo este capítulo triste.

— É ela! — soltou em voz alta, e Pedro devolveu lá de baixo:
— É ela, quem? Tás louco? — com uma risada.

Snemed nem respondeu, tamanha comoção. As visões que teve sobre o futuro da Europa não só agora faziam sentido, como sabia quem era a protagonista. *Helga Kpöff, a terceira mais jovem premiada com Nobel e vencedora de um Golden Globe*, informava o jornal, mal sabiam eles, causaria uma cisão na União Europeia.

— É ela... — disse baixinho, mais uma vez. Compreendia o que significava esta mulher ser a próxima chanceler da Alemanha.

Ao ler o longo prospecto sobre Helga que o jornal trazia, teve um pressentimento extraordinário. Cem anos depois de produzir o maior genocida da história recente, a Alemanha teria no poder uma pessoa como ela. Ao pensar nas alterações práticas no mapa do futuro, viu que, apesar de ela não estar no esquema, o reflexo de suas ações estavam. Era algo que ganhava cara, como o roteirista que conhece a atriz da personagem que criou. Indiscutivelmente, ela seria a partir de agora uma musa do mapa do futuro. Pois, apesar da teórica agressividade de seus atos, a nova chanceler alemã tinha uma aura de salvadora. Não só do ponto de vista romântico, como sob o aspecto prático, Snemed constatou.

Com ideais agregadores, e agora com força legal para tal, percebeu que Helga era a pessoa designada para propor algo de que o mundo precisava urgentemente. E, isto, era um contrato social para o virtualismo. O modelo dominou o globo tão rápido, que pulou discussões cruciais sobre seus impactos morais e éticos. Um dos campos de crítica, para se citar um, era de que o *V2V* permitia um mercado sexual sem nenhuma restrição.

Através da plataforma, uma adolescente de La Paz poderia vender vídeos íntimos para homens de qualquer parte do planeta. Com ela recebendo os *virtois* de forma segura, a identidade dos compradores ficaria trancafiada sob a criptografia do sistema. Foi o que descobriu a mãe que quis processar os compradores da pornografia. Fajar nunca negou que isto pudesse acontecer. Por outro lado, *os indivíduos não queriam a liberdade total?*, perguntaria o Sultão antes de ele mesmo responder: *Eles agora têm*.

Helga, concluiu Snemed, era a pessoa perfeita para liderar a discussão com os duzentos países que, querendo ou não, estavam na zona do *virtois*. Além desta pauta, o nacionalismo também deveria ser revisto e readequado a partir da nova ordem mundial. Para ele, estava claro que, ao longo das últimas décadas, o papel das nações se enfraqueceu e não deixou espaço para patriotismos, soberanismos e outras bravatas individualistas de um território. No mundo do século XXI, os países não passariam de estâncias administrativas para gerir o fluxo das pessoas pelo planeta. Deveriam cooperar entre si com transparência, auditar e divulgar suas emissões de carbono, aguçar a diligência em pandemias, mas não passariam de meras engrenagens dentro de um mesmo império global.

Helga estar neste momento sob a égide de chancelar da Alemanha parecia o cumprimento de uma ordem de *Ananke*. Ela era a líder tradicional, carismática e racional-legal que o mundo aguardava. A sacrossanta weberiana. Snemed deu um suspiro. Há tempos nada o entusiasmava desta forma. A mulher trazia a coesão que faltava ao mapa do futuro. *É ela!*, pensou mais uma vez.

No entanto, este *Gibraltar Chronicle* seria para sempre um exemplo de raio que cai duas vezes no mesmo lugar. Ao pensar que a edição não traria nada de útil nas demais páginas, foi de novo surpreendido. Logo a seguir, havia uma matéria discreta, mas potencialmente tão relevante quanto à da primeira página.

Sohui Yun-Nam, candidata ao governo da Coreia do Sul, liderava com folga as pesquisas para as eleições da semana seguinte, e sua vitória era dada como certa. Ela seria a primeira descendente de norte-coreanos a assumir a presidência em Seul.

Reunificar as Coreias é uma das pautas da candidata nacionalista, que traz consigo forte agenda militar — comentava o colunista.

Snemed sentiu um frio na barriga ao ler aquilo. Poderia ser mais um rosto que o mapa do futuro ganhava. A reunificação das Coreias era algo que sempre esteve no radar e, neste ponto da História, as colocaria num posto nunca alcançado. Com o sul entre os cinco maiores PIB do mundo e o norte no acordo de desenvolvimento nuclear, um passo como este transformaria os dois países numa superpotência.

Mas ao olhar a cara da sul-coreana no jornal, com seu cabelo curto, o ar sério e uma compleição andrógina, Snemed teve um péssimo pressentimento. Ainda pior era, porque teve a sensação de já ter visto este rosto sombrio em visões. Sohui tinha um ar severo e uma aura totalitarista. Seus olhos sinistros revelavam alguém que carregava em segredo a maldade que seria obrigada a fazer.

Sentiu um calafrio correr pelo corpo. Com a imagem de Sohui fixa na mente, jogou o jornal no chão. As novidades de hoje tinham-no deixado afoito. Com a aparição destas duas figuras, o mapa do futuro inteiro teria que ser revisto.

Tentando por ora esquecer aquelas mulheres, pensou na reflexão de mais cedo, sobre os *Homo sapiens* terem percebido que existia algo além do cartesianismo das leis naturais. Ele próprio se considerava uma testemunha desta força invisível. Snemed tinha para si que, ao compreender a presença do elemento oculto, o Homem passou a acreditar em coisas que os olhos não viam. E ele quis explicar o que eram essas coisas. A necessidade de querer entender o funcionamento da natureza o fez criar narrativas que, ao longo dos milênios, o ajudaram a construir uma fôrma para o mundo. Um sonho coletivo que fez a espécie inteira ser alçada ao topo da cadeia alimentar. Na quebra das regras do processo evolutivo, na extinção da seleção natural, um dia a presa arquitetou a morte de seu predador.

Dezenas de milênios depois, corta a cena, e o Homem é o dono do planeta. Uma cria da natureza toma o controle do mecanismo criador. Animais, vegetais e minerais são subjugados. O clima, a topografia, os oceanos, não são mais obstáculos. Distância virou questão de horas. Tudo está sob controle. Neste aspecto, Snemed concordava com Harari, um autor que leu muito na sua época de Vale do Silício. Superar aspectos que por milhões de anos foram indomáveis só foi possível a partir de algo que nenhum outro animal foi capaz. Ao criar realidades inventadas, como mitos, leis, religiões e sistemas econômicos, grandes grupos começaram a cooperar entre si. De cem pessoas a um milhão, de tribos a impérios.

Então, o Homem recebeu o bastão do futuro do planeta. Sua sede por mais era insaciável. A própria natureza concordou que não o poderia frear. Até contê-lo dentro dos limites da atmosfera tornou-se impossível. O Homem foi ao espaço.

Enquanto isso, realidades inventadas foram eliminando outras realidades inventadas, numa lógica similar à da seleção natural. O cristianismo aniquilou o politeísmo, a cultura europeia devastou a indígena, o liberalismo derrotou o comunismo, e chegou-se ao século XXI com 99% dos terráqueos compartilhando ao menos um dos grandes credos vigentes. Neste processo, o fluxo de aglutinação do poder mostrou-se regido por uma lei tão implacável quanto a lei da gravidade. Um dos reflexos era o que o Sultão descreveu a Snemed, sobre os conglomerados intercontinentais. Um de energia, um de remédios, um de alimentos, um de entretenimento, um de produtos de uso pessoal, por aí vai. Durante tantos séculos concentrando poder, tudo apontava agora para uma coisa que se daria de forma natural. E de que ninguém iria reclamar. Poderia demorar dez, trinta, cinquenta anos, mas o planeta teria o seu primeiro governante.

Ao pensar nisso, Snemed foi surpreendido por uma visão. Nela, Helga e Sohui se reuniam em um gabinete. A primeira com um vestido vermelho, e a segunda de terno e gravata. Ele viu a alemã com um semblante de apreensão, ouvindo a coreana dizer:

— *Um conselho que imporá a preservação do planeta.*

Snemed sentiu um frio na barriga ao conhecer a voz mecânica e seca de Sohui. Observá-la a falar era um fenômeno curioso. Sua cara era inalterável. Não esboçava expressões. Magérrima e de cabelo curto em forma de capacete, parecia um androide.

Ao se perguntar o que era este encontro, aquela voz que acreditava ser de Omar lhe explicou o que elas queriam. As duas almejavam o posto global e estavam se preparando para isso. Governar um país era um passo preliminar. Sabiam da urgência de estabelecer uma função como esta e estariam o mais aptas possível para quando a hora chegasse.

A visão desapareceu. E Snemed compreendeu uma coisa. Ao passo que Helga parecia uma espécie de predestinada, Sohui tinha um perfil ditatorial cruel. Se uma disputa entre elas existisse, a humanidade se depararia com a bifurcação mais relevante da sua trajetória. Duas dimensões se apresentariam, e a História se desenrolaria para um lado ou para o outro. Ambas sonharam com um mundo sob seu comando e uma das duas o transformaria em realidade. Arrastaria, também, oito bilhões de pessoas com ela.

Snemed sacou de debaixo do colchão uma folha branca de publicidade da -*S*-, guardada para um dia como este, e produziu uma nova versão do mapa do futuro. Reorganizou os fatos na linha do tempo e colocou as duas mulheres no centro do esquema.

Ao ver o panorama redesenhado, um calor subiu-lhe pela nuca. Diante do papel rabiscado, entendeu qual era o fato para onde tudo convergiria, e que sempre desconfiou de que era algo ruim. Sohui era a peça que faltava ao quebra-cabeça. Ela era o ponto final do mapa do futuro. Ela escreveria o último capítulo da humanidade. Ou, ao menos, da humanidade como a conhecemos.

Dos conglomerados intercontinentais, a maior carga de poder, de longe, se encerrava na -*S*-. A empresa era o ambiente de cooperação mútua que mais reuniu adeptos até hoje. Nem o cristianismo, nem a China, nem o *Facebook* superaram a marca dos cinco bilhões de indivíduos. Sem que isso fosse formalizado, o planeta já tinha uma espécie de chefe de estado. Era o Sultão de Fajar. Discreto como sempre, a ponto de ninguém se dar conta, era Mothaz o rei do mundo.

Mas, cedo ou tarde, alguém teria que sucedê-lo. E pelo alcance de controle social que a -*S*- permitiria a elas, Sohui e Helga fariam de tudo para ser esta pessoa. Politicamente representada por Fajar e economicamente pelo virtualismo, ficou claro para Snemed que a Torre Global era o que as duas precisavam para pôr em prática os seus mundos idealizados.

Bastou pensar nisso e uma visão de Sohui surgiu. Arrepiado até o último pelo, logo entendeu onde ela estava, ao reconhecer aquela estrutura de transmissão. Levando lufadas de vento na cara, a mulher estava no piso acima do *Salón Global*, contemplando o horizonte negro de Fajar. Neste multiverso, ela conquistava a Torre Global. E vendo no rosto dela o significado do seu plano, ele entendeu o que era *a preservação do planeta* a que ela se referia. Estas cenas tinham aparecido em outras visões. Era eliminar quantos humanos fosse possível da face da Terra.

Snemed estremeceu. Neste momento, nunca teve tanta certeza de alguma coisa na vida. Pois, apesar da loucura que isto poderia parecer, para ele era uma possibilidade tão viável, que não teria como não acreditar neste destino. Diante de tudo que passou pela sua cabeça hoje, seria inimaginável, amanhã, cogitar um mundo livre deste risco.

E se estivesse certo, seria algo muito além das desgraças comuns, como as que encontrava pelas páginas do jornal. Sohui Yun-Nam assumir a Torre Global permitiria a ela uma hegemonia com potencial para atravessar milênios. Uma soberania impossível de ser interrompida. Pois seu primeiro ato após invadir Fajar seria o mais perto de um apocalipse que se poderá imaginar.

67.

Três anos se passaram, mas, para Snemed, o tempo voou a partir do dia em que Sohui Yun-Nam foi posta no mapa do futuro. Aquele marasmo de quinze anos desapareceu. Sua cabeça nunca mais careceu de distração. Processar as visões que surgiam, e encaixá-las com o que o jornal trazia, tornara-se um trabalho ininterrupto.

Ao longo deste tempo, nunca deixou de se questionar sobre o que viu naquele dia. Seria o maior genocídio de todos os tempos. *A hecatombe!* Só que ao passo que era grave demais para virar realidade, cada dia pressentia ser mais factível. Nada aconteceu para que o fizesse pensar diferente. Pelo contrário. Sabia exatamente como ia ser. Sohui comia pelas bordas, era paciente, fria, cumpria o seu plano como se fosse uma mera presidente coadjuvante, esmagada ali entre China, Rússia e Japão.

A partir das informações que chegavam pelo jornal, ele pôde construir um perfil dela. Sohui era uma nacionalista na essência. Com formação científica e militar, conduzia o país com pulso firme. Logo no primeiro ano de governo, com a austeridade que impôs ao povo, conseguiu cumprir um importante ajuste fiscal e fez com que o país se mantivesse entre os maiores PIB do mundo.

Sohui era uma líder autoritária. Várias eram as queixas com relação a liberdade individual e quebra de privacidade. Curiosamente, parecia haver uma relação de ódio e admiração pela vizinha China que, a esta altura prejudicada pela ortodoxia marxista do *CCPCC*, preferia lutar até a morte contra o virtualismo do que regulá-lo. Neste sentido, Fajar era um incômodo em comum aos dois países. Sobretudo, depois que a *-S-* passou a distribuir internet de graça ao redor do planeta.

Mas Snemed gostaria de saber mais sobre Sohui. Em comparação com Helga, chegavam-lhe poucas informações. A alemã sempre esteve presente nas páginas do *Gibraltar Chronical*. E o principal reflexo do seu governo, e que ele sempre soube, estava prestes a acontecer. Sua agenda ligada a refugiados tinha deixado a União Europeia por um fio. Diante da sua proposta de absorção total dos que batem à porta do espaço *Schengen*, a maioria ofereceu muito menos do que o necessário.

É o máximo que dá para fazer — foi o que disse o presidente francês num jornal de meses atrás.

Enquanto uns se negavam a aderir à agenda de Helga, ela não perdeu tempo. Em vez de insistir, buscou com Áustria, Holanda e os países nórdicos um novo tratado, no eixo centro-norte da Europa. O bloco estava prestes a anunciar a entrada da Eslovênia, por onde teria porta no Mediterrâneo. O distrato da União Europeia era uma mera questão de formalização.

Até o momento, no entanto, nem Helga nem Sohui tinham feito algo que insinuasse desejo pela Torre Global ou qualquer coisa do gênero. Cada qual parecia cuidar só do seu quintal, buscando melhor se adaptar à nova lógica socioeconômica. E ambas, cada uma à sua maneira, eram os destaques de seus continentes.

Snemed achava isto incrível. Desde o dia em que as conheceu, e ainda que de forma diametralmente oposta, elas o fascinavam. Nascido no final da década de 1980, ver duas mulheres aspirantes ao posto de líder global era esplêndido. Mulheres no poder sempre foram exceções que confirmaram a regra. Em Helga, principalmente, enxergava algo revolucionário. Ocupando um posto desenhado pelo patriarcado, ela parecia construir um novo perfil de estadista, a partir da concepção feminina de sociedade. Havia ali uma sutil diferença na forma de lidar com o povo. Olhava para coisas que nunca estiveram em agendas masculinizadas, como, por exemplo, rever o mercado alimentício da Alemanha e propor um modelo de economia circular através de fazendas verticais, que empregaram milhares de refugiados.

Guardou o mapa do futuro e foi tirar um cochilo. Era só uma pausa para voltar com tudo mais tarde e pensar sobre outro assunto. Estava com uma pulga atrás da orelha. O novo bloco liderado pela Alemanha fazia fronteira com a Rússia que, por sua vez, não parecia se incomodar. Tinha algo estranho. Os russos jamais não têm uma agenda.

De olhos fechados, deitou-se de barriga para cima. Na semana anterior, tinha chegado um colchão novo e ainda era possível apreciar o seu conforto inicial extra. Desde que pisou ali, era a primeira vez que o trocavam. O antigo tinha até uma cavidade moldada pelo peso do corpo.

Ele atravessava aqueles gostosos momentos de sonolência, quando Pedro o acordou:

— Tu tens que ler isto! — disse com uma cara assustada.

Snemed abriu os olhos e leu:

Exército sul-coreano toma Pyongyang.

Num pulo automático da cama, balbuciou algumas palavras a Pedro e tomou-lhe o jornal. Com as mãos tremendo, leu a matéria e soube que a Coreia do Sul tinha invadido o país vizinho. Sob o pretexto de violação dos direitos humanos, Sohui apoiou-se no relato de fugitivos sobre as condições hediondas dos campos de trabalho mantidos por Pyongyang. E, no fundo, melhor que ninguém ela sabia que era tudo verdade. Sua mãe tinha nascido neste sistema penal. Viveu no *Campo 14* até fugir aos quinze.

O texto dizia:

Uma ofensiva militar foi empreendida pelo exército sul-coreano e, em menos de 24 horas, o sul da península tomou o norte. O presidente Kim Jong-sung está em Seul e declarou que apoiará a unificação dos países. Há relatos de mortos, mas ainda não há números confirmados.

Snemed congelou, sem piscar, diante daquelas linhas. Isto eliminava qualquer dúvida que pudesse ter sobre o mapa do futuro. Desde a primeira versão de anos atrás, antes mesmo de Sohui ser inserida no esquema, um dos principais marcos era a guerra pela reunificação dos dois países. Difícil crer que estava mesmo lendo sobre isto no jornal.

Mas, se por um lado ficou excitado pela previsão certeira, por outro, assustou-se pelo que isto representava. O primeiro movimento de Sohui Yun-Nam tinha se cumprido. O seguinte era questão de tempo. E não só ela dominaria a Torre Global como, talvez no mesmo dia, dominaria o mundo. Porque, apesar do ato nada trivial, ele sabia perfeitamente qual era a sua jogada naquele tabuleiro de *War*. Sabia cada passo. Tinha só que descobrir uma forma de impedi-la.

Ao pensar nisso, Snemed riu da própria cara. O que poderia fazer um homem de quase 60 anos, preso na periferia da Europa e de lucidez altamente questionável? *Nada!*, era a resposta. A não ser assistir à jangada do planeta navegar rumo à queda da catarata.

— Vou dormir — veio de baixo, com Pedro entediado.

Snemed queria tirar aquele cochilo, mas seria impossível se desligar do acontecimento. Ficou elétrico. Pensou naquela mulher perversa e suou. Sentiu um ódio profundo dela. Voltou para cama para tentar se acalmar. Estava à beira de um ataque de ansiedade.

No meio do chacoalhão que lhe desceu até os pés, fechou os olhos e de repente estava diante da privada da cela. Teletransportado para lá, demorou um instante para entender o que estava acontecendo. Olhou para baixo e assistiu às suas mãos picotarem uma folha de jornal em cima do vaso.

Ao dar a descarga e acompanhar os pedaços de papel indo embora, lembrou-se de que já tinha visto esta cena. Era uma visão que teve na sua passagem pela solitária. A única visão que até hoje teve de si mesmo num futuro distante. Entendeu, também, que o que rasgava era o mapa do futuro.

Deixando a visão fluir, foi algemado e levado até o estacionamento do presídio. Junto com o trio de portugueses, os quatro foram postos num veículo e, assim que saíram pelo portão, pela primeira vez pôde ver de forma panorâmica o rochedo de Gibraltar. Com a penitenciária num ponto ao sul, nunca tinha visto o paredão lateral, muito menos o pico do lado oposto.

A seguir, olhou pela janela e agora cruzava uma ponte pênsil vermelha que, por uma placa ao alto, entendeu que era a portuguesa *25 de Abril*. Ao fundo, os matizes do crepúsculo se refletiam nas águas calmas do Tejo, e o fez perceber que estava em Lisboa.

Após rodar por avenidas congestionadas, a viagem se encerrava diante de um imóvel cor-de-rosa. Enquanto o motorista esperava a cancela subir, a inscrição *Parque de Saúde de Lisboa* numa pilastra revelou o destino da caravana. Snemed chegava a um sanatório.

O ritmo das coisas se acelerou e virou uma sequência difusa de imagens. Ainda no manicômio, falava com um sujeito gordo, com uma cara simpática, que parecia ser o diretor da instituição, ou coisa que o valha.

Para finalizar, a narrativa culminava num momento insólito. Em uma sala de pé direito alto, clássica, conversava com Helga Köpff:

— *Você é a única que tem chance* — dizia.

Ao ver-se numa cena com Helga, foi impossível brecar a gargalhada que chegou explodindo. Aquilo foi tão descabido que a experiência se encerrou. Riu da hipótese de um dia conhecê-la pessoalmente. Ainda mais, para convencer a mulher a fazer algo sobre os supostos planos de Sohui Yun-Nam. *Pronto...*, pensou. Não precisava de mais provas de que tinha enlouquecido.

Snemed ligou aquela conhecida luz vermelha. O velho dilema voltou com tudo. Reparou que, ao pensar em como combater Sohui, sua imaginação encarregou-se de produzir um enredo que lhe contasse esta história em forma de visão. Brilhantemente, sua loucura fabricava realidades concretas, materializáveis, factíveis e que, de todas as formas, lhe dariam evidências de que eram verdadeiras. Eram obras-primas da esquizofrenia. Já não poderia mais discernir o real do inventado.

Mas, apesar de pensar nisso, e até de querer acreditar que tudo não passava de um delírio espalhafatoso, a visão o engoliu outra vez. Mapa do futuro picotado na privada, viagem para Lisboa, chegada ao hospício, conversa com o sujeito, encontro com Helga. Viu a sequência repetidamente, e cada vez mais nitidez as cenas ganhavam. Até que notou que aquilo berrava alguma coisa para si. Era uma espécie de mensagem subliminar, que não conseguia entender, pela linguagem sobre-humana, ininteligível.

Foi só pensar isso e a voz de uma mulher surgiu:

— *Apenas faça.*

Snemed entendeu tudo. Apesar de não poder fazer nada para impedir Sohui, Helga poderia. E isto era uma sequência de eventos que culminaria no dia em que se encontraria com a chanceler alemã, meses, talvez anos à frente. *Por que, raios, Lisboa?*, não sabia. Mas se a teoria dos Estados Ibéricos Unidos estivesse certa, gerando um remanejamento de presos, uma chance de ser enviado para lá existia. Para todos os efeitos, seu registro na prisão era de um cidadão de língua portuguesa.

Ele sorriu. Por alguma razão do imponderável, o universo o convocava para um papel na salvação do planeta. Era a oportunidade que a vida lhe reservara para reverter sua inutilidade ao longo de tantos anos de cárcere. Por isso, na mesma subserviência de guerreiro fiel que incorporou ao assumir o posto na Torre Global, colocou-se à disposição do que quer que isto fosse.

Ao firmar para o cosmos o seu compromisso, a voz feminina de novo surgiu:

— *Viva o Grande Ato.*

Uma vibração na coluna surgiu tão forte, que o sacolejou como se enfiasse o dedo na tomada. Snemed era eletrocutado pela perspectiva que se abria. Pois, ali, entendia o papel que deveria desempenhar. E entendia, sobretudo, a responsabilidade de fazer parte de um plano como este.

68.

A partir daquele dia, Snemed foi tomado por um negócio diferente. Era impossível desligar-se do fardo que tinha recaído sobre si. Com a imagem de Sohui sempre fixa na mente, como um inimigo a se perseguir, a cada instante era maior seu desejo em combatê-la.

Nesta tarde ensolarada, meditando sobre o Grande Ato, um *Gibraltar Chronicle* chegou e o fez agradecer. Era a distração que precisava para interromper a maquinação que vinha desde as seis da manhã.

Com Pedro cochilando com a cara para a parede, Snemed pulou do beliche para pegar o jornal e perdeu a respiração ao ler na primeira página:

Foi uma carnificina — era o relato de um sobrevivente norte-coreano sobre a invasão do exército da Coreia do Sul.

Em pé onde estava, Snemed procurou a notícia e a leu ali mesmo. Dizendo-se imune à suposta arma química usada pelo exército do sul, o homem contou que viu seus conterrâneos morrerem de forma fulminante, como se fossem envenenados.

Apesar de o norte-coreano descrever centenas de mortos, as autoridades de Seul negaram. Segundo o governo, a ofensiva não deixou mais do que 82 militares mortos — finalizava a matéria.

Estarrecido com a notícia, e mais ainda por pressentir que as palavras do homem eram verdadeiras, deitou-se no colchão e fechou os olhos. Bastou um instante e, para onde olhasse, dezenas de homens e mulheres com traços orientais tinham violentas convulsões. As pessoas se esgoelavam, babando uma espuma branca com sangue, enquanto outras, assistindo em desespero, tapavam o rosto da forma que dava.

Ouvindo os gritos das pessoas, Snemed caminhou pelas ruas e viu a quantidade incontável de mortos. Eram corpos e mais corpos esparramados pelas calçadas. A agonia coletiva era assustadora. Não lhe deixou dúvidas de que eram as horas descritas pelo norte-coreano.

    A visão se perdeu. E Snemed deu-se conta de uma coisa macabra. O que acabou de ver não era novidade. Já tinha visto isso. Várias vezes, aliás. Na cronologia do mapa do futuro, pessoas morrendo aos montes, como estas, era o que dava força a sua tese da grande catástrofe. Suou frio. O que previu estava acontecendo. Regida por Sohui Yun-Nam, a marcha do apocalipse já era realidade naquela península asiática.

    Com uma raiva tremenda desta mulher, repassou o seu papel dentro do Grande Ato. Mapa do futuro na privada, transferência para Lisboa, conversa com o diretor do manicômio, encontro com Helga. Recapitulou a sequência do começo ao fim, por dezenas de vezes, observando os detalhes, perguntando-se dos porquês, pensando nos *comos*, achando aquilo cada vez mais bizarro, até que *Eureka!*.

    Se isto fosse se materializar, seria no hospício lisboeta onde executaria seu papel. Lá seria o palco da sua atuação nesta peça cósmica. Ser movido para a capital portuguesa deveria ser seu objetivo a partir de agora.

    — Primeiro Movimento... — disse para si, baixinho, e apelidou assim a etapa de abertura do plano.

    A seguir, começou a rir sozinho e, de repente, já não conseguia mais se segurar de tanto rir. Riu alto e cada vez mais alto, a ponto de acordar Pedro e fazê-lo resmungar lá de baixo, num tom até emburrado:

    — Cala-te! Mas que raio — virou-se para o lado.

    Snemed não conseguia parar. Porque, ali, percebia uma coisa engraçada. Ou, pelo menos, engraçada até certo ponto. Se a visão o mostrara num hospício, o universo colocava uma diretriz muito clara para si. E, isto, era ter que enlouquecer.

69.

Após dias matutando em como enlouquecer aos olhos dos outros, Snemed decidiu-se. Suas visões e seus contornos catastróficos tinham aspectos polêmicos, sem dúvida nenhuma. Mais ainda agora, com Helga e Sohui com seus papéis claros dentro do enredo. Pensou na punição que recebeu anos atrás e soube o que fazer.

Durante o almoço, numa mesa na presença de Pedro e outros onze, Snemed pediu atenção geral e todos olharam curiosos para ele. Durante os anos, sempre como homem invisível, nunca havia se pronunciado a tantas pessoas. Mas ali, seguro do discurso, concatenando bons argumentos e trazendo exemplos convincentes, explicou detalhadamente o roteiro que Sohui perseguiria até dominar a Torre Global.

— Na mesma rapidez que ela invadiu a Coreia do Norte, ela dominará Fajar. Aposto quantos *virtois* os senhores quiserem — concluiu.

A história fisgou os espectadores. Os presos, abismados, olharam para Snemed, como se estivessem diante do arauto do apocalipse. Sabendo da invasão na Coreia do Norte, ninguém precisou de mais argumentos para se convencer de que havia a chance de isto acontecer.

Exatamente como previu, o assunto se espalhou pelas mesas vizinhas e um murmurinho rompeu o silêncio que imperava na hora das refeições. Como um clássico *telefone sem fio*, dez metros ao lado, alguém berrou:

— Vai começar a terceira guerra mundial!

Diante do anúncio, todos se ergueram e uns começaram a gritar:

— Que venha mesmo uma nova guerra! — bradou um.

— É isso aí! Morrer é melhor que ficar preso nesta merda! — concordou outro.

— Cala a boca! Essa coreana é pior que o Hitler! — alertou o terceiro.

Em meio à discussão, o grupo de brigões da cadeia viu a oportunidade para iniciar uma confusão. Um gibraltenho careca, o pior de todos, pegou um copo de suco e jogou na cara do sujeito que comparou Sohui ao líder nazista. No despoletar imediato de uma pancadaria, bandejas e talheres voaram de um lado para o outro, enquanto tapas e murros eram distribuídos. Snemed, vendo o *pau quebrar*, apenas se entrincheirou embaixo de uma mesa e esperou acabar.

De repente, com um estrondo na porta, o alvoroço foi controlado por um festival de golpes. Os guardas entraram no recinto e, em meio a bofetadas e choques, empreenderam a volta dos detentos aos seus lugares. Snemed e Pedro, presos nas argolas da mesma algema, foram arrastados de volta à cela.

Assim que a porta foi trancada, Pedro disse:

— Vê lá! Não vás ser mandado para a solitária...

Snemed nem respondeu. Tinha visto o que iria acontecer. Logo depois, um guarda abriu a cela e ele pulou do beliche. A hora havia chegado. Seus próximos dias seriam de castigo lá embaixo.

70.

Snemed foi hospedado nos calabouços por seis noites. Desta vez, o encarregado decidiu que merecia um dia a mais pela reincidência, ainda que anos depois da primeira ocorrência. Momentos de muito desconforto marcaram sua semana de forma impiedosa. Pareceu que nunca iria acabar.

Mas o desafio foi superado, mais uma vez. Com dias não tão frios como os da sua primeira passagem, ficar sem banho dia sim, dia não, foi o pior. Fisicamente destruído e fedendo a ponto de os guardas terem que tapar o nariz, saiu dali direto para o banho. Lá, o jato de água amenizou um pouco o torcicolo que reinaria por mais alguns dias.

A seguir, apoiando-se nas paredes do corredor, foi conduzido até a sua cela e, assim que entrou, Pedro ergueu-se da cama:

— Tu estás bem? Queres ajuda? — e riu — Caraças, que péssima cara!

Pedro o auxiliou na subida e Snemed ajeitou-se na horizontal, dolorido como quem tomou uma surra. Nem acreditou quando, enfim, pôde se esticar no colchão. Mas, apesar da insalubridade daquele lugar, estabeleceu um prazo curto para regressar. Três dias e estaria de volta à solitária. Sabia que era o que deveria ser feito.

As 72 horas se passaram e já tinha em mente o que fazer. Antes, queria só uma refeição decente para chegar à solitária de estômago cheio. E se fosse mesmo levado para lá, desta vez haveria uma nostalgia. No fim da semana, Pedro concluiria sua pena. Preso lá embaixo, o mais provável era que nunca mais o visse.

No entanto, o andamento da missão era soberano. Deixar para fazer isso daqui a sete dias poderia não ter o mesmo impacto. Não seria possível aguardar a alforria do amigo. A demência forjada não podia parar.

A hora do almoço chegou e os dois companheiros foram levados juntos pela última vez ao refeitório. Sentados à mesa de sempre, apreciaram a gororoba de que ao longo dos anos aprenderam a gostar. Neste dia, foi carne moída, feijão com molho de tomate e ovo mexido. Tudo meio frio, é verdade, mas, sabendo a privação que viria, Snemed apreciou cada garfada como se fosse a última.

Ao engolir o derradeiro grão de feijão, olhou nos olhos de Pedro e, comovido, saudou o querido parceiro:

— Toda a sorte do mundo para ti lá fora... — com uma microlágrima querendo saltar pelo canto do olho.

Sem entender o tom de despedida, Pedro flexionou as sobrancelhas para baixo e assistiu a Snemed subir no banco, depois na mesa, e bradar:

— Estamos fodidos! — e aquelas cinquenta pessoas olharam para ele — Os espanhóis vão assumir o presídio! Acabou a mamata com os gibraltenhos!

Impactados pelo ato raro de rebeldia, os detentos instantaneamente levantaram-se e uma falação agitada começou:

— Esses ingleses são uns cabrões! — gritou um.

— Os espanhóis é que são, seu imbecil! Se for verdade, estamos fodidos! — retrucou outro.

A fúria verbal migrou para agressões físicas e uma briga generalizada se instaurou. Snemed pulou da mesa e andou até um canto onde viu em segurança a confusão se desenrolar. Tudo saíra conforme o *script*.

Num reflexo instantâneo, os guardas explodiram pela porta e distribuíram descargas elétricas em quem viam pela frente. Tão efetivo como um analgésico na veia, minutos depois, a massa intoxicada foi contida.

Neste instante, um homem babando de raiva voou até Snemed:

— Quantas vezes para você aprender? — e aplicou-lhe um choque que o fez desabar no chão.

Ao ser erguido pelas axilas, dois guardas o arrastaram até a escada que dava ao subsolo. Xingado a cada degrau que desceu, foi arremessado dentro da cela já familiar. Com mais momentos de tortura a começar e com a dor da voltagem na pele, Snemed entendeu uma coisa. O Grande Ato exigia grandes sacrifícios.

71.

Por mais três ocasiões, Snemed foi enviado à solitária. A cada vez, um dia a mais de punição foi acrescido pelo encarregado do presídio. Estavam todos incrédulos com sua insistência.

Para ele, as experiências eram devastadoras. Sempre. Impossível se acostumar com aquilo. Na última vez, o frio foi tão insuportável que saiu de lá com hipotermia, o pé meio roxo, meio azul. Até agora, não sentia as pontas dos dedos.

Por outro lado, o objetivo parecia próximo. Apesar de o presídio ter outros detentos com distúrbios mentais, a partir de então, se alguém dissesse *the lunatic*, estava claro que se referia a Snemed.

— Lá vem o maluco! — ouviu naquela manhã assim que entrou no vestiário e, mais tarde, algo parecido quando pisou no refeitório.

Pouco lhe importavam os comentários depreciativos. Desde que isto não migrasse para agressões físicas, tudo bem. Soldado espartano da sua missão, cumpriria seu plano à risca.

Na última vez que foi para a solitária, Snemed recebeu uma visita. O fato em si, importantíssimo para a estratégia, demonstrava, sobretudo, que a condição precedente para o Primeiro Movimento era alcançada.

Ao escutar passos de sapato pela escada, diferente do som da sola de borracha das botas dos guardas, alguém disse ali de fora:

— Olá, Snemed. Você sabe quem fala?

Snemed sabia perfeitamente quem estava ali. Sustentou um silêncio calculado e, com uma voz grave e teatral, soltou:

— Deeeeeeeeeeus! — e deu uma gargalhada.

O interlocutor manteve-se quieto e esperou o riso cessar.

— Quem dera... — seco — Aqui é Henry Carril, o superintendente.

— Então acertei! Aqui, Deus é você! — gargalhou de novo.

Carril, paciente, aguardou mais um instante e continuou:

— Soube que é a sexta vez que você vem parar aqui nos últimos meses. Você está bem?

Snemed manteve-se mudo e, diante do silêncio, Carril avançou:

— Quando entrei, você era tão discreto que demorei anos para notar a sua existência. Agora, com o cabelo branco, você começa a se comportar assim? Nós queremos ajudar você, mas precisamos da sua cooperação — e mudou o tom para falar — Se você sente que precisa, podemos avaliar a transferência para um asilo ou outro tipo de instituição. Se não der agora, em breve. A idade vai chegando, outros detentos estão nesta condição...

Ao ouvir a sugestão do homem, Snemed explodiu numa atômica, mas desta vez autêntica gargalhada.

— O que você me diz? — perguntou o superintendente.

Snemed até tentou falar, mas ver o homem comprar o seu teatro lhe causou um acesso indomável de risos. Tamanha vibração que parecia operar uma britadeira. Riu tanto que, com a pressão no abdômen, um peido barulhento escapou. E aí gargalhou ainda mais.

Diante da sanha, o superintendente perdeu a paciência:

— Se é assim que quer, é assim que será tratado! — e finalizou num grito nervoso — Como um lunático!

Carril encerrou a fala, e o som da sola do seu sapato ressoou pelo corredor. Subindo os degraus que davam para fora do subsolo, o superintendente saiu e bateu a porta lá de cima.

Snemed cessou o riso e suspirou aliviado. Não precisaria mais voltar para ali. Nem dava mais para brincar com isso, aliás. As noites que viriam causariam um estrago de dias para sarar. Era torcer para que passasse o mais rápido possível.

Contudo, talvez por saber que era seu último capítulo na solitária, o tempo se arrastou como nunca. No décimo dia, o cheiro das fezes e urinas acumuladas no buraco quase o fazia vomitar. Adentrar às cenas do seu papel no Grande Ato era impossível.

Devastado fisicamente, refletiu sobre a reviravolta da sua vida. Depois de anos num marasmo mortal, em que tantas vezes pensou em se matar, encontrava um sentido para sua existência. Talvez tenha sido a recompensa por não revelar quem foi a ninguém. Ou por nunca devanear sobre o que viveu no passado. Sobre o poder visionário, pensou se não era o diamante fazendo efeito, como se uma droga, há muitos anos para ser digerida e absorvida pela corrente sanguínea.

Sob uma perspectiva diferente, pensou em *Ogbunabali*, e constatou que algo havia mudado. Pela primeira vez, não se amedrontou. Menos ainda temeu o retorno daqueles inquilinos inconvenientes. Tinha-os vencido. Ou, no mínimo, chegado a um lugar onde não poderia mais ser incomodado.

À noite, ao finalizar seus *passes mágicos*, Snemed sentava-se na cadeira invisível, quando dois círculos luminosos brotaram da parede. Num brilho flamejante, como se feitos de lava, foram aumentando de tamanho até parecerem dois holofotes.

Vendo que a própria cela era iluminada, fechou os olhos, mas o clarão permaneceu igual. De vista tapada ou não, os anéis estavam ali, a um metro do nariz, e emitiam tanto calor que o fizeram suar.

Então, as argolas se revelaram os olhos daquele ser com quem há muito não se encontrava. Encarando-o mais uma vez na vida, desta, foi diferente. De todas as outras vezes, não existiu uma que não tivesse feito Snemed se apavorar. Ali, a carranca o fitava com um sorriso. Balançava no eixo vertical, como se aprovasse sua bravura ao longo dos anos. Parecia reconhecer a seriedade que manteve com o pacto.

Mas, no que Snemed piscou, a cabeçorra desapareceu. Eletrizado, sentiu uma vibração percorrer cada átomo do corpo. Cada próton, cada *quark*, cada partícula subatômica foi impactada por este rápido encontro com o Diabo. Desfez-se da cadeira invisível. Com uma força interna pulsante, percebeu que, apesar da sua condição precária, havia ao redor de si uma carapaça inquebrantável. Pela primeira vez, tinha, de fato, um *caminho com coração*. Não havia mais como questionar a seriedade do Grande Ato. Tampouco do seu papel dentro dele.

Depois disso, as horas passaram indolores. Snemed foi dominado por uma leveza extraordinária. Sentiu ser um balão de hélio. Em certo momento, meditando em flor de lótus, experimentou algo que o fez jurar que levitou.

O sol raiou e, com ele, um vapor morno invadiu pela fresta, e aqueceu uns dois ou três graus a cela. Snemed sorriu. Era o dia em que seria libertado para nunca mais ter que pisar ali. Para se despedir, e para deixar uma marca na sua passagem pelo inferno, no ponto da parede iluminado pela claridade que entrava, escreveu um palíndromo com a colher: *No devil in I lived on.*

72.

A loucura de Snemed virou consenso no presídio. Não precisaria mais se preocupar com este detalhe nem um pouco trivial. A estratégia fora cumprida com louvor. Sem saberem, todos agora dançariam sua música. Enquanto seria tido como um demente, era apenas a performance brilhante do seu disfarce implacável; da sua armadura inoxidável. Era a pura *arte da espreita*.

— E o maluco, passou bem? — perguntou um desses guardas antigos, ao resgatá-lo da sua última noite na solitária.

Snemed não respondeu. Com a máscara posta, desferiu um dos olhares de maníaco que vinha treinando. A encarada, obviamente, foi reforçada pela cara péssima de tantos dias de confinamento.

Já neste dia, todos, absolutamente todos, começaram a tratá-lo diferente. Às vezes, até mal. Desde os portugueses até agentes que estavam lá quando chegou, sua encenação não levantava suspeitas. Causar sucessivas idas à masmorra só podia ser coisa de quem pirou.

Mais tarde, durante o almoço, foi a vez de Snemed vibrar ao fazer um grupo de detentos mudar de lugar. Assim que se sentou à mesa, ouviu:

— Vamos para lá que esse cara é uma bomba-relógio! — disse um preso antigo, que já não o reconhecia.

Snemed riu por dentro. O teatro ganhara contornos tão sólidos que convenceu até velhos conhecidos. Teria inclusive dificuldade, se tivesse que revelar que tudo não passava de um fingimento.

Assim, foi vivendo. Dia após dia, controlando sua loucura, aguardando o Grande Ato chegar na parte em que ele entrava em cena. Até que, numa manhã chuvosa, um *Gibraltar Chronicle* chegou com a notícia que já tardava para acontecer:

A despedaçada Espanha — em letras enormes.

Com as mãos tremendo, Snemed abriu o jornal e leu que Catalunha, País Basco, Galícia e Andaluzia tinham independências confirmadas, e mais sete pediam equiparação. O texto citava ainda o caminho parecido que Portugal seguia. Este, com o Estado falido, estava prestes a ceder independência aos distritos do Alentejo e de Coimbra-Figueira da Foz.

Snemed arremessou o jornal para longe. Comemorou com um grito e vibrou como há muito não fazia. Era só mais uma etapa do Grande Ato, mas, nesta, havia uma satisfação pessoal. O seu mundo sonhado começava a se manifestar.

Nesta altura, marginalizado pelos colegas e com a saída de Pedro, ninguém se lembrou da sua profecia de anos antes. Mas isso, francamente, pouco importava. Pois, por milhares de vezes, pareceu-lhe um mero chute. Um delírio que a mente ociosa criou para ter no que acreditar. No entanto, sabe-se lá como, feito uma lebre gigante tirada da cartola, estava agora a um passo de se concretizar.

73.

Um semestre à frente e foi como se os astros se alinhassem para coroar uma data simbólica de Snemed em Gibraltar. Na exata semana em que vinte anos se fecharam desde que pisou ali, os Estados Ibéricos Unidos foram oficializados.

No banho de sol, a notícia pegou de surpresa os presidiários. Dos mais velhos aos mais jovens, até os que usavam o jornal só para limpar a bunda, cada um que recebeu a edição levou-a ao pátio para que todos pudessem ler e ver o novo mapa com os seus estados. Lá, onde o barulho das gaivotas era o que reinava, uma falação discutia a mudança no país vizinho. Snemed, num esforço sobre-humano para esconder a emoção, ficou na parte de fora de uma roda e acompanhou a cara de quem recebia a novidade.

— Lê para nós! Lê para nós! — gritou o mais velhinho dos portugueses, no que o outro traduziu a ele o texto em inglês:

— *Os primeiros-ministros de Espanha e Portugal, cumprindo o desejo da população, anunciaram a criação da confederação aprovada no plebiscito da última semana. A partir de agora, cada um dos quinze estados de Espanha e cinco de Portugal terá um governante próprio e legislação autónoma.*

— Não disse que era isso que ia acontecer?! — soltou o terceiro português, atribuindo a si a previsão — Falo isso há meses!

— É verdade! — confirmou o que lera a notícia.

Snemed inflamou-se ao ouvir a mentira. Sabia que ele tinha ouvido da sua boca, anos antes. Só que seria inútil contestá-lo. Seu crédito perante os demais era *zero-vírgula-zero*.

O leitor continuou:

— *Construiremos uma miniunião europeia, já que a União Europeia deixou-nos na mão. Produziremos tudo dentro de casa. Desde eletrónicos, alimentos e geração renovável em 100% da matriz energética. Respeitando o que cada estado é bom a fazer, todos terão o seu papel. Além disso, o virtualismo será regulamentado. Não dá mais para lutar contra*, disse o ex-primeiro-ministro português, que a partir de agora assume o governo de Lisboa e Ilhas.

Snemed gargalhou internamente. Era como se todo mundo tivesse adentrado à dimensão que inventou. O país da sua cabeça não só tinha virado realidade, como 60 milhões de pessoas o habitavam. Ninguém na face da Terra acreditaria se contasse.

Mas enquanto se deliciava com a sensação de vitória, Snemed teve uma daquelas antecipações vívidas. Num vislumbre ligeiro, viu o que aconteceria consigo imediatamente a seguir. Virou o rosto e lá estava o gibraltenho brigão. Careca de cara branca e bochechas rosadas, seus olhos azuis demoníacos o encaravam como quem o quisesse trucidar. E iria. Ele tinha acabado de ver como ia ser.

Tremendo por dentro, Snemed deu dois passos ao lado para se camuflar na roda, mas quando esticou o pescoço para espiar, tinha perdido o homem de vista. Saindo de fininho para tentar chegar ao portão do prédio, olhou ao redor em busca de um guarda, mas o gibraltenho e três outros o cercaram. Pensou em gritar, pedir ajuda, mas aceitou o destino. Tinha visto o seu futuro iminente. Sempre que uma antecipação como aquela surgia, era impossível desviar.

Paralisado, observou os homens se aproximarem com suas caras invocadas. Sem dizerem nada, começaram a empurrá-lo de um lado para o outro, de lá para cá como um joão-bobo, até que o líder da alcateia lhe mandou um soco na boca. Snemed desabou no chão. Caído de lado, começou a receber uma sequência de pontapés na barriga e nas costas. Protegendo o rosto com as mãos da forma que dava, sentia apenas os bicos de sapato explodirem contra o corpo.

A multidão de presos se aproximou, mas, em vez de afastar os brigões, começou a incentivar a sova:

— Quebra a cara desse maluco! — gritou um.

— Este cara é um retardado! — berrou outro.

— Dá uma porrada nele para ele acordar! — esgoelou-se um terceiro.

— Porrada nele! Porrada nele! — até o velhinho português, envenenado pela massa, entrou na onda.

A violência dos golpes começou realmente a ferir Snemed. Além do nariz e do lábio sangrando, uma pancada na costela certamente tinha lhe causado uma fissura. Sua vida, de repente, estava ali por um triz, pendente apenas de um golpe final, um chute certeiro na têmpora, por exemplo.

Um guarda então apareceu e salvou Snemed:

— Parou! Parou!

— Vai! Vai! Sai para lá! — berrou outro, vindo logo a seguir.

Snemed abriu os olhos, mas, de tão inchados que estavam, só enxergou a massa amorfa de pessoas se afastar. Sob comandos preocupados dos guardas, foi acudido e levado ao ambulatório.

Lá, recebeu remédios e curativos da enfermeira, de quem já tinha ouvido falar. Com o supercílio grosso do inchaço, viu pela fresta de visão a figura feminina e se emocionou. A última jovem que o tocara, ainda mais com carinho assim, tinha sido na Torre Global. E nem saberia dizer qual foi.

Convalescente, foi levado para a cela e deitou-se no colchão que era de Pedro. Não conseguiria escalar o beliche. Sem ajuda para subir, em vinte anos, seria a primeira vez que dormiria na parte de baixo, vaga desde a saída do amigo. Com o tórax latejando, maldisse aqueles covardes. Estava inconformado com a injustiça. *A troco do quê?!* Justo ele, um soldado a serviço destes imprestáveis. O único ali preocupado com a humanidade. A pessoa com quem estes imbecis deveriam contar.

Mas a verdade é que, depois de meia hora, sua raiva tinha passado. E aí, Snemed entendeu algo tão óbvio quanto crucial. Dali em diante, ser *só* um vidente não valeria de nada. Prever os fatos, ainda que nos mínimos detalhes, era uma coisa. Ir para Lisboa efetivar o que lhe foi confiado era outra bem diferente. O cosmos exigiria que fosse um executivo do plano. Um agente. Não um cagão como foi hoje, que simplesmente aceitou o que iria acontecer. O bastão do Grande Ato em breve cairia no seu colo. Ano que vem, mês que vem, talvez semana que vem. E quando isso ocorresse, começaria a parte da história onde o protagonista era ele.

A constatação caiu como uma lápide em cima de Snemed. Tanto tempo agarrado à faceta do homem invisível, sempre mudo e passivo, estava velho demais para empreender uma metamorfose como esta. Como mudar, se durante vinte anos foi um ermitão dentro de si mesmo? Seus dias na solitária talvez tenham sido em vão. Deixaram-lhe apenas o rótulo de demente para ser carregado até morrer. Estava arrasado. Nem a criação dos Estados Ibéricos Unidos serviria de alento. Nem a certeza de que suas visões foram proféticas. Nem isso. Fechou os olhos para, pelo menos, tentar achar uma posição onde a dor não fosse insuportável. Só queria se desligar uns minutos desse mundo e dessa vida.

— Malditos... — esbravejou mais uma vez ao sentir uma fisgada mortal na costela.

Enquanto agonizava com a mão no peito, na dor mais infernal que alguma vez sentiu, um lampejo de clareza o fez compreender uma coisa. Diante de tamanha destruição física, da sensação de estar despedaçado, pensou em Ricardo Diaz e o reconheceu como parte sua. Despedaçado pela surra que levou, viu que Ricardo era um dos pedaços que o compunham. Um pedaço grande. Por mais que o escondesse, por mais que o renegasse, era um passado fincado no âmago. E depois de tanto tempo, em paz com este capítulo agora distante, Ricardo Diaz haveria de lhe trazer algo de bom.

Snemed lembrou-se dos seus anos na Califórnia e da confiança sobre-humana que desenvolveu. Em Fajar, fosse nas apresentações para o Sultão ou nas vezes que acompanhou Maiquel e outros magnatas pela Torre Global, era desta qualidade que carecia. Ricardo era o encantador de serpentes que precisava ser agora.

Relembrando o último dia na solitária, convenceu-se de que *Ogbunabali* se manifestara para permitir que invocasse Ricardo Diaz. Só um pouquinho. Para persuadir Helga Köpff a fazer algo como aquilo, a capacidade de ter tudo sob seu condão seria imprescindível. Aquele dom deveria ser resgatado, mas em favor do Grande Ato. E só assim seria admissível usá-lo.

Deitado destroçado no colchão que era de Pedro, Snemed reencontrou Ricardo Diaz. Em algum canto escondido dentro de si, destrancou a porta da cela minúscula onde ele esteve confinado por todo esse tempo. E ao olhar na cara do seu antigo eu, entendeu o *poder*. Entendeu que não era o poder de manipular de antes, ou o poder visionário de agora. Menos ainda, o pseudopoder da *clareza*; mera ilusão de se ter poder. Era o poder de saber o que o universo quer. E cumprir este papel. Já que, diante da seriedade da sua missão, algo ficava claro. Ou assumia as rédeas do Grande Ato, ou seria esfacelado por sua pressão esmagadora.

74.

Dias depois, recuperado, ainda que com dores pelo corpo, Snemed e os demais detentos foram buscados em suas celas depois do anoitecer. Para todos, inclusive para ele, era algo inédito.

Apesar da surpresa geral, com os presos arriscando suposições sobre a convocação inesperada, Snemed sabia o motivo. Conduzidos até o refeitório, onde as mesas haviam sido afastadas, todos se sentaram em linhas, virados para a entrada.

Snemed procurou o trio de portugueses e acomodou-se perto deles.

— Que chão frio! Que chão frio! — reclamou o mais senil.

Rodeados pelos agentes da cadeia, após instantes de suspense, todos foram surpreendidos pela chegada do superintendente Henry Carril. Elegante, o homem de cabelo grisalho e olhos azuis postou-se diante dos cinquenta e poucos presidiários que, sem saber, o aguardavam.

Com um ar cordial, Carril deu boa-noite a todos, sacudindo a mão num aceno tímido, e iniciou seu pronunciamento:

— É com tristeza... — fez uma pausa calculada para reforçar o semblante melancólico — que anuncio o fechamento desta instituição.

Os presos entreolharam-se espantados com a novidade, e ele prosseguiu sem perder o ritmo:

— Mas o que temos visto ultimamente está nos obrigando a grandes mudanças... E Gibraltar se juntará aos Estados Ibéricos.

Um burburinho tomou o salão e fez com que os guardas erguessem as armas de choque.

— Todos quietos! — rosnou o encarregado.

Carril, sem perder a calma, aguardou e retomou:

— Não vou me alongar, pois fui pego de surpresa tanto quanto vocês, mas um aviso precisa ser formalizado — fez uma pausa antes de anunciar — Quem nasceu em Gibraltar será movido para o presídio de La Línea de la Concepción. Os que têm nacionalidade espanhola serão enviados para Sevilha; os portugueses, para Lisboa. E os que têm vínculo com o Reino Unido, como eu — e uma cara de pesar —, retornarão para lá.

Assim que a frase acabou, um marroquino gritou aflito:

— E nós? — com ar preocupado, apontando para dois conterrâneos.

— Isso, os Estados Ibéricos é que decidirão. Não sei dizer... Perdoe-me. — com seus finos lábios tristes.

Carril virou as costas e, como quem se afasta da bomba que vai explodir, apertou a passada e sumiu pela porta. Os presos, perplexos com a novidade, começaram uma falação agitada, com muitos comemorando a volta ao país natal.

— Para onde eu vou?! Para onde eu vou?! — gritou o velhinho português, certamente sem compreender o que estava acontecendo.

Um agente antigo, boa praça, apontou para Snemed e o trio de lusitanos e disse com um ar condescendente:

— Vocês irão para Lisboa. Uma clínica.

Apesar de ter visto esta cena inúmeras vezes, Snemed quase chorou ao presenciá-la no plano do senso comum. Foi obrigado a forçar as vistas para brecar as lágrimas que quiseram saltar. No meio daquela gente toda, a bomba de emoção teve de ser contida no peito.

Sob risos e resmungos, os presos foram conduzidos de volta às celas. A felicidade dos que viram aquilo com bons olhos se sobrepôs à frustração dos que ficaram apreensivos com a mudança. De forma geral, a notícia foi bem recebida.

Ao entrar na sua cela, Snemed desmontou de joelhos, como quem se rende ao milagre que testemunha. Numa curiosa nostalgia, deslizou o olhar pelo ambiente e viu que, para sempre, este lugar seria lembrado como um quarto, assim como o de Dito, na casa dos seus pais. Repassou o saldo do aposento. *Mais de sete mil e trezentos dias...* Com folga, o lugar onde mais dormiu.

Num sentimento de despedida, o sono tranquilo permitiu-lhe atravessar a noite sem acordar. Era algo raro nos últimos anos. Sempre despertava no meio da madrugada para pensar no Grande Ato.

Amanheceu. Ao espreguiçar-se na cama, aquela voz feminina desconhecida surgiu e lhe relembrou uma coisa:

— *Apenas faça.*

A seguir, um exemplar de *Gibraltar Chronicle* entrou pelo vão da porta e cantarolou sua música deslizante pela última vez ao preso. Do alto do beliche, Snemed leu lá de cima a manchete em letras garrafais:

UK *deixa o Estreito.*

Com a costela latejando, teria ainda que esperar alguns minutos para descer e buscar o jornal histórico. Encarando-o lá de cima, agradeceu o prezado veículo noticiário. Depois de acompanhá-lo por tantos anos, seu papel na vida deste presidiário cessava ali.

Para Snemed, restava apenas aguardar mais um pouco. Seus dias de Gibraltar eram agora os últimos grãos de areia pelo funil da ampulheta. E foram mais dezesseis. Nesta manhã, lá pelas onze, como indicava o relógio do agente penitenciário, picotou o mapa do futuro na privada e o mandou descarga abaixo. A seguir, como se saísse da coxia para o palco, foi retirado da sua cela para iniciar a sua performance dentro do Grande Ato.

5º movimento.

75.

Com uivos e gritos entrando pelos ouvidos, Snemed abriu os olhos e viu que amanhecia. Como se despertasse da noite mais longa da vida, sentou-se na cama e viu que estava no sanatório de Lisboa. Num desnorteamento sem tamanho, demorou instantes para compreender em que ponto do globo estava.

De repente, ratificando sua conclusão, um grito vindo de perto relembrou-lhe outra coisa. Não estava mais no Laranja. Tinha vindo parar no pavilhão Vermelho.

— Preciso cagar! Preciso cagar! — suplicou o vizinho de quarto, e o fez recordar-se do ponto onde a vida tinha parado.

Na sensação de ter sido centrifugado numa máquina do tempo, tentou compreender o que se passara. Dormido, não havia. A percepção era de ter estado mais acordado do que nunca ao longo da jornada interminável pelos seus dias em Fajar.

Ao cogitar terem sido os efeitos dos remédios que lhe obrigaram a tomar, entendeu o que aconteceu. Sentindo cheiro de urina no colchão, lembrou-se do que pensou segundos antes de ser engolido por aquele troço. Era a quebra do seu pacto. Esta viagem pelos seus dias na Torre Global tinha uma explicação óbvia. As memórias de Ricardo Diaz, as piores delas, voltariam para infernizá-lo. O alerta da senhorinha se comprovava.

Apesar da apreensão ao constatar isso, Snemed não pôde deixar de se impressionar com o que viveu naquele um ano e pouco. Sem nunca ter feito uma retrospectiva cronológica do seu capítulo em Fajar, viver aquilo tudo de novo, e com tamanha riqueza de detalhes, foi assustador.

Neste momento, três coisas o arrepiavam. A primeira, o encontro com Mothaz, nos porões da Torre Global. Além da jornada com requintes de excentricidade, naquele protótipo do *Musée Global* havia uma réplica da senhorinha. Como isto foi possível, seria um mistério que morreria sem desvendar.

Outra, arrebatadora, e sem dúvida a pior de todas, era a morte de Paloma. Só agora entendia o significado daqueles cabelos ruivos sempre presentes. Entendia, também, por que o destino o fizera passar vinte anos numa prisão. Era o seu crime e o seu castigo. Parecia, no entanto, ter matado Ricardo Diaz e não Paloma naquele episódio. Ali, massacrou a si mesmo, de uma vez só e para sempre. Paloma, foi o Diabo quem matou.

Por fim, o momento em que, como *Fausto*, selou seu trato. A senhorinha sempre teve razão. Era, mas ao mesmo tempo não era, uma metáfora. No mínimo, a metáfora era tão possante que se plasmava em realidade, como num ato de feitiçaria. De uma forma ou de outra, o compromisso existia, e as penalidades da rescisão seriam aplicadas.

Tanto que, de repente, um sussurro vidrado no ouvido pediu:

Um cigarro, um cigarro, um cigarro.

Com a alucinação auditiva, Snemed levantou-se e andou pelo quarto de um lado para o outro para distrair-se da vontade. Lembrou-se que no dia anterior, em algum momento, ouviu este chamado ao pé da orelha, sedento, saudoso. *Um cigarro...* Nem se lembrava de qual havia sido o último.

Tentando afastar o estranho desejo de fumar, pensou no seu encontro com Bermudes e como aquilo foi uma sucessão de imprevistos. Lembrou-se, também, que o paciente que se matou foi outra coisa que havia fugido do *script*. Mesmo a aparição de Carril, ainda que por telefone, era algo impensável. Snemed temeu. A locomotiva do *espaço-tempo* em que estava ou tinha descarrilhado, ou pegado uma saída errada. Na malha férrea de multiversos, seu trajeto parecia ter sido desviado.

Diante do imprevisto sem tamanho, Snemed fechou os olhos e respirou fundo. Tentou se ancorar nas reviravoltas que viveu. *Só mais uma!*, implorou. Esvaziou a mente para, quem sabe?, uma visão mostrar-lhe o que fazer. Precisava urgentemente de algo que o jogasse de volta aos trilhos por onde se deslocava até chegar a Lisboa.

Todavia, ao fechar os olhos, foi surpreendido pelo vácuo silencioso da sua mente vazia. Snemed deparou-se com a escuridão dentro de si. Uma desconhecida escuridão. Seu poder visionário tinha desaparecido.

Sem acreditar que isto pudesse ter ocorrido, deitou-se de barriga para cima, sentou-se em flor de lótus, flutuou na cadeira invisível, mas nada funcionou. Desesperado, deu um grito de raiva. Estava liquidado. Seria impossível sair do Vermelho. Era agora um guerreiro, ainda que valente, mas com uma flechada na barriga, agonizando no campo de batalha. Deslizou o olhar pela parede embolorada do quarto. Além de chafurdar com o Grande Ato, viera parar no pior lugar do hospício. Talvez, no pior lugar de Lisboa. *Que façanha...* No entanto, pior que isso, de longe, era ter a vista funcionando perfeitamente e sentir-se dominado pela cegueira.

76.

Tendo que aprender a viver sem *ver*, Snemed aguardava um milagre. Estava com um ódio que não cabia em si. Era o reviver do arrependimento de quando chegou a Gibraltar, e que demorou anos para passar. *Ogbunabali* permitiu que acessasse Ricardo Diaz, mas seu passado continuava sendo Dele. Ao contar quem foi a Bermudes, quebrou a regra de ouro.

A porta do quarto foi aberta e um enfermeiro lhe trouxe os comprimidos do dia. A esta altura, já tinha se acostumado com a sonolência que lhe causavam. Era até bom. Emendar num sono de muitas horas era crucial para chegar ao dia seguinte, embora já nem soubesse se queria mesmo chegar ao dia seguinte.

Snemed dormia profundamente, quando o mesmo enfermeiro voltou uma hora depois e o acordou:

— Tu vens comigo — em tom de ordem.

Surpreso pela visita fora do horário, Snemed foi algemado e levado até a parte externa do pavilhão. Ao sair do edifício pela primeira vez depois de uma semana, reparou o quão estranho era ir a algum lugar sem antever o destino. Para ele, era como dirigir um carro de olhos vendados.

Caminhando em direção ao pavilhão Laranja, Snemed perguntou-se se estaria voltando para lá. Precisava urgentemente sair dali. Esses dias no Vermelho tinham conseguido ser piores até que as piores vezes na solitária.

Entretanto, quando Snemed e o homem passavam à frente do Laranja, o guarda empurrou-o à esquerda, em direção aos fundos do edifício principal. Sem fazer ideia do que faria ali, tomaram um corredor e, ao passarem na frente da sala de Bermudes, o sujeito bateu à porta.

— *Podes abrir* — ouviu-se, abafado, vindo de dentro.

O vigilante empurrou a porta e, pela fresta, anunciou Snemed ao diretor do sanatório.

— Peça para ele entrar, se faz favor — disse Bermudes, num tom cordial, completamente diferente ao do sujeito execrável que conheceu dias atrás.

Intrigado, Snemed olhou para Bermudes e quase não o reconheceu. Seu semblante alegre, digno de um cão pachorrento, fazia dele outra pessoa. Até sua sala parecia menos asquerosa e mais organizada. Diferentemente da outra vez, quando permaneceu o tempo todo em pé, foi logo convidado a se sentar. Assim que o fez, o homem o encarou com um sorriso irradiante. Seus olhos brilhavam como duas pedras de diamante.

Após o momento de um silêncio esquisito, com os dois se entreolhando imóveis, Bermudes enfim perguntou:

— Mas como é que sabias? — num ar que transbordava curiosidade.

Sem ter certeza ao que Bermudes se referia, Snemed disse num tom irônico:

— Não sei do que o diretor está a falar. No Vermelho... — apontou ao lado com o dedão — assuntos do mundo real não chegam até lá.

Bermudes riu do comentário perspicaz de Snemed. A seguir, incapaz de conter a felicidade que vertia pelas curvaturas da sua feição rechonchuda, suspirou para revelar:

— Fui convidado para trabalhar na Segurança Pública de Lisboa e Ilhas — fez uma pausa — Exatamente como me disseste.

Ao ouvir isso, Snemed sentiu um choque na coluna. Tinha esquecido completamente de que dissera isto ao homem. A raiva e o desespero que o dominaram nos momentos finais da conversa o fizeram apagar o detalhe da memória. Apesar da surpresa, manteve a calma e esperou que Bermudes avançasse.

Este, por sua vez, não conseguia se conter:

— Mas como é que sabias? — insistiu, com olhos de quem estava diante de um santo milagreiro.

Snemed levou uma descarga elétrica daquelas ao se dar conta do que estava em curso. Era *esta* a conversa com Bermudes a que assistiu em suas visões. Não a primeira. Sentiu como se um balde de alívio fosse entornado na cabeça.

— Comentei consigo na última vez... Só há uma explicação. Eu posso ver. E vi — Snemed encarou o diretor — Juro-lhe.

Bermudes riu. Não conseguiu conter o deboche com a insistência parva do paciente. Era o tipo de coisa que rompia o limite do que acreditava poder ser real.

Snemed, porém, manteve o ar convicto e acrescentou:

— Se precisar, posso dar-lhe mais provas...

O homem sacolejou na cadeira ao ouvir aquilo. Ficou tentado pela provocação de Snemed. Tanto que, de novo sem poder esconder a curiosidade, quis logo saber:

— E o que mais é que viste?

Snemed fez uma pausa para pensar por onde começar e explicou que, ao longo dos seus anos na prisão, previu desde coisas ordinárias e cotidianas até grandes mudanças políticas dos últimos anos:

— O fim da União Europeia, a formação dos Estados Ibéricos Unidos... Fui mandado para a solitária por contar isso aos meus colegas. Carril pode confirmar-lhe.

Ao ouvir aquilo, Bermudes fechou a cara e resmungou:

— Pois..., mas isto é um pouco vago, não? — e devolveu um olhar descrente para Snemed.

Contudo, a verdade é que, desde que foi visitado pelo secretário da Administração Interna para receber sua promoção, Bermudes estava em estado de graça. O palpite de Snemed fora específico e aconteceu logo a seguir. Isto desestruturava por completo seu ceticismo.

Bermudes então colocou:

— Olha, Snemed. É difícil acreditar num ex-presidiário, tido como esquizofrénico, cuja cara não está em nenhum banco de dados facial do planeta, histórias obscuras sobre o passado... Aliás, no dia em que falei com Carril, aquele inglês d'um cabrão disse que tu eras um louco do caraças! Que peidaste na cara dele!

Snemed riu do exagero de Carril. Bermudes falou num tom contemporizador:

— Mas vamos fazer o seguinte. Deste-me uma prova — fez uma pausa — Dá-me outra e não terei como duvidar de ti.

Bermudes disse ainda que, em demonstração de boa vontade, e considerando que a contagem regressiva para sair dali estava no fim, o transferiria de setor:

— Como foste tu que me deste a notícia da minha promoção, vais desfrutar da minha última boa ação aqui. Hoje, já dormes no Amarelo.

Snemed agradeceu o inesperado gesto de benevolência de Bermudes. No entanto, o mais importante ainda tinha que ser dito. Justamente aquilo que não chegou nem perto de falar da outra vez.

— Contarei outra coisa que vi. E se isto se concretizar, o diretor terá que me fazer um favor. O que me diz?

Bermudes fez uma cara de curiosidade e incômodo ao ouvir que seria requisitado. Mas a verdade é que, ali, sem poder ter escolhido o contrário, estava nas mãos deste sujeito. Interessado por qualquer coisa que ele tivesse a dizer, sinalizou com a cabeça para que prosseguisse.

Snemed contou:

— Helga Kpöff encerrou o mandato há pouco e virá a Lisboa para falar numa conferência.

Bermudes logo fechou a cara diante do introito. Quis logo saber que raios isto tinha a ver com a história:

— Então? — piou.

— A esta altura, o diretor terá assumido o cargo na Segurança Pública e os funcionários da sua equipa serão convocados para trabalhar no evento. O diretor também terá que ir e lá surgirá uma rápida chance de falar com Helga — fez uma pausa para certificar-se de que Bermudes prestara atenção e finalizou — Se isto acontecer, o meu pedido é que o diretor transmita uma mensagem minha a ela.

Ao ouvir aquilo, Bermudes arregalou os olhos como se lhe fossem saltar para fora e explodiu numa gargalhada:

— Tu não tás bom! — deu uma bufada — O que direi à mulher? Olha, um paciente do sanatório, que a propósito nem sequer lá trabalho mais, mandou um recado à senhora... E o que faço depois? Saio a correr?

Ela vai achar que o maluco sou eu! — o homem ria sem parar — Qual a chance de Helga Kpöff vir ao manicómio de Lisboa para falar com um paciente? Tu só podes estar em ácidos!

Snemed manteve a calma frente ao escárnio de Bermudes e aguardou o homem se acalmar para dizer:

— Ela vai querer falar comigo assim que ouvir a sua mensagem. O diretor terá que escolher se acredita ou não em mim.

Confrontado, Bermudes fez uma cara tensa, baralhada, de quem definitivamente não sabe onde se meteu, e falou rendido:

— Epá... Que raio queres que eu diga à mulher?! — quis saber qual seria o seu papel nesta armação estrambólica.

Snemed contou que, quando criança, Helga perdeu o pai numa situação esquisita, que nunca teve uma explicação definitiva da polícia:

— O homem desapareceu ao cair num lago enquanto pescava e a conclusão foi de que ele forjou uma fuga. Até hoje, consta como desaparecido. Pode pesquisar — e o encarou impassível — Portanto, o diretor vai apresentar-se e vai dizer-lhe que há um paciente amnésico que aparentemente lembrou-se de tudo e alega ser o seu pai.

Bermudes fez uma cara horrorizada. Pôs a mão na cabeça e descabelou-se. Transpirou diante da simples hipótese de se encontrar com Helga Kpöff, ainda mais para contar-lhe uma mentira desse tamanho. Gaguejou ao tentar falar e Snemed prosseguiu por cima:

— Eu sei... Ela não irá acreditar. E vai lhe pedir uma foto e o diretor dirá que não tem. Então, o diretor dirá que este homem lembrou-se de tudo e, por isso, pediu para perguntar se a vara para pescar *catfish* que ela lhe ofereceu de aniversário foi encontrada. Basta ela ouvir isto para ela não voltar para a Alemanha sem vir aqui. E o aeroporto é do outro lado da avenida — apontou com o dedão — Uma coisa posso garantir. O detalhe da vara de pesca, só pai e filha saberiam.

A cabeça de Bermudes entrou em parafusos. O homem estava transtornado. Mas, ao mesmo tempo capturado pela persuasão do homem à sua frente, não enxergou outra possibilidade, senão tentar fazer o que ele pedia. *Se isto tudo acontecer, por que não?*, pensou antes de dizer:

— Pelo menos ninguém poderá alegar que eu inventei essa história — parecia tentar tranquilizar-se — Ninguém sabe do que conversamos, hã! Se disseres qualquer coisa, digo que é tudo mentira! — esbravejou — Tu voltas ao Vermelho na hora!

Snemed riu da reação do homem e consentiu com um sorriso.

— Puta que pariu, hã! — gritou Bermudes — Posso tentar, mas só não me metas em nenhuma confusão por causa desta merda! Prefiro até nem saber o que estás a tramar — observou Snemed abrir um sorriso — E não fiques todo contente, não! Isso tudo, desde que ela venha a Lisboa, desde que eu tenha que ir ao evento, desde que eu fique sozinho com ela... — enumerou as condições nos dedos — E desde que eu tenha certeza de que ela não me vai achar um atrasado mental!

Snemed aceitou as condicionantes e agradeceu.

— Tá bem, tá bem — Bermudes prosseguiu — Podes ir. Sai e diz para te levarem ao Amarelo. Eu aviso por aqui que tu já dormes lá. Quero só ver se isto vai dar certo... — finalizou, balançando a cabeça de um lado para o outro.

Snemed levantou-se e caminhou até a porta. Antes de girar a maçaneta, virou-se para Bermudes com o olhar firme que Ricardo Diaz sempre usava e disse:

— Apenas faça.

Bermudes riu. Mas em seguida, adotou uma cara tensa, pegou o maço e acendeu um cigarro num gesto aflito. Já Snemed, assim que ouviu o riscar da pedra do isqueiro, ouviu também:

Um cigarro, um cigarro, um cigarro — o filtro laranja dominou sua mente.

77.

Snemed amargurou trinta dias sem notícias de Bermudes. Sem meios sequer de imaginar se a estratégia tinha avançado, não havia o que fazer a não ser se manter confiante, em compasso de espera.

No tranquilo pavilhão Amarelo, porém, a espera era digna. Todo dia recebia uma edição da *Gazeta Lisboeta*. Ali, como bem disse um funcionário quando chegou, era praticamente um asilo. Tinha até *laptops*, daqueles antigos, à disposição dos pacientes. Estavam lá também dois dos portugueses que vieram de Gibraltar, mas, pelos boatos que o ligavam à morte no Laranja, pareciam querer distância.

Seu novo quarto era o ponto alto. Depois de ter conhecido os outros dois setores, a acomodação era satisfatória para o final de vida desses senhores. Era um miniapartamento com uma boa cama e um toalete decente. Havia também um frigobar, uma escrivaninha com abajur e um relógio digital.

Nesta manhã, com a cabeça querendo achar que a conversa com Bermudes não passara de um tiro na água, Snemed tentava manter-se firme. Depois do plano ter ressuscitado, assim como ele próprio já tinha feito no passado, tinha razões para acreditar.

A *Gazeta Lisboeta* foi-lhe entregue pelo funcionário, e Snemed fez o que sempre fazia. Varreu as páginas, na busca de uma pista sobre o suposto evento de que Helga participaria. Mas nada sobre a alemã. Apenas capítulos da recessão econômica chinesa, atentados a templos religiosos e resenhas da rodada do Campeonato Ibérico.

Snemed não tinha nenhuma pista concreta. Mas o evento sobre a crise imigratória na Europa, que ocorreria dali a um mês, o deixava esperançoso. Era a ocasião perfeita. Havia ainda a reunião da cúpula europeia sobre o clima, começando naquele dia, mas, como nada havia sido dito, descartou-a.

De volta ao início do jornal, Snemed leu o editorial e, ao finalizá-lo, reparou na quantidade de vezes que se desconcentrou para pensar num cigarro:

Um cigarro, um cigarro, um cigarro — ler e fumar, fumar e ler, pensou ele, que grande prazer.

Pensando na fome para se distrair do fumo, olhou para o relógio na escrivaninha e viu que era quase hora do almoço. Decidido a ler um pouco mais enquanto isso, foi quando flagrou uma matéria que não tinha visto na varrida inicial. O curto e despretensioso texto comentava o suicídio de um famoso bilionário coreano na Torre Global:

Ambas as autoridades, de Fajar e de Seul, não quiseram comentar o caso — finalizava a nota.

Snemed sentiu um fervor subir pela cabeça. O fato se encaixava de forma cirúrgica no finado mapa do futuro. O sujeito poderia perfeitamente ser o Francisco Ferdinando da grande catástrofe. Era a tempestade perfeita pela qual Sohui ansiava.

Num misto de fascínio e pavor pelas coisas estarem avançando um pouco mais, ouviu a sirene do pavilhão anunciar a hora do almoço. Pôs o jornal de lado e deslocou-se até o refeitório, apesar de constatar que tinha perdido a fome por completo.

Entrou no salão e, estranhamente, deparou-se com a fila vazia. Diferente do que ocorria assim que o alarme tocava, os internos não foram até lá e permaneceram aglomerados diante da televisão. Em vez dos programas a que normalmente se assistia, parecia dar o noticiário.

Espiando a tela de longe para entender o que capturava a atenção de todos, Snemed ouviu um vigilante conversar com outro:

— Parece que está a ter uma confusão do caraças no Pavilhão Atlântico — soltou um deles — Por causa da tal gaja. Está a dar em direto na *SIC*.

— Quem? — perguntou o outro.

— A chanceler da Alemanha. Deve ter vindo falar sobre os gays, os imigrantes e o caralho.

— Foda-se… — com um sibilar e um ar de desprezo — É uma idiota.

Uma tremedeira dominou Snemed. Estava acontecendo. Ou a mulher falaria consigo em breve, ou seu plano nadaria até aqui para morrer na praia. Era agora ou nunca. Avançou pelo salão até a estação para se servir. Suas mãos sacudiam tanto que derramou suco em cima do prato. Encostou o quadril na bancada para se apoiar. As pernas amoleciam. Estava prestes a ter um treco.

Neste instante, olhou para a entrada e avistou Soares, ele próprio agora o diretor do sanatório, chegando apressado e varrendo o refeitório com um olhar aflito. De repente, ao avistá-lo, o homem arregalou os olhos e voou na sua direção, desfigurado pela preocupação que o tomava.

Soares chegou no seu ouvido e, baixinho para que ninguém ouvisse, ordenou esbaforido:

— Tu vens comigo! — e puxou Snemed pelo braço até o corredor que dava para os quartos.

Snemed caminhou arrastado atrás do homem até a saída do refeitório e, ao verem-se sozinhos, Soares falou:

— Olha, eu não sei o que está a acontecer — balançando a cabeça com uma cara nervosa —, mas o Bermudes acabou de me telefonar a dizer que Helga Kpöff fará uma visita aqui. Hoje. Agora! E para falar contigo?! Mas o que raio ela tem para falar contigo, meu Deus? Podes explicar-me o que está a acontecer?

Snemed sentiu como se uma ogiva nuclear detonasse dentro de si. O Grande Ato vivia. Estava mais vivo do que nunca. No entanto, tendo que conter o ímpeto explosivo dentro das limitações físicas do corpo, apenas olhou para a cara pasma de Soares e riu incrédulo.

— Tás a rir de quê? Posso saber o que estás a tramar? — insistiu o preocupado e recém-empossado diretor — Nem o primeiro-ministro vem aqui. Se veio uma vez é muito!

Tentando conter-se, Snemed disse, tranquilizador:

— Pode confiar em mim — sorriu para o homem em desespero — Será uma conversa rápida com a chanceler. Só peço uma sala para o encontro e boas roupas se possível.

— Como é óbvio! Irás recebê-la impecável e no pavilhão principal!

Desorientado, Soares partiu para tocar as providências necessárias. Sem ter tido escolha, era agora um mero operário do Grande Ato. Nada poderia fazer a não ser cuidar de tudo da melhor forma possível. A célebre visita chegaria a qualquer instante.

Minutos depois, um enfermeiro veio e lhe entregou um cabide com as roupas. Ao vestir-se com uma calça de sarja creme e uma camisa branca de gola alta, percebeu que há muito não se via bem-arrumado. Snemed sorriu. Era só o maestro manear a batuta que o Terceiro Movimento começaria. A hora de falar com Helga estava virando a esquina.

Comovido ao ver o momento prestes a se materializar, ele se penteava no espelho, quando alguém entrou correndo pela porta. Afobado, o funcionário anunciou a entrada da chanceler no instituto.

— Vá! A mulher chegou! Despacha-te!

Invocando a máxima concentração, sentiu aquele poder antigo manar pela corrente sanguínea. Era aquilo que subia pelas pernas e lhe causava um furor pelo corpo, e que o fez, por tantas noites, sentir-se rei em San Francisco, e mais ainda em Fajar. Agora, porém, percebia que era um fluido do universo. Um poder que não era dele. Que não era de ninguém. Snemed encarou Ricardo Diaz no espelho. E reconhecendo a si mesmo no reflexo, brindou a reunião de suas identidades num brado:

— *Ándale!*

78.

Snemed foi levado ao pavilhão principal, onde ficava o salão nobre do instituto. Lá, sentado à cabeceira de uma mesa comprida de madeira de lei, permaneceu sozinho no aguardo da ex-chanceler.

Um cigarro, um cigarro, um cigarro — nada como um cigarro para conter a ansiedade de um momento como este.

Observando o ambiente, Snemed o reconheceu. Era a sala clássica de pé-direito alto onde por várias vezes viu-se falando com Helga. Dentro da locomotiva em que viajava pelo *espaço-tempo*, não havia dúvida de que estava agora na hora certa, no lugar certo.

Enquanto a mulher não chegava, repassou o que deveria fazer. Bermudes havia sido domado, mas agora era diferente. Mais do que nunca, a destreza de Ricardo Diaz o deveria pôr no controle da situação do começo ao fim. Seria como colocar a última carta num gigantesco castelo de cartas. Era a primeira e última chance de executar o Terceiro Movimento.

Um minuto depois, a porta foi aberta. Soares, com ar de embaraço, pôs a cabeça para dentro, esticou o braço e fez sinal para que Helga entrasse. Snemed ergueu-se e o diretor se retirou.

Com um semblante de apreensão, Helga encarou Snemed de longe com ar de desconfiança. Havia uma expectativa repleta de dúvidas no seu olhar. Sua cara era uma tensa interrogação.

Passos à frente, a mulher forçava as sobrancelhas para ver Snemed melhor, quando relaxou a musculatura facial, tomada pelo desapontamento:

— Você não é meu pai... — soltou desgostosa, ao ver que tinha caído numa mentira.

Preparado para que isso acontecesse tão logo ela entrasse, Snemed falou:

— Dez minutos, Helga. Dez minutos e você poderá ir.

Helga balançou a cabeça furiosa:

— O que me tranquiliza é que não poderia ir embora com essa dúvida — abriu um sorriso irônico para dizer — Obrigado por ter me feito perder tempo.

Ela virou as costas e Snemed soltou:

— Eu sei da náusea visceral que você sente de Sohui Yun-Nam e o que você sentiu quando ela esteve em Berlim. Sei sobre o que conversaram. Posso até descrever o vestido vermelho que você usou.

Ao ouvir aquilo, Helga congelou. De olhos cabreiros, virou-se para Snemed, que insistiu:

— Dez minutos, Helga. Em dez minutos eu falo o que tenho para falar e você poderá ir embora. Você vai querer ouvir o que tenho a dizer.

Surpresa, para dizer o mínimo, Helga caminhou até a mesa, puxou a cadeira na cabeceira oposta e sentou-se. Queria agora ver aonde é que isso ia dar. Já Snemed, procurando buscar a calma que Ricardo Diaz facilmente teria num momento como este, arriscou, sem ter certeza por onde começar:

— Eu vejo as coisas — fez uma pausa para encará-la — Vinte anos atrás, trabalhei em Fajar. Por destinos tortuosos, vim parar aqui, o que não importa no momento. O que importa é que vi algo grave — Snemed usava um tom hipnotizante para falar — E o mau pressentimento que você tem de Sohui... Você está certa. Tenho certeza de que você sabe do que ela é capaz. *Um conselho que imporá a preservação do planeta* — parafraseou a fala da coreana — significa matar três quartos da população mundial. Talvez mais. E apesar de parecer impossível, basta ela invadir Fajar e usar de forma coordenada a arma química testada em Pyongyang.

Helga pôs a mão na testa e fechou os olhos, como se sua pressão despencasse. Ao ouvir o que Snemed lhe disse, ela teve a nítida impressão de ter sido sugada para dentro de um pesadelo. Ela pôde ver as cenas acontecerem. Sem maneiras de explicar como isso tinha se dado, fora capturada pela fala deste desconhecido. Até a frase de Sohui, ele reproduziu com todas as letras. E a ideia que tinha da mulher ia ao encontro do que ele descreveu. Nunca partilhou sua intuição com ninguém, talvez por receio de a acharem paranoica, mas tinha um péssimo sentimento em relação a Sohui Yun-Nam. Sentiu-se enjoada na presença dela. Visceralmente. *Como este homem saberia disso?*

— Re...realmente — gaguejou — Faz sentido... — Helga parecia não precisar de nenhum outro argumento para acreditar que estava diante de alguém que sabia muito mais do que ela poderia supor.

Snemed comemorou ao ver que Helga tinha sido trazida para dentro do seu ato. Mas no que ia avançar para a parte seguinte, ela mudou o semblante e, com a cara de uma criança assustada, perguntou:

— Como você sabe do meu pai? Da vara que eu dei para ele?

Ele imaginou que a pergunta viria. E sem alternativas a não ser falar a verdade, torceu apenas para que o perfeito andamento das coisas não fosse por água abaixo.

— Eu vi — e olhou nos olhos dela com uma pausa calculada — E usar este episódio era a única garantia de que você viria. Perdoe-me.

Helga não se conteve. Foi até a ponta oposta da mesa, puxou a cadeira ao lado de Snemed e insistiu para que ele dissesse mais alguma coisa. Seus olhos imploravam por qualquer mísera informação.

— Não consigo te explicar o que houve — disse Snemed, com comoção no tom — Mas foi exatamente o que você se lembra. E se, hoje, você duvida do que aquela menina viu, tenha a certeza de que foi aquilo mesmo.

Helga resgatou aquele momento ligeiro e seus olhos encheram-se de lágrimas. Nunca poderia imaginar que no lugar de reencontrar o pai pudesse haver algo igualmente impactante. Estava revirada do avesso.

Ao mesmo tempo, Snemed não podia deixar que isto arruinasse o que tinha para lhe dizer. Cauteloso para não perder as rédeas da circunstância, pôs a mão no braço dela e continuou:

— Mas você veio até mim, Helga. E tem algo que só você poderá fazer.

Helga instantaneamente mudou a postura e pareceu acatar a seriedade do momento. Estava mesmerizada pelos olhos penetrantes do homem à sua frente. Com uma sacudida de cabeça, sinalizou para que ele seguisse:

— Fui o primeiro executivo de finanças da Torre Global. E conhecer o poder concentrado em Fajar foi crucial para compreender as visões que tive. Melhor do que eu, você sabe que as pessoas simplesmente não dimensionam o que a Torre Global representa. Não percebem que é o maior instrumento de poder que a humanidade já produziu. Justamente por isso, há uma fragilidade imensa e que você sabe qual é — Helga concordou com a cabeça — E Sohui também sabe... Portanto, você deverá ir pessoalmente até o Sultão e convencê-lo de que ela irá invadir a Torre Global. Sei que você acredita que ela é capaz disso, e só você trará a credibilidade que o Sultão precisa para agir — e finalizou — O coreano que morreu em Fajar foi um presente para Sohui. Era o que ela queria.

Helga ficou pálida. Estava horrorizada. Seu medo de Sohui Yun-Nam, instintivo, profundo, deu-lhe a certeza de que a presidente coreana era absolutamente capaz de fazer isto. Recostou a nuca na cadeira e olhou para o teto. Tinha sido nocauteada. Sem chance de escolher o oposto, acreditara em cada palavra que o homem lhe disse. De forma irreversível, e sem saber que este era o nome, virava missionária do Grande Ato.

Por fim, Helga cessou o momento de prostração e pareceu perceber a responsabilidade que recaía sobre si. Convencida de forma irremediável pelo sujeito, ela se pôs à disposição para fazer o que tinha que ser feito.

— Você é a única que tem chance — arrematou Snemed.

Desfigurada, Helga olhou para ele e levantou-se. Ela realmente acreditava que, uma coisa como essa, só mesmo ela seria capaz de fazer. Com a cabeça já no passo seguinte, saiu apressada porta afora.

Snemed deitou o rosto na madeira da mesa e gargalhou. O bastão estava nas mãos de Helga. Não havia nada mais que pudesse fazer. Aliás, fizera demais. Fizera o impossível. Conseguir trazê-la até aqui e convencê-la da sua missão selava a vitória de uma chance solitária contra suas noventa e nove bilhões, quiçá trilhões, de adversárias. O Grande Ato era realmente inacreditável em todas as suas formas de ser.

79.

Passava das dez da manhã, quando Snemed acordou. Tomado por uma incomum sonolência, viu que tinha dormido até bem mais tarde do que estava acostumado. Sequer ouviu a sirene anunciar o café da manhã.

Acordou sem fome. Com uma sensação de alegria na barriga, o dia que começava não era um qualquer. Era o dia seguinte ao cumprimento do seu papel dentro do Grande Ato. Executou-o de ponta a ponta impecavelmente. Levou instantes para perceber que era mesmo neste dia que tinha acordado.

Ao repassar o encontro com Helga, um sorriso armou-se naquela cara amarrotada. Foi invadido pela satisfação do dever cumprido. Ser feitor de um milagre o encheu de orgulho. Sem dúvida, foi o agente que o universo exigiu que fosse. Como prêmio, a jornada pessoal em que isso se traduziu. Ter ressignificado a existência de Ricardo Diaz o deixou completo pela primeira vez.

De tudo que viveu, o momento em que partiu de Gibraltar foi o ápice. Sair da cadeia para receber o bastão do Grande Ato, sob a euforia nervosa do incerto, do desafio pendente, o fez sentir-se vivo como nunca. Sabia que nunca mais sentiria algo semelhante. Mesmo que outra vez tivesse que presenciar o homem se matar no Laranja, passar pela tortura psicológica do Vermelho e pelos trinta dias de ansiedade no Amarelo, viveria tudo de novo.

Snemed virou um copo d'água e foi urinar. Iniciou os alongamentos matinais e logo um funcionário bateu à porta:

— Bom dia, senhor Menad, está cá o jornal!

Ao ver a primeira página da *Gazeta Lisboeta* do dia, Snemed deu risada. Com a manchete comentando a confusão que a participação surpresa de

Helga tinha causado no evento do dia anterior, mal sabiam a surpresa que ele próprio tinha proporcionado à mulher. Pousou o jornal na escrivaninha e foi tomar café da manhã.

De volta ao quarto, sentou-se na cama com o travesseiro na lombar e iniciou a leitura. Snemed ia pular a seção de desportos, como sempre fazia, quando seus olhos flagraram uma foto que o fez gargalhar. Na *Por onde andas?* da semana, a coluna trazia ninguém menos que Maiquel Silva.

Para a sua surpresa, Maiquel foi outro que teve uma reviravolta na vida. Na temporada seguinte à sua ida a Fajar, lesões no joelho acabaram abreviando a trajetória do jogador. Nunca mais foi o mesmo. Encerrou a carreira aos 27 anos no Cabofriense, clube carioca que o revelou. Nesta altura da vida, morava em Sidney e trabalhava na *BPB*, a fusão da *Petrobras* com a *British Petrol*. Na cidade australiana, o brasileiro, de 44 anos, pertencia ao médio escalão da área comercial da empresa e desempenhava uma atividade bem distante dos holofotes a que esteve acostumado.

O ex-futebolista é um exemplo de superação — finalizava a crônica.

Encarando Maiquel Silva no jornal, Snemed não pôde deixar de lembrar dos dias em que o acompanhou pela Torre Global. Permitiu-se recordar, só um nadinha, aquele bacanal na suíte onde o jogador se hospedou. Uma injeção de desejo o picou.

E como reflexo:

Um cigarro, um cigarro, um cigarro — num tom fissurado ao pé do ouvido.

Snemed ficou ressabiado. Sabia o que era este sussurro, mas agora era como se tomasse a forma de uma pessoa. Uma pessoa que caminhava na sua direção e estava cada dia mais perto. Cada hora mais persistente, mais exigente. E, apesar de parecer inofensivo, sabia que bastaria um cigarro para cada sabor de prazeres antigos voltar à tona. Era como se um simples trago fosse a chave para todo o resto.

Deixando o jornal de lado, decidiu fazer uma pausa. Através da grade treliçada na janela do quarto, vendo o dia azul do lado de fora, pensou quão agradável seria passear por Lisboa. Apesar de ter viajado bastante pela Europa, não visitou Portugal. A vista de cima da ponte *25 de Abril*, quando chegou, era o único lampejo que tinha da cidade.

Snemed pensou que talvez tivesse chegado a hora de revelar sua identidade e sair dali. Era um direito reaver o seu passaporte, até conseguir um dos Ibéricos Unidos, quem sabe? Com o pacto quebrado, manter seu passado em segredo não era mais preciso.

Ao cogitar isso, foi invadido por uma angústia. A alienação destes anos o deixou com receio da liberdade. Estava muito velho para enfrentar a realidade lá de fora. A ordem social que emergiu junto com o virtualismo transformou o mundo. Os anos em que esteve preso foram capazes de mudar todos os tipos de relação. Obrigaria Bauman a rever a *modernidade líquida*. Por isso, sabia. Ser um sexagenário tentando se reinserir numa sociedade que passou por tamanha metamorfose era um desafio sem cabimento para se impor a esta altura. Não teria como dar certo.

Desistiu. Esta alternativa perdeu o prazo de validade. Sequer tinha um *virtois* para recomeçar. *Imagina ter que arrumar emprego!* Fora que, com 60, restaria a si apenas cuidar de velhos de 90. Ali no hospício seria uma monotonia enlouquecedora, mas ao menos teria cama e comida até o fim da vida. Com sua parte cumprida, voltar a ser espectador do Grande Ato era um bom motivo para encarar a nova fase. A velhice estava apenas começando.

A campainha tocou e convidou os internos para o almoço. Snemed comeu um prato caprichado, e, após uns minutos de TV na área comum, voltou ao quarto. Pegou o jornal para as palavras cruzadas, mas ficou com um sono descomunal. Talvez fosse o normal para a idade, mas pela ansiedade dos últimos anos, só agora sentiria a vontade natural de uma sesta.

Num adormecimento rápido, como se tivesse tomado um sonífero, Snemed nem viu as horas passarem. Tomou um susto ao abrir os olhos e ver que era fim de tarde. Dormiu feito uma pedra por quatro horas, ininterruptamente.

Repassando o último sonho que teve, a única coisa que lembrou era de fumar. Fumar, fumar e fumar. Um cigarro atrás do outro, num festival da nicotina, promovido pela *Phillip Morris*, onde pessoas fantasiadas de maços de *Marlboro* faziam malabarismos com maços de *Marlboro*.

Ao reviver a sensação de prazer do sonho, Snemed sentiu uma vontade desgraçada de fumar. O desejo só aumentava. Trazia agora reflexos tão físicos, que a abstinência parecia querer lhe rasgar a pele.

Um cigarro, um cigarro, um cigarro — num pedido sedento, prestes a virar ordem.

Snemed pensou no último cigarro que fumou e, numa daquelas sinapses precisas, recordou-se qual foi. Nunca tinha conseguido achar na memória qual havia sido. Foi naquele quarto do subsolo da Torre Global, pouco antes de tentar se matar e logo após receber sexo oral de Martina.

Ao lembrar-se daquela bielorrussa linda, um vislumbre do que desfrutou na Torre Global o fez enxergar a sede latente que ainda existia por aquilo tudo. Em algum lugar ali dentro, ainda existia. E, apesar de irreconhecível pela distância temporal, a energia potencial dessa bomba de prazeres teria em si um efeito devastador. Snemed foi até a janela para distrair-se da provocação. Pela luz do céu, notou que o sol se punha. Aí, algo lhe ocorreu. Em Fajar, sempre que a bola de fogo se despedia pelo horizonte, os demônios despertavam.

Bastou pensar nisso e foi como se uma comporta estourasse. Na potência da água que rebenta o dique, cada lembrança sensitiva da Torre Global propalou-se à flor da pele. E eram muitas. Eram infinitas. Snemed sentiu algo invadir o corpo. O súbito desejo de acender um cigarro, aos goles de *whisky*, com as narinas refrescadas, à companhia de residentes, o fez suar. Com 60 anos de alta quilometragem nas costas, era muito desejo para pouca carne. Seu coração sequer aguentaria uma dose daquelas, por menor que fosse. Mas ele queria. E como queria.

Diante disto, que lhe devorava a carne, Snemed entendeu que eram os demônios. Estavam agressivos, ferrenhos, implacáveis. Cobravam-no com juros os anos de exílio. Isto não era só um cigarro reivindicando ser tragado. Todos aqueles gozos, carnais no nível mais profundo, estavam agora à distância de um pensamento.

Numa taquicardia fritando o peito, Snemed jogou-se no colchão. Com o braço formigando, sentiu que um infarte a qualquer momento o fulminaria. Sequer foi capaz de jantar quando a sirene tocou. O negócio não tinha fim. Digladiando-se ali deitado, não ficou um segundo sem ser infernizado ao longo das várias horas seguintes.

Quando achou que a coisa começava a ir embora, uma cena da morte de Paloma explodiu na cabeça. Com todos os contornos de crueldade, a seguir veio outra. Depois outra. E outra, outra, outra e mais outra. A sequência da moça berrando e depois estrebuchando no chão acabava e voltava para o começo. Era chocante ver a mulher com uma cara de quem nunca entenderia o seu ataque. Nem se vivesse mil vidas entenderia. Nem ela, nem ele.

Rodopiando dentro do episódio, dada altura Snemed teve a sensação de ser desconstruído. Numa espécie de decomposição emocional, foi como se suas camadas de existência fossem peças de roupa que, uma a uma, lhe foram despidas, até que estava nu.

Neste instante, ouviu:

— *Dito! Dito!*

No meio da tormenta, sua mãe surgiu. Sem ver uma foto dela desde que partiu dos Estados Unidos, mal se lembrava de seu rosto. Na Torre Global, aquele porta-retrato ficou dentro de caixas que nunca abriu. De lá para cá, ela era um borrão vermelho sem significado. Morava em Los Angeles quando lhe prestou a última visita, justamente no funeral do pai, que talvez tenha morrido de desgosto pela esposa adúltera. Depois, em San Francisco, ligou-lhe umas poucas vezes, quase sempre no aniversário. De Fajar, nenhuma palavra. Do resto, então… *Minha mãe está viva?*, quis saber.

Chorou pelo filho negligente que foi. Nunca lhe mandou um *virtois*, nunca lhe enviou um presente, nunca perguntou se precisava de alguma coisa. O que, no fundo, sabia Snemed, era o de menos. Triste mesmo era a relação da mãe carinhosa com o filho querido não ter deixado registro algum na memória dele.

Revirado de ponta-cabeça, Snemed nem percebeu a hora em que adormeceu. Dada altura, olhou para o relógio e passava das duas, mas aquilo não acabava. Deitado rígido na cama, escudava-se como dava do bombardeio. A noite, que poderia ter sido longa, felizmente foi salva pela tristeza, que sugou cada gota de energia e o fez dormir.

Andando por um cenário escuro, Snemed apercebeu-se dentro de um sonho. Sem saber onde estava, nem o que ali fazia, caminhou pelo ambiente retinto até que avistou uma massa larga. Marchou vagarosamente mais um pouco e percebeu que era um tribunal. À frente do palanque alto, apenas um banco solitário, até onde ele foi e se sentou.

Ao acomodar-se, olhou para a estrutura de madeira e flagrou a presença de quatro homens sentados de frente para ele. Sentindo apreensão pela seriedade no ar, flertou com cada um deles, mas, quietos, apenas o observaram de volta. Apesar das expressões estáticas, aqueles oito olhos borbulhavam.

Num momento nebuloso, com Snemed encarando os sujeitos sem saber quem eram, eis que os reconheceu. Examinando-os melhor, não teve dúvidas. Eram os quatro que surgiram numa visão, fazendo-o companhia na varanda do seu apartamento em *Russian Hill*. Ali, em vez de estarem comemorando consigo, fitavam-no lá de cima furiosos. No lugar da garrafa de *whisky*, seus ares de ira.

De repente, Snemed começou a ser metralhado. Os homens abriram suas bocas enormes e, como se abrissem fogo, começaram a falar ao mesmo tempo. Suas vozes, graves e nervosas, produziam uma massa de sons embolados que, apesar ele de não poder distinguir nenhuma palavra, o sufocava. Tentou falar, mas foi massacrado:

— Covarde! — gritou um.

— Imprestável! — berrou outro.

— Frouxo... — resmungou o terceiro, enquanto o último apenas o olhou com desprezo.

Acuado, um pavor subiu pelas pontas dos dedos, depois pelas mãos, e ele reconheceu essa sensação horrível. Snemed sentiu medo. Era a paúra de existir que tinha na infância. Olhou para os seus braços e eles estavam miúdos, delicados, como os de um menino. Dito estava ali. Ou melhor, ele estava em Dito.

Ao ver-se na pele da sua criança interior, Snemed começou a encolher. Diante daqueles homens cruéis, a presença de Dito revelava toda a fraqueza que em si habitava. Trazia consigo um pavor tão brutal, que quando voltou os olhos aos homens, eles se agigantaram e sumiram lá no alto. Desapareceram, assim como a estrutura que formava o tribunal.

    Snemed sentiu alívio ao ver-se livre deles. Olhou para baixo para ver as mãos de Dito, mas estavam agora enrugadas como as de um idoso. Os dedos estavam irreconhecíveis. Os braços mais ainda. Velho e enrugado, o definhamento marcava a pele frágil que o vestia.

    Neste instante, foi como se levasse um soco no plexo solar. O golpe foi tão forte que o expulsou do corpo. Estava fora dos limites da sua pele, apesar de a carcaça continuar sentada ali de costas. Andou ao redor do banco para ver a própria cara, quando congelou pasmo. Com o seu olhar amedrontado, era o homem-porco quem estava ali. O mesmo que certa vez encontrou nos confins da sua psique.

    Apesar de sentir o mesmo nojo da outra vez, desta, percebeu uma coisa. Algo óbvio. Enquanto aqueles olhos medrosos o encaravam com todas as nuances possíveis de pavor, entendeu que isto era no que Dito tinha se transformado. Envelhecido, esquecido, preso por tantos anos noutra cela solitária da sua mente, ainda era este ser indefeso, como sempre foi, como um leitão na linha carnificínica. Era o medo em pessoa.

    Impactado com a constatação, Snemed olhou para baixo e viu que sua mão empunhava uma marreta. Sem saber de onde tinha surgido, flertou com o homem-porco, e a criatura fez cara de quem sabia o que iria acontecer. Ele tentou brecar o impulso da mão, mas foi impossível. Tomado por um sentimento perverso, por uma vontade cruel de arregaçar este porco imprestável, ergueu o braço e só escutou o guincho explodir no ouvido.

    No susto violento que o pôs sentado, Snemed pulou da cama com o estômago às voltas, e voou para a privada. Há muito não experimentava a aflição de despertar de um pesadelo. Desfazendo-se em diarreia com a cara apoiada nas mãos e os cotovelos nos joelhos, tentou resgatar o sonho, mas as cenas se esfarelaram. Sua incursão ao purgatório, com todo o simbolismo que sentiu que havia, se perdeu. Só a cara apavorada do porco ficou.

    Olhando para o relógio, viu que ainda restava uma hora para o café da manhã. Relembrou a tortura a que foi submetido antes de apagar e reparou que os demônios tinham ido embora. Ou, pelo menos, tinham dado uma trégua. Estava ali apenas o persistente:

Um cigarro, um cigarro, um cigarro — quem mandou vender a alma para o Diabo?

Então, que nem se diz por aí, que é só falar no Diabo que Ele mostra o rabo, um funcionário do pavilhão bateu à porta e trouxe uma notícia Dele:

— Bom dia, senhor Menad, está cá o jornal — e se retirou.

Ao ver a manchete da primeira página, Snemed foi à estratosfera e voltou. Lendo aquelas breves linhas, soube que Mothaz tinha fugido da Terra:

Fajar divulgou na noite de ontem que desde a semana passada o Sultão Ibrahim Said Al-Mothaz refugia-se em uma das doze estações espaciais que gerenciam a operação dos satélites da -S- em órbita pelo planeta.

Uma tontura desceu-lhe pelas pernas. Era a morte do Grande Ato. Se Helga falaria com o Sultão ou não, ia tarde. O convite para Sohui invadir a Torre Global, ele havia dado. *Cabrón!* E se ela fizesse um décimo do que tinha visto, a inquisição católica viraria um mero genocídio regional. Sentiu raiva do Sultão. Xingou-o em voz alta de tudo que pôde. Parecia que o homem tinha esperado, de propósito, cumprir o seu papel para acabar consigo. Agora, de vez.

A campainha tocou e convidou os internos para tomarem café da manhã. Sozinho, numa mesa do refeitório, com a porção mirrada que se serviu, sequer conseguiu comer a comida que estava até bem boa. A sentença de morte aniquilara sua fome. Revirando a comida com o garfo, lamentava-se por restar-lhe apenas aguardar em seu apartamento, com a boca escancarada cheia de dentes, à espera da morte chegar. Neste dia, seria engolido pelo apocalipse comandado por Sohui Yun-Nam.

Um cigarro, um cigarro, um cigarro — só queria fumar um cigarro atrás do outro enquanto isso.

Snemed voltou ao quarto num desalento que não poderia pôr em palavras. Na expectativa do Grande Ato, estava disposto a viver essa vida de merda, num outro ciclo diário maçante, que provavelmente o aprisionaria em horas e minutos que custariam o dobro, talvez o triplo, para passar. Pelo Grande Ato, aceitaria reviver a morte de Paloma, cada dia um pouco mais, até que ele próprio morresse por inteiro. Suportaria, inclusive, a visita dos demônios, que toda noite o atormentariam e fariam suas cobranças até devorarem sua massa falida. Mas pensar que lutou tanto para morrer nas mãos daquela mulher sádica seria um desgosto a que não iria se submeter.

Diante disto, a vontade de descansar falou mais alto. Aquele pensamento, sempre presente, tomou voz e ele nem repensou sua decisão. Arrancou os lençóis da cama, despiu-se e emendou tudo numa longa trança, que faria o papel da corda. Pegou uma caneta e, num pedaço da escrivaninha, escreveu o seu palíndromo mais triste: *Snemed ecce demens.*

Deu um longo suspiro. Era inacreditável. Depois de tudo o que viveu, sua trajetória pelo planeta passaria despercebida. Com tudo que fez, teria uma existência irrelevante para a humanidade. Não deixaria marca alguma na História. Muito menos, na história que seria contada a partir de agora.

Snemed passou a trama de tecidos por um dos losangos da grade na janela e prendeu com um nó. Ao pôr o laço no pescoço, questionou-se se isso tudo não seria fruto daquela suposta demência e se ele, de tanto brincar com aquilo como quem brinca com fogo, não tinha sido carbonizado. Será que Sohui seria capaz de fazer uma coisa como aquela? De repente, tudo pareceu uma tremenda loucura.

Só que, agora, o antigo dilema perderia o seu sentido. E ele nunca haveria de saber até que ponto sua demência tinha ido. O que pouco importava. Ele só queria descansar. Estava esgotado. Acabado. Snemed viveu muitas vidas dentro de uma só.

O relógio flertava com as onze quando ele desistiu de encarar a *velhice*. Afinal, é o inimigo que nunca se vence, que não se derrota. No máximo, se esquiva, se adia. *Para que postergar?* Snemed lançou o corpo para frente. Torcendo para que fosse rápido, deixou-se dominar pela asfixia insuportável.

80.

Snemed foi parar no meio de um deserto. A sensação de pisar em areia, reconheceu assim que notou que estava descalço. Era noite. No céu, a lua brilhava e deixava uma atmosfera azulada.

Vestido com aquele mesmo roupão azul de cetim, pensou que estava em Fajar. Sem saber o que fazia vagando do lado de fora da Torre Global, olhou em volta para ver se avistava aquele falo luminoso no breu noturno, mas nada.

Em seguida, um vulto no canto do olho o fez crer que tinha visto um dromedário. Cogitando, na verdade, estar no Saara, viu, porém, que o solo ali era diferente. Firme e acinzentado, nele crescia uma vegetação seca. Ao fundo, pôde ver, na linha entre o céu e a terra, um cacto e sua imensa silhueta em tridente.

Snemed caminhou até o exemplar colossal de *saguaro*, quando avistou uma serpente com a cabeça erguida, estática no solo. Sob a luz que vinha de cima, suas escamas negras reluziam o azul do luar.

Apreensivo, ele fitou a cobra, quando ela rastejou na sua direção e pregou-lhe um susto. Com o bote, deu um pulo para trás e, ao fazer isso, reviveu o grande trauma da infância. Ainda usava fraldas quando se apavorou exatamente assim ao ser assaltado por uma cobra real mexicana. Ali, foi apresentado ao *medo*. O medo fundamental, o medo original. O medo de morrer.

Snemed compreendeu onde estava. Ali não era o Saara, nem Fajar. Estava no deserto de Sonora. Um pedaço dos arredores da cidade onde morou até os dezesseis. Surpreso por estar ali após tantas décadas, voltou os olhos para a serpente, mas ela desapareceu pela sombra comprida do cacto. Assim que a perdeu de vista, escutou o uivo longo e agudo de um coiote.

Olhou ao redor para entender de onde o som tinha vindo, quando avistou dois faróis no horizonte. Apontando na sua direção, por alguma razão o fez se lembrar de quando viu a lancha da guarda gibraltenha, que a seguir exterminou sua liberdade. Foi um momento terrível e foi também a morte da *clareza*. Ao ser trancafiado naquele presídio, qualquer coisa em que algum dia acreditou deixou de existir.

Mas ao observar melhor aqueles dois pontos de luz, Snemed entendeu o que eram. Ouvindo o som de cascos de cavalo batendo contra o chão, soube quem vinha ali. Era *Ogbunabali*. Ou Mothaz. Ou o Diabo, Ele próprio. Não importava o nome. Ali vinha o ser cujos olhos jorravam a força mais destrutiva da natureza.

Sem vacilar, Snemed virou-se e saiu correndo. Com a rapidez que as pernas permitiam, acelerou, e ainda mais quando escutou o som do galope aumentar. A criatura vinha que nem um míssil atrás de si.

No ritmo desvairado em que ia, atingiu tamanha velocidade, que sentiu a consciência gaseificar. Sua existência, de repente, havia se reduzido a uma reles partícula no caos do seu universo interior. O corpo se desintegrava numa nuvem de *bósons* através da entropia que dissolvia o seu campo energético.

Ofegando como se os pulmões fossem lhe saltar pela boca, após um longo trecho de planície, Snemed foi obrigado a brecar. Diante de uma ravina abraçada por duas longas escarpas, reconheceu este lugar. Era onde o seu pai o levava para passear a cavalo quando criança. Pela vastidão da imponente formação geológica, pelos percalços do rolar abismo abaixo, era sempre um passeio repleto de emoção.

No entanto, o lugar o deixava agora entre a queda pelo desfiladeiro e a fúria do ser de escamas negras. Novamente no bardo das deidades iradas, em outra morte dentro da sua morte, restava-lhe escolher a menos dolorosa.

Snemed olhou para trás e viu a criatura se aproximar. Caminhando agora numa passada cadenciada, parou à sua frente e o encarou com suas argolas luminosas:

— De novo, covarde... — disse naquele dialeto árabe.

Snemed estremeceu ao reencontrar este timbre vocal, que há muito não escutava. Era um grave que penetrava pelos ouvidos de um jeito tão específico, que sentia a reverberação chegar até as membranas dos órgãos. Era a frequência que batucava o tambor de *Shiva*. Era a vibração gravitacional de um buraco negro e sua incontrolável vontade de devorar.

Sem tirar os olhos de Snemed, a criatura deu dois passos à frente e, com um ar raivoso, inflou o peito para bradar:

— Viva o Grande Ato!

As palavras ricochetearam pelo cânion, e os calcanhares de Snemed deslocaram-se para trás. De esguelha, olhou para baixo e flertou com o abismo, ao mesmo tempo em que o abismo flertou consigo. Mas, apesar de parte sua querer tentar se equilibrar, para outra ficava claro o que o ser de escamas negras queria dizer. O Grande Ato vivia. Estava mais vivo do que nunca e estava ali para que ele próprio vivesse. Por isso, entre a força que o sugava para baixo e o Diabo que ansiava por engoli-lo, pendeu o corpo para trás. Despencando em queda livre pelo precipício, mais uma vez voou num mergulho de volta à vida. O universo realmente parecia insistir em Snemed.

Apêndice

Era sexta-feira quando Maiquel Silva chegou à casa após uma semana atolado no trabalho. Exausto pelas tantas conferências que teve com Brasil e Inglaterra, não via a hora de abrir a primeira cerveja do dia.

Maiquel era expatriado da *BPB*, a fusão das petroleiras inglesa e brasileira. Quando a proposta para morar em Sidney surgiu, nem titubeou. Há anos desejava uma transferência como esta. Já não suportava mais trabalhar no centro do Rio de Janeiro, no prédio onde costumava ser a sede da *Petrobras*.

— Paletó com 40 graus, tá de sacanagem, né, Luisinho? — dizia sempre ao colega de área.

Entretanto, havia outra razão para Maiquel querer trocar a Barra da Tijuca por Sidney, e não eram os arrastões nas praias, as balas perdidas e outros problemas que sempre fizeram parte do cotidiano local. Sendo a Austrália um país onde futebol flertava com a impopularidade, sua nova vida poderia prosseguir sem o fardo do *quase*.

Maiquel abriu a geladeira, pegou uma *Crown Lager* e sentou-se no sofá. Ao ligar a *flex-S-crn*, entrou no *-S-Tube* e digitou seu próprio nome no campo de busca. Especialmente saudoso, quis rever os três gols que fez no segundo jogo da semifinal da *Champions League*.

Diante das pinturas que marcou no *Old Trafford*, no 1x3 arrasador em cima do *Manchester United*, debruçou-se sobre seu ostracismo. Em vários momentos daquela época, sua clareza o levou a crer que seria um dos maiores jogadores da história. Por muito pouco não foi campeão no jogo seguinte com aquele brilhante esquadrão da *Juventus*. O gol perdido nos acréscimos da final selaria o título, mas o chute saiu ao lado. Ele sabia. De cem vezes que aquela chance surgisse, em noventa e nove a bola entraria.

Infelizmente a maldição da chance solitária foi cair bem no seu pé, aos 47 do segundo tempo, naquele estádio lotado de *bianconeros*.

Mas diante da cerveja gelada e de seu confortável apartamento no 3º andar de um prédio em *Surry Hills*, Maiquel consternou-se. Pela carreira no futebol abreviada tão cedo, pôde fazer faculdade de engenharia, sonho do seu pai, e deu uma guinada na vida. Sua fortuna do futebol se esgotava e, antes de vontade, trabalhar era necessidade.

Deu um longo suspiro ao pensar nisso. No seu apogeu, sentiu que teria dinheiro infinito. A remuneração prevista na transferência para o *Manchester City* o deixou com a impressão de que seria impossível gastar tudo, nem que vivesse cem vidas. Estaria certo, se aquela lesão no ligamento cruzado do joelho não tivesse virado um pesadelo.

Foi tudo muito traumático. Maiquel voltou das suas férias jogando num nível messiânico. Os dias na Torre Global pareciam ter enchido sua vida de algo novo. Sentiu-se iluminado. Algo dentro de si mudara após a estadia em Fajar.

Maiquel fechou os olhos e repassou aquelas duas semanas. Aliás, não houve um dia em que não se deliciou ao pensar no sonho que viveu. A recordação da chegada pelo *lobby* da Torre Global, com centenas de mulheres o ovacionando, até hoje era capaz de lhe arrancar lágrimas.

Num impulso, pegou o *GLB-MMX* e entrou no *Les Résidents* para ver as estreantes da semana. Adorava conferir as novatas para se lembrar das que teve oportunidade de conhecer. *Ivana, Antônia, Mirella, Jezebel, Carla, Roberta...*, ainda hoje sabia o nome das suas preferidas. Lembrou-se, também, daquele simpático anfitrião. *Rafael Diaz? Rodrigo Diaz?...*, não soube dizer.

Cessado o momento de nostalgia, refletiu sobre o banho de humildade que levou. Não ser mais um milionário afastou os que o chupinhavam e, ainda, reergueu-se sem a ajuda de ninguém. *Brasileiro não desiste nunca...*, pensou.

Com a segunda cerveja aberta, buscou no *-S-tube* a *CNN* para saber o que se passava no resto do mundo. Morando na Austrália há poucos meses, ainda se acostumava com o fato de, ao chegar em casa, o dia estar apenas começando na Europa e na América.

Maiquel retornou ao sofá e viu uma manchete estranha na tela. Com imagens diretas de Berlim, o novo chanceler da Alemanha comentava o desaparecimento de sua antecessora:

— *Estamos há 48 horas sem saber de Helga e precisamos agora estar atentos. Sabemos que muita gente não gosta dela* — encerrou a fala com cara de preocupação.

Rolando a barra de comentários ao lado da transmissão, Maiquel analisou o que diziam alguns dos virtuautas:

Além da desunião da Europa, essa cadela quer promover desunião dentro da Alemanha. Bismarck Vive! — dizia um.

Vamos virar uma colcha de retalhos igual a Espanha — comentava outro.

Que tenha desaparecido para sempre! — dizia mais um abaixo.

Maiquel leu aquilo e achou um disparate. Vindo de um país onde populistas de direita e esquerda alternavam-se, manobrando suas massas na base de muita *fake news*, ver pessoas xingando Helga lhe soava um absurdo. Poderia cravar que ela era a melhor governante do seu tempo. A mulher era uma visionária. A Alemanha esteve décadas seguidas na ponta do desenvolvimento tecnológico e econômico dentre os europeus, no entanto, cinco anos antes o virtualismo poderia ter devastado a nação. Mas, ao contrário do que metade da população defendia, a ex-chanceler incorporou o sistema virtualista ao Estado alemão. E apesar do efeito de prosperidade ter sido geral, sempre há a fatia conservadora, que de tudo faz para permanecer fincada num passado que passou e acabou. Como resultado, numa eleição cheia de jogo sujo, Helga não conseguiu se reeleger.

Apesar de não concordar com tudo o que a ex-chanceler pregava, principalmente sobre *identidade de gênero* e nacionalismo, Maiquel refletiu sobre a mediocridade que dominava o planeta. Se na década de 2020 já era algo crítico, no fim da de 2040 era ainda pior. Em se tratando de redes sociais, pelo menos do que via nos brasileiros, as coisas iam ficando mais e mais escabrosas. Os *haters* da década de 2010 ficariam corados diante dos espíritos de porco de agora.

Maiquel abriu a geladeira para pegar a terceira cerveja, quando o *GLB* tocou. De olhos vidrados, leu a mensagem de um colega do trabalho, que o convidava para uma festança de graça, nada menos que na *Opera House*: *Começa cedo. Por mim, vamos já!* — dizia o amigo neozelandês.

A ideia era ficar em casa, mas deu um pulo do sofá. Isto era imperdível. Entusiasmado como um cão que vê o dono sacar a coleira, confirmou a presença e voou para o banho. Quinze minutos e estava pronto.

Apressando-se para sair, Maiquel ia desligar a *flex-S-crn*, quando o noticiário divulgou uma nova informação. No rastro da sua rota de carro, Helga Köpff teria ido até Waren, a duas horas de carro de Berlim. Em uma casa de campo da família, todos os seus pertences, inclusive o veículo, estavam lá, mas nenhum sinal dela.

Maiquel surpreendeu-se ao ouvir aquilo. A seguir, leu um comentário ao lado:

Depois do pai, a filha desaparece no mesmo lugar. Não é possível que mais uma vez ninguém saberá explicar o que aconteceu — dizia um alemão, senhor de uns setenta anos, segundo a foto de perfil.

A esta altura, porém, não alongou o interesse pelo sumiço de Helga. Só conseguia pensar nas mulheres que encontraria na festa. Porque gostava à moda antiga, no *tête-à-tête*. E ali, ainda teve o pressentimento de que conheceria alguém especial. Por tudo isso, com meia dúzia de borrifadas do perfume preferido e sua melhor camisa, gravou um áudio ao amigo e, sapateando de euforia, avisou que saía de casa.

Maiquel acordou no dia seguinte num estado deplorável. Com a cabeça pulsando como se o coração tivesse subido até lá, demorou uma hora para conseguir se levantar. *Ressaca é realmente um termômetro implacável da idade...*

Tão logo pôs o pé no chão, teve que correr para o banheiro. Abraçado ao vaso sanitário, vomitou pelo menos quatro vezes, até não ter mais o que expelir. Passado o desconforto, olhou para os rejeitos e assustou-se ao ver um pedaço de camarão. De forma alguma se lembrava de ter comido aquilo.

Maiquel caminhou até a geladeira, pegou uma água e tentou remendar os fragmentos da noite passada. Percebeu que naquele momento de ansiedade, esqueceu de comer antes de beber e perdeu controle muito cedo. *Que juvenil!*, pensou consigo e riu.

Na sequência, sentiu uma dor no braço e notou um machucado no cotovelo esquerdo. Olhando o ralado pelo espelho do banheiro, o vislumbre veloz de um tombo passou-lhe à cabeça. Maiquel preocupou-se. Não raro, escoriações pelo corpo eram acompanhadas de débitos em sua *-S-wallet* que nunca saberia explicar como se deram.

Ansioso, procurou o *GLB* para ver o seu extrato e tirar a preocupação da frente. Todavia, na primeira passada de olho pelo apartamento, não avistou o dispositivo. E já antevendo o pior, fez uma revista completa por cada metro quadrado daqueles 38, e nada.

Aflito pela perda do recém-comprado aparelho, Maiquel pegou o *-S-book* e acessou a *-S-curity* para registrar um alerta no raio de dez quilômetros de sua residência. A seguir, pegou a *flex-S-crn* e prendeu-a próxima à mesa da copa e, enquanto tomava café da manhã, deu comandos de voz à Sonia, a assistente de voz, e solicitou um relatório da noite anterior.

— Das oito da noite às oito da manhã, Sonia — numa pronúncia forçada para dizer em inglês o nome da moça virtual.

Rapidamente, a tela mostrou que havia 99% do trajeto mapeado, com 186 pontos de câmera, sendo 23 com microfone. Após uma análise preliminar, com *fast forward* no máximo, identificou o ponto onde, a partir de então, lhe interessava. Eram 03h53, quando saiu pela concha central da *Opera House*. Trôpego, como se andasse sob um forte vendaval, concentrava esforços para andar em linha reta.

Avaliar os registros subsequentes da rota entre a festa e a sua casa, neste estado, causou-lhe certa preocupação. A partir das filmagens, viu que a sua primeira parada foi no *24/7 Noodle Market*, a trezentos metros da *Opera House*. Nesta tomada, feita por uma câmera próxima à barraquinha, pôde ouvir a conversa vergonhosa com o tailandês. Sem pronunciar uma frase direito, escolheu, por fim, a refeição apontando para a lousa.

— *This... This....* — balbuciava incompreensivelmente.

Percebendo de onde tinha vindo o camarão no vômito, acompanhou seu deslocamento desastrado até as imediações do Jardim Botânico, onde fumou, provavelmente *cannabis*, com jovens que andavam de skate. Sem cessar a marcha burlesca, andou pela *Elizabeth Street* até entrar num *Seven Eleven* e, a seguir, foi até o *Hyde Park*, onde se sentou numa mureta. Com uma garrafa de cerveja dentro de um saco de papel pardo, ficou ali por meia hora. Certo momento, pareceu inclusive ter dado uma cochilada. Até que então, num impulso sabe-se lá de onde, o *morto muito louco* subitamente levantou-se e partiu para *Surry Hills*.

Maiquel acompanhou os registros seguintes e viu que quando estava a coisa de duzentos metros de casa, tropeçou de forma ridícula na guia e foi ao chão. Assistindo ao seu esforço atabalhoado para erguer-se, ficava claro o momento em que machucou o cotovelo. Neste instante, viu pelas imagens que o *GLB* ficou no local da queda. Com o rastreamento feito a partir do aparelho, a câmera se manteve na transmissão por mais um tempo, até ser cortada por falta de bateria.

Diante do fim das imagens, buscou o código da câmera que captou o tombo e solicitou a filmagem para o período subsequente. Com sorte, teria acesso ao que aconteceu depois de sair dali. Enquanto aguardava, voltou ao *-S-book* e entrou na *-S-wallet*. Num suspiro aliviado, constatou que nenhum *virtois* tinha sido gasto além de no *Noodle Market* e no *Seven Eleven*. O trauma da semana anterior, quando um assustador *V$ 317,50* em vermelho surgiu no extrato, até agora lhe causava calafrios.

Mais um xixi e outro copo de água, e uma notificação informou que a câmera não possuía restrição de divulgação das imagens:

Sua solicitação será processada — disse Sônia, e a *flex-S-crn* transmitiu a filmagem requisitada.

O material começava logo após ele se levantar, quando saía de cena numa passada claudicante. O *GLB* ficava no chão, escondido embaixo de um banco, tanto que mesmo com pessoas passando por ali, ninguém o avistou. De repente, as imagens começaram a clarear e deram sinais de que amanhecia. Carros passavam na rua, mas poucos pedestres. Era uma tranquila manhã de sábado.

Maiquel acompanhou o celular ali abandonado, até que, às 06h14, uma moça de fisionomia oriental agachou-se e o recolheu. A seguir, ela olhou para o alto, como se procurasse uma câmera e, ao vê-la, deixou seu rosto ser filmado. Fez o gesto claramente para que fosse identificada. Maiquel sorriu aliviado. Seu *GLB* parecia estar em boas mãos.

Assistindo àqueles vinte ou trinta segundos em *loop*, teve então uma ideia. Recortou o rosto dela e jogou no *face-S-rch* para tentar identificá-la. No entanto, a qualidade da imagem estava ruim, preta e branca, e não trouxe retorno. Teria que partir dela o esforço para procurá-lo e devolver seu *GLB*.

Contudo, acompanhado de um grito de comemoração, Maiquel foi inundado por uma explosão de sorte. Dez minutos depois, uma notificação surgiu com a mensagem:

Você perdeu um celular pela manhã?

Maiquel vibrou. Aliviado, respondeu que seu aparelho era um *GLB* preto, modelo MMX, e que a foto da tela de bloqueio era uma sua com a camisa da *Juventus*.

Dois minutos e recebeu a confirmação:

Você pode pegá-lo comigo às quatro horas, no Massara's Coffee Shop?

Maiquel agradeceu, confirmou o encontro e entrou no perfil dela no *V2V*. Kyra era seu nome. Analisando as poucas fotos disponíveis, viu que era uma oriental belíssima. *Talvez chinesa...* Correu para o banho e partiu o mais rápido que pôde. Ao sair de casa, pegou o primeiro *-S-cooter* que encontrou e, 25 minutos depois, largou-o em *Bondi Beach* a uma quadra do lugar indicado por Kyra.

Entrou no café e avistou a moça numa mesa ao fundo. De onde estava, ela pareceu brilhar. Kyra era linda. Num aceno tímido de longe, a moça devolveu outro. Uma rápida cruzada por entre as mesas do apertado estabelecimento e chegou até ela:

— Sou o Maiquel, prazer — curvou-se para lhe oferecer um beijo no rosto, ao que ela, sem esperar o gesto, esquivou-se para, no fim, acatar.

— Kyra, prazer — ergueu-se para lhe entregar o dispositivo — Está aqui.

— Muito obrigado! Você é uma anja. Não imagina o quanto você me salvou... Posso te pagar um café?

Kyra ficou sem graça com o convite, no entanto, aceitou e sentou-se de volta. Maiquel sorriu e arriscou o que sempre fala para mulheres aleatórias quando as conhece:

— Você se lembra de me ver jogar?

A moça fechou a cara, claramente sem saber do que ele falava, e respondeu:

— Jogar? Desculpa, acho que não entendi a pergunta.

Maiquel franziu o cenho e insistiu:

— Fui jogador de futebol — abriu um sorriso amarelo — Achei que talvez você se lembrasse de mim. A foto no meu celular é dessa época.

A moça mudou a cara, de confusa para interessada, e disse:

— Ah! Agora entendi — riu — Desculpa, acho que não saberia reconhecer nenhum jogador de futebol. Acho que nem do Cristiano Ronaldo sei o rosto — riu de novo — Silva? Você é brasileiro?

— Sim. Mas joguei na *Juventus* da Itália e no *Manchester City* da Inglaterra — disse orgulhoso, para na sequência dar um suspiro de lamento e dizer — Mas tive muitas lesões e mudei de carreira. Hoje, trabalho na *BPB*.

— *BPB*?! Aí, eu conheço bem — e fez uma cara cômica — Eu trabalho na *EMS*. Quer dizer que somos concorrentes?

— Que coincidência! — Maiquel gostou. Se não pelo futebol, surgia outro tema para fisgar o interesse da moça.

Virou o pescoço e acenou para o garçom trazer dois cafés e duas águas com CBD. A seguir, os dois emendaram em assuntos do setor petrolífero e, sob o panorama de definhamento do mercado, conversaram mais dez minutos.

— Pois é. Duzentos anos depois daqueles fazendeiros americanos descobrirem o "ouro negro", sobrou para gente desarmar esta bomba... — comentou Kyra, no que Maiquel teve dúvidas se entendeu o comentário dela.

Kyra deu o último gole de água, cumpriu ali mais um ou dois minutos por educação, e então disse, com ar de pressa:

— Pedirei licença, mas preciso ir. Viajo à noite para Hong Kong, visitar os meus pais. Preciso fechar uns relatórios, fazer minha mala, deixar minha gata com a pessoa que tomará conta... — deu um sorriso preocupado.

Diante daquela cara meiga, justificando sua partida, Maiquel se derreteu. De repente interessadíssimo por Kyra, viu que não poderia perder a chance. Apesar de nunca ter olhado com mais cuidado a beleza das orientais, soube que a que estava à sua frente era especial. Por isso, disse:

— Fique à vontade... — fez uma pausa para reunir coragem e soltar — Quando você voltar, posso levá-la para jantar?

A moça sorriu tímida com o pedido inesperado e respondeu:

— Fico quinze dias em Hong Kong. Se quando eu voltar, você não tiver mudado de ideia, podemos.

Na parte de fora do café, com mais um beijo no rosto dela e uma piscadinha, Maiquel despediu-se de Kyra com o peito palpitante. Cada qual para um lado, os dois seguiram suas vidas.

Lá pelas tantas, no início da noite, Maiquel notou que aquele rosto exótico não o sossegava. Kyra tinha algo encantador. Sem mencionar suas curvas, algo que lhe chamou a atenção.

Imaginando que ela já estivesse no aeroporto, num impulso de paixão, arriscou uma mensagem:

Faça uma ótima viagem! Estarei aqui em contagem regressiva.

Com o *GLB* em mãos, Maiquel viu a mensagem ser entregue e lida. Na esperança de que houvesse uma pronta resposta, por dez minutos ficou sem desgrudar os olhos da tela, só que nada.

— Ê laiá...

Tendo ficado a ver navios, tentava justificar-se para evitar que uma onda derrotista o dominasse: *Talvez esteja decolando, o GLB sendo desligado, quem sabe não o perdeu?...*

Apesar do dia marcado pela sorte em resgatar seu aparelho, Maiquel ficou cabisbaixo. Um *emoji* com um sorriso teria resolvido. Arrependeu-se por ter mandado a mensagem. Afoito, provavelmente tinha até estragado uma eventual chance que pudesse ter com Kyra. Não eram nem dez da noite, quando decidiu tomar uma boa dose de *Rivotril* para se forçar a dormir mais cedo do que costumava fazer. Ainda de ressaca, nada havia restado para o dia arruinado pela mensagem não correspondida. Por sorte, o cansaço acumulado ao longo da semana era gigante, e ele capotou.

Num piscar de olhos, na primeira esticada de braço para apanhar o *GLB*, viu que já eram oito. Para o dia nascer feliz, uma mensagem de Kyra lhe dava bom-dia:

Oi.... Não deu tempo de responder! A aeromoça me obrigou a desligar o celular na decolagem e acabei dormindo o voo inteiro. Acabei de chegar na casa dos meus pais.

A viagem foi tranquila! Ansiosa para nosso jantar — e uma carinha feliz.

Num pulo da cama, Maiquel sentiu uma bomba de alegria explodir na barriga. Sem conseguir entender como aquilo tinha acontecido, vinte e quatro horas depois daquele horrível despertar, estaria ele apaixonado? Imediatamente respondeu:

Feliz que tenha chegado bem. Para momentos de tédio, pode me ligar que estarei à disposição — e carinha com beijinho de coração.

Maiquel suspirou. Depois de uma vida inteira solteiro, teria o dia de ontem o poder de mudar isso? Se a bebedeira de sexta culminasse em esbarrar no amor da sua vida, só poderia ser daqueles pormenores arranjados pelo destino. Inundado por serotonina, foi escovar os dentes. Aqueles olhinhos puxados não lhe saíam da cabeça. Seria duro aguentar os quinze dias. Não via a hora de beijar aquela moça tão diferente.

Assim que saiu do banho, Maiquel pegou o *GLB* para ver se Kyra tinha respondido e ela enviava um áudio:

— *Estamos vendo uma névoa roxa passar por cima das nuvens. É lindo!* — o tom de Kyra era de comoção — *Estão dizendo que dá para ver da Austrália também. Você consegue ver daí?*

Ele foi até a janela e notou que o céu estava levemente roxo. Bem ao alto, havia uma neblina fininha que modificava o azul da atmosfera. Intrigado com o que pudesse ser, olhou para a rua e viu que todas as pessoas paravam para assistir ao fenômeno. O colorido no céu certamente era algo inédito para todos os que estavam ali.

Maiquel devolveu um áudio:

— *Consigo ver também! Todo mundo na rua está vendo. Tem ideia do que é? Parece uma aurora boreal, mas flui como uma neblina.*

Ele permaneceu à janela por mais alguns minutos até que a névoa se dissipou. Após os devidos registros que cada transeunte fez com seu celular, todos cessaram a observação. Como se tivessem presenciado algo trivial, retomaram seus rumos. Estas pessoas realmente nunca sonhariam o que foi aquilo.

Pegou o *GLB* para ver se Kyra tinha respondido, e tinha. Uma mensagem de texto agora dizia:

Tem algo estranho acontecendo. Você consegue acessar a -S-wallet? Meus virtois sumiram! — e carinha de boca aberta com as mãos espalmadas na bochecha.

Maiquel riu diante do absurdo. Isto era impossível. *A mulher é louca...*, pensou. Mas, ao acessar a sua conta, deu um berro ao ver a tela do *GLB* mostrar:

V$ 0,00

Com as mãos trêmulas digitando no teclado, Maiquel escreveu:

Meus virtois também sumiram! — e carinha de olhos arregalados.

Vou entrar na conta da minha mãe e já te aviso — devolveu ela.

Maiquel aguardou dois, cinco, dez minutos com o *GLB* na mão e, de repente, passaram-se quinze e Kyra não respondia. Insistiu ainda com mais algumas mensagens, mas viu que já não eram mais entregues. Ligou a *flex-S-crn* na *CNN* e leu na faixa vermelha:

Sistema da -S- inoperante em todo o mundo. Fajar ainda não se pronunciou.

Bastou ler aquilo, a imagem foi cortada e apareceu uma tela preta. Diferentemente do normal, quando o logotipo da -*S*- surgia com alguma mensagem de erro, não houve aviso algum. Parecia ter ocorrido algo além do que uma simples queda de conexão.

— Sonia, *CNN*, por favor — silêncio — Sonia? Sonia? Sonia... — não insistiu mais.

A seguir, voltou ao *GLB*, mas o dispositivo estava off-line. Foi ao *-S-book* e viu que também estava sem conexão. Correu para o quarto para pegar o *-S-wtch*, e era outro que não funcionava. Assustado com a pane generalizada, foi à janela e notou que os quinze ou vinte indivíduos que passavam por ali, todos olhavam inconformados para as telas dos seus celulares e faziam caras preocupadas. Pareciam estar vivendo o mesmo drama que ele.

Maiquel acompanhou a cena por alguns segundos até que, de repente, a sensação foi a de se assistir ao instante em que as milhares de bolhas de uma chaleira vêm à superfície para ferver a água. Sob gritos desesperados, as pessoas gesticulavam, trocavam olhares aflitos e marchavam desnorteadas.

A visão o deixou preocupado. Pareciam filmes velhos, onde catástrofes aconteciam sob um caos teatral, mas diante do que via, não lhe

restaram dúvidas de que algo grave se passava. Tanto que cinco minutos depois, ouviu um homem gritando de alguma das janelas acima:
A Torre Global foi invadida!
Junto do berro desesperado, escutou ainda o barulho de uma explosão vindo de longe. Como reflexo imediato, acabou a luz.
Em meio à aflição, que aumentava agora um pouco mais, vieram então gritos de dois homens batendo na sua porta:
— Deixe-nos entrar, deixe-nos entrar!!
Maiquel gelou. De forma alguma abriria seu apartamento. Num pico de paranoia, arrastou todos os móveis em direção à entrada e montou uma barricada da altura da porta. Lacrou com a cama, de forma que seria impossível alguém arrombar.
— Deixe-nos entrar! Estão matando todo mundo! Por favor, deixe-nos entrar!! — insistiu agora outra voz masculina, de um homem provavelmente mais velho.
Diante do salvar alguém ou salvar-se, Maiquel nem pensou duas vezes. Engolido pelo cenário que se desenhava, ficaria ali fechado, sozinho, até ter certeza do que se passava.
A seguir, ouviu uma gritaria vinda da rua e foi até a janela para ver o que era. Ao escutar vidros sendo quebrados, assistiu a um grupo invadir o mercadinho da esquina, fechado aos domingos. Num tumultuado fluxo de entrada e saída, as pessoas saqueavam alimentos e outros bens.
Maiquel sentiu uma vertigem ao ver que a situação chegara a este ponto. Em Sidney, isto era inimaginável. Pareciam imagens da Europa, na pandemia de cinco anos atrás. Fora que se ali na sua rua, bastante tranquila, estava assim, imagine no centro da cidade, pensou.
Na sequência, outra voz berrou lá de fora, desta vez uma mulher:
Invadiram a Torre Global! Invadiram a Torre Global!
Maiquel arrepiou-se ao novamente ouvir aquilo. Era impossível dimensionar a gravidade de uma coisa como esta. *Quem invadiu? Para fazer o quê?* A falta de informação era mais angustiante do que o que se desenhava do lado de fora.
De repente, flagrou um som parecido com o de um enxame de abelhas

vindo de fora. Maiquel foi até a janela e percebeu que havia uma nuvem de *drones* sobrevoando o seu bairro. Pareciam ser centenas. Ficaram por ali varrendo as imediações por uns dois ou três minutos até que começaram a se afastar. Com os ouvidos em alerta, ele acompanhou o zumbido, até que sumiu de vez.

Então, outro barulho começou a vir de longe. Pensou que pudesse novamente ser os *drones*, mas desta vez era diferente. Abafado, baixinho, aquilo pouco a pouco foi se aproximando até que, numa escalada de volume, chegou à sua rua. De olhos fechados para ouvir melhor, ele escutou o som caótico e embolado, e constatou que eram dezenas de vozes misturadas. Abriu os olhos e viu pessoas desabarem no chão. Andando em linha torta, possuídas por uma tremedeira, esgoelavam-se num barulho animalesco e convulsionavam, babando uma espuma vermelha. Os carros colidiam-se. Pessoas eram atropeladas. Gente caía das janelas. O som que vinha de longe era um som coletivo de morte.

Ao contar vinte cadáveres no seu campo de visão, Maiquel entrou em choque. Checou se as janelas estavam bem trancadas e entrou no armário de roupas, onde se encolheu o máximo que deu. Sentindo a tensão monstruosa que pairava no ar, começou a chorar copiosamente. Sem nada o que pudesse fazer além disto, rezou um Pai Nosso. Depois outro, mais outro, e um atrás do outro. Os versos se embolavam com soluços. E lá pela décima vez que suplicava para livrarem-no do mal, *amém!*, um lampejo de razão lhe disse que a prece era inócua. Porque o que seus olhos tinham visto tornava inútil, absolutamente inútil, qualquer oração que se fizesse.

O nze dias se passaram. O fedor impregnava. Não havia água. Acabara a comida. Ossos surgiam na barriga. A força se esvaía. Mas a mente, insistente, agarrava-se a um último fiapo de vida.

Tentando resistir, Maiquel deitava-se na cama, que permanecia travando a barricada na porta de casa. Do lado de fora, não havia sinal de ninguém. Com o cheiro de decomposição vindo da rua, a sensação era de ser o único ser humano vivo naqueles tantos raios de quilômetros. Ouvia-se apenas o grasnar da multidão de corvos que se esbaldava com o inesperado banquete.

A pesar da sobrevivência até aqui, Maiquel não teria forças para ir além. E bem que tentou. Quis viver até o último segundo que foi possível. Queria, ao menos, passar uma noite com Kyra. Talvez até a própria esperança de que isso pudesse acontecer foi o que o fez subsistir mais sete dias depois que água e comida acabaram. Desejou muito se deitar com uma mulher mais uma vez.

E antes que o coração cessasse o compasso, numa última reflexão sobre o mundo, e sobre a vida que se encerrava exatamente ali, lembrou-se do pastor da comunidade onde cresceu, quando ele dedicou o sermão dominical ao *Livro das Revelações*. Puxando aquele dia na memória, lembrou-se de ter pensado que seria testemunha deste momento.

Além de Carlos Castañeda e Aldous Huxley, inspiraram ou foram referenciados: Yuval Noah Harari, Stanley Kubrick, Franz Schubert, Paramahansa Yogananda, Plínio Cabral, Giuseppe Tartini, Louis-Léopold Boilly, Fela Kuti, Johann Wolfgang Von Goethe, Led Zeppelin, Lobsang Rampa, Salvador Dalí, Friedrich Nietzsche, Antônio Carlos Jobim, Jean-Paul Sartre, William Shakespeare, Secos e Molhados, Zygmunt Bauman, Raul Seixas, Fritjof Capra, Cazuza, Fiódor Dostoiévski, Julián Fuks, Hieronymus Bosch, Shin Dong-hyuk através de Blaine Harden, Antonio Vivaldi, Ludwig Van Beethoven, Sérgio Sampaio, Duncan Thum, Dante Alighieri, Ennio Moriconi, Vincent Van Gogh, Carl Gustav Jung, Pink Floyd, Arthur Schopenhauer, Margaret Atwood e Padmasambhava.

PandorgA